我们阅读
WOMENYUEDU
魅丽文化 花火工作室

U0911132

# 良辰吉日

小满 著
XIAO MAN
WORKS

江苏凤凰文艺出版社
JIANGSU PHOENIX LITERATURE AND
ART PUBLISHING, LTD

图书在版编目（CIP）数据

良琛吉日 / 小满著．-- 南京：江苏凤凰文艺出版社，2019.10
ISBN 978-7-5594-4072-3

Ⅰ．①良… Ⅱ．①良… Ⅲ．①长篇小说 - 中国 - 当代
Ⅳ．① I247.5

中国版本图书馆 CIP 数据核字 (2019) 第 219858 号

# 良琛吉日

小满 著

出 版 人　张在健
责任编辑　张　倩　王　青
特约编辑　朵　爷　肖云梦
装帧设计　殷　舍　李　娟
出版发行　江苏凤凰文艺出版社
　　　　　南京市中央路 165 号，邮编：210009
网　　址　http://www.jswenyi.com
印　　刷　湖南凌宇印刷有限公司
开　　本　800mm × 1230mm　1/32
印　　张　9.5
字　　数　310 千字
版　　次　2019 年 10 月第 1 版，2019 年 10 月第 1 次印刷
书　　号　ISBN 978-7-5594-4072-3
定　　价　38.60 元

江苏凤凰文艺版图书凡印刷、装订错误可随时向承印厂调换

CONTENTS

# 目录

CONTENTS

# 目录

# 第一章

“不做亏心事的人不必怕我。”

1.

吉云一跨入菱花街坊就后悔了。

时至中午，下了班的，不上班的，都急急忙忙地往家赶。

吱吱的油声，从黑漆漆的泛着污垢的窗子往外窜。谁家吃素，谁家开荤，捏着鼻子跑老远后，吸两口气还能分出来。

狭窄的巷子里一阵阵铃声响起，把手被转到底，电动车、摩托车嗖嗖地穿梭着，溅起飞尘，骑得飞快。

她来之前，院里新招的小护士给她打过预防针：“那儿可是出了名的脏乱差，是上个世纪的老小区，拆不了，整不好。可是它靠近市中心，房租又便宜，现在整个就一城中村，全市的农民工都挤在那儿了。”

她那时候还有空和小姑娘侃大山：“听你这语气，像是不太瞧得起农民兄弟啊。”

小护士噘起嘴，笑眯眯地来挽她的胳膊：“云姐，我那是同情你。”

吉云呵呵笑道："得了吧。"

等身边过去的摩托大军第十次冲吉云吹口哨时，她再想起那小护士的话，脚下就像生了根似的，不肯走了。

不是怕什么脏乱差，也不是怕什么鱼龙混杂的状况，就是心里突然一别扭，想说，我不伺候了。

来这菱花街坊，吉云多少有点替父从军、代人受过的意思。

早些天，他们医院进了个病人，五十五岁，乳腺癌，送来的时候已经到了晚期。主治医生是吉云的一个同事，病人住院期间带她去看过一眼。

那大妈把衣服一撩，吉云就知道这事棘手，没想到更棘手的事情还在后头。

开刀那天，操刀的同事已经连续做了三场手术，站了大半天，早就眼冒金星了。轮到给这大妈做手术时，操刀的同事还没完成一半，就一头栽在了手术台边，整个手术室顿时乱成了一锅粥。

科室里更是乱上加乱。

女人在里头被开膛破腹，像死鱼似的躺在砧板上一动不动，一双孝顺的儿女在外头上蹿下跳，举着手机说要联系媒体，捣了这家"黑店"。

"人还没治呢，就知道要钱钱钱！现在把人往手术室里一搁，你们怎么哑巴啦？我的妈呀，我那可怜的妈……"

一群大小医生干瞪眼不说话。本来大家就不想搭理家属，这么一来，更没人肯做出头鸟。闹得小了，是工作失误；闹得大了，那就是医患纠纷。他们要是再喊来亲戚朋友，再来个群体性事件，那就更棘手了。

院长手里拿着速效救心丸，在小助理的搀扶下跑了过来。看到一团乱的办公室，院长差点没背过气去，喊了好几个人问话，都推说不了解情况，最后只好把站在角落默默等暴风雨过去的吉云揪了出来。

院长眼巴巴地看着吉云。吉云无奈："我就瞧过她一眼。"

院长一脸的褶子全揪了起来，手搁在她的肩头，声音比身子还颤："吉教授，吉主任……"

吉云就这么被赶上了手术台，幸好结果不错，手术成功。

但这大妈的孝顺儿女半分颜面也不讲，还是毅然决然地将这件事捅了出去。中间添油加醋了多少暂且不表，反正当地媒体的每日头条，整版连续报道了整整五天。

因为报道的后续反响实在太好，主编特地来电话，兴冲冲地告诉医院会定期回访，要站在事件发生的最前线，继续追踪事件的发展。

院长为此差点没引咎辞职，吉云也被罚了一季度奖金。大妈带着一双好儿女，半毛钱没花地出了院，还被赠予了私人医生上门服务的超值大礼包。

现在我们的故事回到开头的地方。吉云左手拎着高档滋补佳品，右手拎着进口的美味水果，站在人来人往的菱花街坊，耳边还一遍遍回荡着小护士的那句话：“云姐，我那是同情你。”

她吉云什么时候要人同情过？

手机响起来，吉云扔了手里的东西，扯开包。

院长来查岗，说的还是那两句：“吉教授，吉主任……”

吉云将电话直接挂了，拉紧包上的拉链，弯腰将地上的东西捡起来。谁知这时，忽然迎面刮过一阵风，一个瘦削的黑影闪过，紧接着，她感到自己的左肩被重重撞了一下。

吉云一连退了几步，手上的东西“哗”地撒了一地。那黑影还算上路，此时伸手拉了把她的胳膊。贴着皮肉，她敏锐地感觉到那是一只不算柔软的手，生着厚实的老茧，粗砂纸似的，刮得她皱起了眉头。

黑影将她拖起来，嘿嘿笑道：“美女小心哇！”

没等吉云摆脱他，他自己却松了手，又一阵风似的跑远了。吉云自认倒霉，准备将地上的东西捡起来。可她刚把漏出筐的一个水果拾回来，地上就噼里啪啦落下一串水珠。

没几秒，一场倾盆大雨毫无征兆地砸下来，吉云被劈头盖脸地浇了一身。

吉云拎着东西跑进了一家小吃店。

桌子紧紧凑凑地摆满了整个店面，长条凳子头尾相接，吃饭的人把位子全占满了，没位子的人端着个碗站在檐下。雨水自瓦檐掉进碗里，吃的人拿筷子搅一搅，混着汤水一起灌了。

店里收拾桌子的老板娘过来打招呼，问吉云：“美女，想吃点什么？”

吉云听着吸溜吸溜吸面的声音就饱了，冷脸道：“不吃饭，站这儿躲雨行吗？”

老板娘人挺热情："行啊，怎么不行！就是这雨啊，一时半会儿停不了。"

吉云也觉得是，要是一阵闪电一阵雷，这雨兴许没多会儿就停了。可天上一层黑云压过一层，天不亮，就会一直下。

吉云喊住准备去忙的老板娘："你这儿有伞卖吗？"

老板娘提着围裙，转过身，抱歉地笑了笑："面啊馒头的就有，伞却是自家用的。"

"能卖吗？"她还不放弃。

"嘿嘿嘿，都破得拿不出手了。"

吉云不强人所难，说："算了。"

旁边桌子吃饭的人突然扔了筷子，将碗往桌上重重一搁，四周已经开始响起了不怀好意的笑声。吉云懒得搭理他们。但是突然有一把伞竖到她的面前，一个男人的声音随即响起来："美女，不然我这把伞卖给你呗？"

吉云不免和他打了个照面，于是顺带赏了他一记白眼。

男人这才看见吉云的正脸她长得不白也不黑，被雨淋湿的乱发遮住她半张脸，狼狈之下，仍然显得五官精致，面容清秀。

她个头一般，即使穿着细长跟的高跟鞋，也高不到哪儿去。但身材很好，明明瘦得不行，仍旧前凸后翘，特别是两条腿又长又直。

雨把她淋了个彻底，上身穿着的一件白衬衫紧紧地贴在身上，洇出一圈水蓝色的内衣边，直教人看得喉头发紧。

男人不用说话，眼神就足够赤裸裸了。

吉云当没看见，将他那把伞接过来，旁若无人地撑了开来。伞是便宜货，一圈骨架都锈了，但不影响使用。

"多少钱？"

男人没回答。

吉云将伞收起来："看什么呢？这么入迷！"

"……"

"多少钱？"

男人嬉皮笑脸地说："和美女这么有缘，我折个价，一百卖给你吧。"

吉云说："挺会看人下菜啊。"

"市场经济嘛，也不是强买强卖。"

吉云说："是啊，是啊。"当即打开包掏钱包，只是手在包里捞了半天，居然什么也没摸出来。

等将包翻个底朝天，吉云又笑了。这包哪还有底啊！一条刀口从前划到后，钱包、手机、钥匙，通通不见了。

卖伞那男人凑过来一看，乐不可支："哟，遭贼啦！"

可不是吗！吉云细细一想，肯定是刚刚撞她肩的那个男人，伸手扶她的时候，趁她不备，伺机下的手。这年头，小偷都修炼成精了。

吉云只好把伞还了过去。

男人立刻拽着伞的一边，往自己这边一拉，吉云的胳膊几乎甩到他身上。他笑得油腻腻的，挺瘆人："美女，这伞你不买啦？"

吉云将手甩回来，整个黑了脸："你不说不强买强卖嘛。"

男人说："起先是啊，现在不又改主意了吗？"他膀子挨着吉云的肩，身子紧跟着贴上来。

四周看热闹的都在笑。

吉云拿胳膊肘抵着他的胸，一脸厌恶："想干吗？"

"没想干吗啊。这不是学雷锋做好事嘛，看你没伞，身上又没钱，我送你一程。"

吉云嘴角一挑，态度像是软和了些。谁知，她忽然脚跟一转，将手里的东西噻地扔在地上，抡直了胳膊，狠狠赏了他一耳光。

男人被打蒙了，在原地愣了十几秒，终于在一阵骚乱里回过神。他当即又羞又恼，一只大手紧紧揪住吉云的头发，扯得她下巴往上一仰。

雨帘里又冒出个急忙赶来的食客。他穿一件深灰色的背心，黑色的长裤，因为担心大雨弄湿了衣服，就将裤腿一直卷到膝盖下头，但还是一路湿到了大腿。

他个子很高，踩在青石板上，钻进屋檐下的时候，习惯性地弯了弯腰。他收了伞，露出一张素净的脸，白得几乎刺眼。

吉云和那人正缠在一起，眉目纠结，龇牙咧嘴，不甘示弱地哼哼时，正好迎上这男人。男人看到这场景后愣了愣，将伞攥在手里，步子也因此一顿，然后歇了一两秒，还是沿着原本的路线往前走。

"老板娘，给我来两个包子。"

"哎，好嘞，什么馅的？"

他扭头看了看身后。

“什么馅的啊，小伙子？”

“……肉的。”

吉云反手抓住后头男人的手腕，说：“了不起啊，打起女人来了！”

男人反唇相讥：“哦，就许女人打男人？什么狗屁道理！”

“你嘴巴放干净点！”

“说话就这么冲。怎么着，还想上巴掌是吧？”

高个儿男人拎了包子往外头走，撑伞的时候，不经意间瞥了吉云一眼，她蹬着两腿，将牙齿咬得咔咔响。

吉云既不求饶，也不喊人帮忙，眼神狠戾。

她就这么死死地撑着，心里的愤怒似乎化作了热气，自身上腾腾而起，像是快被点燃的湿柴火一样。

吉云真的还想给他几巴掌，她拼命扭着身子往后靠。就在她要动手时，不知哪儿伸出的另一只手按上她的肩。阴影在她脑子里一闪而过——是敌是友？

转瞬间，贴着他的那个男人被推到一边，踉踉跄跄晃了几步，被地上凸起的一块砖绊倒，一屁股坐在地上。

男人骂骂咧咧地要站起来。同桌的好几人终于坐不住了，腾地跳起来按住他。

“算了！算了！”

“算什么算！”男人嘴上不服软，其实心里早就怯了，瘫在地上不起来，弱弱地盯着出手的那个人。

吉云看看男人，又转过来看帮忙的那个人——正是刚刚进来的那个高个子，他可真白啊，白得无法言喻。

他站在檐下，目光直视前方，不咸不淡地说：“赶紧走吧。”

2.

撑伞走出一段路后，陈琛将步子慢了下来，后头那个跟着的人也慢下步子。他快走几步，那个如影随形的尾巴，又加快了几步。

他两眼一转，不动声色地拐过一个巷口的时候，故意收了步子。等那人走近，他一把按上那人的肩膀。

“嘶！”声音穿过喉咙，自齿缝间挤压出来。

是个女人。陈琛的视线穿过雨帘，再聚焦在一张脸上时，发现她正是自己刚刚出手相助的那个女人。

吉云将自己从他的手下解救出来，拧着眉说：“你怎么总喜欢按别人的肩，力气还这么大！”

她比陈琛矮了将近一个头，男人居高临下地看着她。大雨自伞骨上汇集，小川似的流到她的脑门上。

“不是让你赶紧走了吗？”陈琛开口。

他看着年轻，二十出头的样子，声音却格外低沉，说得不疾不徐，音色浓郁得像低音炮一样，一张口，空气似乎都在慢慢地震颤和抖动，一丝一发牵动全身，直敲击着她脆弱的耳膜。

“是啊，我是走了啊！”吉云说着钻进伞下。雨水自她笔挺的鼻梁流下，汇在尖俏的鼻尖。她看着他的双眼，拿嘴轻轻吹了吹，又说，“可你没说我往哪儿走啊！”

这样的对话，从这样陌生的女人嘴里吐出，让人觉得有些可笑。陈琛沉着脸，没有吱声，可那双清亮的眼睛分明是在说——我管你去哪儿。

好没意思！他转身即走。

吉云躲在他的伞下，提着大包小包跟着。因为空间太过狭小，她几次踩上陈琛的人字拖，终于再次吸引了这男人的注意。

陈琛又停了下来，转过脸，面无表情地看着她。

吉云叹气：“雨太大了，我没带伞。”

陈琛打量她，说：“我没备用的。”

吉云说：“那借你这把一起走呗，万一走走雨就停了呢。”

话音刚落，她对着这男人结结实实地打了个喷嚏。

陈琛没躲，看着她，在思考，继而二话不说，将伞柄塞进了她的手里。他整个人扎进雨帘，瞬间就被淋湿了。

“……”水果篮子滑到吉云手肘，她努力地撑着伞，跟在陈琛后头，“一起打呗！”

陈琛自顾自地跑，穿过一条巷子，忽然几步跃上旁边的石板，停在一间黑黝黝的小屋边。他没用钥匙，直接扶着门把手往上一提——门居然被他轻轻松松地卸了下来。

吉云赶过去的时候，正好看到他滑稽十足地将门搁在一边的墙上："喂，能让我进去躲躲雨吗？"

他听见后，抻开长腿踩在门槛上，半边身子隐于黑暗中。明明看不到脸，吉云却觉得自己正被他那双黑漆漆的眼睛扫视着，那光芒亮得能照进她的心底。

吉云不知怎么了，嘴角就多了一抹笑。对脚穿恨天高的她而言，这路是有多崎岖啊！可她还是小心翼翼地爬上去，往那小屋子走去，再站在一拳高的门槛外看陈琛。

"行吗？"她仰头看他。

陈琛说："不合适吧。"

"学雷锋做好事啊。"吉云都佩服自己的厚脸皮，"我一女的都不怕，你个男的还怕什么？"

陈琛只好让她进来，倒不是被她那话逼得，就是觉得这人太会说话，实在懒得和她多费口舌。

吉云刚一进屋就嫌黑，陈琛摸到开关，开了灯。

吉云原本想的是，这样的男人，这样的地方，屋里顶多一盏白炽灯，昏黄的光线下，都是满地的盆啊鞋的。

但是灯亮的那刻，她却愣了愣。柔和的乳色光线瞬时充满了整间小屋子，东西很少，但每样都收拾得很规整；几张洗得泛白的青色帘子，将房间隔成了内外两处空间。

吉云将手里的东西放在那扇木板门边，收了伞，小心翼翼地搁在外头。她浑身上下没一处干的，站在屋里，不多会儿，脚下的地面就蓄了一摊水。她问陈琛："能不能借块毛巾？"

陈琛正将包子搁进碗里，听到这话，没顾得上回答，她又不大不小地说了一遍。陈琛仍旧沉默着，走到水池边洗了把手，顺带连脸一起搓了，手在灰色的背心上揩了揩，从塑料杆子上抽下一块洗得雪白的布。

他将布递给吉云，这才说话："干净的。"

此话不假，吉云闻得出这布上有清淡的肥皂味——是最普通也是最古老的那种，夹杂着一点暖融融的阳光的气息，教人想起熟悉的儿时记忆。

陈琛身材高大，身板笔直，穿着背心，教人一眼就看到他精壮的体格和紧实的腰背；他露在裤腿外的小腿，修长纤瘦，却坚实有力，肤色和脸一样白得羡人。

尽管他们认识还不到半小时，可吉云觉得这个男人就像这块布，以及它上面的气味：简单、板正、老旧、苍白，又莫名地能让人心安。

陈琛将一碗稀饭从厨房里端出来的时候，吉云正忙着收拾自己。

她从屋子里找了张小板凳，搁在门槛后头坐着。鞋子被她随意地扔在门外，歪歪扭扭地淋在雨里。她光脚踩在地上，翘着足尖，从脚面到足踝上，青色的血管清晰可见。

正拿毛巾擦头发的吉云突然转过脸来，冲陈琛笑了笑，说："还没吃饭呢？"

他手里拿着碗，桌上搁着俩包子，又正值饭点，这个问题其实问得特别愚蠢，所以陈琛压根没打算回答她。他大大咧咧地坐在桌边，拿起一个包子，吃一口，喝一口粥。

吉云又被忽略了，只好自讨没趣地说了句："我还没吃。"

"……"

片刻后，吉云又说："你吃饭都没菜的？"

陈琛扒了一口粥，含混不清地说："买了。"

"包子？"

"嗯。"

"包子又不算菜。"

"肉呢？"

"可以。"

"那就是了。"

"什么？"

"这是肉包子。"

吉云这才反应过来，轻声笑出来，咕哝着："肉包子打狗啊……有去无回。"

陈琛端着碗，将最后一点米粥喝完，把盛包子的碗一斜，轻描淡写地说："打你吧。"

吉云当即眉梢一挑："哎，小伙子，难道没人说过你这冷幽默其实挺欠揍的？你多大年纪了，90 后？95 后？你要说你是 00 后，我就原谅你。"

陈琛起身将碗端过去。吉云急得直摆手："不要不要，你这样就真像是打……那什么了！"

陈琛端着碗的手指修长，指节莹白如玉。吉云盯着看了一会儿，方才将那碗接过来，还是问：“小伙子，你究竟多大了？”

陈琛没半点要回答的意思。

吉云问：“你是不是一个人住这儿？做什么工作的？下午几点上班？”

他一概不答，没听见似的掀开帘子，去里屋找东西。

吉云抬高了声音：“那你告诉我你的名字吧，我总该知道今天是谁帮了我啊！”

陈琛抱着几件折得方方正正的衣服，掀开帘子走出来。

吉云：“名字！”

陈琛抬眼睨她：“雷锋。”

“……”要是吉云知道他会这样回答，打死她都不会说起今天的事儿。

陈琛说：“我去洗澡了。”

吉云苦笑：“我还在呢！”

他一副安之若素的模样：“你一个女的都不怕，我这个男的还怕什么？你走的时候把碗放板凳上就行。”说着就掀开另一道帘子走了进去。

出来的时候，人果真没了，板凳被放到了原位，布被洗干净，挂上了晾衣杆，碗也被搁进了碗橱。

屋子里空空荡荡，恢复原样，除了她留下的那一汪没干的水渍，没有任何她来过的痕迹。

天擦黑的时候，毛孩哼着《我的滑板鞋》来找陈琛。

陈琛坐在桌边玩手机，毛孩手撑着桌子一跃，准备坐上板凳，秀个花式。没料想陈琛手一抽，将凳子挪到自己脚前，毛孩一屁股坐到了水泥地上。

“哎哟，我去！”毛孩揉着屁股站起来，在陈琛背上狠狠拍了一掌，“琛哥你真下得去手啊！”

陈琛笑笑。

“幸好老子今天心情好，不和你计较，不然谁胜谁负，还真就不一定呢！”

陈琛将手机关了，塞进自己的口袋里，懒懒地看他：“又上哪儿干了一票？”

“哎，这人怎么说话呢？尊重点无产阶级的革命成果行不行？就说要你没事多读书呢，都影响人与人之间的正常交流了。”

陈琛说："那我还是闭嘴吧。"

毛孩将凳子搬出来，盘腿坐上去，揪着陈琛的胳膊说："琛哥，我今天干了一票大的。一个'肾机'，一千块'毛爷爷'，关键是还有十张……"毛孩伸出个拳头，"一百美元。"

毛孩展平了，手往桌上一拍，紧接着哈哈大笑起来。干了这么多年，也宰过几个肥的，不过这外国钞票还是头一次遇见。本来他要当废纸随钱包一起扔了，幸好多留了个心眼，甩手之前找人看了看。

人说这是美金，比人民币还值钱呢！他连忙将它们装回口袋，心里那叫一个舒爽。

毛孩此刻将钱一张张掏出来，往桌上一铺，说："琛哥，也给你长长见识。"

陈琛没吱声，替他将钱又收了回来，压了压边，推到他的面前才说："收好了吧。"

毛孩笑嘻嘻地将钱拿回去，又将袋子翻了一遍，掏出张二代身份证："你别说，今天摸的这人，长得还挺漂亮的，就连身份证都照得和明星似的——不，明星都没她漂亮！"

证件正摆在陈琛面前，他就着毛孩的手漫不经心地看去，却在扫过身份证的瞬间略略发怔，心中几乎立刻浮出一个词——巧了。

3.

八月的暑天，热浪滚滚，吉云却感冒了。低气压笼罩了整个儿普外科办公室，连带赶去挂水的吉云都凝了冰霜。

护士们你看我、我看你，一个推一个，都不敢在老虎口中拔牙。

吉云只得轮番跑过去哀求护士长，电话一个转一个，最后才特地喊了和她同一个科室的江月江医师来解决。

江月拿棉签给她消毒，一本正经地说："疼就喊，多少年没动过手了，待会儿给你扎骨头上。"

吉云看着那枚被切了半边的细针头，正对准她青色的血管，稍一用力，立刻顺溜地刺入皮肤，轻描淡写地说："你别晕过去就行，哪怕你扎透了呢。"

江月埋怨道："又揭我伤疤了！"

吉云笑笑："你就这么大能耐，做几台手术都能倒！"

江月给她的手上按上棉签，又拿纸胶带绑牢了，这才看着她："我有什么能耐，你能不清楚吗？"

吉云看他的时候，微微挑了挑眉，似笑非笑，没搭话。

一瓶挂完，院长老头带着助理跑过来，一脸期待地问吉云，昨日进展如何。

吉云说："去的时候下大雨，东西全泡了水，我找了个垃圾箱扔了。"

"那病人呢？"

"没去呗，空着手也不好意思。"

院长听着就要拿救心丸。换水的护士见形势不对，手一抖，盐水瓶拎低了，就见管子里蹿上来小半截殷红的血，吓得赶紧举高了手。

院长说："吉主任——"

吉云打断道："下次吧！院长，昨天淋了点儿雨没注意，今天一早就发现感冒了。等过几天我好了，再买点东西去看一趟。"

院长的下巴差点没磕上桌沿，心想这女人中邪了，当初求她的时候费了多少口舌，今天怎么这么好说话？

幸福来得太快，他还有些恍惚。

"那咱可说定了啊！"

吉云给他吃定心丸："嗯，现在哪家医院都怕医患纠纷，这次咱们确实有失误，不怪人家提意见。既然我替院长答应下来了，肯定是要负责到底的。"

她撒谎撒得连眼睛都不眨。吉云生平最痛恨左右逢源的小人，但只要自己高兴，原来也能将话说得圆滑。

院长欣慰得直点头："就说这一整个医院，最可靠的就数你吉主任了。"

一边的助理狗腿地逢迎着："吉主任人真的不错，长得也漂亮。"

"买东西的钱都汇总了，拿到会计那儿一起报了。我马上找找财务，让她把江医生这几个月的工资全转你的账户里。这家伙啊，不上路子，差点把咱们坑惨了。"

吉云笑道："那我等着。"

第二瓶水见底时已是正午，吉云拔掉针头，起身就往食堂走。路过急诊室的时候，轮班的小田医生正发盒饭，见到她，两眼一亮，问："吉主任，吃过饭了吗？"

吉云摸着肚皮走过去，说："没吃呢，都有什么好吃的啊？"

坐在台子后的小护士连忙站起来让座。吉云摆摆手，自己找了个患者坐的塑料凳子。

小田说："哪有什么好的，就随便订的盒饭啊！吉主任千万别嫌弃。"说着把一个红色餐盒递到她的手上。

吉云看也没看，却盯着这人，懒洋洋地说："不要这个，把你的那份给我呗。"

小护士捂嘴笑："吉主任吃着碗里的，还想着锅里的呢！"

吉云也乐了，点头："嗯，我这个人心大，惦记的事情可多着呢。"

不到一顿饭的工夫，就来了好几拨病人。小田他们一个劲地猛吃，扒了几口饭，还得去忙一会儿。

吉云没多少胃口，挑了几筷子蔬菜吃了，餐盘一放就有些瞌睡。她正撑着头打盹，忽然听到一阵急促的脚步声。

一个男人扶着个满脸是血的女人，吆喝着："医生呢？医生？"

小田连忙接待了病人，并进行了诊断。其实伤口不大，开在耳朵前头一厘米的地方，看着满脸是血，挺瘆人，实际上缝个两针就能好。

但那男人挺着急，拧着眉头，一个劲地强调："医生，我妹妹还没结婚呢，你可得缝得仔细点儿，留下疤的话，会影响她找婆家啊。"

小田实话实说："有没有疤，要看人的体质和后期的修复，我可不能给你打包票。"

男人还是强调："什么都好说，就是不能留疤。"

小田刚要说话，一边站着的小护士拿脚尖踢了踢他。她扁着嘴，递过去一个微不可察的眼色。

小田几乎立刻就懂了，对那男人说："我们这儿是急诊，事情挺杂，不是那么专业的。不然你去五官科看看？"

男人登时就奓毛了，但他妹妹痛得眼泪直掉，拖着他的膀子就往外拉。

人刚一走远，小护士捂着胸口直喘气。吉云在后头说："你们又说什么鬼话呢？把人给糊弄走了，小心人马上折回来投诉。"

小护士直跺脚："田医生认不出来也就算了，吉主任你怎么还认不出来啊？刚刚那对兄妹，就是上次那老太太的儿子、闺女啊！上回大闹医院的风波还没过去呢，这次不知道又使了什么坏心眼。"

吉云拧眉，问："什么老太太？"

"就本是江医生的病人，你中途替他上手术的那个啊！"小护士恨得牙痒痒，"医院里谁不怕他们一家啊，被抱怨几句也就算了，万一被倒咬一口呢？"

经人一提醒，吉云还真是有了些印象，刚刚看那男人便觉得眼熟，可是一直想不起来在哪儿见过。

原来是那病人的儿子，她陪着江月查房的时候，也碰见过几次。只是在她零星的记忆里，却搜不到关于他的半点痕迹。她想了一会儿，脑仁都疼。

小护士的算盘打得精明，可医院里的其他人也不是傻子。

男人扶着他妹妹进了五官科，医生建议他们去外科瞧瞧；两个人转到了外科，医生又说想让疤痕轻一点，还是去整形外科；等真到了整形外科，男人又嫌费用高。

最后转了一圈，他们还是来了急诊。

小田和几个医生手里都有活，正好有不理会他们的借口，留下几个年纪轻轻的护士和稀泥。

男人等不及了，立刻破口大骂，十个字里九个全是脏话，又夹杂着她妹妹哼哼唧唧的猫叫似的哭声，急诊室里一下子乱了套。

吉云脑仁更疼，此刻站了起来，想从后门出去。

小护士跑来拦住她，眼泪在眼眶里打转，拉着她的胳膊说："吉主任，您帮帮忙吧，不然我怕他们把急诊室拆了！"

先是一个老大妈，现在又是这双好儿女。吉云咬了咬牙，苦笑道："我怎么就逃不出这家人的五指山了？"

她瞥了一眼满脸气得通红的男人，手臂又被小护士摇了摇。她烦不胜烦地说："别套近乎了，带那女的过来！"

小护士一听，打了鸡血似的跑过去带人。另一个护士忙着给人挂号，问男人要急诊费。男人眉毛一竖："还没看病就要钱，都钻钱眼里去了？"说得大家哭笑不得。

小护士按捺住性子给他解释："这是规定。"

男人一扬手："好吧，好吧，也没几个钱，好像怕谁不给似的。"

"身份证给我一张。"

"要我妹妹的是吧？"

“那当然了。”

小护士将那身份证接过来，当即双目圆睁，惊得像生吞了一整个鸡蛋似的，梗着脖子瞅着对面的男人。

“这是你妹妹？”旁边有人凑过来，一看证件也吓着了，随即一阵偷笑。

男人的下巴昂得老高：“当然了，如假包换的妹妹。长得漂亮吧？别废话，快给我开单子。”

“你也别急，我去找个人。”小护士说着头一扭，往后头走，“吉主任，你过来看看这个。”

吉云正挑着女人的下巴，看她侧脸的伤情，一张身份证忽然被支到眼前。一旁的小护士笑得前仰后合，说：“吉主任，你什么时候成那小伙子的妹妹了？”

4.

吉云往后微微一仰，待视线聚焦后，才瞧清上面的照片，也忍不住笑起来。“这怎么说呢，”她摇摇头，“大水冲了龙王庙，还真是一家人不认识一家人了。”

再细看那年轻男人，吉云才终于想起那只粗糙的手，和那声油腔滑调的“美女”。

毛孩一开始还摸不着头脑，直到撞上吉云那锐利的眼睛，才立马一惊——这不就是那天扒的那女的吗？他当即脚下一抹油跑了。

喜报一心急，两手撑着凳子，就要站起来。

“哎，别动！”吉云手掐着她的下巴，似笑非笑，“我这手里可拿着针呢，一不小心扎你肉里，你可别哭啊！”

喜报果真不敢动了，绷着屁股又坐好了，湿着两眼含混不清地嗫嚅：“医生，我哥哥他……”

“丢不了，一会儿就会跑回来。没瞧见我这儿还有个人质吗？”吉云俯身拉过装药的小车，“别说话了，开始缝针了啊。”

果然，喜报的小手术刚结束，毛孩就被医院的保安一边一个架着胳膊送进了急诊室。喜报抹了把泪，小步跑到毛孩身边，拽着他的衣角小声说：“哥……”

毛孩呼哧呼哧地喘气：“别怕！”

“吉医生，这人怎么处理？要不要我报警？”

吉云将手里揉成一团的纸巾扔了，朝众人看了一眼：“出去说吧，还嫌急诊室不够乱。”

几个人绕出去，没走太远。吉云两手抱在胸前，背倚着根柱子，淡淡地看着毛孩，问：“说吧，怎么回事？”

毛孩一咽唾沫：“什么怎么回事？”

“你怎么有我的身份证？”

“我捡的。”

“……”

“那你跑什么？”

“我尿急啊。”

“你刚刚怎么不尿急？”

“尿不尿急，不归你管吧？”

大概是刚刚一跑开了窍。毛孩虽说理亏，但吉云手里头没实质性的证据，他索性就一口咬定了自己没偷东西，看她能奈他何？反正手机卖了，钱也花了，赤脚的不怕穿鞋的。

毛孩舒展四肢，立刻气焰高涨。

吉云知道自己遇上个无赖，也不费力气了，向一边的保安使个眼色：“我看还是报警吧。”

喜报正拱到毛孩身边，死死地拉着她哥哥的胳膊。毛孩歪着嘴：“别怕！”

保安连忙回应没问题，只是刚掏出手机，却被一只修长莹白的手按住了。没等他抬头，那只手的主人开口道：“等等。”

等等……低沉声音如一线闪电，冷不丁地抹过天际，直刺进人的心里来。电光石火的瞬间，吉云记起了这声音。

毛孩此时激动地大喊：“琛哥！”

吉云眼神一晃，呵，琛哥。

陈琛穿着和那天一样的深灰色背心，黑色裤子，颧骨处有一点发青。他左手仍旧按在保安手背上，双眼却直视着吉云。

吉云的脸上浮现出一丝玩味的笑意，两个字在舌尖滚了滚，出口时满是戏谑：“琛哥？”

陈琛神色不变。

陈琛说：“这次的事情，我代他向你赔不是。”

毛孩大喊："赔什么不是？我不就是捡了她的身份证吗？"

"哥，你听琛哥的！"

"男人说话，你别插嘴！"

吉云冷笑，径直走过去，将手机从陈琛的手里抽出来，利索地按了三个数字。然而没等到她按下拨打键，陈琛已经将手机从她的手里抽了出来，锁了屏幕，往保安怀里一扔。

吉云抱着两手，仰头看他："你到底想怎么样？"她一顿，嘴角倏忽一挑，"琛哥。"

陈琛说："对不起。"

毛孩直跺脚："琛哥，你别这样，我真没做什么！"

"你闭嘴。"陈琛眼锋一冷。毛孩一向聒噪又无赖，此时却立马萎了下来。

吉云说："他划了我的包，偷了我的钱，你一句对不起就想解决？"

陈琛垂眼看她："那你说怎么解决？"

吉云说："被他划的那个包我用了很久，划了也就划了，包里现金不多，一千块人民币，一千块美金，我按照现在的汇率给你算，差不多是七千块人民币。其实这些都不值什么，只是我装钱的那个钱包是刚到手的新款，还没焐热呢，就被那混小子扒了，给你们打个八折抹个零，加起来三万块，一分钱都不能少。"

大伙噤声。唯独毛孩跳脚："琛哥你别理她！这女人想钱想疯了，那破钱包我仔细瞧过，和路边上十块钱一个的没区别，现在一张口居然要两万多，当我们冤大头啊！"

"我那身份证你不是捡的吗？你上哪儿见着我钱包的？"一句话说得毛孩直抽自己耳光，吉云冷眼望他，"要你赔三万不吃亏，我那包可是爱马仕的。"

"爱马仕！什么爱马仕？"毛孩两手叉腰，"我只知道爱华仕——装得下世界就是你的！"

吉云白眼都懒得翻一个，不理他，仍旧打量着缄默不语的陈琛。他始终垂着左手，此刻拿右手握了握手肘，见吉云细细瞧他，又将手放了下来。

"嫌贵？"她问。

陈琛说："我暂时拿不出这么多，但我保证一有钱就还给你。"

"你凭什么保证？凭你那连门都没有的小破屋？"

"……"

陈琛："我先给你打个借条吧。"

吉云："我怎么知道你会不会跑了？"

毛孩冲上来："别门缝里瞧人，把人看扁了！我们琛哥不是那种人！"

吉云一声冷嗤。

陈琛将右手伸进口袋里掏着："我再把这个押给你。"

吉云将一张有些旧的身份证接过来。领了有些年头了，照片上的少年稚气未脱，唇红齿白，清秀俊俏，一双眼睛清澈得能滴出水来。

吉云首先注意到的是他的出生年月，笑了："果然年轻，还是 90 后呢。"又慢悠悠地念叨他的名字，"陈琛。"

那一日想知道的，不知道的，此刻都一清二楚。

"陈琛？"

陈琛有些尴尬，脸上带着淡淡的笑容："是我。"

"万一你这身份证是假的呢？万一你去派出所挂失重补了呢？"

"……"

他怔忪的间隙，吉云已经将身份证揣进口袋："我姑且信你一次。这年头，最难得的就是雷锋了。"

折腾了半天，一群人终于散了。毛孩乖乖交了费用，领着妹妹走在前头。陈琛紧紧跟在后头，忽然觉得左肩被人一点。

他猛地停下，拿右手护着，转身的同时，看见吉云正盯着他。

吉云说："果然被我猜到了。学人英雄救美，也该学着照顾好自己吧！我们医院骨科不错，你要是不想成独臂大侠，我可以帮你打个招呼。"

毛孩在十步外吆喝："琛哥！"

陈琛向他招手，再转头对吉云淡淡地说："不必了。"

吉云刚一走进办公室，同事素娴就对她说："刚刚有个病人在这儿等了你半天了。我说你不一定回来，她还不信，一直等着，都饿成低血糖了。你们也是没缘分，这不，人这刚走，你就回来了。"

吉云一头雾水："谁啊？今天又不是我门诊，也没人给我打电话预约，哪儿冒出来这么个人？"

素娴将头从电脑前抬起来，端了杯子踱到净水器前："不知道啊。她自称是江月的妹妹，好像还是个小明星呢，前一阵子在电视上见过，人长得那叫一个漂亮。叫什么什么诗来着？”

吉云神色一敛，冷冷问：“连诗？”

“对对，”素娴拍脑门，“什么记性！就叫连诗！她看着还小呢，但那张脸啊，满满的都是胶原蛋白，嫩得能掐出水来，真教人羡慕死了。”

吉云没搭话。素娴又问：“江月什么时候多了这么个妹妹？”

吉云冷哼：“谁知道是真妹妹，还是假妹妹。”

江月下午做完手术，刚一走进办公室，就觉得有几道眼神上上下下地刺了他一遍，背脊凉飕飕的。

素娴是看热闹不嫌事大，冲他挤了挤眼睛，说：“今天可有人打着你妹妹的名号，来找我们吉主任开后门了啊！”

江月听得云里雾里的：“我妹妹？谁啊？”

“哟，江医生有几个妹妹啊？都想不起来姓甚名谁了！”

“还请您给我点明呢。”

“连诗呗。”

“哦，她啊。”

江月瞥了一眼办公室里一直没吱声的人，满脸带笑地走过去。路过素娴身边的时候，他贼兮兮地小声说：“有人生气了哈？”

江月将手撑在吉云的桌边，说：“脸色怎么这么难看呢？”

吉云放下鼠标，没好气地说：“你是不是看我一天到晚闲得发慌，不给我找些事做，就觉得难受啊？”

江月喊冤：“我可不知道她要过来啊！”

“她是你什么妹妹？”

“远房的。”

“远得没边了吧？”

江月俯下身，几乎凑近她的耳边轻语：“今天火怎么这么大？”

吉云往后一仰，靠着椅背，与他拉开一段距离，语气又恢复了一贯的轻描淡写：“没怎么，包丢了。”

江月直勾勾地盯着她：“那有什么，我再给你买就是了。”

5.

男人发出一声压抑的闷哼。

毛孩给喜报倒了杯白开水，两条腿一缩，跳上凳子。喜报捂着发肿的脸，不满地抱怨道："哥，你别弄脏地方。"

毛孩白她一眼："我和琛哥谁跟谁啊。"

门帘一掀，陈琛从后头出来，灰色背心打底，外头披了件牛仔短袖。他拿右手护着左胳膊，脚尖一勾，从桌底下抽出张条凳，屈身坐上去。

喜报不住地向毛孩使眼色："哥！"

毛孩立马从凳子上跳下来，将杯子从喜报面前挪到陈琛面前，开口之前清咳了两声，抓抓头："琛哥，今天的事多亏你了。"

喜报噙着泪："琛哥，等我一好就去打工，肯定不能让你一个人扛。"她怒视毛孩，"都是我哥不好！"

毛孩别开脸，不吭声。

陈琛说："你好好养伤吧，别总想着打工的事。钱我这儿还有点儿，过段时间凑齐了再还给她。"

喜报拧眉："可是……"

"阿姨的病情怎么样了？"

"还那样。"

"你们有钱就花在刀刃上。"

陈琛喝了口水，用拇指摸了摸嘴角，像是给一个话题盖棺定论——他不想再提，谁也不准再说。

一直难得沉默的毛孩这时候终于露出笑脸，小声道："琛哥，其实咱不用理她。你难道看不出来？那点小钱她根本不在乎，今天是闲着发慌，拿咱们逗着玩呢。就算她斤斤计较，堵上门闹事，咱们大不了卷铺盖走人呗。"

陈琛脸色本就不好，现在更阴沉了。毛孩似乎被吓到了，不由自主地往后退了几步。陈琛这才说："你真不想让阿姨的病好了吧？"

喜报疑惑："这和我妈的病有什么关系？"

陈琛说："她是阿姨的主刀医生。"

毛孩的眼珠子瞪得老大："琛哥，这你都知道！"

陈琛反诘："你连这都不知道？"

毛孩直摇头："怪不得看她眼熟，原来她就是那天被临时抓来替那小子的。"要是隔着这么一层关系，还真不能一走了之。

毛孩一拳砸在桌面上，真倒霉。

他们离开的时候，陈琛将他们送到门外。

毛孩要妹妹走在前头，自己拉着陈琛站到檐角，手捧着嘴，在他耳边悄悄说："琛哥，你今天帮我这么大一个忙，我怎么着，也不能没点表示吧。"

月色朦胧，陈琛的一张脸白得刺眼，目光深邃。

毛孩说："我上次听你说有A照，开小皮卡的活应该难不倒你。龙叔那儿缺个能吃苦的司机，不定期地送几趟货。你要是能抽出空，我明天就去龙叔那儿帮你提提这事。"

陈琛想了想，然后点头说好。

毛孩要走的时候，陈琛又喊住他，问："今天那拨人哪儿来的？打架挺狠的，不像是一般的混混。"

毛孩正从裤子口袋里摸烟，抽出来一根歪歪扭扭的，拿手整了整，头也不抬地说："这你就别管了，琛哥。"

吉云搓了搓手，说："把外衣脱了，内衣解了，两只手举起来。"

衣着鲜亮的连诗一怔，漂亮的桃花眼弯了弯，讪讪地笑着："吉医生，我这穿着长裙呢，脱了多不方便啊。你就不能隔着衣服，给我看一看？"

吉云黑着脸，没吱声，直勾勾地打量她，一副"懒得理你"的模样。

连诗心虚地一耸眉，只好手忙脚乱地去解裙子。偏偏拉链太紧，卡在腰上怎么也扯不动。将背对着吉云，她又当没看见似的不帮忙。

连诗狠心一用力，就听丝缎的料子"嘶"的一声，脱下来后，才发现上头开了一小道口子。她心疼得咬了咬牙。

吉云又搓了搓手，垂着眼帘说："我手有点凉。"

连诗忙说没事，皮肤上却起了一片鸡皮疙瘩。吉云手法娴熟，一边顺着腺体摸下去，一边问她确定疼痛的程度。

连诗小心翼翼地问："吉医生，你看我这严不严重？"

吉云说："你今年多大？"

"二十四。"

“要是你今年四十二，就不算严重。”

连诗心里咯噔一声。

检查结束，吉云去水池边洗手，说：“你待会儿先去做个B超吧，拿了单子，再回来给我看。”

连诗忙着穿衣服，连声答应着：“那我一做好就来找你。”

“我待会儿就走了，你明天早上七点半之前，还来病房找我吧。”

连诗心里不乐意，可见吉云始终冰冰冷冷的，又不敢多说什么。

吉云等她将衣服穿好，这才开了办公室的门。她一脚跨出门槛，后头人又喊住她：“吉医生，我听人说这种病生个孩子就好了，是不是啊？”

吉云停下来，微侧过身子看她：“你结婚了？”

“还没。”连诗莞尔一笑，脸有些红，“但我有男朋友啊。”

吉云顿了顿：“那就生呗。”

连诗刚一钻进自己的超跑，立马抱起徐敬尧的脸啃了两口。徐敬尧一脸嫌弃地把她推开，抽出张帕子擦了擦脸：“弄得我这一脸口水。”

连诗嘿嘿直笑：“见到你我高兴嘛！你怎么在这儿啊？亲爱的，接到你电话我都吓到了。”

徐敬尧淡淡地说：“这个问题该我问你，你没事到医院来干吗？”

“我看病啊！”连诗抓起徐敬尧的手往自己胸口捂，却被他一肘子甩开了，于是不乐意地噘了噘嘴，“和你说过胸疼的。”

“给你找的私人医生呢？”

“私人医生才比不上这儿的大夫呢！这边普外的吉医生，名气大得很，她一出诊，来看病的恨不得挤到门口。她就是脾气差得很，找了她两次才见着人，黑着一张脸，多一句话都不肯说，还——”

徐敬尧打断她：“吉……医生？”

连诗点头：“对啊，吉医生，她的姓很少见吧？”

徐敬尧的脸色立马暗了几分，坐在副驾驶上，一言不发。

连诗见惯了他的喜怒不定，知道这男人脾气上来了，软着声音说：“怎么了吗？又生气？乖了乖了，待会儿去我那儿坐坐好不好？”

徐敬尧将她挡开了，沉声道：“开车。”

连诗娇嗔地一哼，她心里有气，脚下的油门踩得死了些，超跑呼呼如野兽般冲了出去。

恰好一辆小货车从门外驶来，连诗吓得连声大叫。徐敬尧立刻站起来，一把握住她的手，猛打方向盘。

除了车灯上的一点刮痕，小货车几乎完好无损。连诗的跑车就没这么好运，车身被剐了一道长印子不说，整个前脸磕上凸台，凹下去了一大块。

连诗从车子上跳下来，气得破口大骂："会不会开车啊，没长眼睛啊！"

小货车司机怕堵着门口，没立马停下，开着车子停到一旁的车位，才姗姗从车上下来。

连诗踩着恨天高赶来，见到五官英气、身板硬挺的车主，略怔了怔，才说："你说，这事怎么解决。"

货车司机往那跑车看了看，默然几秒，刚要说话，忽然听后头有人喊："陈琛？"

吉云拨开人群，绕到男人面前，莞尔一笑："果然是你啊！刚刚老远就觉得像，你来这儿干吗？有钱还我了？"

陈琛倒不知道该从何说起，只说："吉医生。"

旁边连诗冒出声来："吉医生，你们俩认识啊？"

吉云刚刚把连诗的话一字不漏地听了，这时候冷冷笑了声："是啊，我恰好认识这个没长眼睛的。"

连诗一怔，知道吉云是在替人打抱不平。她那一双眼睛盯着两人来回望，阴阳怪气地说："吉医生，没看出来你这口味还挺杂的啊！"

吉云盯着她，不作声。不远处突然有个人进入视野，她一抬眸，正好与那人视线相撞。

连诗一见撑腰的人过来了，忙不迭地去搂他的胳膊，撒娇似的说："你怎么才过来？人家都等你半天了。"

徐敬尧的脸上有瞬间的紧张和尴尬，还有无法言喻的愠怒，但在所有人都未察觉的时候，将这些表情全部藏在那张冷脸后。

连诗絮絮叨叨："亲爱的，就是这个人！也不知道有没有驾照，开的什么烂车？偏偏还有人要给他出头。也难怪啊，没嘴的茶壶，总要找个口往外倒是不是？"

徐敬尧一句话也没说，只是不咸不淡地看着吉云。

吉云将脸偏过去，不看他，说："别废话了！该报警的报警，该找保险公司的找保险公司。"

连诗翻个白眼："好啊，本就该是这么个流程啊！谁怕谁啊，我男朋友可是——"

徐敬尧忽然将手一抽，不耐烦地剜她一眼："你给我闭嘴！"继而冷嗤着问吉云，"吉云，你朋友挺多啊。"

连诗大吃一惊："你……你们认识？"

徐敬尧没理会连诗，吉云也懒得回答是或否。她一张脸上没太多的表情，此刻也只是咧了咧嘴，轻笑道："那徐先生能不能赏脸饶过他这一次？你大人不记小人过，就别和我这朋友计较了。"

连诗跺脚："敬尧啊！"

徐敬尧始终当她是空气，看了看吉云，又看了看一边沉默的陈琛，说："好啊，这有什么，一辆车能值几个钱。"

他走上前去，冲陈琛伸出手，打量他："不如咱们也交个朋友吧，我是徐敬尧。"

吉云却挽上陈琛的胳膊："我们走。"

6.

进了病房楼，陈琛将吉云的手从自己身上扒下来，说："你进去吧，我必须要在外面守着。车上药没卸，不能离人。"

吉云心不在焉地说："你还挺负责的，刚刚你撞了人家，怎么一声不吭？"

陈琛一本正经："是她左拐速度太快碰的我，要是我一个不留神，没避过去，她恐怕要躺在地上和我理论了。"

其实他就是不说，吉云也一清二楚。陈琛不仅仅会开车，而且开得很好。他选择沉默，绝不代表理亏。若真是要争一时之长短，他恐怕更爱用拳头说话。

吉云冲他笑了笑："我也不进去了，我今天休息。"

陈琛说："那等那位先生走了，我喊你出来。"

"好。"

过了片刻，魂魄归位的吉云这才回过神来，想了想刚刚的那段对话，不满地说："谁说要等他走了，我才可以出去？"

而且他说的不是他们，也不是她，明明白白说的是徐敬尧，看起来木木的男人，其实精明得跟只狐狸似的。

吉云撇清嫌疑："我和那人有点过节。"

陈琛推开玻璃门，淡淡地应了一声："哦。"

吉云胸口本就不顺的一口气，现在更加郁结。和他解释个屁，她和他更不熟！

一边是骄阳似火，一边是冷气强劲，在虚设的门前汇成两道互不相容的势力。空气中除了冷与热之间的抗衡，那股说不清道不明的尴尬还始终挥之不去。

吉云只好没话找话，倚着门问："你什么时候开始帮我们医院送药的？之前一直没见过你。"

陈琛坦然说："我这是兼职，才干了没几天。"

"兼职？"吉云想了想，"这么辛苦，是为了早点给我还钱？"

"嗯。"阳光刺眼，陈琛眯着眼睛望向远处，说，"白天多干几份活，能多挣点钱，攒够了就还给你。"

"这工作轻松吗？"

"挺忙的。"

"怎么？"

"我送的这药很畅销，要货的地方多。"

"什么药啊。"

"清安液，治偏头痛的。"

"……哦，是这个。"

陈琛忽然走了出去。吉云在后头喊住他，问："你去哪儿？"

"卸货。"

吉云吞吞吐吐地问："他……他走了是不是？"

陈琛放慢脚步，头向后偏了偏："你不是不在意吗？"

吉云恨得牙痒痒。

烈日当头，吉云找了个树荫，站在下头看陈琛挥汗如雨地忙着。人都说专心的男人最迷人，可与她相比，陈琛年纪太轻。尽管他人高马大，身材健壮，可一张青涩未脱的脸就出卖了他。

再迷人也要败给岁月无情。吉云不是个爱触景生情的女人，却仍然生出几分世态炎凉的感慨。

院里的几个医生出来盘点药品，也只是手插在白大褂里，站在阴凉处指点江山。一扭头，看到吉云，都跑过来打招呼。

吉云皮笑肉不笑地倚在树干上，和他们有一搭没一搭地说话。余光里，陈琛正脱了罩在外面的一件短袖，里头是那件熟悉的灰色背心。

吉云二话没说，走过去，将T恤从陈琛手里抽出来，说：“我帮你拿着。”

陈琛被太阳照得脸色微微发红，衬得汗水泡过的皮肤更白了一分。他不肯，说：“我自己扔车厢里。”

吉云坚持：“我来我来。”

刚刚还对小司机颐指气使的同事们都聚过来，七嘴八舌地问：“吉医生，这人你认识啊？”

吉云“嗯”了声。

陈琛跳上车子，手里捧了一个半人高的箱子。她紧张兮兮地跟过去，叮嘱：“你膀子脱臼，这才好了几天啊！别逞能，手脚健全的都没你拼命。”说着，眼锋嗖嗖地往外射了一圈。

那几个游手好闲的立马跑过来，接箱子的接箱子，推车的推车。

吉云冷眼旁观，终于觉得有点舒心了。

等陈琛把货卸好时，影子已移到了他的脚下。药房的几个人和吉云打招呼，问要不要一起去吃午饭。吉云冷着一张脸摆弄手机，敷衍地摇头。

待几个人走远，吉云这才把手机扔进包里。一抬头，恰好瞧见陈琛在注视她。阳光刺眼，他微微眯起眼睛，像是皱着眉。

吉云隔着老远冲他笑：“你看着我干吗？”尾音一点点上扬。她朝他走过去。

陈琛说：“好像人人都怕你。”

“不做亏心事的人不必怕我。”她一撩头发，仰面望他，嘴角噙笑，“你呢，你怕不怕我？”

阳光直射在她的脸上，布满浅金色的密密的光，循着她每一丝肌肤开始蔓延。她一双眼睛顾盼流转，剔透如琥珀，毫不设防，教人足以一眼望穿，最后却又觉得空空无物。

吉云很会保养，脸上的皮肤紧致饱满，只有细微的两道法令纹，每每笑起来，才会泄露时光的秘密。

岁月将这女人打磨成圆润滑腻的一条鱼，她有时让人很迷惑，听似寻常，却意有所指的话语，教陈琛不舒服。

他喜欢平铺直叙，喜欢直截了当，喜欢将每个人分门别类，一个个剖析他们，看穿他们的一切……他不喜欢猜，翻来覆去地猜。

陈琛将视线挪开，一只手去拉车门："不怕。"

是啊，他有什么好怕的？她不是他的领导，他也不用看她眼色，除了那悬而未决的三万块，他不欠她什么。

吉云将T恤递给他。就在陈琛即将关门的瞬间，她忽然用手抵住了门，问："我帮了你这么多，你都不请我去吃饭的？"

陈琛："……"

车里没空调，吉云将窗子开到最大，还是被车里一浪高过一浪的温度热得出了一身汗。

她半倚着车门，下巴支在胳膊上，一边擦汗，一边很安静地打量着车厢。

车里很破很旧，内饰被晒得褪了色，皮椅因为年数久远，而起了褶子。但是因为接手的人是陈琛，所以每个地方都被收拾得异常干净。

车里没有多余的东西，空荡荡的，仿佛就只装了他们两个人。

出医院大门的时候，陈琛从抽屉里取出瓶矿泉水，扔到吉云怀里，说："我没喝过。"

水也被蒸得滚烫，吉云拿在手里，像抱着一个热水袋："这水一直放在车上的吧？"

陈琛："嗯。"

"那不能喝的。温度一高，塑料瓶里的物质很容易被分解后溶进水里，对人体有害。"她一本正经地说。

"那你放着吧。"

吉云已经拧开了盖子，一仰脖子，咕嘟咕嘟喝了好几口。

"……"陈琛说，"你不是说对人体有害吗？"

吉云擦了擦嘴边的水，说："我又不怕死。"她微挑着眉梢，言语肯定。

陈琛蓦地生出一分奇异的想法，觉得这个女人……无聊得有些有趣。

吉云说："你请我吃什么午饭？"

"你想吃什么？"

"想吃点凉的。要不你现在就靠边停车吧，我知道这里有个摊子卖的东西特别好吃。"

狭窄的小巷里，一对中年夫妻撑了把遮阳伞，已经日复一日、风雨无阻地摆了许多年。吉云和陈琛坐在最靠外的一桌，她给两人分别要了一碗凉皮。

吉云用热水烫了两双筷子，听到他问："你中午就吃这个？"

老板娘将凉皮端过来，白乎乎的一大碗，上头飘着几根翠绿的香菜，底下混合着酸醋和香油的气味，闻了就觉得食指大动。

吉云把洗干净的筷子递给他，说："对啊。你不够吗？"说着就端起碗，把凉皮往他的碗里拨。

陈琛说："够的够的。"横着食指去推碗，但她还是用筷子夹了大半，然后自己端着小半碗，笑眯眯地坐了回去。

怕是真的饿了。吃饭的时候，陈琛恨不得把头埋碗里，每夹一口凉皮，他都急不可待地张大嘴，吸得哧溜带响。

吉云一条条地数着吃，还没点到十，对面的男人已经将战场打扫完毕，撕了张餐巾纸擦嘴。

吉云挑着眉看他，忧心忡忡地问："要不要再来一份？"

陈琛看着她，有些尴尬："够了。"

吉云说："你吃饭也太快了，对胃不好；还有声音，你就不能文雅点？"

陈琛说："男人吃饭就得这样，像你那样，不香。"

吉云振振有词："其他男人是其他男人，但你不行。"

"……"她说话太过跳跃，陈琛都不知道怎么接话。

吉云莞尔一笑："因为你长得很帅，是帅哥，帅哥能那么吃吗？"

"……"

"哎，有人夸过你帅吗？"

陈琛默了几秒，方才说："有。"

"不可能。"

"……"

"我不相信这世上有人和我一样眼瞎，你别太自恋了。"

吉云丢了筷子哈哈大笑，陈琛一张脸仍白得刺眼，一双耳朵却变得通红。恰好他的手机响起来，他看了看屏幕，又看了看吉云。吉云朝他点了点下巴："去接吧。"

他回来的时候，就说有急事要先走。吉云慢悠悠地嚼着凉皮，不无遗憾："还想着要你送我回家的。"

陈琛说："那我等你会儿。"

"算了，你走吧，我吃完后打车好了。你那车上没空调，我坐着也挺难受的。"

陈琛没再多说，彼此道别。他原本已经走出了巷子，没几分钟，吉云又看他折返了回来。

他站在伞外，短发上毛茸茸地罩着一圈光晕，密而长的睫毛落在眼睑上，眸色更深了。陈琛说："上次你去菱花街坊，是去看毛孩他妈的吧？"

吉云说："毛孩？"

陈琛说："就是……就是上次划你包的那个。"

"哦……他啊。"

"最近阿姨身体不太好，能不能麻烦你过去看她一趟？"

"行啊，"她回答得心不在焉，"等我有空吧。"

"你什么时候有空？"他追问。

"不知道，看吧。"

"到底什么时候？"

"……"吉云睨他一眼，"就这两天吧。"

陈琛仍旧是一瞬不瞬地望着她："吉医生，你别敷衍我。"

真是服了他。吉云认命地说："明天吧，明天我有门诊，等瞧完号了就能走。你要是有时间，就过来接我。"

陈琛想了想，说："好，反正明天我也要过来送货。"

吉云点头，朝他挥手。

陈琛又说："把你的手机号码给我吧！"

吉云又仰头看他。

"明天……我好联系你。"

吉云笑着从包里翻出名片，说："我现在手机没电了，你照着我名片上的号码给我发条短信吧，等我一开机就把你的存了。"

陈琛说好，伸手去接那张卡纸。吉云却玩似的往后一缩手，引他走进伞里，站到她面前。小小的一张名片，被两人同时拉着，吉云不松手，陈琛也没有。

吉云挑着眉梢，嗓音又尖又柔，轻笑着说："陈琛，你问人要号码的方法挺特别的。"

陈琛皱着眉头，由衷地说："无聊。"

她这才松手。

晚上，吉云躺在床上的时候，记起阳光下陈琛赤红的耳朵，不由自主地笑出了声。手机静悄悄地躺在耳边，她想了想，这才把它开了。删了几个未接电话的通知短信后，果然看到一条陌生号码发来的短信静静躺在收件箱的最顶端。

短信和他的人一样简单，只有很干脆利落的两个字：陈琛。

黑暗里，吉云眯起眼睛发了一条过去：睡了吗？

看看时间，已经过了十二点，像他那种生活简单的人，除了工作、吃饭和睡觉，应该没第四种选择了吧。

谁知道等了几分钟，手机忽然响起来——陈琛回了电话过来。

# 第二章 “你在我这里，什么都得不到。”

毛孩往陈琛那头递了一根烟。

陈琛没要：“我不抽烟。”

毛孩吸了吸鼻子：“是好烟。琛哥，人家送给龙叔的，我刚偷拿了一包！”

陈琛仍旧没接：“真的不抽。”

毛孩低声嘀咕两句，小心白了他一眼，将烟摸得笔直，含进嘴里，拿打火机点上。“琛哥，”毛孩说得含混不清，“你这是不是叫养生啊？刚刚龙叔喊你吃夜宵，也没见你动筷子。我说医生那一套啊，你真不能太信，否则听多了简直连饭都不能吃。”

“你话怎么那么多？”陈琛睨了他一眼，拿手掐了掐鼻梁，强打精神，“刚刚龙叔喊你说什么？”

毛孩吐出口烟，说：“没说什么。就是叫我告诉你，以后给厂里拉货的时候，要是有多赠的一箱、两箱你就收了，也别分给下头的做搭头，全拉回菱花街坊来。”

陈琛疑惑道：“要那东西干吗？”

毛孩笑："这你就不知道了吧？琛哥，清安液在市面上抢手得很。不过近两年管得严了点，每家药店都有限额，又搞什么按处方抓药。要搁以前，成车买的都有。"

"这药这么管用？"

"那当然！"毛孩将烟拿了，紧挨着陈琛，说话前往四周瞅了瞅，一副贼兮兮的样子，"那药啊，喝一管两管没太大用处。但你要是倒满一杯整个喝了……"

他忽然笑眯眯地不说话了。

陈琛问："会怎么样？"

"你去咱附近的网吧走一走，看大家台上放的饮料是什么，就知道了。"毛孩的声音低得陈琛都快听不见，"那东西劲很大，很多人都爱喝。"

陈琛心里有数，问："会上瘾吗？"

毛孩将烟往他跟前一送："这东西都能上瘾？你说呢，琛哥？"

陈琛想了片刻，说："就这么点货，够卖吗？"

"所以龙叔才想着把这一片的代理吃下来，货多了，手里才能转开。"毛孩拿手肘撞了撞陈琛，"别说是我和你说的啊！"

陈琛点头。

巷子里的灯坏了一片，余下几盏好的，也是时亮时不亮。毛孩和灯较着劲，又是跺脚又是拍手，呕出口唾沫骂："什么破玩意儿。"

陈琛和他并排走着，口袋里的手机忽然振动了两下。掏出来一看，是吉云发的一条短信：睡了吗？

陈琛对毛孩扬了扬手机，说："我去打个电话。"

毛孩又点了根烟，说："那我去车上等你。"

陈琛走到一根电线杆下给吉云拨过去，刚刚响了几秒，电话便立刻通了。吉云像是刚伸了个懒腰，嗓音都软趴趴的，带着慵懒："你怎么回电话过来了？"

陈琛说："我不喜欢发短信。"

吉云在那头忽然就笑了起来，仿佛听了多有趣的笑话，直惹得陈琛耳朵发热，所以他反反复复想，自己刚刚到底说了什么蠢话。

吉云好不容易停下来，忽然又问："陈琛，你耳朵红了吗？"

"……"

陈琛那边许久没说话，吉云这头却出了一身的汗。她从被窝里爬出来，将空调调低了几度，倚在房间的落地窗后，看院子里的点点萤火。

那头还是没人说话。她小心翼翼地问："怎么，你生我气啦？"

陈琛这次倒答得挺快："没有。"

"哦，那你耳朵到底红没红？"

"……"

"红了是不是？"

吉云又低低地笑，直到陈琛说"没事我就挂了"，这才正经起来。她说："明天你几点过来？"

陈琛说："药房八点才有人。"

"哦，好的。"

又是一阵沉默。最终还是陈琛先开了口，说："你早点睡吧，我挂了。"

吉云说："好啊，晚安。"

"晚安。"

挂了电话，陈琛在橘色的路灯下又站了会儿，方才迈开步子，往自己的那辆车走去。

毛孩坐在副驾驶的位置上，早等得不耐烦，抱怨道："琛哥，你这电话打得也太久了！"又弓着腰，在车里翻来翻去，"有水吗？我渴死了。"

陈琛开了车门，跳上去。毛孩刚从抽屉里找出瓶矿泉水，拧开盖子的那刻，陈琛按着瓶身说："这水不能喝了，温度一高，塑料瓶里的物质很容易分解，溶进水里，对人体有害。"

毛孩的脸皱得像是个小核桃："琛哥，你真养生哪！"

陈琛眉头一拧，自嘲地笑了笑："你当我没说。"

过了睡觉的时间点，吉云躺在床上翻来覆去，怎么都睡不着。

一闭上眼，白天的一幕幕，就像放电影似的在眼前掠过：江月、素娴、连诗、陈琛，还有……还有徐敬尧。

她猛地睁眼，静静地望着天花板，等躁动跳跃的心神渐渐平稳，再变得漠然，直至麻痹。此时东方已亮起鱼肚白，她看了眼手机，凌晨四点了。

吉云是医院普外的一块招牌，每次门诊挂号都有限制，一次门诊只排五十个号，和其他医生比起来算是轻松的。可等把最后一个送走，也已经是下午了。

江月不知道有什么事来找她，她恰好手机响，没等他说话就到走到窗边接。

她背着身子，没人能瞧见表情，但态度亲和，不疾不徐，明显是带着笑容在说话。

再回来的时候就说自己有点事，让江月明天再过来。

“什么事啊？”他凝视着她挑起的嘴角。

“私事。”

“约了朋友啊？”

吉云猛地停下脚步，转过身，望着江月淡淡地抱怨道：“江医生，我去做什么，不必和你报告吧？”

办公室里静得连一根针落下的声音都能听得见，所有人都在吉云张嘴的那一瞬屏起了呼吸。

只这一句，江月便知自己已经出局。而他刚刚为她倒满水的那只水杯，还安安静静地搁在她的办公桌上。

陈琛说：“你五分钟后出来，在我车旁边等我一下，我结过单子就立马过来。”

哪怕天黑得像是随时要出现什么妖兽，吉云还是咬着牙，立马跑到陈琛停车的地方，站在副驾驶一边静静地等他过来。

天气预报一早就发布了暴雨预警，超强台风已经自南方登陆，刮到这座城市之前会先带来一轮强降雨。

出门的时候还是好天，阳光穿透云层，映红了一片朝霞。谁知不过短短几小时，立马就风云突变，黑云压城。她只好祈祷天气不要帮倒忙，至少在陈琛来之前赏她一点时间。

偏偏怕什么就来什么，吉云刚刚走到车边，就见狰狞的闪电自天际掀开一个豁口——没过几秒，雨就泼了下来。

等陈琛举着一把黑伞走来，就看到吉云拿包顶在头上，浑身上下已经没一处是干的。他将吉云拉到伞下。女人抹了一把脸，抱怨道：“你说好五分钟就来的！”

他的手温热而干燥，衬得她的皮肤尤为冰冷。吉云觉得那份温暖自心底晕开，层层叠叠地荡漾开来，便有些心痒痒的。

陈琛拧着眉说：“雨这么大，你怎么不带把伞？”

“刚来的时候还青天白日的。”

“找地方躲雨总会吧？”

“说好在你车旁边等的。”

陈琛被她呛得哑口无言，开了车锁，将副驾驶的门打开：“快上去。”

吉云看看整洁的车厢，再看看满身狼狈的自己，有点踟蹰：“不然我下次再去吧。”

陈琛扶上她的背，用了些力气推她：“是不是要我抱你上去啊？”

吉云顺势爬了上去，听到这话，却硬是扭着身子往后看了看他，一脸灿然地笑道：“好啊，陈琛，你抱我。”

他的伞只能照顾到半边，大雨从门与她之间滂沱落下。

她修长匀称的小腿垂在门边，杏色的红底尖头鞋湿得不成样子，脚面上可见清晰的青色脉络，一半流入鞋面，一半浸泡在雨水中。豆大的雨点自伞骨汇集，然后坠在她的脸上。她惊得两眼一闭，屏住呼吸。

“喂，陈琛！”她闭着眼睛，“不许说话不算话。”

陈琛扶着她的两条腿收进车里。就在关门转身的一刹那，他无意识地扯了扯嘴角。

8.

吉云一路上连打了两个喷嚏。等红灯的时候，陈琛拉了手刹，将车里的抽屉翻开，找了块干净的毛巾递给吉云。

吉云接在手里并不动，问：“你是给我擦身上的水，还是要我帮你擦车子？”

陈琛睨了她一眼：“你说呢？”

车子重新开了起来。吉云笑着拿毛巾擦脸，说：“要是旁人，我当然不会问了，但你嘛……”她眯着眼睛连人带车打量了一遍，想起他那收拾得规规整整的屋子，还有随时都能进二手车市场的货车，“有没有洁癖我不知道，但你这人实在太讲究了。”

陈琛说：“我习惯了。”

“怎么养成的习惯？”

陈琛明显不想回答这个问题，车拐弯的时候，他将头微微一偏，视线彻底自吉云身上移走。

吉云还在碎碎念："你是不是坐过牢，吃过牢饭？一次内务整理不好，狱警就举着棍子狠狠揍你？或者你就是有这么一个特殊爱好，一看见东西乱了就闹心挠肺地难受——喂，陈琛，你是什么星座的？"

她就像个不知疲倦的鸭子，始终在人耳边呱呱呱地叫唤。这一秒扯上星座，恐怕下一秒就要开始探讨人生。

陈琛终于认了输，无奈地说："我以前当过兵。军队里不比在家，平日里出去都要两人成行，三人成列，整理内务更是不用说了，被子缺了一个角，都要拎你出去批评。"

"怪不得。"吉云笑，"我怎么没想到。大概是你生得一身匪气，所以我总把你往坏处想。"

"……"

"那后来呢？"

陈琛淡淡地说："没有后来了。"

车头突然一拐，吉云因巨大的惯性往前一晃，屁股沿着座椅一路滑动。幸好系着安全带，在她额头几乎要撞上玻璃的时候，车停了下来。

陈琛踩死了刹车，将车稳稳停在一间紧闭的小吃店门前。吉云看着风雨中飘摇的那块牌匾，记起这正是上次来时躲雨的那家店铺。

吉云拧着眉头，看他已经打开车门，豆大的雨点裹着狂风凶猛地灌入车内，刚刚干了一点的衣服顷刻间又湿得彻底。

吉云解了安全带，侧过身子追问："你怎么不走了？"

陈琛站在雨里，说："这里地势太低，前面又有块洼地。水太深了，开车子过不去。"

吉云往前看，黑压压的天空下，果然有一片亮堂堂的水，因为混着泥土，水又混又黄，稀释的泥浆蔓延在整个巷子里。

陈琛帮她开门，要她带上驾驶室里的伞，简短地说："你也下车吧。"

吉云挂在车门后，却有些犹豫。她不由自主地动了动脚踝，后跟已被鞋子磨得有点刺痛。在病房走来走去的时候还不觉得，只是歇了会儿，人就娇气了起来。

早知道这样，就不应该为了贪漂亮穿这双新鞋的。她手扶着车框，说："陈琛，你车子底盘这么高，应该没问题的。"

陈琛抹了把脸上的雨水，仰头看她：“这儿我太熟悉了。你看这水像是不大，但走进去恐怕能没过膝盖。再往里，地势更低，车没在水里，走不了那么远。”

她叹气：“那……好吧。”

他像是看出她的犹豫，说：“你不方便的话，我抱你下来。”

吉云还没反应过来，他温热的手已经握上她纤细的手腕，引导她环住他的脖子。他一弯腰，另一只手扼住她的膝弯，稍一用力，就将她整个人托了起来。

吉云心一跳，下意识地用另一只手也抱住他，整个上半身都伏在他身上。

恰似拥抱。

大雨滂沱里，吉云目之所及之处，全是他脑后的头发，修剪得又短又齐，手尖触到头发后，似乎还有点扎手。

即便已是湿漉漉的，呼吸间，她还是能嗅到他身上的肥皂味。简单的，板正的，老旧的，苍白的……她的呼吸立刻就乱了，雨水自微张的唇上流过。她舔了舔，一口咽下去。

陈琛放她站到地上。吉云朝他淡淡一笑，弯着眼睛，语气轻佻：“陈琛，你还真是言出必行。”

——是不是要我抱你上去？

——好啊，陈琛，你抱我。

陈琛关上车门，背对着那女人，听出了她话里挑衅的意味，又听她问：“还要不要抱我……去你家？”

“……”

“哦，不对，是毛孩他们家。”

他沉着脸，从她的手里拽过伞，撑开举到她头上，又还给她：“我没想到雨会下这么大。趁着路上积水还不多，你沿着这条路出去，然后上大道，赶紧打车回去。”

吉云一怔：“走什么？你不是要我来给毛孩他母亲看病吗？”

吉云要来给他打伞，陈琛连忙往后退了一步，躲开了，说：“雨实在太大了，再下一会儿，我怕你走不出去。”

吉云有些愠怒：“要我来的是你，要我走的也是你。你也知道雨下得大，现在让我上哪儿打车？你要真心让我走，干吗自己不送我？”

陈琛皱着眉，说：“外头车流量很大，来往的出租车挺多，而且现在不是有那种打车的软件吗？我也想送你，可是这儿水大，我怕后头来的车不知道，闷头开进去后熄了火，挡在路中间。”

吉云又是好气又是好笑：“陈琛，你的心也太大了吧？怎么什么闲事你都要管？还是……”她的脸色也沉下来，“还是你怕我呀？”

陈琛冷冷地说：“吉医生，你想多了。”

他深色的眸子自她身上一掠，很快地移开了，吉云竟读出几分寡淡轻蔑的含义。下一秒，他忽然将她拨开，奔跑着往路中央赶。

一辆小面包车轰轰隆隆俯冲而来，尖锐的鸣笛声如开战时的号角。

“陈琛！”

陈琛几乎是站在车前，逼停了这辆面包车。

吉云被吓得呆若木鸡，回过神来的时候，伞已被她丢在了一边，自己在雨中瑟瑟发抖。她将下唇咬得雪白——这个疯子！

面包车司机骂骂咧咧地开了窗户，认出是陈琛，方才将一肚子的脏话咽了下去：“怎么回事啊？琛哥，要不是我技术好，车就从你的身上碾过去了。”

陈琛走到车的侧边：“前面水深过不去，你把车子停一边，等水下去了再说。”

司机往前看了看，说：“应该还行吧，”

陈琛懒得多解释：“那你就往前开。”

陈琛向后一退，手挥着要他继续。司机这才晏晏地笑了，说：“不去了，不去了，琛哥说的话哪有错啊。”

陈琛给他指路，引着他往路边来。不想又一辆车呼啸而来，陈琛没及时冲出来，车子就沿路而下，冲进一汪水里，霎时水花四溅。

开车的也知道有积水，但心里想着碰碰运气，于是一踩油门想用速度冲过去，然而没开几米，只听一阵呼噜呼噜的响声。车子停在水中，不动了。人自车窗里钻出来，站在及腰深的水里骂娘。

将车靠边停的司机心有余悸，拍拍陈琛的背，说：“多亏你了，琛哥。”

一把伞被扔到陈琛脚下。他微一扭头，就看见吉云脸色苍白地站在旁边，视线锋利如刀，一下一下，恨不得剐下他的肉来。

吉云心中仍在后怕，几乎吼起来：“你有病吧，陈琛！”

吉云眼眶很深，双眼皮，一瞪起人来凶得很，整个身体像是竖起了铠甲，一副随时要和人干架的模样。

这要搁医院里，多半的小护士、小医生都避之不及，噤若寒蝉，连呼吸都不敢。只是轮到陈琛这里，他淡漠地朝她一望，不理她，反倒让她觉得自己成了乱发火不懂事的孩子。

陈琛此刻捡起伞，言语平常地说："我送你走。"

吉云冷道："不多管闲事了？"

"反正车已经在路中间堵着了，没人那么蠢，还要冲过来。"

"能有人比你还蠢吗？你简直——"吉云肺都快炸了，他真是不可理喻的硬石头。

陈琛没辩驳，仍说："我送你走。"

吉云的倔脾气被彻底激了上来，别扭地说："不必。"

她踩着高跟鞋，高傲地一扭头，一摇一摆地往前走。

到了毛孩家里，喜报被淋成落汤鸡的两个人吓了一跳，又是送毛巾，又是送热开水："吉医生，这么大的雨，你怎么还赶过来？台风来了，这雨是一时半刻停不了的。我们这儿地势低，爱积水，待会儿变成小岛，你只能划船回去。"

吉云忍不住瞪陈琛，说："你问他啊！他挑的日子，他带我来的。"

喜报视线一滑，落在陈琛身上，柔柔地喊了声："琛哥。"

陈琛别过身子，声音闷闷的："刚刚说了要你走的。"

吉云气不打一处来。喜报见她鼓着腮帮，脸颊都红了，连忙堵在两人中间做起了和事佬："吉医生，既然来了，就别急着走了。不是有句老话嘛，既来之，则安之。你身上湿得这么厉害，我先给你烧水洗澡吧，等会儿雨小了再送你回去。"

吉云看她一眼："不用了，给你妈看过病我就走。"

喜报说："吉医生，你这样很容易感冒的。"

"我没换洗衣服。"

"你要是不嫌弃，我找几件自己的给你。"

"不嫌弃，但也不想麻烦。"

双方僵持着。陈琛冒出头来说："喜报，你去烧水吧。"

喜报微怔，一双水汪汪的大圆眼睛自陈琛扫到吉云，又从吉云身上扫回了陈琛。

吉云和他杠上了，说：“你管我？”

陈琛定定地看着她，半晌，才吐出口气：“能别闹了吗？”

吉云眼中的光一闪，方才还嚣张的气焰落了下来。她扁一扁嘴，不说话了。

9.

喜报家的平房不大，淋浴间只借了一堵墙，另三面是用竹篾编成的帘子挡起来，头顶半边是屋檐，半边是天空。

这样的空间自然毫无私密性可言。吉云脱衣服的时候，几次看见身后一闪而去的黑影，路人絮絮的交谈声不绝于耳。

好像被装在小竹篓中的蛐蛐，在狭窄逼仄的空间，所有的思维和感觉被前所未有地挤压着。吉云无比敏感地感知着身边的一切。

许久没听见有声音。喜报在外头喊了一声吉医生。吉云猛地站直身子，眼睛往声源处一转：“怎么了？”

“哦，没什么。”喜报乐呵呵地笑道，“我们家条件不好，屋里太热，才在外头搭了棚子。吉医生你千万要见谅啊！”

吉云将手伸进水温明显偏高的水里，舀起一捧搓了搓脸，紧绷的神志方才忽然松了下来。她从水里抬起脸来，说：“没事儿，这儿很好。”

喜报给她的是一件折得整整齐齐的浅粉色棉布长裙，折痕很深，布料崭新，看得出来，衣服的主人很是爱惜。

吉云刚从屋里出来，喜报就拍着手说：“吉医生，你这样真漂亮！”

吉云问她要皮筋，把湿头发扎起来，说：“别恭维我了！我皮肤不白，一穿粉色显得更黑，还是你们这些小姑娘穿了好看。”

喜报说：“我的话可是发自内心的。吉医生，你人长得漂亮，穿什么都好看，哪里黑了，根本就是白得发亮。”

吉云被她逗得笑起来：“你哥的嘴要有你一半甜，兴许我一开心，就不要他赔钱了。”

一提钱，喜报将头垂了下来，搓着两手，很不好意思地说：“吉医生，我哥平时不那样的。他一个人负担我们一整个家，很辛苦的。”

吉云冷笑道：“你哥上辈子要修多少福，才能有你这么体贴的妹妹。都喊他毛孩毛孩的，他有大名没有？”

喜报说："有啊，我叫喜报，我哥叫喜讯。"

吉云挑着嘴角："你们家取名怎么和玩儿一样，照你家这方法，我要是有弟弟，就应该叫吉朵。"

喜报不好意思地摸摸脑袋："我们乡下人没读过什么书，不叫阿猫阿狗就够幸运了，哪还敢挑啊。"

吉云又问："我听你口音，你们一家就是本地人吧？"

"是啊，我从小就住这块。那时候附近还没开发，走几步路出去都是农田哩！"

"那陈琛呢，也是本地人？"

喜报支吾半天，说："这我就不知道了，琛哥不和我们说这些。我只是听我哥说，他家应该在更南一点。"

"南方人还那么白。"不应该像糖醋排骨吗？到他这儿，倒成了粉蒸肉。

喜报疑惑："怎么了？"

吉云说："没事儿。陈琛他人怎么样？"

"当然好了！"喜报两眼一亮，"你别看琛哥不爱笑，一副冷冰冰的样子，其实他心肠特软，别人家有困难，总爱帮衬一下。"

"嗯，他是挺爱多管闲事的。"

"琛哥身手还特别了得，撂倒一群小混混，那是绝对不在话下。可他从来不瞎出头，更不会仗着自己的本事欺负人。"

吉云连连点头："嗯，所以要不是看你脸受伤，他才不会和人动手，最后把自己胳膊都给卸了。"

"……"喜报红了脸，"吉医生，你怎么什么都知道啊？"

吉云说："我就是太聪明。我还知道啊，你喜欢你那个琛哥，对不对？"

喜报的两只眼睛瞪得老大，掩面往后退了几步，说："吉医生，我去给你倒水。"

吉云笑道："你别害羞啊！男大当婚，女大当嫁，难不成你要守着你那个不成器的哥哥一辈子啊？"

喜报一腿抻在门槛上："吉医生！"

吉云说："好了，好了，不逗你了。陈琛呢，这么半天都没见着人影，不是又多管闲事去了吧？"

喜报连忙把嘴一堵，吉云过来拿下她的手："说，人呢？"

"琛哥他不让我告诉你。"喜报碾着脚尖。

吉云拧着眉："那我可就告诉他，你喜欢他了。"

"别、别啊！"喜报扁了扁嘴，快哭了，"琛哥说他去移车了。"

"什么车啊？"

"说是刚刚陷在水里的那辆。"

这都什么事儿啊！吉云叹口气："神经病！"

等陈琛一身泥地跑回来，吉云正掀了帘子，从房间里出来，看到他，阴阳怪气地说："又去学雷锋做好事不留名了？"

陈琛的裤腿挽到膝盖，雪白的皮肤上划了几道血口子，混着雨水，洇出几条浅红色的线。他也不进屋，就站在门外。

喜报说："吉医生，你别怪琛哥了，车子横在水里，真的很危险的。有次我们这儿下雨，也有个傻司机，把车开到水里熄火了。当时谁都没理，哪晓得后来水实在大了，把车都给冲开了，正好撞向一个收拾东西准备跑开的人，差点没把人卷走。"

吉云在边上冷冷一哼："是，他说什么都是对的。"

喜报红了脸，将手里的毛巾递给陈琛，小声说："琛哥你进来啊。"

陈琛趿拉着一双凉鞋，在外头踏了踏，等把脏水甩干了，这才一脚踩进来。

喜报又端来热水。陈琛说："放着，我待会儿再喝吧。"看着一边的吉云，"阿姨身体怎么样了？"

喜报这才恍然大悟地说："是啊，吉医生，我妈她怎么样了？最近她总嚷嚷着不舒服，可问她到底哪儿不舒服，怎么个不舒服，她又说不清。"

吉云看了一眼满脸焦虑的喜报，淡淡地说："恢复得还可以，没什么可担心的。"说完就踩着泡过水的高跟鞋往外走，每走一步，就咯吱地叫唤一声，鞋口里像是养了知了一样。

陈琛叮嘱了喜报两句什么，紧跟着也走了出来。

吉云绕着墙根走了半圈，走到通向巷口的地方，伸手去捧屋檐上流下的水串。喜报身材偏瘦，衣服都穿最小码。吉云虽然也不胖，然而胸部丰满，衣服紧紧绷在身上，曲线毕露。

雨水打在粉底的衣料上，洇出点点圆斑，铺成花瓣。

陈琛站在离她一人远的地方，没有说话。

直到吉云问："你怎么跟出来了？"

他方才说："阿姨到底怎么样了？"

这人真是聪明，她不过一个眼神，他也能及时捕获到信息。吉云侧头看他，说："情况非常不好。不是我吓你们，她的情况拖一天，都会有变化。"

陈琛皱了皱眉。

"我的建议是越早住院越好，对病人有个系统诊断，也好对症下药，尽快拿出治疗方案。"

陈琛半晌没说话，最后吐出口气："我给毛孩打个电话，把情况和他说清楚。"

吉云有些意外："我以为你会立马冲进去，扛着人往医院跑呢！"

陈琛睨她一眼："要不是下雨，我肯定已经这么做了。"

"是啊，那样才像你，乐此不疲地管人闲事。"

"这不是闲事。"

"什么？"

"毛孩是我兄弟，他的事不是闲事。"

吉云笑了笑："可惜你这个兄弟不靠谱，这么大的雨不着家不说，屁股后头还欠了一堆账，最后都要你来帮着擦屁股。说起来，我那三万块，你凑得怎么样了？"

提到钱，一直绷着脸、表情严肃得不像他这个年纪的陈琛方才变了神色。他眼中一闪而逝的局促，被吉云看得一清二楚。

陈琛说："还在攒。"

"攒了多少了？"

"……"他声音低了点，"差不多了。"

"差多少？"

"……"

陈琛无奈地张了张嘴："你是不是事事都要刨根问底？"

"那可不是。只有我在意的事才想知道得一清二楚，那些八竿子打不着的与我何干？"她眼珠子一转，笑得意味深长，"谁让你那么巧，正好是我在意的？"

陈琛咬了咬牙，脸上有某种秘而不宣的隐忍。

吉云含笑看着他，目之所及，是他如刀刻般精致的侧颜，紧绷的肌肉线条略显僵硬，因为紧咬牙关，所以下颌的曲线也很明显。

湿滑的唾液在口中转了转，吉云抬手想去触碰他的脸，忽然喜报探出头来喊：“吉医生，琛哥！”

吉云手一颤，悬在半空。陈琛侧目而视，眼带锋锐。四目相接的那刻，火光四射，吉云轻易地就读出了他眼中的敌意。

喜报跑过来，说：“吉医生，琛哥，你们站外面干吗？快点进屋来啊！”

吉云皮笑肉不笑地说：“有人怕我在屋里吃了他呗。”

喜报满脸疑惑地看了看这两人，支吾着：“什么啊？谁要吃了谁？”

陈琛不禁逗，脸黑得如锅底。吉云也不着急，找话岔开了，说：“雨实在太大了。”

“是啊。”喜报忧心忡忡，“天就快黑了，雨一点也没变小的趋势。地上的水这么深，我看你今晚就别回去了。吉医生，你就和我一块儿睡吧！”

吉云说：“不要。和外人同床，我睡不着。”

她瞥了一眼默不作声的陈琛，挑高了嗓音，说：“陈琛，我睡你那儿去。”

10.

真是漫长的一天。

陈琛果真生了吉云的气。吉云跟在他身后，往那小平房走的时候，他举着一把漏雨的破伞，大步往前走。

乌漆漆的天，坏了的路灯不停地闪烁着。水已经涨得很高了，映着黄色的光线，激流汹涌。

吉云一手扶着粗糙的墙面，沿着曲径艰难地走着。余光瞄到暗色的水流，仿佛天地间连成了一片。她孤身站在一叶扁舟上，孤立无援。

“陈琛！”吉云抑制不住地头疼，终于放下面子喊那男人。

陈琛转过身。

“你来扶我。”

她的脸色煞白，嘴唇青紫，额头上不知是汗是雨。陈琛径直走过来，手扶住她的肩，将她上下打量了一遍。

吉云像是要避开他视线似的偏过头，却觉察到他弯下了腰，蹲在自己面前，那只温热的手抚上她的脚腕。

“你干吗？”

陈琛低着头，别人看不到他的表情：“你穿这鞋没法走路。”

“你要我赤脚？”她还是微微抬起脚，被他脱下了一只。

“路被雨水冲洗得很干净，不会划到脚。”

“还要走多远？”

“快了。”

“陈琛，是你害我的。”

陈琛提着鞋子站起身，看了她一眼：“我让你走的。”

“你——”

“你没听。”

“你——”

陈琛用提着鞋子的那只手环住她，狭小的空间，她被紧逼着几乎贴到墙面，伞落到身前，挡住前方的风雨。

陈琛的那把破伞罩住他俩，外头是大雨，里头是小雨。

双脚着地，仿佛灵魂归位。吉云陷在他的怀里，就像周身燃起暖炉，热烘烘地熏着她。她稍一抬头，就是他绷得紧紧的一张脸，那股莫名的火气又莫名地消失了，她装作不经意地用唇擦过他裸露的肩头。

男人瑟缩了一下。

大概被风蛰了一下。

陈琛一个人住，平日里除了毛孩和喜报，没有其他人过来串门。所以房子里除了他的东西，居然找不到一双可以给吉云临时穿的鞋子。

里里外外搜了半晌，他最终将自己脚上的一双鞋脱下来，扔到她的脚边。吉云像是穿了一双巨大无比的木屐，走一步，掉一步，偶尔轻声地抱怨一下。

嗒嗒的声音如沉闷的鼓点，密集地在这间空荡荡的房子里回响，直到陈琛洗过澡，套上衣服，这喧嚣的鼓点方才停滞下来。

等他掀开帘子出来，吉云已经搬了张小板凳，还坐在上次的位置，赤着两只脚踩在门槛上。她的头发如黑瀑披在肩头，正拿着洗得泛白的毛巾，安静地擦着。

听到脚步声，吉云猛然一扭头，清澈的眼睛定定地看他，忽地嫣然一笑：“这毛巾是不是我上次用过的那块？”

她背后是黑压压的天空，细如银针的大雨滂沱下着，间或闪过几道白厉的闪电，照得她的脸色一阵明一阵暗。陈琛头顶即刻有响雷滚过，轰轰隆隆的，好不热闹。

吉云说：“你这儿有创可贴吗？我脚后跟破了。”

陈琛一声不吭地进了房间，再出来时，手里果然拿着几张。

吉云又说：“你帮我弄一下吧，喜报的裙子太紧，我不方便。”说着便曲起两条腿，向他伸过去。

陈琛二话没说，弯腰蹲下来。她的脚后跟被磨出一长道红印，中间的皮肤已经破得不像样子，渗出浅黄色的液体。

像是一块莹润的玉上，被开了一小道鸡血红的口子。他手握着她的脚踝，感受到这玉里跳动的热度。这样的伤口多半挺难受，他用毛巾拭去创口附近的液体时，她很明显地颤了颤。

“很疼？”他说。

他的手里拿着创可贴，却拿不准从哪个方向去贴，横过来面积实在不够，竖过来走路又很容易脱落。

吉云一挑眉梢，柔声慢语、别有他意地说：“那你对我轻一点啊，陈琛！”

陈琛抬头看她，满眼的戒备——就像不久之前她说，“陈琛，我睡你那儿去”时，一模一样的戒备。

他防着她、忽略她、装糊涂……可她知道他懂，懂她刻意的接近，懂她故作的姿态，懂她话里的话。

可他知道，他控制不了她，她就像一条在海里驰骋的飞鱼，你可以轻易折断她的翅膀，却无法追上她游移的速度。

他只是控制着自己，对她充满戒备，然后再变得冷冽。

陈琛默了几秒，终于开口：“吉云。”

不是吉医生。

“你在我这里，什么都得不到。”他字字句句说得分明。

吉云怔了半天，忽然笑了起来：“你怎么那么笃定？我想从你那儿得到什么？难道你就不想从我这儿得到些什么？或者，我们可以互相得到，互相成全呢？”

她绷直了脚尖，拿脚趾去蹭他的膝盖。那男人的手腕却猛一用力——脚腕处一阵钻心的疼痛。吉云猛地向后一弓身子，将脚从他的手中抽出来。

她根本无须费力，因为陈琛早已经松手，此刻站起来，居高临下地看向她，冷冷地说："我去做晚饭。你要吃什么？"

创可贴被扔进她的怀里。吉云紧紧攥着那几张薄薄的纸，两眼直勾勾地打量着他，不多会儿，忽地低声冷笑出来："不必，多谢。"

大雨足足下了一整夜。

吉云累得眼皮有如千斤，然而睡在陈琛的床上，辗转反侧直至凌晨，却始终处在迷离的半梦半醒之间。

房间里始终有一股干燥的气息，像是做完一天活的木工房，锋利的刀口上涩涩的生铁气味，夹杂着阳光下刨屑翻卷的松木味。

稍稍吸一口气，都是浓烈缱绻的男人味道。一睁眼，却只是黑夜、冷屋，还有下不完的大雨，以及落在瓦上的雨声。

越到这种时候，她心里的那份空虚就越大。

好不容易挨到天蒙蒙亮，忽然传来震天响的敲门声。吉云一个激灵，翻身坐起来，问："陈琛，是谁？"

他们中间只隔着一道门帘，很容易就能听出陈琛起来了，脚步声很沉很稳，声音随即传来："我去看看。"

房间里却是"咚"的一声，吉云哑着嗓子，低喊了一句。陈琛立刻绷起神经，跑过去隔着帘子说："吉医生，你没事吧？"

没人回答，只有低微的呜咽。

陈琛忍不住掀了帘子进去。吉云正坐在地上捂着头，见他进来，无精打采地说："没事，起得太急，眼睛花了。"

陈琛过来扶她，却被她一手挡开，声音闷闷的，还是那简短的四个字："不必，谢谢。"

外头喜报死命地砸着门，将肺里的所有空气都逼了出来，扯着嗓子喊琛哥。陈琛蹲在吉云前头，想说些什么，最后只是抿了抿唇道："我去开门。"

吉云望着他眼底明显因熬夜留下的青色，挑了挑眉。

喜报被淋得像个十足的落汤鸡，被清早凛冽的风一吹，冷得直哆嗦。她刚一踏进门，就哭了起来。陈琛将身上披的一件衬衫给她，将她挡在脸上的湿发拨开了，说："有话好好说，你别着急！"

喜报猛地抓着陈琛的胳膊，上气不接下气地哽咽："琛哥，水实在太大，已经进了我家，房子里泡了水，东西全漂了起来。我妈刚刚又突然喊身上不舒服，脸白得和纸一样。我实在是怕她出事，才赶紧过来求你帮忙。"

陈琛皱紧眉："毛孩呢？"

"我哥一晚上没回来！"喜报直抹泪，"救护车也来不了，只有警察肯来，但要调冲锋舟。这一块全被淹了，我刚刚是游泳过来的。现在要疏散的人很多，等排上我们这边，不知道要到什么时候。"

"那我现在过去！"陈琛说着，忽然扭头看了一眼吉云。

她正抱着两手，背靠墙站着，一副与我无关的神情。此刻猛地迎接上他的目光，她眼帘一垂，淡淡地说："我不去，我可不会游泳。"

陈琛走到她的跟前，说："外面雨大水急，我没想让你去。"

这是不是叫以小人之心、度君子之腹，还是她真把自己想得太重要了？吉云睨他一眼，脸上讪讪的，想了想说："陈琛，你也说雨大风急，我看你也别逞强了。这一片都成了水乡泽国，你一个人怎么把她妈妈弄出来？还不如等救援队过来！"

陈琛说："我有办法。"

"什么办法？"

"……"

"你告诉我是什么办法？"吉云讥笑着，"你以为你是谁啊？陈琛，你无所不能吗？"

陈琛咬着牙："难道你要我坐视不管？"

吉云涨红了脸，两只手握得紧紧的，复又松开。

喜报见两人又要杠起来，连忙跑过来，拉着陈琛的手腕，说："琛哥，你们别吵了！"

陈琛说："我这就走。"再将喜报往吉云面前一推说，"喜报，你留下来，和吉医生做个伴。"

"琛哥……"

"你们都别乱跑，我很快就回来。"

一记响雷轰隆隆地滚过。陈琛看了一眼吉云："等我回来。"

刚刚还红着脸的女人，面色一点点地冷下来，看了看站在光影里身材修长的男人，点了点头。

11.

吉云的手机进了水。

被强行开关了几次之后，开始还能显示乱码的屏幕，最后彻底灭了下去。

喜报在旁一直满脸期待地问："怎么样了？"

吉云翻了个白眼："不中用。"

"唉！"

喜报耷拉着脑袋，满心懊恼道："早上琛哥的手机也打不通，现在你的又坏了。这怎么联系呢？难道真傻傻地待在这儿等？早知道，刚就跟他一起去了，也不至于没着没落……水再大也要跟着啊。"

吉云扔了手机，调侃道："你是担心你妈妈，还是陈琛？"

屋里已经断了电，喜报将木头大门开起来一点，倚着门，背着光，教人看不清表情："当然担心妈妈了。我爸爸去世得早，这么多年，都是她照顾我和我哥哥。但是……也想知道琛哥怎么样了。"

吉云冷笑道："还是放不下你琛哥吧？"

喜报已经顾不上什么好不好意思了，说："我家离巷口太远了，地势又比这儿低，想要进去，真是太难了。我都不知道自己怎么过来的。"她往门外眺望，"刚刚水还没这么深呢。"

吉云将屋子里横七竖八、陈琛没来得及整理的条凳、椅子归置好，想起他离开时望着她说过的那句"等我回来"。挺简单的四个字，但从这样的男人嘴里吐出来，就像是某种承诺。

吉云胸有成竹地说："放心吧，陈琛说他有办法。"

"……"喜报不由得奇怪，"吉医生，你刚刚不还说他逞强吗？"

"那是——"吉云想了想，"喜报，你谈过恋爱吗？"

喜报扭头瞧她，头摆得像拨浪鼓。

"我就知道……我告诉你，一个女人如果喜欢一个男人，最重要的就是吸引他的注意。不管他喜欢，还是反感，能让他抽出空来想一想你，这就算是成功了。可如果他把你一直当作好朋友的妹妹，那你就别想和他擦出什么火花了。懂了吗？”

喜报慢吞吞地说：“有点懂。”她忽地眼睛一亮，“那吉医生，你也喜欢琛哥？”

“也？”吉云笑笑，“你还真喜欢那傻瓜啊？”

吉云尚在心里仔细界定“喜欢”这个词的分量，忽然就看到喜报目瞪口呆的表情。头顶几丝冷雨飘下来，伴随而来的是某种东西吱呀断裂的声响。

她仰着脖子往上一瞧，年代久远的木椽终被连绵的大雨蚀断，片片黑瓦如鼓翅的凤蝶，在瑟瑟风雨里簌簌落下来。

震惊之中，喜报大喊了一声：“吉医生！”

吉云还没来得及反应，肩胛忽然被人猛地一推。她一连退了几步，最后一屁股坐到地上。她再抬头，看到的是房顶豁口外黑沉沉的天空，还有面前一堆颤抖的瓦砾。

“喜报！”吉云抖得泣不成声，连滚带爬地过去。她扔了木椽，撇开瓦片，喜报正带着一脸血地望着她。

喜报只顾着救人，没来得及护住要害，伤得最重的就是头部。她见到吉云，像是走失的孩子终于得救，两只手死死地抱着她的脖子。

吉云怕屋顶支撑不住，再次坍塌，两只手拉着喜报的腋下，连拖带拽地将她搬到屋外。

大水早已经漫上石阶，她昨夜和陈琛走过的小径，已经消失在乌泱泱的黄泥水里。

喜报满脸的泪和雨，止不住大口地喘气，两只手死死掐着吉云的脖子不肯放。吉云抱着她坐了好一会儿，她才缓过神来，将手慢慢松了。

吉云的脖子上早就一片青紫，拧眉吃痛说：“你和陈琛都是什么臭毛病？你好的不学，非要学他学雷锋做好事是吧？”

喜报嗫嚅着：“我没事，吉医生。”

吉云翻着白眼：“没到生离死别呢，都没掉下来几片瓦，有事才怪了。”

“……要我站在那里，你也会来推我的。”

“你看我脸上是不是写着‘善良’两个字？”

喜报扁了扁嘴，没吭声。她拉长呼吸，很用力地呼吸着湿润的空气，肺部却像是装着台破旧的风箱，怎么使劲都只是枉然。

她感到喉头有一股腥甜，上不来，下不去。她干咳了两声，感到吉云用力拍了拍她的腮帮子："别闭眼，快看我脸上有没有'善良'两个字。"

水忽然涌上来，像浴缸里又钻进了一个人。吉云眼里倏忽一亮，将手举得老高，大喊："喂，这边！"

冲锋舟上坐着好几个穿救生衣的男女。穿着迷彩衣服的人，从船上跳下来，手趴着台阶爬上来。他看了看喜报，又看了看吉云，操着一口夹杂着方言的普通话道："她怎么了？"

船上有人给他递救生衣。吉云先给自己穿好了，再将迷迷糊糊的喜报抱着坐起来，和迷彩服一起替她穿上。迷彩服抱着喜报上了船，回看了一眼吉云："我们船满了。"

吉云抹了把脸上的水，说："你们先走！"

喜报一脸的不舍，向她伸着手："吉医生……"

迷彩服身上的对讲机忽然响起来，前头巷口靠公路的窨井盖被冲跑了，有个赶来救人的路人不知道情况掉了下去，现在正紧急调派人手过去救援。

脑子里乱成糨糊的喜报，这时候吓得脸色更加发白，抖着嘴皮子说："吉医生，那个人……那个人不会是琛哥吧？"

吉云一愣。

喜报被砸得鼻青脸肿，流了一身的鲜血，也没掉过一滴泪，这时候忽然两眼一眨，自眼角滚下成串的泪。她将脑袋扭到吉云怀里，上气不接下气地说："一定是……琛哥。"

喜报忽然站起身，要去抱吉云，呜咽着说："吉医生，你让他们走……走……救琛哥。"

吉云的脑子里一片空白，只是下意识将喜报的手拽开，对船上的人说："麻烦帮她撑把伞。"喜报被抱回去，一张脸哭得走了形，"吉医生……"

吉云的两条腿早麻了，斜着身子跪在地上："陈琛一定没事的。"吉云的心跳得怦怦响，语气却是淡淡的："他有办法，我在这儿等他。"

他有办法。可是什么办法，问他的时候，他自己也说不清。他也说过"等我回来"。可万一他回不来呢？他又逞强了呢？总以为自己无所不能。她随便说几句话，还不是就红了耳朵？

而且他的胳膊还没好多久！

吉云回过神来，发现自己已经沿着墙角跑出老远，水没过她的脚踝。她赤着脚，每走一步都是阻力重重。地势低的房子大半部分没在水里，灰白的砖墙泡得洇出一圈黄色的痕迹。

她由高至低，最终走至绝境，横亘在面前的是淹没石路的滚滚泥水，深浅未知。她不会游泳，赖以维系的只有一件救生衣——她是跳，还是不跳？

跳还是不跳？

一阵水流涌来，突然有人喊住了她。转头去看，又是一艘冲锋舟。男人在船上向她挥手。吉云使出吃奶的力气，连滚带爬地翻上去。

她一把抓住男人的手，说："去救人！"

到了巷口，被卷进窨井的男人刚刚被拉上来。他脸朝上，四仰八叉地躺在地势高的地方。

吉云远远望着，只隐约看出他穿着黑色的背心，长裤只到脚踝，丢了一只鞋的脚上布满伤口。她的一颗心提到嗓子眼，跟着救援人员自船上跳下去的时候，差点一张嘴就吐出来。

直到自人群的缝隙间，看到一张全然陌生的脸，她方才长长吐出一口气。

冲锋舟上又有人跳了下来，高声喊她，手臂如铁箍，掐着她的肩膀往回游。吉云拽着像是要脱身而去的救生衣，被汹涌的水流冲得翻过身，整个仰倒在水面上。

男人搂着她的脖子，将她往船上拉，问："小姐，你没事吧？我送你去医院。"

她不住地喘气，苍茫的天幕，被一条狰狞的闪电劈成两半。"不用，"她说，"我想回家。"

12.

吉云一觉醒来，不过华灯初上。

年纪越长，人越缺觉。明明累得四肢都恨不得卸下来，头沾着枕头，才睡了几个小时，一有风吹草动，却立即惊醒过来，然后她双眼直愣愣地盯着天花板。

一夜无眠。

吉云补足了觉，知道自己再也睡不着了，索性掀了被子爬起来，又钻进卫生间洗了个澡。在浴室蒸腾而起的烟雾里，她看到衣篓里换下来的粉色连衣裙——喜报折得方方正正的、轻易不拿出来穿的宝贝，此刻染了颜色，满是泥泞，皱巴巴地躺在那里。于是滚滚思绪就如窗外的大雨，顷刻间充盈了大脑。

她擦干身子，随便找了身衣服，就出了门。喜报的连衣裙被送到她常去的那家干洗店。划完卡，拿了条，她转身就去了隔壁的移动公司。

包和手机，一股脑全忘在了陈琛那里，等雨水退了，不知道要飘到哪个犄角旮旯。再遇见个毛孩那样手脚不干净的，偷得你连一个铜板都剩不下。

将补办的电话卡装进手机的时候，她神思游移，心中暗念，这一笔账还是要算在陈琛头上。

不过刚刚开机，未接电话的短信提醒就填满了整个屏幕，铃声叮叮当当响个不停。她还没来得及一一翻看，一个熟悉的号码就打了进来。

一听电话接通，江月声音焦急，迫不及待地说："你在哪儿呢？手机不开机，谁都联系不上你，我急得差点要报警！"

吉云皱了皱眉，将听筒拿得离耳朵远一些，淡淡地道："找我干吗？今天排的我休息吧？"

江月那边一阵静默，大约想起了昨天下午被她臭的事情。他吸取教训之后，立刻就将语气收敛，说："听到你没事就好。"

吉云说："我能有什么事？还有事吗？没事我就挂了。"

江月急忙打断她："这两天暴雨，医院里都被伤员挤爆了，所有人的休假都取消了。你要是休息好了，最好尽快赶过来。"

吉云说："那我待会儿过去好了。"

江月试探着问："你现在在哪儿？要是不方便，我开车去接你。现在雨还是很大……"

他本不抱希望，做好了被她斩钉截铁拒绝的准备。谁知道等了几秒钟，吉云忽然松了口，说："人民大厦这儿呢，你来吧。"

医院里灯火璀璨，连平时舍不得开的景观灯，今晚上也全部开到最亮。院子里车来车往，人来人往，比平常的假期和周末还热闹。

在大门口，江月帮忙将伞收起来，将准备好的一块干净毛巾递给吉云。她不肯要，说："一会儿就干了。"

江月拧眉说："这怎么行呢？你瞧你头发都要湿了。"

细软的毛巾擦到脸上，带着一股细微的工业染料气味，沿着她的脸颊一路抹到头发上。吉云向后让了一步，说：“不用。”

突然就看到某个不想见的人，撑着把破伞，一路小跑过来。

毛孩穿着件黄色T恤，裤脚直卷到膝盖，口袋上一条金光灿灿的钥匙链连着裤袋。见到吉云，他几乎一愣，继而满眼猎奇地将一双贼兮兮的眼珠子转到江月身上。他声音极为狡黠：“吉医生，这么巧，正想找你呢！”

一道黑色的影子闪过。吉云放远视线，见到了一个身材颀长的男人。她脑海里已经迅速回味起那股简单、板正、老旧、苍白的气息。

陈琛来了。

笔直的光线打下来。陈琛径直走过来，眸子黝黑深邃，鼻梁又挺又直。他向吉云点头，说：“吉医生。”

江月望望两个年轻男人，又望了望吉云，说：“认识啊？”

毛孩大摇大摆地走近他，拿拇指一擦鼻尖，轻佻地说：“当然认识啦。不仅认识，还特别熟。是吧，吉医生？”

吉云没心情搭理这无赖，对江月说：“你先去忙吧，我这边儿有事。”

江月警惕地盯着毛孩，确认道：“真的不用和我一起进去？”

吉云说：“用不着。”

江月沉吟几秒：“好，你自己小心。”

等江月走了，毛孩这才长长了嘘了一声，说：“小心什么玩意儿？小心？我看他两眼长在天上，才要小心。”

陈琛过来拦着他：“别在这儿乱说话。”又看向吉云说，“吉医生——”

吉云当即皱起眉，不耐烦地打断他：“别吉医生吉医生的，我不是你的医生，你喊我名字。”

陈琛愣了愣，到底没喊出口，之后不指名道姓地问：“喜报没事吧？她没跟着你吗？”

吉云冷嗤道：“喜报，喜报，你就只关心喜报对吧？”

陈琛动了动唇，没发出声音。毛孩窜出来，挺着腰板大声道：“你好好一个站这儿，我们不问喜报问谁？你说说，你到底把我妹妹弄哪儿去了？”

陈琛将毛孩一把拽回来，沉着脸望了他一眼。毛孩吃瘪，低了头。他又看向吉云。

吉云咬牙忍了一会儿，当成毛孩不在场，说：“你跟我过来。”

喜报一早就被送了过来，因为伤势不算太重，被安排在走道里的病床上。吉云问清楚方位，领着陈琛和毛孩过去探望。

医院里果真堵满了人，不分男女、不分年纪的人，占满了有限的空间。空气里弥漫着一股雨后的泥土味，混杂着孩子撕心裂肺的声音，教人不得不头疼。

大概是目之所及都是烂摊子，都是凄凄惨惨的景象，毛孩见到脑袋被包扎成粽子的喜报时，意外地没有大发牢骚。

反而是吉云看不下去，托人找关系，行方便，让喜报进了病房。她解释：“虽然我不是很赞成这种做法，但喜报是救我受的伤，我没什么道谢的，这点小忙还是要帮的。”

毛孩的嘴巴翘得比鼻子还高，一脸得意的神情，喜气洋洋地坐到病床旁边看喜报。

陈琛和吉云面对面站着，说：“真的谢谢你。”

吉云嘴角一挑，慢条斯理地说：“得了吧，你拿什么谢我？”

他眼神一动。

有护士推门进来，说：“吉医生，这边新送来一个病人，你来瞧瞧。”

吉云说：“这就来。”她的视线匆匆落到陈琛身上，又匆匆掠开，“走了。”

吉云前脚刚出去，毛孩后脚就走到陈琛面前，手往他的眼前一拍说：“琛哥，你不用给那女人好脸色看。”

陈琛深吸口气，沉声道：“毛孩，做人要讲良心。”

毛孩一脸吃惊：“我怎么没良心了？琛哥，你什么时候替那女人说起话来了？”

“我是就事论事。”陈琛说，“她帮了我们不少。她本来可以不用管喜报的，但还是托了关系，让她进病房。你别老挤对她，人家不欠你什么。”

“呵，这算什么啊？这就是她该做的。什么不欠我什么，她欠喜报的，你没听她说，喜报是为救她才受伤的！”毛孩忽然一个激灵，手摸了摸下巴，“琛哥，你别是着了那女人的道了吧？”

“越说越离谱。”

毛孩据理力争：“不然你怎么胳膊肘往外拐，一个劲为那个女人说话？不过你喜欢她也能理解，吉医生长得确实有几分姿色，身材又好，高傲得跟只白天鹅似的。她要真想勾着你，谁能扛得住啊。”

陈琛实在无语。

“可你见着刚刚那个男人了吗？我听这医院的人说了，这就是她现在的相好，两个人眉来眼去好一段日子了。可吉医生骨子里就不是个本分人，还不满足呢，成天和医院里的男医生打情骂俏！”

毛孩拿胳膊肘一顶陈琛：“琛哥，你可一定要经得起诱惑，别让人当二傻子溜着玩——”

病房门突然被人推开。毛孩正说得兴起，见到吉云气势汹汹而来，恰如被一盆凉水自头顶泼到脚跟。

他如惊弓之鸟，吓得一下子跳到陈琛身后，只露出半个头，用乌漆漆的眼睛紧盯着她。

陈琛紧赶着走上去几步，说：“吉……”他一顿，拧眉，“云。”

吉云冷冷看了一眼毛孩，最终把视线落到陈琛脸上。

“没什么大事。”吉云面无表情地说，“我就是来告诉你们一声，我把喜报妈妈转给江医生了，以后有什么问题，你们直接跟他沟通。”

她没等回答，又转身出去，将病房门又关了起来。

13.

素娴打着哈欠走进更衣室的时候，房间最里头的柜门洞开。吉云刚把白大褂解了半边，歪着身子，头枕着柜门睡得正熟。

她放轻手脚，走到自己柜子，只是钥匙刚刚插进锁眼，不过细小的一声“咔”，就让旁边白色的身影动了动。

吉云揉着眼睛坐起来。素娴扫过去一眼，说：“吵醒你啦。”

吉云两手抱头歇了一会儿，才将头抬起来说：“本来也睡不踏实。”

素娴说：“你坚持多久了？瞧这小脸惨白惨白的，看得我心都疼了。”

吉云说：“还不到一天呢，就是偏头痛犯了，半边脑仁钻心地疼。”

“吐了吗？”

“还没，不过开始犯恶心了。”

素娴叹了口气道：“你这就是小姐病，稍微累一点就受不了。我这都快两天两夜没合眼了，还不是生龙活虎的——就是走路有点飘。”

吉云笑了笑，说："你都喊了大半年减肥了，这次准保成功。"

素娴眉梢一挑，乐了："你别说还真是的，这两天跑来跑去，肚子都瘪下去了，早知道就留下来继续奋战了……那你现在是怎么着？继续值班，还是回去休息？"

吉云说："回去。我头疼，做不了事。已经让他们重排了值班表，明天一早再过来。"

"嗯，那你好好养着。"素娴换了衣服，拎上包出去，走到门口忽然想起来什么，转身喊吉云，说，"刚刚有个人向我问你来着。"

吉云漫不经心地问："谁啊？"

素娴回忆道："生脸啊，不过又高又大，脸还有点小帅。"

吉云站起来看她："是不是皮肤挺白的？"

素娴不住点头："对的，对的。"

吉云急忙向她走过去："他问我什么？"

"问你在不在，在哪儿。我说我不清楚，就指了咱们的办公室要他等着。我过来的时候，看他在对面的露台上站着呢。"

吉云连忙换好衣服出来，迎面却撞上江月。他鲜见地绷着一张脸，后头还跟着两个畏畏缩缩的实习医生。

江月见吉云穿着便服，又拎着包，问她是不是现在就准备回去。

吉云说："嗯，头疼得不行。"

"那我送你吧。"

"用不着，打车也方便。"

"这种天你还想打车？"

过道尽头忽然有扇门被打开，陈琛埋头走了出来。他穿着一件不知从哪儿找来的长袖蓝衬衫，袖子挽到胳膊肘，露出精壮的手臂。衣服大抵湿了干，干了湿，此刻皱巴巴地挂在身上。

吉云不知怎么的，一下子就放松了，说："有车的，他送我。"她对着江月说话，眼睛却看着陈琛。

陈琛也看到了吉云。不过她身边多站了江月，他拿不准是等还是走。毛孩的话有些不合时宜地响在耳边。

——这就是她现在的相好。

——骨子里就不是个本分人。

其实她和谁在一起，是怎样的关系，跟他一点关系都没有。

没有。

吉云绕过江月，向陈琛走过来。

她远远就喊那块硬石头："好巧啊！"

陈琛将视线轻轻落到她的脸上，冲她点了点头。

吉云明知故问："在这儿干吗？"

陈琛指了指后头的门，说："吹风。"

吉云冷笑："我以为你在等我呢！"

陈琛说："顺便等你。"

"……"

两个人一前一后进了楼梯间。吉云撑着扶手，说："在外面站多久了？"

陈琛说："没多久。"

"没多久是多久？"

她的老毛病又犯了。陈琛抿了抿唇："一个小时吧。"

"这么久啊！外面风挺大的，不觉得冷吗？"

"还行。"

"嗯，你身体好着呢。"

挺普通的一句话，她分了轻重，咬文嚼字，一字一字地蹦出来。不想让人想歪吧，偏偏又说得缠绵缱绻；让人想歪吧，其实又是再普通不过的一句话。

陈琛跟在后头没有吱声，吉云大概能想到他脸上隐忍不发的表情。上次他说，你在我这里什么都得不到。

吉云觉得他大错特错，其实不是非要做了点什么才算有所得，有许多东西虽然看起来平淡无奇，然而身处其中，则是别有一番滋味。

有趣，解乏，这就够了。

有一瞬间，她很想去看看他的表情，看看他爱发红的耳朵。于是她脚跟一旋，扭着身子向上瞧他。

身后忽然有人喊："小心啊，请让一让！"

一只手扯着她的胳膊，将她猛地拉了一下，还没稳住重心的女人忽然向后一倾。在迅速切换的视线里，陈琛像脱弦的箭似的冲她跑来。

陈琛一手搂着她的背，将她扶起来。她顺着力气撞进他的怀里。有那么一瞬间，吉云觉得时间归零，世界冰封，周围的一切都停了下来。

他们相对而站，他在仅仅毫厘之外，温热干燥的手心贴在她的背脊。她像是一捧炽热的火焰，在他的包裹下剧烈地跳跃。

他的呼吸也是乱的，绝不是因为那一刹的意外。

吉云的心底有个声音，说不是。

耳边人声渐响："吉主任，你没事吧？对不起啊，刚刚我一下子没稳住！"

陈琛往上退了一个台阶，将吉云松了开来。于是发条上紧，时间重启，指针滴滴答答，走得分外快起来。

吉云瞥了一眼旁边那人，是个穿蓝制服的护工，长得又瘦又小，偏偏扶着位腿上打着石膏的胖子。

吉云说："怎么不走电梯？"

护工一头的汗，说："太忙了，等不到啊！"

陈琛几步走过去，说："我帮你扶上去吧。"等搀上那胖子，才想到征求吉云的意见——他眼巴巴地看着这女人。

吉云一哼："我去外头等你。"

陈琛说："你还上不上班了？"

吉云说："不了，回去休息会儿。"

陈琛摸了自己裤子口袋，把一串钥匙递过来："那你车上等我吧。"

吉云说："好。"

陈琛又说："顺便送你回家。"

"……"

顺便你大爷。

等陈琛坐进车子，他的一头短发早就湿得差不多了，蓝色的衬衫上洇了一圈深色，像在衣服外头套了件围脖。

吉云熟稔地找到车上的布，去给他擦头。只是她刚刚触到他的皮肤，他条件反射似的往旁边一躲。陈琛接过毛巾："我自己来。"

吉云盯着他看了几秒，说："好啊。"

车子开动。

陈琛问：“你住哪儿？”

吉云说：“名墅花园，认得路吗？”

“认得。”

“哦。”

气氛一下子落到冰点。雨打在车窗上，散开一朵又一朵的花。陈琛专心开车，吉云专心拨弄手机。

直到车子停在小区外，陈琛说：“这里不许外来车辆进去。”

吉云方将手机收起来，说：“是啊，就停这儿好了，我走过去。”

她的手已经摸上车把手，忽然听身后人说：“其实我有件事想跟你解释一下。”

咔哒！

吉云开了车门，说：“下次说吧。”

陈琛说：“我等不到下次。”

吉云一只脚已经迈了出去，陈琛突然伸手拉她的胳膊：“一会儿就行。”

吉云扭头看着那只手，又一路沿着男人的胳膊看到他的脸，继而冷冷地说：“松手。”

陈琛非但不听，反而加大了力气，手背青筋凸起。

双方僵持着，陈琛没有要退却的意思。吉云深吸了几口气，把脚收回来，关门。“有什么话就快点说。”她不耐烦地理了理鬓角的头发，“我忙得很。”

陈琛方才把她的手松了，说：“我代毛孩向你道个歉。”

吉云静默几秒，忽然笑起来，说：“道什么歉啊？为什么道歉？他要是做错了事，就过来和我说对不起，你当什么好人来讲和？你做这么多事，有人谢过你吗？”

陈琛说：“我只求问心无愧，不必有人来谢我。”

“……问心无愧？”吉云几乎笑得上气不接下气，目光却冷硬得和冰锥一样，“那你总该回答我，他哪儿得罪我了吧？你不说，我怎么接受你的歉意呢？”

她咄咄逼人起来，有着摧枯拉朽的气势，明明是他想一笔带过的破烂事，她却拿尖刀逼着，要他一定揭开伤疤。

陈琛拧眉踟蹰了半晌，最终模棱两可地说：“他那么说，是因为不了解你。”

吉云冷笑追问："他说我什么了？"

陈琛咬牙："吉云！"

吉云撮了撮两颊，忽然长长吸了一口气，说："有什么不敢说的？不就是说我和别人有一腿吗？不就是说我是公共汽车吗？他敢说出口，你却不敢重复了？"

陈琛一脸怒气地望着她。

"你说他不了解我，难道你了解我？你不也和他一样，见我像见着猫的耗子一样吗？你嘴上虽然不说，可心里却未必不是那么想的。"

吉云开了车门跳出去，伞也不撑，埋头使劲往前跑。

陈琛没有再留她。

家门外，吉云靠着大门站了许久。雨纷纷扬扬飘落，打在皮肤上，刺骨地冷。手机响了好几遍，吉云待呼吸平稳，这才接了。

陈琛的声音一如既往地低沉、醇厚，像是经年的陈酿，越沉淀越诱人："吉云。"

"还有什么事？"

"昨天我后来回去过。水已经漫进了屋子里，我没找到你和喜报。"

吉云将头紧贴着大门，闭上了眼睛。

"……陈琛。"

"嗯。"

"你离开之后救援队来了，我就跟他们走了。"

"嗯。"

# 第三章　她在自己布下的天罗地网里迷失了

14.

吉云刚将湿衣服换下来，门铃就一个劲地响起来。她边套衣服，边跑向门边，刚一按开可视门铃，便脱口而出："你怎么找过来的——"

屏幕里的人西装革履，此刻微微一挑眉，拿手理了理领带，好整以暇地问："吉云，你别是刚睡醒吧？"

吉云不情不愿地解了锁，开了门，便靠在门上等人过来。

徐敬尧撑一把黑伞，步幅迈得很大。院子里的石径上满是雨水，每走一步，就带一些打上裤管。他一连朝后看了几次。

等他走近了，吉云问："车呢？"

徐敬尧将伞往上微微一仰，见到她，满面春风地说："直接开车库了。"

吉云呢哝着："下次我要和门卫说说，怎么就这么简单地放人进来了，连我都不用过问了。"

徐敬尧只是笑，将伞合起来搁在门外，又脱了外套，抖去肩上的水珠，方才不疾不徐地走进房子里。他轻车熟路地进了卫生间，找了块干毛巾，先将脸上的雨水一点点拭干，再把裤腿上的泥点擦干净。

他出来的时候，吉云歪在沙发上拆东西。他慢悠悠地走过去，将手搁在她的肩头，问：“做什么呢？”

吉云顿了顿，继而不动声色地往旁边坐了坐，自然地摆脱了他那只手。尴尬间，徐敬尧自嘲地笑了笑，继而顺势将手落在沙发上。看到她手里的一板清安液，他语气淡然地说：“偏头痛又犯了？”

吉云撕了封口上的铝箔，将底端锋利的吸管直插到底，说：“嗯，昏昏沉沉半天了，吃点药压一压。”

“现在发作得频繁吗？”

“凑合吧。”

“喝一支能压得住？”

“不知道啊，不行多来几支好了。”

徐敬尧绕过沙发，走到她的旁边，压着西服下摆坐下来。吉云已经在取第二支。她准备拆铝箔的时候，徐敬尧忽然一俯身，将清安液从她的手里抽出来。

吉云一脸意外。徐敬尧还是一脸浓浓的笑意，将药瓶搁到红木茶几上，说：“这药不能多吃，你自己参与研制的药，自己都忘了禁忌？”

吉云懒得和他辩驳，将手里的一板药也扔了，斜眼看他，问：“来找我有什么事？”

徐敬尧说：“有事才能来找你，没事就不能过来了？给你打那么多电话，也没人接，怕你出什么事啊。”

吉云撇嘴：“真谢谢你关心了。不过我今天实在没空，在家睡会儿，就要回医院。有事的话还能听一听，没事的话恕不奉陪。”

只是她刚一站起来，徐敬尧忽然就伸手拉住她的胳膊，稍一用力，她整个人就踉跄着跌回沙发。徐敬尧伸手将她拢进怀里，她却像是点燃了的炮竹，腾地跳起来，眼神狠戾得像是要吃人，狠狠地回瞪着他。

她就像一只随时都可能发怒的小狼。徐敬尧疑惑，是否自己松手后，她就真的露出一口尖利得发绿的獠牙，张嘴将他一口咬住。

他紧紧抓着她，嘴角一点点抚平，沉声道：“我每次来，你都是忙，就没有一天休息？”

吉云克制着，终于不做挣扎，只是直直地看着他骨节泛白的一只手，冷冷命令道："你松手。"

徐敬尧看她的脸色越来越白，周身升腾而起的气场也是越来越强，指端用力一掐，几乎陷进肉里。她疼得拧起眉。他这才松了力气，感叹道："你脾气是越来越大了。"

吉云说："你知道就好。"

两个人隔开一些距离。徐敬尧坐着，吉云站着，待情绪一分一秒冷却，那股剑拔弩张的态势方才缓解一些。

吉云终于吁口气，问："最近厂里怎么样了？"

徐敬尧正拿起她刚刚拆了半边的清安液在手里把玩着，说："还那样，就是风声紧了点儿，检查的人来了一拨又一拨，提出的问题也一次比一次严苛。"

吉云说："这是什么道理？"

"人红是非多。这药能做到这么大的市场，自然有人在背后眼红挑事。想从里头抽头赚快钱的人就更多了，明明知道浓缩提炼是严令禁止的，还是有人铤而走险。"

"搞得定吗？"

徐敬尧这才露出轻笑，微眯起眼睛道："我真以为你要做甩手掌柜，一点都不怕我把厂子弄垮呢。"

吉云冷冷一哼，将视线一寸寸移开。

窗外天色渐亮，雨渐渐转小，云层之后有鹅黄色的久违的太阳。微弱的阳光斜斜地穿过玻璃，光影变幻里，有个高大的身影遮挡着余光。

徐敬尧低着声音，语气似诱哄："吉云，你还和孩子一样。"

吉云哂笑："孩子？我都三十岁了。"

徐敬尧说："三十岁怎么了？不是挺多女明星四五十岁了，还爱被人说是孩子吗？"

她头发有点微动，被他用手抓起一缕，典雅的红木桌上是一对相携相依的影子。

吉云说："是吗？你对女明星真的挺了解的。"

她话里有话，说得一点不客气。被踩中软肋的那个身子一僵，将手又放了下来。"吉云，有时候我真是怕你。"他轻声说。

吉云冷笑："你当然应该怕我。"

徐敬尧理了理西装，准备要走。吉云揪着自己的领口，懒洋洋地跟在后头。

开门的一瞬，冷冽的湿气伴随着大风扑面而来。徐敬尧面向她而站，说："别送了，进去好好歇着吧。"

吉云点了点头，眼睛却还直直地盯着他。

"有话？"他问。

吉云挑了挑嘴角，说："你看出来了吧？我前几晚是在陈琛那儿过夜的。"

徐敬尧细细端详了她几秒，淡淡地问："你觉得快乐吗，吉云？"

"……"

"如果你觉得快乐，这很好。"

徐敬尧走的时候带上了门。吉云晕头转向地倒在沙发上，将身子蜷成一团。他微微上挑的嘴角和若无其事的语气，在她脑海里一遍遍闪过……

他看出来了吧？看出来了吧？

她是在虚张声势，但他懂。

陈琛给毛孩和喜报带了午饭。毛孩挑了鸡腿大点的那份，捧在手里，蹲到病房一角去吃。

喜报背后垫着靠枕，冲她哥哥白了一眼，向陈琛招招手说："琛哥，你坐我床边上吧。"

本来只有两张床的病房，此刻被多塞了两张，抽了原本给病人家属准备的折叠椅，床与床之间就只有侧身走路的空间了。

毛孩占了个墙角，陈琛想了想，只有从善如流，去喜报的床头坐着。他把盒饭递到喜报面前，说："你方便吃吗？"

喜报将之接过去，说："方便的，我没事的。琛哥，谢谢你。"

陈琛给她撕了双一次性筷子，在装着热水的杯子里洗了两次，再拿纸巾擦得干干净净递过来。

喜报看得两只眼睛都直了，说："琛哥，你什么时候这么讲究了？"

陈琛也怔了怔，脑子里满是上次吃午饭时，吉云洗餐具的画面。陈琛说："我不讲究，是你们女的爱干净。"

"你们……"喜报也开始咬文嚼字，"还有谁啊？"

毛孩在一边大快朵颐，其实竖着耳朵将每字每句都听得清清楚楚，听到这儿，不由得发出一声冷哼。

陈琛别过头看他一眼，他又吓得连忙埋头猛吃。

喜报拉了拉陈琛，示意他往自己身边靠近，自己也倾着上身和他咬耳朵道："琛哥，哥把事情的原委都告诉我了。我刚刚已经批评过他了，不许他再那么说吉医生。他已经认识到自己的错误了，就是没有台阶下，又怕你骂他呢，这才不敢过来的。"

陈琛没吱声。

"琛哥，吉医生真的是个好人。那天下大雨，我又受了伤，她抱着我，硬是把我从屋里拖了出去。她人不高，又那么瘦，手上哪有二两力气，搂着我的时候喘得不行。"

陈琛眼前几乎立刻浮现出她佝偻着，把人往外拉的样子——她前一晚脚后跟被鞋磨得破了皮，还穿着喜报小一号的裙子。

喜报又说："后来救援队来了，谁知道就那么巧，冲锋舟上头只能再上一个人。她二话没说，就要我先走，还为了这事儿几乎和人吵起来。"

陈琛神色一敛，惊问："只有一个位子？她没和你一起离开？"

"没有。"喜报不好意思地挠了挠头，"当时救援队急着去救落水的人，我以为是琛哥你遇到危险，还求她别让我走，让船去救你呢。可吉医生坚定地和我说，琛哥有办法，她要留下来等你。我就只好跟着救援队先走了。"

喜报话到最后，越说越低，拿着两只筷子在饭里戳过来戳过去。

陈琛霍地站起来，听到吉云说相信他有办法，她要等他的时候，他的心毫无征兆地揪了一下。

吉云明明记得他的话，可为什么要撒谎？如果不是和喜报在一起，她到底是怎么离开那间房子的？

他想也不想，急匆匆地从病房跑出去。

毛孩跳起来，追在后头喊："琛哥，你上哪儿去？"又几步冲到喜报面前，骂道，"让你乱嚼舌根！"

喜报受了委屈，嘴巴一噘，说："我嚼什么舌根了？我又没说谎话。哥你干吗发这么大火？"

毛孩将饭放到一边，气冲冲地坐到喜报旁边，跷着二郎腿，呼哧呼哧地吐气，隔了半晌才看向喜报，问："你觉得琛哥遇着吉云，就开始不对劲了吗？"

喜报想了又想，想得脑仁都疼："有点儿，但又说不上是哪点。"

毛孩说："男人女人还不就那么一回事，两次三番地撞在一起，没有火花也有火星。吉云又是那种走路都带风情的女人，想让人不注意都难。"

喜报扁扁嘴，情绪有点低落："要真是那样也挺正常，我是男的，我也喜欢吉医生。哥，你别老这么排斥她。"

毛孩冷笑："你们都说我冤枉她，随便听人两句八卦就过来乱说，还要我给她赔不是。可你们也不看看她的行事作风，哪次是她主动帮人？将心比心，她都是拨着算盘珠子计较得失的，精着呢。有句老话叫无风不起浪，她要是真好，我乐得和她说句对不起。可她要真是那种女人，琛哥能玩得过她？"

他一席话说得喜报也没了主意。腿上忽然一阵振动，她将盒饭从袋子里取出来，看到里头装着个半新不旧的手机。

毛孩将手机拿起来，嘀咕着："琛哥新买的吗？"

就见屏幕上亮起一个大大的"吉"字。

15.

吉云原本只想躺在沙发上歇一会儿，谁知道眼皮子有千斤重，没过多久就睡了过去。

等被手机吵醒的时候，身上没有一处关节不酸痛。

换了新手机，先前的号码一个都没留下。吉云看着屏幕上陌生的一串数字，压根想不起来电的是哪一位。她狐疑地接了电话："喂，你好，我是吉云。"

电话那头声音高亢："什么你好？你是不是吉云啊？客气得我都不敢认你了。"

吉云揉了揉眉心，说："是你啊，怎么了？"

素娴叹了口气："江月本来不让我和你说，但真不说吧，我这心里还有点不痛快。待会儿你要过来见着他，千万别说是我透的口风。"

吉云不知所云："你说重点。"

"江月被人打了！"

素娴义愤填膺："一拳头正砸在他的眼眶上，现在整只眼睛都肿着。科室里有一多半的人开始闹情绪，其他科的也议论纷纷，反正整个医院乱糟糟的，院长差点一口气没上来，已经晕过去了！”

吉云说：“到底是个什么情况？”

“我都懒得说，怕自己大牙被笑掉了。反正你赶紧过来主持大局吧，没你这个定海神针，那群虾兵蟹将都要撂摊子了。”

吉云挂了电话，就立马准备出门。她随便换了身衣服，撑伞跑了出去。只是在路边等了半天，别说出租车了，连辆空载的私家车都没有。她将手机自上翻到下，除了素娴那通来电记录，就只有短信里陈琛给她拨过电话的未接记录。

只是见过几次，不知怎么的，这串号码就像一列富有规律的摩斯密码。看不懂的人怎么也不得其解，但一旦参透，就像洗不掉的文身，牢牢地印在脑海里。吉云甚至记得它第一次亮起时，他声音低沉从容地说着：我不喜欢发短信。

吉云踟蹰半晌，这才决意给他去了通电话。谁料等了半天，响起的却不是陈琛的声音。

毛孩大嗓门地说：“琛哥不在。”

吉云说：“他去哪儿了？”

“他去哪儿也不告诉我啊。”

“那他手机怎么在你那儿？”

“他忘了！”

“他是不是不想和我说话？”

“你有病！”

“嘟嘟嘟……”

只是一瞬间，吉云忽然觉得有某种说不明道不清的怨气，像是一股怎么都无法忽略的气流，狠狠地冲击着她。她怔怔地望向马路对面，然后就看到一个身穿蓝色衬衫的男人，左手插在兜里，面色莹白如雪，也静静地看着她。

吉云，你在我这里什么都得不到。

你管我？

能别闹了吗？

他是不是不想和我说话？

你有病！

我有病？

顷刻间，在这沉闷的天气中，仿佛所有落在这城市的雨水又一次全部涌过来。她走至绝境，站在岌岌可危的岸边，横亘在面前的是滚滚洪水，深浅未知。她不会游泳，脑子里所有的感概都只成了那相同的一句话——

她是跳还是不跳？

跳还是不跳？

另一头，陈琛正向她招手，说：“你在那儿等我。”

陈琛的车子仍旧收拾得很齐整，内饰、玻璃被擦得干干净净，除了脚垫上的一点水渍，干净得和他黑白分明的眼睛一样。吉云倚着座椅，方才的那份躁动、不安被渐渐抚平，整个人都彻底放松下来。

陈琛问：“想去哪儿？”

吉云说：“当然去医院，不然呢？去你家？”

他毫不意外，一手握在变速杆上，侧头看她的时候，脸上有一种“我就知道你要这样说”的神色。

吉云被他看得像是啃了口老姜，腮帮子上辣乎乎的，连忙耸了耸眉，故作镇定地问：“你看着我干吗？”

陈琛忽然嘴角挑了一挑，笑意弥漫着，涤荡着，一直连到眼尾。他微微眯起了眼睛。

吉云立时愣住了。她不是没有见过陈琛笑，却是第一次在这样的距离下仔细地看着，然后发觉他的双唇原来如此薄削。人们都说薄唇的男人大多薄情，陈琛是什么样的男人，她不知道。

鬼使神差的，吉云伸出手想要触碰他的唇。陈琛一顿，继而下意识地往后躲了躲，却在这停顿的刹那，被吉云找到机会——她指尖微凉，指腹的皮肤柔软而细腻，沿着他的下唇划开，指甲甚至触碰到他的牙齿。

车前的挡风玻璃即刻起了细细的一层薄雾。刚刚倾斜的天平被拨正过来，局势立刻发生了逆转。

陈琛微微起身，拿了块干毛巾去擦玻璃。身边重新占上风的吉云扑哧一声，继而捧着肚子哈哈大笑。

陈琛拿余光睨她一眼，她正歪着脑袋指着他说：“陈琛，你的红耳朵真会抢戏。”

“……”

陈琛做人很沉，开车也稳，明明是一辆上了年纪的老爷车，到他手里就像是被装上了气垫，怎么坐怎么舒服。

吉云开着窗子，将一条胳膊搭在窗框上，半边脸贴在手上，将额头露在窗外。细雨纷飞，柔软得像是一根根细密的羽毛，很轻很轻地落在她的皮肤上。

“陈琛。”吉云声音慵懒地问，“你说你以前当过兵，是什么兵种？怎么开车开得这么好？”

“……”陈琛说，“这两者间没什么关系吧？”

吉云说：“聊天嘛，别我一抛问题，你就说不是。这样怎么和人交流？”

“……”

“你是什么时候入伍的？”

陈琛说：“高中毕业之后。”

“那退伍之后就直接出来工作了？”

“差不多吧。”

“又是差不多。”吉云很不满意这样模棱两可的回答，“那到底差在哪儿？你难道没想过考军校当军官？或者是考普通的本科院校继续深造？”

陈琛脸色微僵，歇了片刻才说：“想过。”

“那结果呢？”

他这次是真的没了下文，抿紧嘴唇，打定主意一言不发。吉云的胃口反而被吊了上来：“陈琛，你一定有事想瞒着我。”

车子恰好驶入宽阔的主干道，陈琛换挡，加足了马力，车速一下子提了上来。吉云惯性地往前一靠，嘀咕着：“怎么这么不禁夸？”

陈琛瞄了她一眼，说：“你怎么不问问，我为什么会在你家门口？”

怎么不想问？见到他的第一眼就想问：“那你为什么会在我家门口？”

陈琛含笑，却闭着嘴，小小地卖了个关子。直到吉云追问了好几遍，他这才轻声说：“我想看看你是不是还在生气。”

“你——”吉云狠狠地瞪着他，“哪壶不开提哪壶，好日子过腻味了，你存心要来惹我的是吧？”

陈琛试探着：“那你究竟还气不气呢？”

吉云将脸一板，不置可否，只是强调：“并不关你的事。”

直到车子稳稳当当地停在医院大院，两个人并肩往住院部走，吉云这才后知后觉地发现了一个很严重的问题。

“陈琛！”

“嗯。”

“你刚刚是不是故意岔开话题了？”

“……”

办公室热闹得像是刚开门的澡堂子，穿警服的，白大褂的，各色便装的，全聚在一起交头接耳。

吉云远远就看见江月坐在靠窗的长沙发上，一只眼睛肿得像是寿桃，正被众星拱月似的，包围在警察和同事中间。

素娴见到她，自人群里一溜小跑地赶过来，说：“来得挺快啊！”忽然见到她身边高出一个头的陈琛，眼带红心地将人上下打量了两遍。

陈琛被看得浑身不舒服，微微侧过身子。

素娴拉着吉云的衣袖，和她咬耳朵：“这不就是我和你说的那帅哥嘛，凑近一看更标致了啊，这人是谁啊？”

吉云翻了个白眼，不客气地说：“你别想打他的主意。”视线一扬，落到陈琛身上，恰好和他四目相对。

素娴一拍她的肩：“小气鬼。”

吉云说：“别磨磨叽叽的，到底出了什么事？”

素娴连忙拉着她，往办公室里的一角走，朝江月那头努了努嘴：“瞧，伤得重吧？说出事情的经过你都不相信，简直是百年难得一遇的大奇事。”

吉云两眼一眨不眨地看着素娴。

“刚刚电视台过来，你不在，江月就出来，替你接受了采访。提到这次大雨受灾，医院如何应急的话题，江医生就说，我们派出了最好的普外科医生参与急救，已经不分昼夜工作了多少多少个小时等。按道理，这么说一点问题也没有啊。谁知道突然从人群里冲出个男人，一边喊着为什么不能派高级外科医生，而要派普通外科医生，耽误了多少人的治疗云云，一边就挥起拳头，把江医生给揍了。”

吉云起初还不敢相信：“这算怎么回事？”

周围许多同事凑过来，都是一脸愤怒地说：“就是这么一回事。活了这么些年了，今天算是开了眼界了。”

陈琛站得远远的，一边仔细听，一边想，医生这个工作看起来光鲜异常，其实背后的压力，非常人可以想象。

他见过吉云日夜颠倒地忙碌，知道她因为一个电话随叫随到，甚至时不时要面对一堆刁难，和情绪激动的病人家属斗智斗勇。她纵然有千面，只有在穿上白大褂，被称为吉医生的时候，才是最为真实的那个。

陈琛插不上话，也没什么可以帮忙的地方，待了一会儿，就沿着墙角往外走。只是刚刚迈了两步，还没走到门边，吉云忽然在后头喊："陈琛！"

他转过身，感受到无数道目光齐刷刷地射到他的身上。

吉云粲然笑道："你坐我办公桌等一会儿，我这边很快就好。"

16.

等吉云听完同事七嘴八舌的控诉，再将记者和警察都一一打发走，时间早已不知不觉来到了傍晚。雨已停，太阳挡在稀薄的云层后含羞带笑，温柔又腼腆地散开最后一点微弱的光线。

还有几个不服气的同事在旁边喋喋不休。素娴的尾音拖得又长又尖，不停地重复："好啦，好啦……连吉大主任都说不追究了，你们还在这儿忧国忧民个什么劲？手底下那些病人都瞧好啦，是不是还嫌加班不够多啊？"

有人一本正经："我认为吉医生本身就是医患关系紧张的受害者。"

"……"素娴彻底泄了气，挥着手往外跑，"随便怎么样都好，反正我不管你们了，我要去吃饭啦。"

偏偏吉云正忙着整理长条桌上散开的医学报刊，此刻两眼往上一翻，不咸不淡地望着对面。几个人心里立刻一阵发怵，像条件反射似的，讪讪地跑了出去。

方才还闹哄哄的办公室，终于只剩下她一个人。

吉云将报纸堆成小山，搁在桌子一角，往后转着身说："陈——"忽然住嘴——在光影里，陈琛坐在她的椅子上，已经静静地睡着了。

除了微微垂下的脑袋，陈琛睡着的时候仍然坐得端正。他将两手环抱在前胸，臂膀上的肌肉将衬衫绷得紧紧的。逆着光，大片的阴影蒙住他轮廓分明的脸，只在走近了，才看到他合起的眼帘，一线笔挺的鼻梁下，有紧紧抿起的薄唇。

吉云倚在办公桌上，伸出手指，悬空着描绘他的脸，最后停在他嘴唇的位置。这一刻的风太过柔和，轻拂而来的时候，她突然心动不已。

吉云轻喘着弯下腰，一寸寸靠近他的脸。

……他的唇。

哒——

办公室的灯忽然亮了起来。吉云猛地站直了，一扭头，江月站在门口，一只眼睛贴着雪白的纱布，另一只眼睛紧紧地盯着她。

吉云若无其事地挪开脸，就听江月说：“咱们出来聊聊吧！”

吃饭时间，过道上人烟稀少。吉云背抵着墙面，漫不经心地问：“聊什么？”

江月说：“先谈公事。之前为一个病人排了台手术，就是这两天的事。现在我眼睛受了伤，只用一只眼睛会影响距离的判断，我希望由你来接手。”

吉云叹口气：“江月，这已经是第几次了？你总不能每次一有什么突发情况，就想着让我来帮忙擦屁股？这医院这么大，不是只有我一个人可以用吧？”

江月说：“其他手术都可以分派给大家，但这个病情比较危重，我觉得由你来主刀会比较保险。”

吉云想了想，说：“我最近睡得太少，状态不好。”

江月面色突沉：“不只是你一个人在硬撑，医院里有一大半的人都奋战在第一线，多的是比你累比你苦的，昨天光11楼就倒了好几个。我知道你身体不好，自认已经给了你不少优待。现在是特殊时期，有什么困难就克服一下。”

吉云微怔：“官大一级压死人啊，你这是给我摆领导的谱了。”

江月说：“摆谱不敢，我就事论事。”他忽然一顿，变了眼神，“好，现在我们谈私事。”

吉云一阵轻笑，想说我和你有什么私事可谈。就听他冷冷道：“吉云，你玩够我了，现在找到下一个目标了，就这么急着要一脚踹开我了，是不是？”

江月瞪着眼睛，目光狠戾，微张的嘴唇微微抖动。一向温润的男人若要翻脸，连吉云心里都颤了一颤。

只是她很快就镇定下来，仰着头淡漠地问：“江医生，是你一直会错意了吧？你倒是和我说清楚，我怎么玩你了？”

江月忽地嗤一声，一手揪着她的头发，要她被迫望着自己，一手紧紧卡住她纤细的脖子，缓缓用力——

吉云后脑猛地撞上墙面，原本就闷疼的脑子一下子炸开了锅。在高度紧张中，她所有的感觉都异常灵敏。江月一使劲，向上用力，虎口的弧线正贴在她的下颚，逼得她的颈线笔直，要她再也说不出一句话来。

他出手又快又狠，声音里却带着浓浓的倦意：“吉云，有时候我真想将你的胸打开，看看里面究竟有没有心。”

吉云轻易不肯服输，咬着牙，嘴角微微上挑，仍旧挑衅地看他。

江月正恨不得将她分拆入腹，忽然就有脚步声响起，紧接着，高大的身影如一道阴影聚在头顶。

“放开她！”男人声音低沉。

江月斜着眼睛去看陈琛，仿佛没听懂。男人冷着表情，抓住他的手腕，又一次重复：“放开她！”

吉云的面色迅速由红转紫。江月手腕上的力量渐轻，渐渐冷静，看了看吉云，慌不择路中松开了她。

陈琛却还没放手，言简意赅地提醒：“离她远一点！”

是现在还是未来，亦或是两者都是？江月挑着眉梢望他，踉踉跄跄地朝他走了一步，拳头蓄势在腰边问：“你算老几啊？”

手臂抡圆，风声猎猎。却在拳眼落下的同时，被人一把拉过——吉云闭紧眼睛，昂头挡在两人中间。

拳头在距离吉云额头一厘米的地方停了下来。直到感受到风在脑海前停止，吉云方才睁开眼。

江月怔怔看她。她反瞪回去，嗓音沙哑地说：“江月，以后我们桥归桥，路归路，我但愿和你老死不相往来。”

吉云捂着脖子进了电梯。陈琛赶在门关前侧身钻进来，按了一层：“我送你去急诊。”

吉云咳了一路，齿缝间逼出两个字：“不用。”

电梯门刚一开启，吉云立刻疾步走出去。

“吉云！”陈琛几步跑上前去，一把抓住她的肩膀，硬是把她掰了过来，“我送你去急诊！”

她忽然剧烈挣扎，就像平日里对待身边的所有人一样：排斥，生硬，任性，用坚硬的外壳将自己一层层地包裹起来。

吉云散着头发，一脸铁青，脖子已经红肿。然而她眼神戒备，狠狠地看着他，恨不得将他扒下一层皮来。

她就像是一只斗败的公鸡，被扒了五彩的外衣，在众人赤裸裸的目光里，已经开始抑制不住地瑟瑟发抖，却还要装出一副坚强的样子。

陈琛忽然将她一把搂住，稍一弓腰，便将她整个儿打横抱起。吉云身子猛地向后一仰，惊诧之中，双手紧紧环住他的脖子："陈琛！"

他下颌微收，眼睛掠过她狼狈不堪的脸："抓牢了。"

急诊室里，凑巧又是小田轮班。见到陈琛，连忙要他将人抱到椅子上。可真等女人坐下来，见是吉云，小田一张嘴露出满口白牙，半天没能合拢："吉主任，你这是怎么弄的？"

吉云睁着浑浊的一双眼看了看他，没回答。她忽然从椅子上跳下来，踉踉跄跄地往急诊室的水池边跑。

陈琛跟过去的时候，她趴在水池边一遍遍地干呕着。像是被丢进洗衣机的破布袋，胃丝毫不受控制地痉挛。只是除了酸涩的胃液，吉云吐不出半点东西。

她看到镜子里的自己蓬头垢面，血红的眼中噙满泪水，细汗从额头和鼻尖沁出，整个人疲惫又憔悴。她像是一头奄奄一息的兽，在自己布下的天罗地网里迷失了。

以前的吉云绝不是这样的。

……不是这样的。

可以前的吉云究竟是怎样的？她自己竟有些想不起来了。

陈琛站到她的身后，拍了拍她背。她垂着头，身体抖得像是一片簌簌而落的秋叶。他不知怎么了，觉得身体的某个部分很剧烈地收缩了一下。

17.

陈琛又看了眼时间。

喜报拉了拉他的衣角，轻声问："琛哥，你是不是有什么事啊？你要是忙的话，就先走好了，不用等我哥来了。"

陈琛说："不忙，就是刚刚吉医生让我去一趟。上次你借她穿的衣服干洗好了，要我帮忙拿过来。"

"干……干洗？"喜报哭笑不得，拨着手指头说，"我那衣服用得着干洗吗？"

陈琛说："这就是她的心意，她本来还说想给你重买一件，就是拿不准你喜欢什么。"

“哎，那不用了。琛哥，你和吉医生说，她的心意我领了，本来也不是什么值钱衣服，哪怕她穿完就扔了呢。”喜报低头嗫嚅，“吉医生真是个好人。”

陈琛附和着“嗯”了一声。

喜报拧着眉，仍旧拨弄着两只手，小心翼翼地看了眼陈琛，欲言又止，再将头迅速低了下来。

如此反复两次，心不在焉的陈琛也看出她有心事，于是问：“你有什么话，就和我说好了。”

喜报鼓着腮帮子思索良久，方才嘀咕：“琛哥，我听人家说，吉医生这两天被人给……收拾了。因为她喜欢玩弄别人的感情，脚踩几条船，被人发现之后就闹翻了。是不是真的啊？”

她说得声音很低，到了最后就几乎听不清了。

陈琛没大听清，愣了好一会儿，才连蒙带猜地将一整句想出来，说：“这是她的私事，咱们不要多管。”

“那——”喜报一惊，“那就是真的？”

陈琛既不说是，也不说不是，皱着眉头杵在一边。

喜报早已心潮翻涌，望着陈琛，支吾道：“琛哥，你是不是喜欢吉医生？”

陈琛一晃神：“什么？”

“是哥说的。你每次一遇着吉医生，就有些不对劲。琛哥，吉医生她人是真的没话说，虽然每次说话都硬邦邦，挺凶的，但她其实是刀子嘴豆腐心，心肠比谁都要好。要是和她当朋友，那是绝对没话说，可是要选她做女朋友……”

陈琛盯着她。

喜报又问：“琛哥，你是不是喜欢吉医生？”

陈琛隔了几秒：“没。”

“真的？你没有骗我？”

陈琛不耐烦地说：“不想喜欢，也喜欢不上。”

喜报方才长长吁出一口气：“吉医生还没定下心来呢。”

陈琛顿了顿：“我知道。”

猝不及防的，病房里的气氛冷了下来。电视上，本地电视台还在循环播放着大雨后的受灾街景。喜报漫不经心地看着新闻，时不时就瞥一眼旁边的陈琛。

陈琛在病房里又待了会儿，就以给喜报取衣服的借口离开：“顺便给你买饭。”

喜报点点头：“哦，谢谢琛哥。”

他刚下了住院部，吉云的电话就打了过来。

吉云说：“你出来了吗？”

陈琛说：“来了，刚到停车场这块。”

吉云说：“那你别过来了，就在停车场那儿等我。我今天门诊结束得早，我收拾一下，就把衣服拿下去。”

陈琛说：“好。”

刚准备挂电话，吉云忽然提高声音说：“哎！”

陈琛又将手机贴回耳朵边：“怎么了？”

“待会儿一起去吃饭吧！你上次请我的，我还没来得及回请你。”

陈琛说：“不用。”

“怎么不用？你想吃什么？中餐还是西餐？或者泰国菜、日本料理？随你挑，今天我刚发工资！”

“……”陈琛问，“满汉全席？”

吉云在电话那头嗤地笑了出来。不知怎么的，这股笑声竟顺着短波信号，一下子钻进陈琛的耳朵里，痒痒的。

吉云说：“陈琛，没看出来，你还挺会开玩笑的。”

陈琛也笑了笑：“你自己去吃吧，我要去给喜报打饭。”

“那有什么，给她打过饭再去吃。我这就下去了，你想好吃什么，我一会儿就问你。”

陈琛笑着将手机关了，却看见一辆豪车从医院门口呼啸着驶进来。起初只是觉得有些眼熟，直到车子横七竖八地占了两个车位停下，从上头走下来一个衣着光鲜的女人，记忆回流，他方才认出来。

连诗刚一下车就看到了陈琛，目中无人地轻笑两声，将头一别，装作不认识。

徐敬尧紧跟着下了车。连诗就几步腻过来，搂着他的胳膊娇滴滴地说：“亲爱的，我眼睛疼。”

徐敬尧说：“那待会儿带你看眼科，把眼睛挖下来就不疼了。”忽地顺着她的视线看到一旁的陈琛，满脸含笑地掐了她一把，说，“你就作吧。”

徐敬尧朝陈琛点了点头。陈琛没料到他会和自己打招呼，略微一怔，方才也朝他点头。

徐敬尧问："在这儿等人啊？"

陈琛以为只是寒暄，说："对。"

徐敬尧又问："等谁啊？吉云吗？"

又是陈琛，又是吉云！连诗对这些不给她面子的人很是讨厌，光是听听名字都觉得硌硬。她拖着徐敬尧的胳膊："咱们走吧，排队挂号还要好一会儿呢。"

徐敬尧没好气地看她一眼："你着什么急？"

连诗说："本来就是嘛。你又不给人家走后门，明明认识吉医生，还怕麻烦人。"

徐敬尧乜斜了她一眼，黑着脸告诉她，没开玩笑。连诗这才像是被蛰了一下，闭起嘴巴，不敢多说。

徐敬尧对陈琛说："那我们先走了。"

陈琛说："请便。"

两人前脚刚走，陈琛后脚就给吉云打了电话。谁知她电话占线，一连拨过去好几个，这才终于接通。

吉云说："来了来了，刚出了电梯。"

陈琛连忙说："你别过来了，我去找你。"

"干吗？"吉云一头雾水，"我都下来啦。"

那对身影已上台阶，陈琛说："我有东西没拿。"

"傻了吧？你什么时候在我办公室放过东西？"

陈琛："有！"

吉云："什么？"

陈琛真是对她不合时宜的刨根问底头痛至极，挂了电话，跟在徐敬尧和连诗身后，往门诊大楼一路小跑。只是他刚刚踏上台阶，忽然看到那对人影停了下来。

他三步并作两步越上去，正和吉云打了个照面。

一时间，三个人面面相觑，各怀心思，表情各异。只有处于故事外的陈琛看着吉云，算是节外多生的一枝。

吉云花了些工夫才让自己笑出来，感慨道："这么巧。"

徐敬尧笑着说："嗯，大家都是掐着时间算好的。"

连诗看了看吉云，又看了看徐敬尧，有些讪讪的："算好的，也没这么巧啊！"

徐敬尧看她一眼，连诗不敢吭声了。

吉云说："都快饭点了，来医院看什么病呢？"

徐敬尧说："没什么，就是她胃不好。"

吉云说："哦，那去消化内科吧。不用特地挂专家门诊，大家都是轮流坐班的，普通门诊的人还少一点。"

徐敬尧说："行啊，听你的。"

连诗憋得快要内伤，拿手推了推徐敬尧，说："我不是胃不好啦，就是最近老犯恶心，吃什么吐什么，以前喜欢的口味也变了。"

吉云瞳仁一缩，表情尚算自然："别是怀孕了吧？"

连诗连连点头："到底是医生，我也是这么觉得的。"

吉云冷冷笑了一下，徐敬尧看着她。

连诗很是激动："吉医生，你们这儿有没有什么好的妇产科医生？你给我推荐推荐呗，我可不想随便一挂号，找了个不负责任的。"

吉云说："我们医院没不负责任的。"

"那男医生呢？男医生我也是不要的！"

徐敬尧忍无可忍："你能不能给我安静会儿！"

连诗嘛着嘴，边扭腰边撒娇："敬尧，你干吗这么凶啊？"

吉云觉得太阳穴突突地跳个不停，明明想走，双腿却陷在一片泥泞里，无法动弹。不知怎么的，忽然就想起江月的那句话："你玩够我了，现在找到下一个目标，就这么急着要一脚踹开我了，是不是？"

曾几何时，她也想问："你玩够我了，就这么急着要一脚踹开我了？"

耳边忽然有人喊她。

陈琛说："吉云，咱们走吧。我怕去晚了，食堂就没饭打了。"

脑中嗡嗡的声音忽然戛然停止，她顺从地从两人身边走到陈琛旁边。

陈琛给喜报打了二两饭，又点了几个清淡的小菜。一转头，看到吉云坐在食堂的凳子上发呆。直到他站在她面前等了一会儿，她才如梦初醒似的发觉有人，然后冲他笑了笑，满脸疲倦。

陈琛说："我先把饭给喜报送过去。"

吉云点头。

“那你有没有想好待会儿吃什么？”

吉云支吾了半天，说：“陈琛，不然今天就算了吧。我忽然想到下午有个很艰难的手术，我想早点上去准备准备。”

陈琛意外地说：“那你总该先吃点什么吧？”

吉云说：“吃不下啊，早上忙里偷闲嚼了一包饼干呢。”

“那……”

“干吗？你还怕我赖账不请你啊？”吉云挑了挑嘴角，“不然你等我电话，我手术一结束就喊你。”

陈琛只好说：“那好吧。”

吉云急匆匆往楼里跑，跑了好一段路，又折返过来，将手里的一袋衣服递给陈琛：“差点忘了。”刚一转身，又被陈琛从后头抓住胳膊。

她回头：“怎么了？”

她是一脸失魂落魄的样子，瞎子都猜得出她现在的心情。陈琛将她打量了两遍，淡淡地说：“你着什么急？我们是同路。”

吉云咬了咬唇，尴尬一笑。

18.

候诊室里，连诗戴上墨镜，一边心不在焉地玩着手机，一边偷瞄外头不停打电话的徐敬尧。

等了半个多小时，男人方才将手机收起来，不紧不慢地走了进来。他刚一坐下，连诗就和甩不开的苍耳一样黏到身上。

“和谁打电话呢？”连诗掐尖了嗓子撒娇，“是不是公司那边出什么事了？”

徐敬尧冷哼：“连诗，你这么聪明，应该猜得出来吧？”

连诗一脸无辜，将头往他胳膊肘里埋：“我怎么晓得的啦？你从来都不告诉我的。”

徐敬尧拿食指挑着她的下巴，轻轻一提，要她抬头看他，自己则仰着下颌，微垂着眼皮，轻扫一眼，便将她看穿了。

连诗吓得一哆嗦。

徐敬尧说：“我说你平时出趟街，都恨不得要我找一队保镖跟着，怎么今天就肯乖乖来医院挂号看病了？我说你这材料收集得挺齐整的啊！有这天赋，还去当什么小明星啊？不如早点出来，成立侦探事务所好了。”

连诗嘴一撇：“我听不懂你在说什么。”

徐敬尧自后掐住她的腰眼，她像蚊子似的哎哟叫唤了一声，埋怨道：“敬尧，你以后可不许这样对我了。再怎么着急，也要等我这肚子卸了货，到时候随便你怎么折腾。”

徐敬尧挑眉看她：“你还真做起自己怀孕的美梦来了？”

连诗说：“我觉得这次像！”

徐敬尧说：“就真是有了，我也不敢认。你那么多交往对象，让我顶着个绿油油的帽子吗？”

连诗两眼一瞪：“敬尧，你怎么可以这样说我？孩子当然是你的了，我对你是认真的。真的，你相信我，我才不是为了钱！”

一番话说得徐敬尧哈哈大笑，双手撑在膝盖上直喘气，候诊室里一多半的视线齐刷刷地往他们这头射过来。

连诗忙不迭地捂他的嘴，说：“敬尧，你小点声！”

徐敬尧半天才缓过来，憋笑道：“你们女人都挺爱说自己认真的嘛。”

连诗一个激灵，小心翼翼地问：“她……也说过？”

徐敬尧装糊涂：“谁啊？”

连诗说：“就……就你之前的女朋友。”

徐敬尧说：“我女朋友可多了。”

连诗一哼。

徐敬尧收起方才那副没心没肺的样子，笑容一敛，表情就冷了下来，一字一顿地喊了声：“连诗。”

连诗应声，看他。

“这世上有些事是你可以知道的，有些事是你不必知道的。知道前头有禁区，你却揣着明白当糊涂，绕过去就是了，何必要不撞南墙不死心呢？”徐敬尧拍了拍她的脸，语重心长，“以前我瞧你挺聪明的，怎么现在越活越过去了？”

音响里正好传来连诗的号。

徐敬尧说话间站起来，手自她的脸滑到肩上，用力捏了一捏。连诗吃痛地自齿缝间发出“嘶”的一声。他说：“我出去转转，你要是查好了，就自己先走，我让司机过来接我。”

连诗腾地坐直身子：“你去哪儿转？不是去见她吧？”

徐敬尧已经走了两步，此刻停下来望她，脸色黑如锅底，还冲她摇了摇手指。

连诗边看他的背影边咬牙，心想有钱的男人怎么全是这副鬼样子？人格太分裂了！

徐敬尧许久没来，凭着记忆找到办公室的时候，才被告知科室已经搬家。经过一番波折，再赶到新地址的时候，办公室里的值班表上分明写着吉云的名字，但就是没能见到她本人。

素娴抱着一沓子病历正走进来，见到人高马大的徐敬尧，不由得从上到下打量了几遍，挺殷勤地说：“先生找谁啊？”

徐敬尧冲她笑了笑，说：“吉云。”

素娴叹气，怎么天天有人来找吉云，还都是盘亮条顺会来事的？

徐敬尧礼貌地等着回答。素娴又瞅了他一眼，说：“挺不巧的，吉医生刚刚去手术室了，这会儿估计已经拿上刀了。”

徐敬尧点头：“那是不巧。”

素娴又说：“而且今天这手术挺难的，没有几个小时下不来。你看你是在这儿等着呢，还是下次再过来。”

徐敬尧看了看表，思忖片刻说：“我还有事，就不多等了吧。”

素娴说：“行，等她过来我告诉她。先生怎么称呼啊？”

徐敬尧说：“你就和她说有人来过，她就知道了。”

素娴说：“好的。”

一个下午，素娴都忙得几乎连轴转，不是绕着病房四处跑，就是接待一批又一批专程跑到住院部来候医生的病患。等稍微空下来，想去食堂吃点饭，时间已经走过六点，落日垂垂悬于天际，烧起一片橙黄绚烂的晚霞。

约对面护士站的护士吃饭的时候，她隐约看见那个皮肤很白的傻高个来办公室转了一圈，只是没等她走回去，又匿于人流之中，消失不见了。

素娴回来拿了饭卡和手机，随着左右两个年轻貌美的小护士，手挽着手往电梯走。电梯门刚要关上，却被一只手抓住，男人低头匆匆钻进来，站在最前头。

他后脑勺挺圆，露在衣领外的一段脖子葱段似的，白生生的。素娴身子往旁边一摆，见到侧脸，说：“陈琛，是你啊。”

陈琛往后一转身，墨黑的眼睛一扫，继而冲素娴点了点头，说：“你好。”

素娴问：“刚刚就看见你来了，是不是过来找吉主任的？”

陈琛想了想：“嗯。”

“她手术还没结束呢。”

“嗯。”

“不过都这么长时间了，我估摸着也快进入尾声了。”

“嗯。”

素娴忽然乐了：“你是不是就会嗯啊？”

陈琛有些局促：“不啊。”

真好奇这人平时怎么和吉云交流。只是身旁还有几双好奇的眼睛，素娴也不好张口，只说：“手术室在二楼呢，不然你去等等？”

陈琛看着红色的一圈亮光，沿着楼层自上而下地跳落，说：“不了。”

谁知“2”亮起的时候，电梯忽然就停了下来，门一开，便是过道上熙熙攘攘的人群。哭声喊声震天，隔着老远，都感觉像是现场直播。

素娴拿手卡住了电梯，将头钻出去问：“这儿干吗呢？怎么这么多人？”

有个白大褂跑过来：“病人死在手术台上，家属接受不了，就冲进来打砸了。我赶紧下去，多喊点人上来！”

素娴吓得一蒙：“哪一台啊？主刀是谁？”

“普外的吉云！”

“……”

“她刚刚还火上浇油地承认是自己失误！”

素娴心直抽抽：“她有病啊！”

电梯里一个黑影箭步冲了出去。

## 19.

热闹就是，围观的人多，真正帮忙的人少。除了盖着一张白布的手术台，手术室里完美地诠释了“满地狼藉”这个词。

陈琛赶到的时候，病人家属已经将能砸的东西砸了个遍，两个堵住门，剩下的坐在地上号哭。

吉云一个人站在手术室的最里边，背靠着一面惨白的墙，样子有些傻愣愣的，从表面来看还没挂彩。

吉云当医生的时间说长不长，说短也不短。因为摩擦产生纠纷的事情，虽然时有发生，但多数时候，她都游离在事件之外。

直到今时，她陡然变成了新闻当事人，一时间大脑一片空白，还没能彻底反应过来，就从看戏的成了唱戏的。

吉云觉得头疼，头疼得不行。坐在地上的几个人边哭边捶大腿，一把抓过吉云的白大褂使劲擤鼻涕。她一惊，往后猛然一躲。

只是她背抵着墙壁，再躲不开。慌忙之中，忽然有人喊："吉云！"就如同拨开乌云见月明，世界忽然清明——吉云眼睛一亮。

陈琛自人群里挤出来，刚要走进去，却被挡在门口的一人截住。

男人挺个大肚子，肚子尖直戳陈琛："这医院里的人都不许进来！"眼神轻蔑地一扫旁边穿着黑色制服的保安，冷气自鼻孔里哼出来，"谁敢进来试试！"

保安们不服气，一边打嘴仗念叨着"等警察来、等警察来"，一边劝陈琛："小伙子，别多事。"

陈琛看了看拦着他的人，硬邦邦道："我不是医院里的人。"

男人喉咙一扯："那你是哪儿的人？"

陈琛："我是医院外的人！"

男人回过味来，一把抓住陈琛的肩膀："你耍老子玩呢是不是？"

陈琛往后一退，手往男人腕上一掐，虎钳似的紧紧卡死，稍稍出力一挥，就将人甩开了。他懒得和人废话，也没人再敢和他废话，手术室里顿时一片安静。

大肚子男人这时候"哎哟"一声，喊得格外高亢，顺势就往地上躺下来，两条腿直蹬，叫道："打人啦，医院打人啦！"

一家子人都挤过来抱陈琛。吉云急忙走过来，想帮忙，又都缠上她，将她紧紧围住，一人推搡一下。

场面僵持了好一会儿，才终于有一队警察匆匆赶来。见到这一场面，领队还有闲心抱怨："赶明儿就给你们医院派一队人常驻，天天都有这个那个情况，跑来跑去谁吃得消。这一片就你们一家忙啊！"

说得大家大眼瞪小眼，一时间都没敢吱声。直到警察提出要带人去局里了解情况，手术室里这才又炸开了锅，七嘴八舌全是不服气的声音。领队冷笑："刚刚手痒痒的时候，怎么没想到有今天？”

“我们要见媒体！”

“媒体好啊，欢迎全程摄像，我们执法也是公开透明，不会轻易偏袒哪一方的。是不是医院的过错，自然有权威机构做鉴定，可你们真要是砸了医院，也别想拍拍屁股就走人。嫌人家房子挡路就砸了人家里，还成了正义一方了？”

吉云这时候推了推陈琛，给他递个眼色：“陈琛，你先走。”

陈琛想也没想：“我走，你呢？”

吉云说：“我肯定是要去说明情况的。”

陈琛说：“那我陪你。”

“又不是逛街，我要你陪？”

这几句话却被大肚子男人听见了，小跑过来抓住陈琛的胳膊说：“警察同志，这人你可不能落下！”

一直犯迷糊的吉云忽地精神抖擞，将男人一把推开，护住陈琛，喊道：“你别欺人太甚，有什么事冲着我来！”

男人又假模假样地惨叫，和警察胡搅蛮缠“同志，你看见了吧？这女人打我，这男人也打我，我要告他们！”

吉云一张脸涨得通红，一副要和人拼命的样子。在她张牙舞爪要扑过去的时候，陈琛一把抱住她的腰，将她生生拦下来。

吉云说：“你放开我！”

陈琛：“不放。”

吉云拧眉：“你干吗非要陪我去警察局，好玩吗？”

陈琛：“不是陪，这次我是去说明情况的。”

“……”这人脑子到底怎么长的？

说明过情况，已过八点。

素娴拎着吉云的包，等在警察局门外，正和值班的小民警说得不亦乐乎。看到吉云脸色苍白地走出来，素娴连忙一阵小跑过去，一把拽住她的胳膊。

吉云吃痛地“哎哟”一声，扶着手，从她的身边走开。素娴紧张兮兮地问：“你干吗啦？没事儿吧？我赶紧送你回去！”

“我不走。”吉云将自己的包拿过来，“我等陈琛。”

素娴一惊："你没事等他干吗？陈琛那边好解决，没什么事，就直接放他走了，你操哪门子心？"

吉云没好气地说："素娴，你别管我了行不行？"

素娴说："不管你行吗？谁知道你是不是又杀回去，主动承认是医疗事故？"

吉云一挑眉："原来你们是怕这个啊，担心我给医院抹黑了。"

素娴狠狠啐她一口："吉云，你别狗咬吕洞宾，不识好人心。大家也是为了你好，不想看着你糟蹋医院的名声，更不想看你这么白白葬送自己的职业生涯。我刚刚问过你的一助、二助了，手术一完，你立马二话不说，直接承认自己有失误。这不是火上浇油吗？你还嫌家属情绪不够激烈是不是？"

吉云咬牙。

"是不是医疗事故，等鉴定了再说，所有人都避之不及的事，到你这儿偏偏要往枪口上撞。你说你到底受什么刺激了？你是不是故意这么做的？你就想找个人来揍你是不是？"

素娴气得几乎要喷火："吉云，你要真想糟践自己，不用硬和这人命官司挂上钩，死者为大，你不尊重自己就算了，你别不尊重别人。"

两人静默许久。吉云一动不动地站着，直到脚后跟汇起密密麻麻的痛感，这才隐约想起自己已经连续站了超过六小时。

素娴见她脸色比方才还差，意识到自己刚刚的话，可能说得有些重，略带求和意味地说："你倒是吭一声啊！"

吉云咬了咬牙："……你怎么那么确定这场手术我真的一点过错都没有？我为什么要求着别人揍我啊？"

素娴："什么原因，你自己心里清楚。"

吉云面无表情："我不清楚。"

素娴冷笑。

片刻后——

"你真不走？"

"不走。"

素娴认命地说："那我先回去了。"走了两步，又扭过头来看她，"下午有个人来找你。"

吉云："是谁？"

素娴：“不肯说，说要我告诉你，你就知道了。”

吉云垂下眼睛：“他不说我怎么知道？”

素娴叹口气：“吉云，你心思太多。活着不累吗？”

吉云没吭声。又在原地等了大半个小时，陈琛才自门里出来，见到站在风口里的她还有些意外。

吉云冲他努嘴：“情况都说明了？”

走近了，木愣愣的男人问：“你在这儿干吗？”

吉云甩甩头发：“吹风。”

“……”似曾相识的对白，“顺便等你。”

陈琛面色黑得像锅底。

吉云扑哧一声笑出来，问：“你车在不在？”

陈琛从口袋里摸出钥匙：“在，毛孩刚刚开过来了。”

吉云满意地点点头：“那你顺便送我回家。”

“……”陈琛有点忍无可忍，“无聊。”

毛孩平时不讲究，做什么都爱追求随心所欲。被他用了一会儿车，车里满是湿泥不说，稍微吸口气，就能闻出他今晚买的什么晚饭。

陈琛将窗户开到最大散味，吉云却立马急不可耐地将窗子升了起来。他定定打量她几秒：“你是不是冷啊？”

吉云埋在阴影里，教人看不真切，其实嘴唇都冻得发紫了。她抖着声音：“你观察力不错啊。”

“……”陈琛说，“那你等会儿。”

吉云都已经做好小言女主的觉悟，准备假模假样扭捏拒绝几次之后，接受带着男人体温和男人汗味的衬衫了。谁想到陈琛忽然一踩油门，将车子开了出去。

吉云：“……”

没走太远，车子就在市里一条有名的小吃街外停下来。

吉云压根不知道他要干吗，他也惜字如金，不说自己过来的目的，跳出车门就是一阵小跑。过了片刻，他又裹着满身的寒气钻进来，手里已多了一个纸杯，顷刻间，一股辣乎乎、甜丝丝的香味在车厢里散发开来。

吉云默不作声地接过姜茶，吹着腾腾的热气，喝了一小口，又放回到他的手上。橙黄色的光线自玻璃斜斜而入，目之所及，她隐在小小的一方天地里，竟是微微颤抖，饱满的额头上缀满汗珠，鬓角的头发被濡湿了一片。

陈琛眉心一跳，问：“你怎么了？”

吉云吸了几口气，又从齿缝里一点点逼出几个字，歪过头去看他：“陈琛。”

“嗯。”

“我胳膊好像脱臼了。”

# 第四章　以后我们就桥归桥、路归路

20.

陈琛好像没听懂："你说什么？"

吉云疼得牙齿都在打战，颤声道："应该是肩关节脱臼。"

陈琛定定地看了她几秒，墨色的瞳仁更深了一分，片刻后他低低地嗤笑一声。

痛感蔓延，密密麻麻地从关节错位的地点散开，散成一扇巨大的网，闪电般腐蚀进她的四肢和全身。疼痛越甚，感觉越甚。他笑声击打在她的耳膜上，分外用力。

吉云出言不善："你笑话我？"

陈琛紧紧盯着她。

吉云沉着脸，也死死看他："有什么好笑的？"

静默几秒，陈琛冷冷地说："吉云，你真能忍。"

吉云也不知道自己的耐受力到底有多强。起初的一刻，只是觉得身体的一部分忽然像被抽离开来，灵魂飞升。一直冷眼旁观的她，直到瞬间传来剧烈的疼痛后，她才无力地打着颤，颓废感重回心底。

当求救的信号被硬生生地压起来，脑子里唯一运转的程序就只剩下了忍——忍耐痛苦，忍耐不安，忍耐心底的骚动，忍耐全世界扑面而来的嘈杂。然后等着自己一点点木然，一点点忘却，享受身体被掏空后，虚无一物的疲乏感。

——如果不是那杯滚烫的姜茶熨帖心肺，她本还可以再多熬一会儿。

吉云靠着座椅，衬衫被汗打湿得很彻底，紧紧贴在弓起的背脊上。不舒服。比之更不舒服的，还有陈琛的目光。一股无形的压力笼罩着她，不知为什么，吉云觉得陈琛懂她，他眼神厉如鹰隼，轻轻一望，就剜出她的整颗心来。

时间在这份胶着里缓慢挪步，空气厚重得能滴出水来。

陈琛终于说："我送你去医院。"

吉云小心地喘气："你帮我正骨就行。"

陈琛说："你别开玩笑。"

吉云说："你上次不也是自己弄的？"

陈琛："情况不一样。"

吉云："有什么不一样？你把我当成你不就行了？"

陈琛皱眉："你是你，我是我，怎么把你当成我？"

吉云瞪着他看了几秒："那你送我回去，我自己弄。"

"我送你去医院。"

"你送我回去！"

陈琛充耳不闻，手扶上变速杆，自顾自地发动车子。吉云盯着车门，没伤的那只手摸到把手上——

"别费力了，我把车门锁了。"

吉云使劲掰了几下把手，更拿脚踹了几下车门，除了玻璃抖动两下，车门愣是纹丝不动。郁闷的女人只好坐回位子，调侃道："看不出来，你车子还挺高级，这功能都有。"

陈琛说："没有不行，前车之鉴。"

他说的大约是雨天争吵，她黑脸跑下车的那次。

吉云翻个白眼："陈琛，咱俩共同的回忆还挺多。"

车子忽然抖了两抖，路便延伸了下去。

在繁华的商业区，去最近的医院，需要绕过全市最堵的一条道路。陈琛另辟蹊径，将车子开进一条巷子，带吉云去了家社区诊所。

大约是怕吉云要跑，到的时候，他特地绕过车子，堵在她门前，在她刚刚露头的时候，就一把拉过她的胳膊。

吉云瞪着眼睛大喊："你别碰，我疼！"

陈琛丢给她一个冷眼："我知道你伤的不是这只手。"但还是将手劲松了一松。

于是在莹白光线的社区诊所外，多了一对别扭的男女，一个紧抓手臂，急不可待地赶，一个压低重心，磨磨蹭蹭地跟。

路人不免多看两眼。

吉云脸皮挂不住，压低声音抱怨："陈琛，你别这样，我好歹也是有头有脸的人。"

陈琛微不可察地笑了笑："这儿没人认识你。"

她自负地坚持："不可能，我可是著名普外科医生吉云，上过好几次本地新闻。"

陈琛淡淡地说："你别废话。"

等进了诊所，陈琛将打瞌睡的夜班医生喊醒，然后把吉云往椅子上一丢，这才将她松了开来。吉云瘪嘴，看了看自己被捏红的手膀子，又想到一路被他挟持的狼狈样子，没好气地在他腰眼上反手打了一拳。

陈琛没躲让，站直身子任她发泄，反正她花拳绣腿，打了也是白打。

夜班医生有点蒙，直着两眼看了半晌，方才嘿嘿笑着说："和谐社会，咱们就别老动手了。"又问吉云，"你这哪儿有毛病？"

吉云气得直喘气："左肩，脱臼。"

夜班医生连忙查看了一下："什么时候的事？"

吉云轻咳了一声，克制着浑身的不自然，压低声音道："一两个小时前吧。"两只眼睛一转，小心翼翼地注视着陈琛的那张臭脸。

夜班医生吓了一跳："一两个小时前就脱臼了，你现在才来？"

吉云连忙阻止："你小点声。"

夜班医生感慨道："小姐，你也太能忍了吧？"

吉云黑了脸，刚要发作，后头一个深沉的男低音问道："你到底会不会正骨？”

夜班医生连忙说：“会会会。”站到她的左边，将陈琛整个挤出去，凑近吉云耳边轻声说，“小姐，你这不是被他打的吧？”

吉云歪着头去看陈琛，肃然点头：“就是他打的。”

陈琛眉梢抽了抽。

夜班医生说：“小姐，要不我给你拍个照吧？这种事情不能纵容的，开了一次头，就会有第二次、第三次。”

吉云依旧看着陈琛，说：“好啊，你给我拍。”

医生真的准备去拿手机。陈琛过来拦着他，说：“你别多事。”

夜班医生的正义感顿时爆棚，强调道：“我这怎么是多事呢？先生，老婆是用来宠的，不是用来打的，家庭幸福、和睦需要两个人共同维系啊。哎，你别瞪我啊，瞪我也要说的。”

陈琛摇摇头，去看吉云，等着她这个系铃人来解铃。吉云却两眼亮晶晶地望着他，一脸无辜的样子。

陈琛认了命，说：“我没打她。”想了想再补充，“她……她不是我老婆。”

夜班医生嘀咕道：“没打人……哼，刚刚你还当着我的面和她拉拉扯扯。”

陈琛咬牙：“是她不喜欢上医院，每次要她看病，都和要她命一样。”

吉云一咧嘴，不禁嘿嘿笑起来，身体幅度动得太大，牵连到肩部。她下意识地皱眉，哎哟了一声。陈琛看着她拧起的眉心，不耐烦地说：“要聊天等正骨完了再说，行不行？”

夜班医生方才如梦初醒，领着吉云走到病床边，嘱咐道：“你得有个心理准备啊！现在不比你刚刚脱臼那会儿，正骨的时候是肯定有点痛的，声音喊小点，隔壁还有人！”

吉云面对陈琛坐着，脸色却很是平静。她一双眼睛黑如墨，就这么直愣愣地望着陈琛。她不知道是给自己打气，还是说给他听——“不疼，不疼。”

可医生的手一放上她的肩膀，她立刻下意识地小幅往旁边一移，眉心皱得紧紧的。

陈琛嫌屋里闷得慌，转身走了出去。

吉云正过骨，拿条三角巾绑着左手，挂在脖子上，歪在病床上歇了会儿，这才取药、付钱，走了出来。

她原本以为陈琛会在车上等她，却没想到他正一个人站在门诊旁的墙角，静静地吸烟。地上躺着几根抽了半截的烟头。

灯光柔和、细腻地洒在他五官深邃的脸上，大片的阴影扫过鼻梁，映在他的下巴上，他的身上一半明一半暗。

此时他从口袋里又摸出了一根烟，含在嘴里，另一只手拨着打火机的滚轮，咔嚓，咔嚓，忽地亮起一道橘红的火焰，照亮那黑暗的半边。

吉云屏住呼吸。在这个静谧的世界里，她看到他眼中跳跃着另一串火焰。

吉云走到很近时，陈琛才发现是她。隔着薄薄的烟雾，她的脸边镀了一层模糊的光圈，中和了往日里凌厉的轮廓。陈琛将烟拿下来，明知故问："好了？"

吉云答应了一声，站在离他只有一尺远的地方。

陈琛扬了扬夹着烟的那只手，又问："介不介意？"

吉云摇头，看着他将雪白的烟卷含回嘴里。

"很快的。"他说话的时候，猩红的一点星光照亮在她的头上。他垂着眼睛瞧她，密长的睫毛盖住眼中的光。

吉云又走近了一步："为什么抽烟啊？"

陈琛说："没什么。"

"我从没见过你抽烟，"吉云说，"为什么抽烟啊？"

她逼得他眉心微微隆起："觉得心烦了。"

他手臂一动，吉云赶在他有动作之前，先一步从他的嘴里抽出烟。陈琛尚未反应过来，她忽然仰面甩了甩头发，红唇微启，莹白的牙齿在灯光下闪着光泽。

她将烟含进自己的嘴里，深深吸了一口，纯白的烟雾在鼓起的口腔里过了过。她忽然踮起脚尖，凑近他的脸。

陈琛往后退了退，她的手却猛然抓上他的肩，步步紧逼。她撮起嘴，将烟一点点吐到他的脸上。"原来你的味道是这样的。"她嘴角噙着一丝丝笑意，目光流转，"湿湿的，有一点冲。"

她说话的时候，手正划过他的肩膀，掌心紧紧贴到他左胸的位置，问："你想不想知道我的味道？"

陈琛压抑地警告她："吉云。"

"嘘——"吉云侧过头，表情执着而虔诚，像是要聆听他的心跳，"我想听听它说什么。”

陈琛将她的手拨开，没耐性地说：“你累了，该回去了。”转身离开前，看到她脸上意味深长的一抹笑意。

她那么聪明，一定听到了——

刚刚某一刻，他心里的声音。

21.

吉云刚一坐上车子，就摸着肚子嚷嚷饿。陈琛一心想将她送回去，被她一闹，立刻没了主意，淡淡地抱怨道：“你怎么这么多事？”

吉云一下子把腰挺得笔直，理直气壮地说“陈琛，我没听错吧？你嫌我烦了，是不是？”

陈琛斜睨着她，点了点头。

吉云没好气地说：“我如果没记错的话，是你紧张兮兮地冲进手术室来的吧？那么多人站着看热闹，我也没想向你求助，你自己硬是要来狗拿耗子多管闲事。是我烦你的吗？

“后来警察来了，我要你先走，你不肯，我说去反映情况，让你别跟着瞎凑热闹。你一本正经地和我说，你也要去反映情况。是我烦你的吗？

“我说胳膊脱臼了，求你给我正骨，你不帮忙就算了，那我就自己回去，你却非要押着我去看急诊。是我烦你的吗？

“现在我听了你的话，也看过急诊了，一下午连着一晚上没吃饭，不过就想去吃口热乎的，你和我说嫌我烦？”

陈琛额头直冒汗，简直怕了她：“去哪儿吃？”

吉云将头一扭：“不吃了，认错不够诚恳，态度不够真切。”

陈琛没纵容她的任性，自作主张，将她带到来时的那条小吃街。吉云别别扭扭地不肯下车，铁了心要和陈琛抗争到底。

等陈琛自己拎了两碗干拌面回来，她又是一哼：“我从来不吃大排档，更不吃塑料碗装的东西。”

陈琛不理会她的矫情，将给她的那份放在车前抽屉上，自己打开塑料袋，拆了一次性筷子，将热腾腾的面拌了拌，大口吸溜起来。

车厢狭小，又是深夜，一点声音就响得刺耳。陈琛吸面的声音，咀嚼的声音，下咽的声音，声声入耳，不仅毫无压制，更像是一种刻意放大的挑衅。

吉云气得脑壳冒汗，想开门跳车，又想到他一定已经锁了车门；想要他吃面时文雅一点，又想起他说这是男人的风格。她一口气噎在嗓子眼，快要爆炸了；这男人却三口两口将面吃光了，居然伸手来拿她的那份。

不能忍！吉云恶狠狠地将面从他手里抢过来，搁在自己的腿上，单手去降下车窗的同时，开始控诉："这是你给我买的，我就是倒了，也不能给你吃！"

陈琛低低笑了一声，将面又重新夺回来，在吉云的虎视眈眈下拆开包装。他一手端着塑料碗，一手把筷子递给她："倒了干吗？你不是说你不怕死吗？晒得滚烫的矿泉水你都敢喝。"

吉云咬着嘴唇，不服气。

"再说了，我要嫌不够，我再去买一碗，我吃你的这一份干吗？"

吉云怔了怔。原来他吃得飞快，是因为知道她手不方便，所以着急给她端着？而不是在玩什么乱七八糟的欲擒故纵的把戏，惹她生气，看她着急，逗她玩。

不过想想也是。陈琛这么一根筋的男人，稍微拐了两拐的笑话，都不一定听得懂，怎么可能有闲情逸致，和她开这样的玩笑。

他不是那样有情趣的男人，她也不是那种蠢得爱玩爱情游戏的小女孩。可是……这个男人教她换了个人，她一头撞过去，撞得晕头转向，然后着了他的道。

吉云不想一直处于下风，说："你喂我！"

陈琛："你右手呢？"

吉云："拿了一下午手术刀，累了。"

陈琛坦然地将面拌了拌，挑起一筷子，看着她的眼睛，说："张嘴。"就好像当初抱她下车子，好像当初与她共处一室却毕恭毕敬一样，他是不掺杂任何其他感情的。

吉云有些气馁，觉得刚刚那个不忍看她正骨，躲在黑夜里压抑、烦闷地抽烟的男人，瞬间消失于无形，坐在她面前的还是第一次遇见的陌生人。

陈琛又说了一句："张嘴。"

吉云却不想逗他了，将筷子从他的手里抽过来，说："不麻烦了，我自己吃。"

回去之后，吉云一连睡了两天。除了中途起来上过几次厕所，给自己煮了几颗鸡蛋外，她的活动范围仅限于一张大床。

第二天早上，她像是接到过徐敬尧的电话。徐敬尧在电话那头问她，怎么没有回他电话，她糊里糊涂地说自己受了伤。

徐敬尧立刻紧张地要赶来看她，她一口回绝，色厉内荏地警告他不要出现，又噼里啪啦说了一堆有的没的。直到手机没电，自动关机，她将脸陷入枕头，等到横膈肌的抽搐渐渐平息，方才缓慢睡去。

只是彻底醒来之后，她始终没能分清那通电话是真实的，还是虚假的，自己是清醒着，还是处于梦境中。她把手机拿去充电。盘腿坐在冰冷的地板上，等手机终于能够开机，翻开通话记录的时候，果然看到一条时长四十分钟的通话。

徐敬尧后来发了几条询问她是否睡醒的短信，她一一点开看了许久，又狠心地一条一条删除了。

赋闲的人最容易憔悴。照镜子的时候，吉云居然发现自己眼睛下又多了几条细纹。二十出头的时候，尚可以骗自己，说这是爱笑引起的纹路。等到三十岁时，她就已经没办法哄自己，将眼袋说成是卧蚕了。

尽管手没全好，医院的那件事也没处理好，吉云还是决定去上班。她起了个大早，将自己里里外外收拾干净，换上颜色亮丽的裙子，又精心画了个淡妆。这才觉得又活了过来。

刚一走进办公室，吉云恰好和素娴打了个照面。素娴一脸惊诧，本来和别人约着去巡病房，见到吉云，直接尾随着跟进来，跟屁虫似的绕着她转。看到吉云挂在胸前的手，她一怔："这怎么了？"

吉云说："没什么，就脱臼了。"

素娴一脸后怕："不会是因为那天的事吧？"

吉云不置可否。

素娴一肚子好奇："也不像啊！那天送你去公安局，你还跟没事人一样——不会是你自己扯的吧？"

——你说你到底受什么刺激了？

——你是不是故意这么做的？

——你就想找个人来揍你是不是？

吉云乜斜她一眼："你真把我当神经病了？"

素娴一嗤："我和你认识这么多年了，你是不是神经病，我简直太了解了。"

吉云将包扔在桌子上，取了更衣室的钥匙，将门打开："你进不进？"

"当然进。"素娴钻进去，把门关上，又来看吉云，鬼鬼祟祟地说，"吉主任，上次那家人不来闹了。"

吉云答应了一声，没多话。

素娴说："你这次回去休息了，躲过一劫，前两天医院里鸡飞狗跳，简直没一天消停过，幸好后来拿钱摆平了。你别说，那家人真就一次也没来闹过，还说什么为了公平正义呢，全是狗屁。"

素娴这么一说，吉云倒不能再装耳聋，换了衣服，坐在凳子上认真想了会儿。

吉云问："医院为这件事花了不少钱吧？"

素娴咂嘴："肯定啊，但不知道具体金额，想想也是天文数字。"

吉云连忙站起来："我去找院长。"

门刚一开，江月领着几个实习生走过来。冤家路窄，总是分外眼红，吉云最爱记仇，脖子上还隐隐留有他手心的炙热。她沉着脸，一副休要惹我的模样。

素娴看得吓一跳，连忙退出了门。反倒是那日情绪失控的江月显得云淡风轻，让实习生先去病房，自己拦着吉云说："我有几句话告诉你。"

素娴知趣地把门关上。

吉云冷哼，说："我今天出门诊。"

江月在她的面前展开手，将她堵在门口，说："你不打招呼就旷工这么多天，谁还敢排你出门诊？今天也不是我要和你说话，是院长千叮咛万嘱咐，要我见到你，给你带个信。"

吉云一挑眉："你别扯虎皮拉大旗，有话就直说。"

江月说："吉云，你是个聪明人。发生这么大的事情，不管那天手术室里情况怎么样，你身为一个医生，煽动病人家属的情绪，本身就缺乏专业素养。虽然有人帮你摆平了整件事，但不代表医院可以一再纵容你。"

他双眼将她上下一打量："我看你也受了伤，最近就留在家里好好养病，顺便放松放松心情，别分心想着来医院了。"

吉云怔了怔："你什么意思？"

"你干吗要我把话说得那么明显？"江月叹口气，说，"你被停职了，吉云。"

吉云摇头："不不，你前面一句话。"

江月想了想，将刚刚的一席话自脑中慢慢回放，锁定那点后忽然挑起嘴角，眼中却没半点笑意："吉云，你是装糊涂呢，还是故意来气我？"

吉云一脸认真："谁帮我摆平的？怎么摆平的？"

对这个话题，江月兴致缺缺地摇头。

吉云却陡然瞪着眼睛，冲他喊："到底是谁帮我摆平的？"

江月反问："你会不知道？"江月冷笑，"吉云，你手段真是了得，我以为一个陈琛足够你吃几天了，没想到你还有空去琢磨其他人。"

吉云说："不是陈琛，是徐敬尧？"

江月感慨："原来叫徐敬尧……名字倒是一个比一个文雅啊。"

吉云将他拨开，急匆匆地去拿自己的包，出门的时候，素娴和她撞个满怀。

"你又干吗啦！"素娴见她拎着包，头也不回地跑开，大喊，"吉云，你还没脱白大褂呢！"

吉云置若罔闻，等坐上出租车，司机一连追问了两次去哪儿。她方才回过神来，想了想："你先这么开着吧。"

她开了手机，将通讯录翻出来，手悬在那四十多分钟的通话记录上许久，却始终找不到一个动力按下去。

她不知道电话接通的那秒，该和他说些什么？譬如我还没敢忘记你，譬如我心里还一直有你，譬如只要你在我身边，我就什么都可以将就？

可那样的话，她便不再是吉云了啊。

手终于按到了屏幕上，那没有名字的记录终于被滑出视线。注意力最终落在一个陌生又熟悉的名字上。十秒钟后，男人接听了电话。

"喂，我是吉云。"

男人的声音低沉醇厚："我知道。"

22.

吉云："你吃过了吗？"

陈琛："现在几点？"

吉云将手机端到眼前，片刻后才重新传来她的声音："快十点了。十点就不能吃饭？"

陈琛想了想："你是不是有什么事？"

吉云："没事。就是因为没事，太闲了，所以想找个人来说说话。你现在在干吗？有没有空，如果闲的话，就把电话开着；如果忙的话……"

陈琛说："忙的话，你能把电话挂了？"

吉云斩钉截铁："不能。"

说话的间隙，听到吉云报了菱花街坊的名字。陈琛问："你要过来？"

吉云说："嗯，就快到了。"

陈琛："那我去接你。"

两人在巷子口遇见。吉云将手里的白褂子和包递给陈琛，问："吃什么？"

陈琛说："这附近什么都有。"

"满汉全席有吗？"

陈琛无语，这就有点哪壶不开提哪壶了啊。

陈琛带吉云在这块小菜场转悠。地上湿滑，吉云穿着尖头的高跟皮鞋，每走一步都小心翼翼的。

她买东西前总先摆出一副老手的架势，假模假样说一句太贵了，你千万不要坑我。她却又从不和人砍价，老板说已经最便宜了，她就从善如流地付了钱。

最后拎了一条鲫鱼。陈琛拨着袋子看了看，又让老板娘添了一条。他对她不太信任："你真会做菜？"

吉云说："当然了，只要是蒸煮的，什么菜都会做。"

煎炒烹炸，那么多做法，她偏偏选了最没技术含量的。陈琛疑惑道："蒸鲫鱼？那怎么做啊？"

"你想怎么做？"吉云眼睛忽地一亮，再开口的时候，话题明显跑偏了，"你想怎么做啊？"

说话的时候，柔软的女声里带着一丝娇媚，又轻又柔，像羽毛似的撩拨着他细腻的皮肤，挠到他耳膜上。陈琛怀疑她是不是挖了个坑，故意在这儿等着他。

他心里却又清楚不能太计较，你一要让她守规矩，她立马就变脸不承认，到时候反咬一口；看人痛得跳脚，她就在旁边，乐呵呵地笑着望你。

陈琛只好冷处理。其实他一直都在冷处理，不理会她带着目的的玩笑，假装听不懂她话里的挑逗意味，只是帮她拎着买好的菜，然后领她往家那边走。

豁了的房顶已经修好，只有墙面上暗色的一道线，提醒着所有人，这里曾经经历过的一切。

吉云看他抱着半扇门轻轻一抬，就将门从石臼里脱出，滑稽新奇得与她第一次见他时没有二样。区别只是，那时他们彼此陌生，现在装作不熟。

吉云说："你这房子里是不是真的什么都没有？"

陈琛点头。

"那这房子是不是你的？"

"嗯。"

"你买的？"

"嗯。"

"你不穷啊。我有个朋友说，这一片迟早要拆迁，到时候一套换五套。陈琛，苟富贵，勿相忘啊。"

"……"

陈琛掀开门帘，将东西拎进厨房，挺小的一间屋子，只勉强搁得下一张漆色斑驳的小方桌，活脱脱像一张上了年纪的老古董，要不是上头摆了一个电磁炉，简直要让人以为一脚踏进了旧社会。

吉云将头探进来，看了一圈，说："你有蒸箱吗？"

陈琛正在小水池下冲洗鲫鱼，说："鱼我来做吧。"

吉云一脚踏进来，把仅有的一点空间也占了："那我学习学习。"

陈琛切姜剥蒜，手法非常娴熟，往油锅里下配料的时候，还知道先拿手感受一下油温。他在旁边一看，直视吉云，提醒道："你站远点儿，别被油溅到。"

吉云装模作样地答应，看着葱姜蒜在油锅里上下蹦跶。陈琛拎着鱼尾，将鱼往锅里送，顿时一阵白烟起，油声吱吱作响。

吉云忽然拿手捂着脸，喊了一声："油进我的眼睛里了！"

陈琛连忙将电磁炉关了，在水龙头下洗了洗手，没处擦，在身上抹了两把，就去抱她的头。

"进到哪只眼睛了？"

吉云说："左边。"

陈琛叹气："你最近和左边相克！"

吉云说："你别揶揄我了，你帮我看看！"

陈琛将她带到窗边，要她把头仰起来。

正午阳光刺眼，毫无保留地倾泻而下，金色的光线穿过密密的纱窗，被滤成一小簇一小簇，飞舞的灰尘如同张着翅膀，翩跹着。

她被照得面色发红，连头发和眉毛都成了淡淡的棕色，那双眼睛似乎也失去了锐敏，整个人都变得沉静起来。

陈琛还是第一次这样近距离地看她，看这样的女人。她鼻尖微翘，嘴角也是微翘，虽然拧着眉头，像是在埋怨，却仍带着微笑。

像是一次克制之外发生的意外，他湿润的指尖轻轻抚过了她柔软的嘴唇——吉云抖着眼皮，一点点地睁开眼睛。

他向着阳光，眉眼微垂，她在他的眼里看到了她。而他的眼睛，是这样清澈，这样动人。

23.

又是中午，下了班的，不上班的，都急急忙忙往家赶。

巷子里越发热闹，车铃声里交错着邻里间的招呼声，裹着正午时分腾腾的热气，打着旋地飘升上来，穿过织得密密的纱窗，染上了油分十足的菜味。

等待吃饭的心情，无论何时何地，都是焦躁而无聊的。

学生时代，为了分散被饭菜的香味勾走的注意力，饥肠辘辘的吉云曾不厌其烦地与大家偷偷畅想未来另一半的样子。

有人小声说："一定要有钱。"

"我看，最好是有权。"

"还要有地位有身份。"

"有品位！"

"如果什么都没有，一定要很帅！"

所有人都捂着嘴巴偷偷地笑。

忽然有个女生开了口："难道不应该先看他是不是爱我吗？"

吉云自然也有自己的一套择偶观：门户相当，正当职业，为人正派，个性相投，有一点钱，有一点情趣，能长得顺眼当然锦上添花……

她后来果然遇见过这样一个条件相符、看似完美的男人，并且为他一度沉沦到忘却自我，以为已经手握天堂的钥匙，再往前一步就是幸福和美满。

直至她经历剧痛，一路走来，再想起那个已忘记名字的女生的话，突然如同被戳破新衣谎言后的皇帝，赤身裸体地暴露在众人审视的眼光里。

执手之前，难道不应该先看他是不是爱我吗？

他爱我吗？

谁爱我？

陈琛爱我吗？

一个没有钱，没有权，没有身份地位，吃面时吸溜有声，整天爱多管闲事的货车司机，或是别的什么普通人？

她在颠覆了对男人的所有认知和幻想后，却带来了一种离经叛道，感到了身体与灵魂酣畅淋漓的……刺激感。

对，刺激感。

他的眼睛，是这样清澈，这样动人，平和、宁静得像是一汪深泉。

一瞬的失神后，陈琛将手自她的唇上移开。而几乎在同一刻，吉云忽然用右手钩住他的脖子，稍稍一用力，在男人怔忪的间隙压低了他的头。

只是稍一踮脚，吉云就吻到了他的唇。

开始的那两秒，只是她用僵硬的双唇摩擦他干燥的嘴唇，他挺直的鼻尖戳到了她辣乎乎的脸上，微凉。紧接着，她感到这男人的身体在颤抖，像一片寒风里瑟瑟发抖的秋叶。

某种隐秘的力量在他坚实的身体里积蓄，只是一点微弱的星火，就能惊天动地地燃起熊熊烈火。陈琛猛然一把抱住吉云，搂着她，把她抵到低矮的“古董桌”边。

桌上的盆碗一阵响动。

“唔！”吉云因为伤了的手有些吃痛，喘息着，用指甲狠狠刮了一下陈琛的脖颈。男人稍稍退了一步，一只手却蛮横地插入她披在肩上的长发，另一只手扶在她纤细的腰上，手心干燥而炽热。

和风微醺。阳光正好。

喜报跟在毛孩身后，说：“哥，咱们回去吧，琛哥这儿有客人。”

毛孩说：“有什么客人？不就是那吉云吗？是她不能见人，还是我不能见人了？再说了，这次是琛哥喊我过来吃饭的，要回去你自己回去。”

喜报咕哝道：“你都不走，我也不走。”

两个人一前一后走进屋里。毛孩环顾四周，说：“琛哥呢，不在？”

喜报说：“不应该啊，门明明是开的。”

“这破门谁都开得了，就看有没有闲情逸致了。”毛孩思忖两秒，往房间里走，故意放大声音道：“琛哥，我进来了啊！”

一掀门帘，空空如也。毛孩扭头看喜报：“没人啊。”

喜报噘着嘴往厨房走，说：“琛哥？”

掀开帘子，陈琛正弯腰调节电磁炉上的火，锅里的油渐渐升温，开膛破肚的鲫鱼在锅里微跳着。

吉云站在水池前头，正准备开水龙头，听到声音抬起头来，微微一笑：“喜报，你来啦。”

喜报腮帮子发涩，说：“琛哥，吉医生。”

毛孩跑过来，倚着门框调侃：“琛哥，你和吉医生在里头干吗呢？喊你那么多声都没听见。”

陈琛专心对付锅里的鱼，说：“教人做菜。”一睨吉云，“要一碗水。”

吉云接了满满的水，递过去，莞尔道：“喏，陈大厨。”

喜报歪着头打量：“吉医生，你不会做饭哦？”

吉云抓着一头乱发：“只会蒸煮。”

毛孩忽然指着陈琛：“琛哥，你的嘴巴怎么了？怎么红红的？”

陈琛手一抖，锅铲“砰”地落进锅里。

一顿午饭，起初各人怀着心思，吃得沉闷而且无聊。主菜鲫鱼显然做失手了，其中一条煎得又老又焦，毫无卖相。

陈琛挑起乌黑的鱼皮，搁进自己的碗里，下一秒却被吉云夹出来扔了。

陈琛看了她一眼。

吉云振振有词：“会致癌。”又夹了一块鱼肚子上的好肉，堆放在他碗里的白米饭上，软声说，“你今天中午辛苦了，多吃点蛋白质补一补。”

陈琛眉梢一跳。

毛孩没忍住，“噗”的一声将饭吐了小半张桌子，摔了筷子，边咳边捶前胸。

喜报吸了吸鼻子，拧着眉埋怨：“哥，你还让不让人吃饭了！”

吉云怔了几秒，看着陈琛笑了。

饭没吃好，陈琛开车载着吉云回去。他一路沉着脸没有说话，吉云几次要和他抬杠，都被他冷冰冰的样子顶了回来。

直到别墅区门前，陈琛方才大开金口，却也只是言简意赅：“你自己下车走回去。”

吉云央求："高跟鞋太难受了，我走不动，你送我到家门口。"

"你们这边不许外来车辆进去。"

"你的车怎么能算是外来车辆？"

"陈琛！"吉云忽然握上他抓着方向盘的手，眼睛很亮，循循善诱，"陈琛，你难道没有话要和我说？"

陈琛盯着她看了几秒，低声说："在这儿就行，话不多，几分钟就好。"继而不露声色地将手从她的手中抽离。

吉云意味深长地笑："这里？你口味挺奇特。而且，你真的确定，你只要几分钟？"

陈琛一脸严肃，问："吉云，你把我当成什么了？"

吉云不知怎么的，心中莫名有些惴惴。仿佛方才那股心跳中迷醉的眩晕感，已经是上个时代的事情了，而身后跟着的，还是那个不苟言笑的坚硬男人。

他对所有人仁慈，唯独对她严厉。

吉云说："什么当作什么啊？我不懂你的意思。我以为我们刚刚，唔，刚刚那样，就已经代表我们……"

"代表我们什么？"陈琛皱眉，"代表我们成了可以上床的关系？"

吉云嘴角一挑，轻笑："不上床也行啊，你不是喜欢在这儿吗？"

陈琛一声冷笑，从车上跳下来，绕过半个车子给她开门，扣着她纤瘦的手臂，试图将她从车上拉下来。

吉云痛得嘴里嘶嘶地吐气，愠怒地大喊："陈琛，你弄疼我了！"

陈琛咬着牙，因为压抑愤怒而声线颤抖："吉云，你玩我啊？"

因为听得懂她的刻意挑衅，看得懂她的无事殷勤，知道她拿一杆直钩钓鱼，只等他乖乖上钩。

所以他和她保持距离，不越雷池，对她无视，在理智尚在的时候，一遍遍告诉自己努力提防——到头来，却还是没能躲过。

只能徒劳无功地问一句："你玩我啊？"

吉云像是听不懂他的话，露着两排莹白的牙齿微笑："说这么难听？陈琛，刚刚接吻的时候，你不是也很享受吗？"

陈琛瞳仁一缩，松手："吉云，我不是江月。"

吉云被呛，愣了几秒，继而沉沉地笑起来："你好端端地提他干吗？是不是我们上次吵架吓着你了？你是你，他是他，你当然不是他了。我在你身上花了多少心思你也清楚，人生在世不过短短几十年，做人何必这么斤斤计较，难道一定要我把话说得那么赤裸裸？”

陈琛说：“你终于肯承认你是那种人了。”

“那种人？陈琛，我是哪种人？”吉云脸色渐深，“陈琛，你别这么幼稚行不行？大家都是成年人了，玩得来就玩，玩不来就散。要真深究起来，这种事对我们女人的伤害反而更大一些吧？”

一阵暖风沿着打开的门流进来。吉云只觉得这股风自她宽松的袖口灌入，将她整个人吹成了一个鼓起的气球，方才身体因燥热泌出的汗珠蒸发了，冰得她打了个冷战。

这回她自己从车上下来，说：“陈琛，你要是想玩，我就陪你；你要是玩不起，不敢玩，今天你就从这里离开，以后我们就桥归桥、路归路，当作谁也不认识谁。”

陈琛看也没看她，上车，然后，头也不回地走了。

24.

吉云在家里歇了一个月，台风过境两次。暮夏的暑气没能斗得过初秋的寒风，往年还是热浪肆虐的九月，今年吉云早早就换了长袖薄衫。

屋外，风声猎猎，撞到深院墙垣，变成整宿整宿的鬼哭狼嚎。

吉云睁着眼睛盯窗外，乏味至极地等着看雨点在玻璃上碎裂，然后，时不时就起来一次，看看院子。

其实心里挺怕这个城市又发生严重的内涝，每天看的最多的就是当地新闻。她时刻关注着，仿佛期待哪一块被淹。

日子悄然走到第二轮雨过天晴，专家安抚大家仲秋过完，不会再有更加强烈的台风。吉云终于开始相信，这一场属于夏季的骚动，算是彻底过去了。

吉云乏善可陈的生活里，近日终于多了一项任务。素娴先生近来又犯几年之痒，在外头偷偷摸摸找了个女学生，重温青春岁月。只是地下工作做得不到位，还没能享受几晚激情燃烧的岁月，就被素娴一把火烧到了别院。

素娴一气之下，带着还在上幼儿园的女儿乐乐搬了出来，没人照顾，只好央求吉云每天接她一回。吉云于是负责起乐乐的晚饭，顺带哄她睡着，有时候等到三更半夜才能回去。

素娴觉得过意不去，要吉云住下来："行李我帮你回去收拾。"

吉云不肯，说："换了床就睡不着。"

素娴看她眼底一片青紫，调侃道："你在自己床上，也难睡得着吧？"

吉云捏了捏鼻根，让神经松弛下来："看电视看得太晚了。"

素娴直哼哼："骗谁呢？还跟我面前装呢。"说着腰一弯，凑近她面前，"你最近闲得都快发霉了，是不是和那个小白脸掰了？"

吉云蹙了蹙眉："哪个小白脸啊？我身边小白脸多了。"

素娴说："你别和我阴阳怪气的。"

吉云反倒乐了："你不说清楚，我哪知道啊，怎么反倒怪上我了？"

"陈琛！"素娴瞪着她，"陈琛，你别和我说，你不认识他。"

"认识。"吉云道，"不熟。"

素娴看了她半晌，叹出口气："吉云，你进医院头天我就认识你了，以前你不是这样的。你要真喜欢这样的生活，我也没办法评判你什么；可你要是为了和某个人赌气，才一路这么胡闹下来，我只想劝你适可而止。你大概觉得和他们这些人只是玩玩暧昧，耍耍嘴皮子，不动真格的。可保不齐里头有些傻傻的人，就是会当真。哪天真遇见个有手段的，没中你的圈套，反把你拉到水里。他拍拍屁股起来潇洒地走了，你就等着淹死自己吧！"

她本来是做好打算，要让这些话左耳朵进右耳朵出。可一提到水，吉云也不知道怎么就特别心烦，反唇相讥道："你先管好自己的事。"

素娴一掌拍在她的后脑勺上："说你脾气大，就给我瞧脸色，我还不是为你好！我的事你也甭操心，不怕你笑话，我也不是头一回遇见这破事了。反正婚我是不会离的，他胡闹他的，但钱和女儿我一个都不会放。"

吉云说："你这又是何必呢。"只是旁人的家事，她这外人还是不参与的好，歇了会儿，就说要走。

素娴也跟着起身，问："真的不留下来啊？明天还要麻烦你呢，一连好几台手术，又要熬到老晚。"

吉云说："我再过来好了，待这儿真的不习惯。"

专车已经等在楼下。接送了几天，专车司机和吉云混得熟了，一路上有事没事能搭几句。只是今天晚上吉云有点异样，绷着脸，上了车后就没再吭声。

司机起兴起了半天，还是被她一张臭脸堵了回来。直到路过依旧人头攒动的小吃街，吉云忽然喊了停车：“你把车靠边停吧，我下去转转。”

“那用我陪你吗？”

“随你。”

吉云目的性明确，放着小吃街里各种特色美食不顾，专挑小摊子上的干拌面。不过也不多吃，顶多夹两筷子就放下来。

司机一肚子狐疑：“吉小姐，看不出你还是个美食家。你这是在找最好吃的那家面吧？”

吉云放下筷子，说：“不是。我之前吃过这儿一家的面，但现在怎么都找不着了。”

司机点头：“是不是他们家搬走了？”

“没过多久，应该还在的。”

司机笑起来：“能让吉小姐这么魂牵梦绕，要么是那家面店做的面实在太好吃，要么是陪你吃面的那个人，对你特别重要吧。”

一句话像是踩到了吉云尾巴。她一下子疼得清醒过来，立马就黑了脸：“我一个人吃的。”

晚上睡觉的时候，吉云又辗转反侧，难以入眠。思绪从笑容甜甜的乐乐到咬紧牙关的素娴，紧接着是那条繁华的街道，鼎沸的人声，最后落到陈琛上头。

继而满脑子都是那天中午他柔软的嘴唇，稚嫩的吻技，冰凉的鼻尖刺在她皮肤上的感觉……或许他这个人，并没有她想象中修炼得那样凉薄。

吉云下午去接乐乐的时候，孩子背着粉色龟甲般的书包，小脑袋往里一埋，老远就喊：“小姨！”

吉云兜里一阵振动，她答应一声，朝乐乐挥挥手，忙不迭地掏手机。来电的是素娴，吉云开玩笑：“接到了。查岗来了，是不是？”

素娴“嘁”了一声：“有正事找你。我说你要不要来医院一趟？今天陈琛过来了。”

听到这名字，吉云心里就咯噔了一声。她往绿化带边走了几步，装作漫不经心地说：“这有什么稀奇的，他不是天天去药房送药？”

素娴惊叹道：“稀奇啊！他今天不只来送药，还到病房这边来了，来的不是旁的楼层，就是咱们这一层。”

吉云没吭声。

素娴说："我看他在这儿站了半天了，估计是等人的，但是等谁我就不知道了。"

吉云翻了个白眼："你打电话给我干吗？他是不是等人，等的是谁，我也不知道啊。"

素娴问："你这次停职，他知道了？"

吉云思忖几秒："我没和他说过。"

素娴一副恍然大悟的口气："哦……"

吉云被她拉长的尾音闹得不耐烦，说："就这样吧，我带乐乐回家了。"

她说完就将电话挂了，只是一转身，电线杆下忽然不见了乐乐的人影。还没来得及四处找，就听有人喊："这是谁家的孩子？"

乐乐被辆电瓶车撞得一脑袋栽在了柏油路上。骑车子的没下来，一口咬定："不关我的事啊！你女儿自己突然冲出来，往我车轮下头钻的。我车开得可慢！"

吉云不是软柿子，一句话呛过去："是不是人啊你？这张臭嘴中午灌的是大粪吧？"

吉云把乐乐从地上抱起来，小丫头片子头一次遇上这种事，被撞倒之后自己也有点蒙，眨巴着眼睛看了看吉云。

吉云看到乐乐脸上的伤势，却怎么都有点放不下心来。

小丫头摔得可巧，正好在下巴上撕了道口子。在医生眼里，这点伤并不算什么，但此刻鲜血淋漓，糊了她半张脸。以小姨身份审视，这视觉冲击就不能用一般来形容了。

这时候乐乐缓过劲，终于开始觉得脸上火辣辣地疼，哇地大哭起来。

车主也被吓了一跳，说："我这还有急事呢。我口袋里有三百块钱，你送你女儿去医院吧。"

吉云的注意力被乐乐分散了，锁着她两只手，不让她摸伤口，等钱甩到身上时才发现不对劲，再去寻人，那人早就骑着车从人群里跑了。

旁边是一堆看热闹的，站着说话不腰疼："别坐地上了，快追啊！"

乐乐的哭声撕心裂肺，一遍遍含混不清地喊："小姨，疼……"

吉云将她抱起来，安慰道："没事的。咱们现在就去医院，找你妈妈好不好？"

只是起得太猛，一时间只觉得天旋地转。吉云踉跄着退了几步，后头突然有人扶住她的肩，说：“吉云，真是你啊。”

25.

临近中秋，徐敬尧请家里的长辈出来吃饭相聚，为了表示诚意，一连推了好几场会议，早早就到酒店门口等着。

人没等来多少，却被这起小车祸吸引了眼球。此刻他扶住吉云的肩，说：“真是你啊！”

乐乐正哭到伤心处，小脑袋埋在吉云怀里，张着嘴巴，身子一抽一抽的。

吉云没想到会在这儿见到徐敬尧，第一反应当然是发怔。只是他还没等到第二反应，徐敬尧已经把孩子接了过去。

“是不是去医院？”徐敬尧半边身子支在她的面前，“给小刘打个电话，让他把车子开过来。”

吉云没动，瞪着眼睛，直勾勾地望着他。

徐敬尧说：“还愣着干吗？快啊！”

吉云只好甩了甩手上的血，从他的裤子口袋里掏出手机。

刚一上车，徐敬尧就和司机小刘说：“找个最近的医院，路上开快点。”

吉云却拦住了，说：“乐乐的伤口并不严重，就去我们医院吧，远不了多少。”

徐敬尧质疑道：“都流这么多血了。”

吉云瞥他一眼：“我是医生，我对她的情况最了解。”

徐敬尧没再坚持。气氛一时凝滞，车里除了乐乐绵长的呜咽，就只是轻微的胎噪和间或的几声车笛。

吉云正低头给素娴发短信说明情况，选择联系人的时候，被通讯录里永远排在第一行的“陈琛”二字分了神。

徐敬尧正坐在离她一拳远的地方，尽管知道不太可能，还是细细观察孩子已经面目全非的脸，然后思考如何打开局面。

吉云注意到了他不寻常的眼光，淡淡道：“敬尧，乐乐是我同事的女儿，你应该见过的。她说话大大咧咧，没轻没重，上次你来找我，还是她招呼你的。”

徐敬尧眼中似有一刻的失神，然而很快就被他掩盖过去。他很轻很浅地笑出一声，自我解嘲似的说：“是啊。”

彼此都是一阵沉默。徐敬尧再开口的时候，刚刚的那番尴尬早已翻篇。他的语气中仍是一贯的玩世不恭："你还知道我上次来找过你？"

他一恢复正常，吉云也就插科打诨："后来事情太多，一下子忙忘了。"

"嗯，你事情多，你事情最多。"徐敬尧老生常谈，"每次来找你，你都是忙，打电话给你，也老听不见。上次好不容易通了，一下子和我絮絮叨叨说了四十来分钟，算是一次性补偿给我了，对不对？"

提到电话，吉云真的有些尴尬。她昏睡那几天，有些神志不清，不知道说了什么出格的话。她心里在问与不问之间打着擂台，幸好车子很快到达目的地，熙攘的人流冲散了她的思绪。

素娴已经等在门诊部前头，见到吉云和抱着乐乐的徐敬尧，连忙把他们往急诊处领。

吉云一路说了百来个对不起。素娴听得耳朵皮了，反而来安慰她："我请了整形外科的主任亲自坐镇，说不定缝完针、拆了线，比现在还漂亮。小孩子有个磕磕碰碰很正常，你别往心里去啦。我这人法制观念很强，一定不会掐死你的，顶多也就和你在非工作日绝交什么的。"

"那工作日呢？"

"继续保持独立自主的外交关系，还指望你继续给我带孩子呢！"

"……"

素娴看着孩子缝过针，拉着吉云走到房间一边，压低声音说："今天我也有件事对不起你，之前和你信誓旦旦说，陈琛过来等你的。后来经过我仔细一观察，发现不是这么一回事。之前江医生的病人，就是你接手过一阵子的那个，情况实在不容乐观，他们家也放弃治疗，把人搬回去了，一家人开开心心，聚一天是一天。她正好今天出院，他是跟着他们一家过来帮忙的。"

吉云倒也不觉得意外："我也不是为他过来的，这不是乐乐受伤了吗？"

素娴直叹气："好吧，好吧，算我多管闲事了，以后这红娘的事情我一件也不操心了。本来还想告诉你陈琛刚走，你现在出去就能见到——喂，吉云，你上哪儿去？"

吉云头也不回："上厕所。"

素娴说得没错，陈琛仍在，就在门诊部外的停车场上，正一件一件地往车上拿东西。今天开的也不是他那台行将就木的小货车，为了接人，他换了辆银白色的五菱面包车。

他穿着那件让她记忆很深的蓝衬衫，长袖仍旧被挽到手肘。隔着老远，吉云仿佛还能看到他胳膊上因为用力凸起的青筋。

喜报从车里钻出来，递给陈琛一瓶矿泉水。

吉云注意到她身上穿着的，居然是那条借自己穿过的粉裙子。暑气尽散的九月底，喜报还穿着一条无袖短裙。

陈琛很快绕到驾驶室，拿了一件外套，给喜报披在外头。

喜报，你谈过恋爱吗？

一个女人如果喜欢一个男人，最重要的就是去吸引他的注意。

不管是他喜欢还是反感，能让他抽出空来想一想你，这就算是成功了。

吉云和她说过的话，她一个字都没漏听。

早知今日，那天她真该……多说一点，也能早日成就一对佳偶。

徐敬尧脚步很轻地站到吉云身后，说："在看什么呢？"

他顺着她的视线望过去，宽阔的广场上除了人来人往，只有一对往车上搬东西的男女。他眯起眼睛端详几秒，认出其中一个是会过几次面的陈琛。

吉云转过身来，面无表情地说："没什么。"她往里走，擦肩而过的一秒，徐敬尧忽然拉住她的手。

"吉云，"徐敬尧抿了抿唇，"我和连诗分手了。"

吉云一脸狐疑地回身望他："不是都要做爸爸了吗？"

徐敬尧轻笑："你听她鬼话呢。"

吉云直摇头："你们自己的事情，我这个旁人怎么弄得清！"

她将手从他的手里抽出来，低低地抱怨道："咱俩关系再怎么好，也别在外头拉拉扯扯的。医院里都是同事，看到了说不清。"

男人微怔。

吉云道："我进去看看乐乐，你要是有事就先走，今天真是多亏你了。"

徐敬尧摆摆手："举手之劳罢了。"

吉云淡淡地道："上次你帮医院垫钱，我还没来得及谢你。不过后来我一想，反正你那么有钱，花就花了。"

徐敬尧说："你还真是不客气。"

吉云冲他挥了挥手。

徐敬尧两手插在裤兜里，站在原地看了好一会儿，直到吉云拐进急诊室，不见踪影，又转身面向停车场。也真是巧了，尽管隔得很远，陈琛和他却都是面对面站着，彼此之间都已看到了对方。

陈琛先向他点了点头，徐敬尧跟着打了个招呼，兜里的两只手却不禁握成拳头。

他打通吉云电话的那天晚上。

“吉云，要不要我过去看看你？”

“你是？”

“徐敬尧，我说了三遍了。”

“哦，不用。陈琛不喜欢我和其他男人在一起。”

“……”

“陈琛会揍你的。”

“……”

“陈琛，你在哪儿呢？”

# 第五章 她的心脏，比她先一步认出他

26.

徐敬尧的胸口虽说染了一大块血，不过一身西服仍旧挺括，远远走过来，像是一株会行走的白杨，清贵逼人，教人挪不开眼睛。

陈琛让毛孩他们等会儿，自己往前走了两步。

徐敬尧正一脸笑容地把手伸出来，看到手心里残留的一点血，又把手收回来，抱歉地说：“手实在太脏了。”

陈琛挑了挑嘴角，表示自己听见了。

徐敬尧很客气地寒暄：“来医院送药的？”

陈琛指了指身后的车：“没，今天来接人的。”

徐敬尧说：“真是巧了。你来医院接人，我来医院送人。吉云朋友的孩子受伤了，伤在下巴上，血流了不少，看起来挺吓人的。但据她说并不严重。”

徐敬尧接得是这样连贯，说得又是这样自然，提到那两个字的时候，甚至并没有加重或是停顿，就像细数生活里发生的一件很小的插曲——主角有他，也有吉云，陈琛不过是倾听的另一个人。

他全然忘了几个月前，三人初次同框，当着陈琛的面，吉云和他刻意拉开了距离。

徐敬尧一放松，淡淡的神色里就添了一分浑然天成的倨傲。陈琛木木然地站在另一边，一时间除了默然，居然无话可说。最后还是徐敬尧打破沉默，问："你那辆车装得下所有东西吗？要不要我让司机送你们一程？"

陈琛连忙说："不用，挤一挤能坐的。"他想了想，言简意赅地说，"徐先生，你有什么话就直说吧！"

徐敬尧微怔："陈琛，你这个人真的挺聪明。"

陈琛说："有时候还是糊涂点儿好。"

徐敬尧笑了笑："你送货一个月能有多少钱？你要是想有更好的发展，我公司这边正好缺个人手。我和他们说一声，你随时都可以进来。"

陈琛面无表情，问："代价呢？"

"代价？"徐敬尧重复。

"没有什么东西是无缘无故的。"

徐敬尧一脸的讳莫如深："刚刚还说你是聪明人。"

陈琛坦然："我和吉医生连普通朋友都算不上。"

徐敬尧做好了要叫陈琛离开吉云的打算。比物质，陈琛和他有着云泥之别；比时间，他和吉云不多不少，刚好认识十年。条分缕析，他要一条条地教陈琛退缩。

可他这样坦然地说，"我和吉医生连普通朋友都算不上"，之前她为他做的种种，在他眼中就像是一个无足轻重的玩笑。徐敬尧又有些为吉云的眼光担忧，为她感到不平起来。

"但愿如此。"徐敬尧冷哼，"吉云这个人其实心眼不坏，就是贪玩，不懂得顾及别人。之前我们闹了点小矛盾，所以她总喜欢折腾出点事，要引起我注意。如果给你造成过什么困扰，我在这儿代她向你说声对不起。如果——"

陈琛冷不丁地打断："没有。"

徐敬尧不解："什么？"

陈琛说："她没有给我造成什么困扰。"

吉云正好抱着乐乐过来。她一早就见到两个面面相觑的男人，以为徐敬尧理所当然会是昂首挺胸的那个，走近了一看，却只见到他一脸不自然。

反倒是木头一样的陈琛，大概是因为本无一物，反倒在这场无声的争斗里占了上风。

吉云问徐敬尧："你怎么来这儿了？"

徐敬尧说："没什么，来打个招呼而已。"看到下巴缠上纱布的乐乐，说，"我来抱吧。"

乐乐往吉云肩头上一趴，含混不清地说："不要。"

吉云拍拍她的背："不许淘气啊。"

喜报正从车里探出头来，欣喜地喊："吉医生！"

吉云向她点头："好久不见！"

吉云这才有借口将视线一点点挪开，最后移到陈琛的脸上。

依旧是白，只是比前些日子更瘦了一些，于是轮廓更深，五官更清晰。他听到她的声音，很自然、很坦然地看向她，墨黑的瞳仁里波澜不惊。

吉云凉凉地看了他好一会儿，才说："你也好久不见。"

毛孩正像个耐心告竭的小孩，这时候扒着车门，气若游丝地喊："琛……哥。"

陈琛只好向对面的几人告别："你们聊，我们先走了。"

徐敬尧吁口气："不送。"

吉云不动声色地咬着自己的舌头，迎着风，一眨不眨地看陈琛转身，打开车门，再发动车子。他是那样认真，专注地倒车和行进，以至于没有多看其他人一眼。

反射弧分外长的吉云没有因为那次争吵，而生过哪怕一秒钟的气，却在此时此刻，心塞得差点没背过气去。

徐敬尧说："我送你回去。"

吉云黑着脸："不必。"

没等人再回话，吉云托着乐乐，就飞快地走掉了。

素娴今天下班下得早，吉云得以在新闻联播开始前回家。她没喊专车，也没打的，就这么一个人、两条腿，从素娴租的小窝开始，一步一个脚印地往家里走。

心里许多事，千头万绪，吉云想找个时间来理，却太忙了。突然有了时间有了空闲，又懒。一直走到胜利在望，走到精疲力竭，汗将衬衣打得湿透，浑身又酸又臭，她才一屁股跌坐在路边，几乎是赌气似的将包扔出去。

心里问了自己八百遍：这是怎么了？

忽然有双穿着山寨牌子运动鞋的脚，出现在她的视线里。随即，刚刚被扔出去的皮包又被拿回到她眼前。吉云起身将包一把扯过来：“要你多管闲——”

她忽然看到那人的脸：“怎么是你？”

陈琛面无表情地站在吉云面前，蓝衬衫外头加了件外套。吉云认出正是他递给喜报的那件。

吉云臭着一张脸：“我说过，以后我们就桥归桥、路归路，当作谁也没认识过谁的吧？”

陈琛回：“嗯。”

吉云继续发难：“那你也应该知道，我和你勉为其难地打声招呼，不过是为了大家的面子，不想让彼此脸上不好看吧？”

陈琛说：“嗯。”

吉云冲他扬了扬下巴，一脸挑衅：“那你还过来找我？你那里和我这儿隔着十万八千里，你再怎么绕着城市送货，也送不到我这地方来吧？”

陈琛也不反驳，说：“我有事找你。”

吉云说：“有事找民警，你找我干吗？”

陈琛抓过吉云的胳膊，吉云挣扎着，大喊：“你要干吗？”

她这才注意到，他另一只手上还抓着一个报纸包裹的长方形物体，吉云几乎在瞬间就明白了他的意图。

陈琛执意要将那捆东西塞进吉云手里：“三万块，你数一下。”

“……”吉云一只手攥得紧紧的，浑身发抖。

陈琛说：“你拿着啊！”

吉云另一只手猛地一挥，将包狠狠地砸在陈琛头上，在他发蒙的瞬间挣脱出来，撒开两腿往小区里跑。

她今晚戾气太重，浑身上下都散发着一股“别惹我”的气势。

平时她脾气也大，可大多时候只是怒在外，外表烧得火热，实心却冷静得像坐在台下看戏。纵使是一阵火，也像是噼里啪啦燃起的红爆竹，响完了拉倒。

可今天不同。这阵火，仿佛用伤痕累累的手捏了一串朝天椒，每一丝辣味都深入皲裂的皮肤，甩不掉，洗不净，深入骨髓地疼。而这几乎是无名之火，无源之火，连她自己都不知道是为什么。

吉云一头扎进沙发，用抱枕将自己深深地埋起来。再起来时，已是深夜。她没开灯，脚步发虚，欲往楼上走，却自落地窗里隐约看到门外似乎站着一个人。

路灯下，猩红色的一点隐约在闪烁。

吉云没顾得上换鞋子，趿着双拖鞋就走了出去。

陈琛和她隔着道铁门，白色的烟雾自他的嘴里渐渐吐出。他将钱从缝隙里塞进来，吉云没接，钱“啪”的一声落到地上。

报纸碎了半边，露出斑驳的粉色。

陈琛还是那句话：“三万块，你数一下。”

吉云看着纸包，双眼被狠狠灼了一下。

这不是钱，这是他要和她划清界限，然后真的老死不相往来。

吉云眼珠子一转，视线重新落到他的身上，问：“钱怎么来的？”

陈琛将烟拿在手里，说：“你别管了。”

吉云问：“你把房子卖了？”

陈琛掸了掸烟灰。

“你真把房子卖了？”

吉云瞪着眼睛，有气无力地说：“我跟你说过那边会拆的吧？你现在就把房子卖了，生怕别人不知道你是冤大头，是吧？”

陈琛还是说：“你别管了。”

吉云气极反笑：“你这傻子。”

陈琛没反驳，将烟又塞回嘴里。

吉云斜着眼睛打量他：“干吗又抽烟？”

陈琛吐出的烟雾袅袅升腾，熏上眼睛。他微眯起来，眉心锁着。

他说：“没什么。”

吉云说：“又觉得心烦了？”

陈琛淡淡地望着她，低声道：“毛孩妈妈快不行了。”

“我知道。”吉云说，“可是和我有什么关系？和你又有什么关系？”

陈琛忽然笑了笑：“早就猜到了。”

吉云说：“什么？”

陈琛将烟扔在地上，用脚踏了踏：“猜到你要这么说。”

吉云看着地上一团黑色的烟蒂，问：“你抽的什么牌子？”

陈琛说：“不是什么好烟。”

“什么牌子？”

“你听都没听过。”

“什么牌子？”

陈琛忽然不耐烦了，站直身子，冷冷地问：“是不是在你眼里，一条人命都不如这烟的牌子重要？”

吉云昂头说：“一件东西对我重要或不重要，衡量的标准只在我这里。陈琛，这个城市每天要死成百上千人，难道因为我是医生，我曾经给他们看过病，我就要挨个去痛苦地缅怀？你这是什么强盗思维啊，陈琛？”

陈琛于是连连点头：“好啊！那你说，这世上什么东西对你是重要的？”

吉云的眼神蓦地失焦，挣扎半晌，居然想不出一句话来应对。

陈琛说：“算了，等你想明白为什么这么生气，再来和我说话——如果来得及的话。”

吉云愕然：“你什么意思？”

陈琛视线一晃，从她身上轻轻掠过，已经低头离开。走了几步，响起低低的“咔嚓”声，他又点起烟。

吉云站在门后，目送他落寞的背影。

自始至终，她身前这道虚掩的大门，都没有为他敞开过。

27.

吉云一早就接到院长的电话。

老头大约刚刚吃过速效救心丸，所以和她说起“医闹”这两个字的时候，中气十足，完全不复当初奄奄一息的口吻。

吉云正百无聊赖地伺候着院子里的花花草草，猜到他这通电话不会太短，于是关了龙头，收起水管，坐在门前的石头上静静地想对策。

院长奉行曲线救国，东拉西扯一大会儿，这才问：“那你今天有没有事儿？要是没事儿的话，就来医院一趟吧！”

吉云反问：“为什么？”

院长苦笑：“吉主任，上次那事差不多走完了流程。既然已经告一段落，我们研究一下，还是让你早点过来上班。现在实在是人手不足，你这样有经验的更少了。”

这一番话明明分了好几句，各有重点，吉云却偏偏抓着看起来最不起眼的一句，咄咄道：“差不多走完了流程，还差哪一步？”

电话那头沉默良久。

吉云直说：“院长，我怎么觉得您有点请君入瓮的意思？我要是不去，是不尊重你的权威，可我要去了，自己心里也犯嘀咕。你是知道我这个人的，有些话你还是提前给我透露的好。不然到时候脸一黑，闹得谁也下不来台，这是大家都不想看到的吧？”

院长直叹气：“吉云，你这不分人、不分场合的坏脾气，到底什么时候能改改？”

吉云说：“定型十来年了，改不了。”

院长这才把话说全。问题还是出在那次的“事件”上。之所以没有定义成事故，是因为从技术上看，吉云的手术确实不存在任何问题。可从她当天的消极情绪和不正常的精神状态来说，她又与手术结果有着说不清、道不明的关系。

于是家属不止一次坐到了院长室，希望能和主刀医生面对面谈话。更重要的是，他们希望吉云能说明当日的情况，然后当面道歉。

吉云挂了电话，还是忍不住笑，闹也闹了，人也打了，钱也收了，现在又不服气地要她道歉，真把她当成软柿子了。于是，她换了衣服，当即风风火火地冲到医院。

院长室这一层外面早堵满了看热闹的人，见到她，都自觉地避开，让出一条通道。院长室里，倒是没有想象中的热闹，当天那些牛鬼蛇神一样的亲戚都不在，除了不停抿茶的院长，只有一个头发花白的男人，无精打采地坐在沙发上。

看到她，院长连忙招手要她进来：“来来来，顺便把门关上，坐。”

吉云将素娴和一众看热闹的人都关在门外，自己沿着墙角走向沙发，和那陌生男人面对着面。

院长说：“这位先生是上次那个病人的丈夫，你们聊一聊吧。”

那男人抬起头，看见吉云，浑浊的眼里几乎一亮，也说：“是啊，我们聊一聊吧，医生。”

吉云沉吟良久，心里克制着，还是忍不住嗤笑：“有什么好聊的？手术结果有机构的认定，医院处理有官方的文书，再加上银货两讫，连赔偿的事情都解决了，还有什么好聊的？”

男人嘴唇翕动，脸色很是难看。

院长将手里的茶杯往办公桌上一磕，愠怒道：“吉医生，你说话注意点儿。”又向那男人道歉，“她脾气不太好，我平时都不敢惹她。但她其实刀子嘴，豆腐心，比谁都好说话。您千万别在意！”

男人点了点头，原本搁在沙发扶手上的一只手，忽然伸进口袋翻了翻，然后拿出一个被折得皱巴巴的信封。然后，他起身走到院长跟前，将这信封递到他的面前。

院长疑惑：“这是？”

男人坦然地说：“这是医院之前拿给我们的补偿款。”

院长大吃一惊，撑着桌子站起来，一把抄起信封，塞进男人怀里，说：“你这是干吗？”

男人挣扎着没肯要，几番推让，将信封又放回桌面，急忙走到吉云身边，说：“出事那天，我因为情绪激动，被人送回家里，没能在场。后来听人说了，才知道发生了那么大的事。老伴平时待人很好，她一走，亲戚朋友都难以接受，于是没克制住情绪，一哄而上，也是好心办了坏事。但是给医院、给医生，都造成了不小的麻烦。我知道之后特别过意不去，一直想找机会和医院、和那天的主刀医生说声不好意思。之前我也和院长说了，医院被打砸的东西，我一定赔偿。就是来了好几次，都说主刀医生被停职了，一直到现在才见到你。和你说句对不起，我也算是了了一桩心事。”

一番话说得教人汗涔涔的，大吃一惊，只怕还有大失所望。

这原本是一场没有悬念的博弈，此刻两方势力翻转，一直觉得自己占据道德高峰的吉云，居然没来由地心虚了，肌肉自上而下地僵直着。她动弹不得，软绵的沙发此刻已如针毡。

男人仍旧絮絮地说：“这回老伴病情很重，我们都清楚，开刀之前也有医生给我透过底。所以无论有什么结果，其实我都做好了接受的准备，就是没想到要无端添出这么多事。他们拿钱回去的时候，我就知道不妥。但既然拿了钱，立刻盖棺定论，有些话就不好再说。可我心里一直有疑惑，为什么明明排除了医疗事故，主刀医生又会承认自己失误？这钱就像是一块烧得火红的烙铁，要我整晚整晚地睡不着。所以我今天当着医生的面将钱退了，只想求一个答案。”

吉云垂着头，一时没有吭声。

院长来打圆场，试探着问："您是不是信不过机构的认定啊？"

男人说："不敢不信。可也想问问主刀医生，咱们摸着良心说话，那天到底是怎么回事？"

院长干干地笑着，刚要说话，旁边的吉云打断他，问那男人："这个答案对你这么重要？"

她慢慢地站起来，走到男人面前。男人看着她，很认真地说："重要。"

恍惚间，好像又回到那晚人命和他物的比较，重要和次要的讨论。

男人说："医生救死扶伤，手底下接触的人多了，没有哪个不是见惯了生死。或许就渐渐麻木了，觉得生老病死只是一种自然法则。可我和老伴从小就认识，从玩伴到恋爱，一直到成为夫妻，还从来没和她分开过这么久的时间。她的生命在你眼中，可能只是一个患者，可在我这儿就是一整个天啊！你说这个答案，对我而言重不重要？"

他忽然加重了语气，一字一顿地说："今天我来到这儿，那些乱七八糟的目的都没有，就是想为我老伴问一句，你拿着手术刀的时候，是不是百分百地投入，有没有百分百地尊重过别人的生命、尊重过你自己的职业？如果没有，我希望你向我道歉，向我老伴道歉。"

男人双眼通红，情绪激动，止不住地浑身颤抖。可此刻眼睛发涩的那个，却明明是呆立一旁的吉云。

男人的话振聋发聩。尽管她并非完全赞同每一句话，却还是因此思考良久。半晌，她方才开口："本来我不想再提的，但既然这个问题对你这么重要，我就明明白白告诉你。"

院长在旁意有所指地咳了两声。

吉云并没理会，接着说："我不知道其他医生怎么样，但于我而言，只要拿起手术刀，我永远都会做到百分百地投入。尽管那天确实发生了一些很不愉快的事，直接导致我借着手术后的沮丧心情，说了些很不合时宜的话，从而激化了病人家属的情绪，给医院带来了许多不必要的麻烦，因为这点，我一直欠医院一个道歉。可对于你，我没有任何愧疚。"

男人一字不漏地听完，嘴唇抿成一线，点了点头。时空寂静。男人居然径直走出了办公室。

院长方长叹口气，一边竖起大拇指，一边往吉云背上拍了几下："吉主任，幸好你人机灵，读得懂我的眼色。我刚刚真怕你一生气，就把事情给认了。"他又后怕地说，"这家人花样挺多，为了多要点补偿款，真是什么招都使了。你今天要是一松口，说是手术出错了，他们明天就能把事再捅大一级，你信不信？"

吉云眉头紧蹙，看着他的时候几乎有些发怔。

"敬尧花了这么多钱，都没能让他们消停。现在好了，你一否认，他们那边再怎么蹦跶，也站不住理了。"院长开了保险箱，将支票塞进去，念叨着，"等他们来取。"转身看到吉云一脸戏谑的笑容，纳闷地问，"你怎么这副表情？笑谁呢啊？"

吉云眉梢一挑，冷冷道："笑你。"

自医院后门出来，稍微走走就是菱花街坊的入口。等吉云意识到时，她已经一只脚迈进了细窄幽深的巷子。

那家她躲过雨的小吃店重新开张。老板娘勤快地收拾桌椅，见到她，很客气地吆喝："美女，我们这儿炒饭、汤面、包子、馒头都有，进不进来吃点啊？"

吉云挥手说："不用。"

忽然有人在她身后大喜过望地喊道："吉医生？"

吉云刚转过身，就见喜报拎着菜篮子走过来。喜报笑眯眯地说："真是你啊！刚刚远远看着就觉得像，又不敢喊你，怕认错了人。"

吉云说："正好今天来医院，就顺道过来看看你们。你这是刚买了菜，准备回去做饭了？"

喜报说："是啊。吉医生，你既然来都来了，就留下来吃饭吧，我再去买两个菜。"说着就打算往回跑，吉云一把拉住她说："不用，不用，我看过你妈妈就走。"

喜报身子一僵，嘴边挂着的笑意淡了几分，低声说："吉医生，不麻烦你了，我妈……没了。"

28.

吉云问道："什么时候的事？"

喜报揉了揉鼻子："昨天刚送走。"

吉云默然。

喜报反而释然，说："因为那个病，以前她就只能躺在床上，哪儿都去不了，守着屋子里小小的一扇窗户，没日没夜地喊难受。现在人一走，说句不怎么孝顺的话，我这心里就像一块大石头落了地，觉得她再不用受折腾，倒是为她高兴起来。"

话是这么说，可喜报的眼睛还是红了一圈。吉云安慰她："你能这么想最好，以后好好过，嫁个好老公，别老跟着你没出息的哥后头乱转。"

喜报扑哧一声笑出来："吉医生，你别老这么说我哥了。"

吉云也跟着笑，抓着包带的两只手却绞着，出了一手心的汗。

喜报又劝："吉医生，就去我们家吃饭吧，我弄得简单！"

吉云说："弄得简单我才不去，等你弄丰盛了再喊我。"

喜报只好说："那你不吃饭，去我那边坐坐。我成天一个人在家，寂寞得都心焦。"

吉云还是摇头，想了又想，试探道："你哥哥是整天不着家。陈琛呢，他不会来陪陪你？"

一提到陈琛，喜报的表情就立刻晴转多云，很是沮丧地说："吉医生，你知不知道琛哥把房子卖了啊？"

"知道，怎么不知道！"吉云眨了眨眼，冷冷讽刺道，"还从里头特地抽了三万还给我，我简直都不知道怎么感谢他。他既然卖了房子，那现在住哪儿？不会一到晚上就去钻桥洞吧。"

喜报小小吃了一惊，说："吉医生，琛哥没和你说他走了吗？"

"走？"头顶轰轰隆隆的，好像一片雷鸣响起。吉云一阵发蒙，"你说走是什么意思？"

喜报说："吉医生你别乱想啊！我这走的意思，就是琛哥不在咱们市了。"

吉云问："他不在这儿待着，能去哪儿？"

喜报迟疑地说："具体的我也不知道。你应该清楚琛哥那个人的，他不想说的事情，你就是把枪顶在他脑门上，他也不会告诉你的。"

吉云咬着牙冷哼，是啊，几轮较量下来，她理所当然应该清楚陈琛的个性。

他那个人，说好听点叫执着或坚持，说难听点就是倔强死板，天底下大约没有比他更闷的人。就像夹在厚实的岩矿中的煤层，非要你拿着锹子一小点一小点地重敲死磕，才会一小点一小点地往外吐。

直到将陈琛板着脸的模样在脑中过了一遍，吉云方才郁闷地笑起来，问：“他难道就一句话都没留下来？”

喜报说：“我听哥说，他像是提过要回家一趟。”

“回家？”那么问题又来了，吉云问，“他家在哪儿？”

喜报一时无语。

“南方。”

“南方哪儿？”

“……”

“是只有两广才算南方，还是这座城市以南的地方都算南方？”

喜报脸都白了：“吉医生，我也不清楚。”

吉云冷冷地说：“那他这次离开，以后还回不回来？”

喜报眨巴眨巴眼睛，一脸无辜。

吉云连连摇头，说：“哦，我知道了。”

于是，她与喜报悻悻地分手。喜报拎着菜，一路小跑着赶回家。吉云则站在原地想了又想，在走与不走之间犹豫半晌。最后一跺脚，沿着那条记忆里走烂了的巷子迈开步子。

陈琛的小屋刚被新修过，补好的那块屋顶用的是新瓦。阳光下，被附近的一摞摞旧瓦衬着，几乎在熠熠闪光。

他滑稽的小木门被卸到一边，一个工人模样的男人正在撬木质门框，一扇不锈钢对开的大门搁在三轮车上，刚刚被从二手市场拖过来。

吉云往台阶上走，有个女人从黑漆漆的屋子里走出来。彼此见到，女人问：“你找谁啊？”

吉云探着头往门里望，说：“这房子是你买的？”

女人有些戒备，问：“你有什么事啊？”

吉云说：“这儿原来是我一位朋友的房子。”

女人将她上下打量几遍：“然后呢？”

吉云问：“我能不能进去看一看？”没等女人回答，吉云已经踩着高跟鞋，自一地碎木头上走过，跨过门槛，进到门里。

女人讶异："哎，你这人怎么随便乱进别人家呢？"

撬门的男人说："没事啦。"

女人拧眉："怎么没事？谁知道她过来干吗？"

房子转手不久，新主人还没来得及全面改造。房子里的变化不大，那些体量太大，又轻易可以买到的东西还在，八仙桌、长条凳、靠背椅、搁在墙角的洗脸池……

只是洗得泛白的帘子被扯了下来，一层叠一层，铺到地上，扔了些乱七八糟的杂物在上头。

因为没有阻隔，吉云看到这个敞开的世界全貌。阳光正从每间小屋的窗户里射来，汇成光柱，汇集到屋子的中心。整个房子犹如一本书，此刻一页页毫无保留地在她的面前铺展开来。

原本狭窄的空间，今时今日，竟是这样空空荡荡。

她曾经用过的那块干毛巾，一起躲过雨的旧屋檐，台风天屋里淅沥的小雨，还有午后阳光里飞旋的灰尘，鱼的香气……好像瞬间从这里抽离开来，变成全然无关的东西。

吉云惊诧一个人存在过的痕迹，竟可以这样轻易地抹去。

直到一周之后，吉云才下定决心，要给陈琛打个电话。

彼时风平浪静，医院终于要着手恢复吉云的职位。在正式回归工作岗位之前，院长将吉云喊到办公室，将一张邀请参会的信函递到她的眼前。

吉云扫了一眼："地方挺好啊。"

院长乐呵呵地笑："让给你去吧。"

夏天往北方跑，冬天往南方跑。会议为了吸引更多人参加，总是投人所好地挑选适合的举办地，要气候宜人，也要风景秀丽。开会之余，休闲度假，于是去不去会议，派谁去会议，往往就成了一种秘而不宣的隐性福利。

本地的秋天时间短，还没出秋就迎来初冬，吉云已经开始在长裙外头加上防寒性能极佳的大衣。但和温暖、舒适的那座南方城市相比，她倒是更愿意留在本地，做个懒散的胖粽子。

于是，她意兴阑珊地拒绝："不想去啊。"

院长拿她没辙，将信函塞到她手里，说："回去好好研究，真想清楚了再和我说。”

吉云皱眉：“别啊！医院里那么多人，你怎么总盯着我一个人啊？”

院长冷笑：“瞧这话说的，真教人寒心！要不是敬尧千叮咛万嘱咐，喊我多照顾照顾你，就你这臭脾气，我早把你开了。”

吉云觉得这对话乏味得很，找个借口道：“我和人约了吃午饭。”

院长连连招手：“别打岔，才十点你就吃午饭？你过来和我说说，你现在和敬尧到底怎么样了？”

吉云说：“挺好，时不时就见个面。”

院长一脸不相信：“那他怎么还老来我这儿打听你的消息？”

吉云说：“这你就该问他了。有什么事和我电话联络就是了，干吗来麻烦你老人家？”

“是啊！”院长一挺腰，“我也是这么想的。也真是奇怪了，以前总是你问他，现在是他来问你。你们两个人约好的？”

吉云笑了笑：“走了。”

院长喊：“又想走？还没说完呢！”

吉云没理他，手插进大衣口袋里，径直往门口走去，刚打开门，就见一个抬手欲要敲门的男人挡在前头。

院长的声音幽幽地传来：“巧了！”

徐敬尧笑道：“你怎么也在？”

“我在又不稀奇。”吉云侧身走出去，让开条道，“进去吧。”

徐敬尧却和里头的院长挥了挥手算是招呼，然后顺势将门带了起来。

“去哪儿？”徐敬尧跟在吉云后头，“我送你。”

吉云脚步不停：“你不是来找那老头的？”

徐敬尧说：“可找可不找。”

在电梯前头，他几步跨过来，赶在吉云出手前，先按了电梯的下行键。吉云有些狐疑地递过去一个眼神。

两个人一前一后进了电梯。

徐敬尧问：“待会儿去哪儿？”

吉云说：“和人约了吃饭。”

“和谁？”

“不用向你报备吧？”

“陈琛？我怎么听说，他已经不在本市了？”

气氛凝滞一秒，继而，被徐敬尧低低嗤笑的一声打破。

吉云背对着他，却在光可鉴人的金属门上映出轮廓。此刻她两只眼睛睁得浑圆，一眨不眨地看着他。徐敬尧像惹了一只已经弓起背脊、浑身细毛都奓开的猫：“怎么这么生气？”

吉云忽然转身用力推了他一下，恶狠狠地说：“你是不是和他说过什么？”

那日的停车场，徐敬尧轻描淡写地说，他只是和陈琛打了个招呼。

徐敬尧脊背撞上墙面，一怔后回神：“你以为是我用手段逼他走的？”男人冷冷哼了一声，“他也配？”

叮——

电梯门开，人群鱼贯而入。

吉云挤出去，步子飞快。然而她没走两步，一只手却从后头抓上她的手臂。吉云站住，徐敬尧与她擦肩而过，绕到她的面前来。他说：“吉云，你玩真的啊？”

吉云冷笑：“徐敬尧，是不是只有我和你在一起才是真的？和别人在一起都是假的？”

徐敬尧如鲠在喉。

吉云将徐敬尧的手从胳膊上挪开，看着他低声说：“徐敬尧，我已经不是二十岁时的那个吉云了，也再不是你一勾手指头，就会乖乖过来听话的小狗。麻烦你还和以前一样，不要总是这么频繁地出现在我的面前，也不要总在院长那里套我的消息，然后很潇洒地说一句，‘只要你快乐就好’。”

以彼之道，还施彼身。不过只是轻描淡写的一句话，她居然记得这样清楚，然后在他回过身来的时候，化作一把尖刀，狠狠刺到他心坎上。

徐敬尧还是第一次发现，有一天吉云看向他的眼神居然是这样陌生：“那你现在觉得快乐？”

吉云挑了挑嘴角：“以前我觉得只有在你身边才会快乐，现在我才知道原来我错了。”

吉云看到他瞳仁一敛，面色如土灰，竟也没有多去理会，匆匆一句再见之后，往院门口走去。

出租车上，她将手机取出来，一开锁屏，就是那行熟悉到几乎烙在眼膜上的名字。她点开通讯录里他的名片，却始终找不到勇气，此刻心中仍是惴惴的，手悬在拨打的图案上方微微颤抖。

这一天吉云不知道等了多少天，等徐敬尧态度的改观，等徐敬尧情绪的波动，等他为她身边不停变换的男人吃尽闲醋，然后在他过尽千帆，回首的时候，还有她等在灯火阑珊处。

她是真的想过要陪他一起细水长流的。

可当这份幼稚的愿望终于有了起色，那无望的等待有了尽头，一切都朝着曾经期待过的那样发展时——吉云却在为一通该打还是不该打的电话而分神。

是不是真应了那句俗气至死的话——只有得不到的才是最好的。

吉云终于还是将手落在了绿色的图标上。

一秒、两秒……手因为紧紧握着冰冷的金属两侧，指腹被磕得有点酸痛。她竟止不住地想要微笑。

许多天来，她第一次有种前所未有的畅快感。她的脑子里迅速运转，已经在想接通时该说些什么：我打错了；不小心拨到了；请问你是哪位……

电话那头却突然传来机械的女音：对不起，您所拨打的电话是空号。

啪！皮包自膝盖上滑落，摔在车里。吉云弯腰去捡，抓着包底一提，却将皮夹、钥匙、文件等全漏了出来。

全身的血液都涌着往头部汇集。她咬着下唇，太阳穴突突直跳，慌张失措地抓着东西往包里塞，然后视线落到曾被院长硬塞进她包里的邀请函上。

会议的召开地，是一个温暖的城市。

手机听筒里，女声不厌其烦地重复着：对不起，您所拨打的电话是空号。

她忽然抓起那张纸——他的故乡，是南方对吧？

29.

素娴近来烦心的事情，是究竟要不要带孩子搬回家里，倒不是因为乐乐想念爸爸，而是担心自己出走后，是不是起到了放虎归山的反效果。

素娴说："最近总听见风言风语，说那小妖精可能怀孕了。老家伙还真行，我猜他大概还想要个儿子。乐乐都这么大了，居然还没死心。"

话说到这儿，气氛有些沉闷。一向大大咧咧惯了的素娴，居然也像只受伤的蜗牛，一碰壁，就将头缩起，收回坚硬的壳里。

吉云只好岔开话题，说：“我要出差了。”

素娴说：“哦，听说了，地方不错，现在正暖和。还有人和你一起啊？”

手边恰好有一只细腿蜘蛛爬过去。吉云像是看得入迷了，过了会儿才说：“还有孟燕。”

素娴啧啧道：“哦，知道。新调过来的吧？听说长得白白净净、眉清目秀的，也是个美人胚子啊。”又问，“你和她认识吧？听谁说，你们好像一个学校来着。”

吉云说：“和我一个学校的多了。”

两个人又不痛不痒地闲话了几句，吉云将电话挂了，给在线上的孟燕发信息。

她和孟燕说熟不熟，说陌生又太虚伪。毕竟在校期间，吉云和她是同一个导师，虽说平时没多大交集，却在同一个项目里合作过几年。

项目完成之后，吉云放弃科研，转了方向，最后进了医院。她则一直杳无音信，直到医院的名单上突然多出这么一个人。

多年没打过交道，大约彼此都存着几分畏惧，说起话来尤为客气，你一言我一语，不过就是探讨交通工具，却足足聊了大半个小时。

最后吉云不耐烦了，实在懒得扯着嘴角做好人，搬着笔记本电脑，盘腿一屁股坐到沙发上，啪啪啪敲了几个字：坐火车。

从本地过去，Z 字打头的直达特快是 10 小时 27 分钟，晚 9 点过 1 分出发，第二天一早 7 点 27 分就能到达。

说快捷倒不至于，但时间安排得合理，因而车票紧俏。等吉云预订的时候，下铺早已经售罄，她就随便买了一张中铺和一张上铺。

上车后一看，吉云暗自叫苦。床小也就算了，那上铺还安在比人还高的位置，几乎已经紧贴着天花板，又正对通风口。这一晚折腾下来谁受得了？毕竟是自己的失误，吉云将中铺给了孟燕，孟燕也没多谦让，将皮包和箱子搬上去。

与几年前衣着普通、几近寒酸的女孩相比，现在的孟燕可谓有了天翻地覆的改变。且不论得体的穿着和精挑的配饰，单单只是挺胸走路、成竹在胸的精神风貌，就与从前的她大相径庭。

女人因为时间而苍老，但也因为时间而成熟，每个人都向着好的一面发展。但是逆水行舟、始终停滞的吉云反倒露出疲态，被一点点追上，然后超越。

等东西收拾稳妥了，孟燕这才来和吉云商量：“不如我陪你去其他车厢看看，这么长一列车，不可能连个中铺、下铺都找不出来，哪儿来那么多人啊！”

吉云正行李紧贴着列车壁，尽量不堵来往人的去路。她扭头看了后头的孟燕一眼，说：“不用了，这儿有排座，等车开起来，我坐这儿好了。”

孟燕抱着两手瞧着，说：“吉主任，你要在这小凳子上坐一夜啊？”

吉云说：“再看吧，就真是躺下来了，在这火车上我也睡不着。”

孟燕笑起来，露出嘴角两个小小的梨涡：“吉主任你养尊处优惯了，睡个觉也要挑环境舒适的。哪像我们皮糙肉厚的，头沾着枕头就睡着了。”

这话听着怎么也不像是夸人的啊。要不是最近做什么都懒懒的，连吵架的力气都没了，心眼不过针尖大的吉云肯定要和她较真。

列车忽然一抖，吉云身子往后一倒，正好磕在被收起的凳子边上，痛得她一阵吸气。她借着力气，索性将之打开坐上去。

孟燕稳住身子，帮她支开小桌板，笑着说：“小心了，吉主任！你这样子一看就是没坐过火车。”

吉云拧着眉头，斜眼睨她，自己这副样子，看起来很好笑？

她亦说错了一点，尽管吉云是没吃过什么苦，但火车她还真是坐过的。更别提那已经是十年之前，火车远远没有现在这样窗明几净。

那年她还在医学院念书，性格远没有现在这般急躁，为人单纯得几近愚蠢，唯一的期望只不过是能独自解剖大体老师。

暑假的时候，她选择跟随大流，与宿舍里的几个女生一起外出游玩，不知道该去哪里，随手一点就是千里外的中部地区。

每人一个背包，一整日的硬座，旅途之中的风光早已忘得一干二净，但在火车上留给她的记忆，却是历久弥新的。

人山人海的车厢，永远排队的厕所，足以冻死人的温度。吵闹声、对话声、嗑瓜子的声音，夹杂着孩子的哭声，还有一遍又一遍走过的列车员，小车上堆满了琳琅满目的食品。

返程路上，她抱着裸露的两条腿，窝在座位一角瑟瑟发抖。她后悔不已，恨不得这一切不过是一场没醒来的噩梦。

向晚的时候，同学们开始消遣的最好办法是打牌——面对面的四个人凑成一桌，剩下一个没事的人，填饱肚子等着换下别人。

方便面刚一打开，那股呛鼻的气味就如一只长着倒刺的苍耳，紧紧挂在吉云的鼻子上。她连忙将头埋进膝盖里。

吃面的同学尤其热心，和同样没牌可打的可怜虫说：“吉云，来一口，正宗的康师傅，味道简直绝了。”

吉云拼命摇头，含混不清地说：“不要。”

同学还在热情推销：“那就来一桶吧，还送香喷喷的小火腿肠哦！哟，手气这么好，都出顺子了。”

紧接着是一阵“不要”“小三”“红桃二”“你瞎打”的连环炮传来。

吉云脑袋涨得不行，闭上眼睛：“帮帮忙，让我静一静！”

吉云的话刚落，声音果然就小了下来。她还在纳闷，自己抱怨的话什么时候这么好使，就听刚刚喊她吃面的同学说：“帅哥，您有什么事吗？”

有个男人的声音响起：“不好意思，这儿好像是我的位置。”

时间又多安静了一秒，继而指尖冰冷的一只手拍了拍吉云的背。

同学们稀稀拉拉地提醒：“吉云……”

吉云将头猛地一抬。

她不知道如何形容第一眼见到他时的感觉，只是很快就反应过来，这个男人有着一张干净的脸。以至于无论之后他做过多少龌龊的事，吉云始终选择相信，那不过是他有苦衷。

直到最后直面惨淡的现实，她才自叹，自己真的很可笑，也终于相信，她从头到尾不过都被这张干净的脸所骗，做了彻头彻尾的一场黄粱美梦。

所有的故事，都是从这不值一提的印象开始的。

徐敬尧又重复了一遍：“不好意思，你是不是坐错位置了？”

吉云慌张中松开环着的手，将腿放下来，从斜挎的小包里拿出车票——座位号没错，但数错了排数。吉云连忙站起来，埋头往自己的位置走，过了会儿，又绕回来。

徐敬尧的眼神正往上飘，吃面的同学顺着望过去，看到站在自己身后黑着脸的吉云，吓了一跳：“吉云，你干吗呢？跟个门神似的杵着。怎么着？你又没找着座位？”

吉云叹气：“找着了。”她迎上对面男人的目光，扁扁嘴，“邻座孩子在上头拉了屎。”

吃面的同学笑得嗷嗷叫：“那怕什么呀，拿个袋子装里头再还给人家，带回去当农家肥还能增收。”

吉云白她一眼：“这么好的机会让给你了。”

同学挑起一筷子面塞进嘴里：“别，我这还吃饭呢。”

这时候徐敬尧站起来，对着吉云说：“那你还是坐我这儿吧。”

吉云有些迟疑。

吃面的激动得直抽抽，往里一个劲儿地挤，吆喝道：“帅哥，帅哥，你坐我这儿来呗！位置大，又敞亮，简直五星级待遇。”

吉云赶紧一屁股坐下来，吃面的像是被踩着脖子似的一阵尖叫。

徐敬尧看着他们笑，问：“你们都还是学生吧？”

大家异口同声：“是啊。”

“我们是学医的。”

“本硕连读，厉不厉害？”

徐敬尧点头称赞：“厉害。”只有对面的吉云一直不说话。他拿指节在她面前的桌子上点了点，“你呢？”

吉云眼睛往上一抬，看着他，还没张口就被身边的同学打岔：“帅哥，瞧你的穿着，不应该像我们穷学生一样来挤火车啊，再次也该有个软卧吧。”

徐敬尧说：“走得太急没买上，硬座不也挺好吗？不然上哪儿遇见像你们这么有趣的人？”

大家都笑，夸徐敬尧有眼光，又问：“帅哥，你这是去哪儿啊？”

徐敬尧说了地名，大家都深吸一口气，感慨：“太有缘了！”

“一班火车的站点那么多，你却偏偏和我们去同一个城市。”

大家牌也不打了，全扔在桌上，围在徐敬尧旁边谈天说地。

吉云懒洋洋地靠着同学，就和那随波而动的小船一样，荡啊荡啊。再加上本就奔波劳累了一路，勾得瞌睡虫一只只全跳出来，连什么时候趴在桌子上都不知道。

直到第二天清晨，她醒来，将沉如千斤的脑袋从麻了的手臂中抬起来，睡眼惺忪地看到座位上的同学睡得东倒西歪，擦了擦嘴边的口水，方知一夜已过。

吉云刚一坐正身子，一件黑色的衣服突然自肩头滑落。她一伸手，将之从椅座上抽回来，翻了翻，认出是昨晚那个男人的，而他已经不在座位上。

吉云抱着衣服，沿着过道一直往前走，在两节车厢相交处遇见了他。清晨的乳色光线自玻璃窗上穿过，照在他的脸上，像是罩上了薄薄的一层面具，五官清晰又迷蒙，若远似近。

听到脚步声，他循着声音转过来，冲她淡淡地笑了笑。

吉云把衣服递过去，说："谢谢。"

徐敬尧说："看你冻得发抖，就自作主张给你披了一件。没有冻感冒吧？"

吉云其实嗓子疼，然而答得简短："没有。"

她低头转身欲走。

徐敬尧在后头喊住她："我听她们都喊你吉云，怎么写啊？"

吉云站定了，扭过头看他："吉利的吉，云朵的云。"

徐敬尧舒展笑颜："很特别的姓。我叫徐敬尧，双人徐，敬畏的敬，尧舜的尧。"

吉云很轻地说了一声："哦。"

她头顶一片阴影，教人看不清她的表情，只是语气凉薄。徐敬尧疑心她是否真的记在心里。

吉云重新迈开步子，听到身后的男人说："以后还能不能见到？"

她挥了挥手，说："有缘就能见到。"

30.

吉云只是随口说有缘相见，却没有想到缘分居然来得这样快。

彼时产学研合作正兴起，入秋的时候，导师拿下了一项课题，与一家成立不久的企业合作研制新药。选人、组建团队的时候，特意拉上几个得意门生，其中一个便是吉云。

项目启动的头一天，企业负责人请大家吃饭。

吉云一个人坐在偌大的包厢，窗外是城市绚烂璀璨的夜景。她在这座城市活了二十年，熟悉它的每一寸褶皱和每一副面孔，然而远眺如此的景色，还是让她禁不住惊叹。

这注定不是一个平凡的夜晚。

导师引着负责人而来，走进房间，立刻忙不迭地喊吉云。她刚一转身，视线掠过金碧辉煌的装饰，繁花似锦的地毯，看到走来的男人一袭藏青的合身西服，身材颀长，还有，一张干净的脸。

他将手伸到她的面前。

导师介绍："吉云，这是徐总。徐总，这是爱徒吉云。"

吉云微怔之后回神，将手伸出去，他手心干燥而温热，像一轮小小的太阳。他注视着她，嘴角有某种餍足的笑意，画蛇添足地介绍："你好，我是徐敬尧。"

吉云心里有些惊讶，所以一顿饭吃得有惊无险。酒足饭饱后，除了吉云和几个同学，大家各有人接。

送别导师，吉云站在晚风凛冽的路口，忽然就被一辆车挡住了去路。车窗降下，徐敬尧坐在后排，侧脸看她："吉云，我送你回去。"

徐敬尧清清楚楚说的是吉云，没有其他人的名字，也没有客套的"你们"。于是受冷落的几个同学立刻面面相觑，已经在旁絮絮地说起了碎语。

吉云理了理鬓角飞起的发丝，弯腰向徐敬尧车里说："我和同学一起走。"

徐敬尧舒展眉眼，已经将车门打开，说："没事的，他们几个我让其他人送。"

深更半夜，吉云只着薄衫，酒已上头，街上出租车又少，压根没有理由拒绝。车里温度正好，不冷不热，她将头仰靠在座椅上，原本只是睁着眼睛，木愣愣地看着车顶，不知何时浮起困意。

再有意识时，车子已停在宿舍楼下。

车外，徐敬尧靠着车尾吸烟。夜风已凉，他竖起风衣领子，校园里昏黄色的路灯下，平整的柏油路面，剪影迷人。

吉云自车里出来，揉了揉凌乱的头发，不好意思地说："谢谢你送我回来。"

徐敬尧隔着灯光静静地看她，说："不谢。"

他脸上带着戏谑的笑意，墨染的深瞳紧紧盯着她泛红的脸颊，慵懒的语气中带着一丝暧昧，像是与亲密的恋人分享彼此心知肚明的小秘密。

吉云尴尬得不知先迈左腿还是右腿，指指光线暗淡的宿舍，说："我得赶紧走了。"

她稍一后退，却磕上路牙。徐敬尧搂着她的腰将她扶正，语气仍旧浅淡："你小心啊。"他双唇炽热，无意划过她的耳郭，如电击般密密麻麻地散开，直击她脆弱的心脏。

吉云自他怀里挣脱，急匆匆地往宿舍楼跑。他忽然在后喊住她，说："吉云，你该不会是忘了我吧？"

吉云转身看他，就听他低低笑了起来。

两个人的恋爱有些突兀，像是一篇没有开端的小说，翻开扉页，即是故事进展到的最高潮。

夜风习习的秋夜，一扇门开，吉云在众多眼睛的注视下，选择不多迟疑迈进的那秒起，心底就已经隐隐做了决断。许多事情，水到而渠成，男女之间谙熟于心的那点默契，往往无须言语的赘述。

在吉云面前，徐敬尧亦从没否定过药物研发最原始的动力即是她本人。他家底丰厚，受过精英教育，难得的是没有富家子弟不求上进的恶习，反而自小养成了不达目标不罢休的个性。

火车上的一面之缘，让他记住了这个姓氏少见的女孩，回城查找她的资料信息，不过是动动嘴皮子的小事。难得的是为她准备的项目，如何在刚开启，就将她拉进他的视野。

她一点都没让他失望，名副其实的高等学府的高才生。他压根没费多少力气，就让导师主动带她进入了核心团队。

于是他得偿所愿，一切顺风顺水。但是当药物研发接近尾声时，因为临床试验中得出的致瘾结论，让这一切前途未卜。他的第一个念头并非是努力挽救，而是趋利避害，将可能的损失降到最低。

徐敬尧在情场中经验丰富。当"爱情"变得唾手可得，一次一次来得太过容易，反而不如他年少无知时，与心爱女孩牵手的印象深刻。

说不上到底是吉云身上的哪一点，吸引了这个情场高手，或者说他压根就没认真思考过这个问题，看起来舒服合眼缘，就可以一掷千金，博美人一笑。

何况，更贵的女人他亦追过，与账面上支出的那点金额相比，内心的享受，往往是不能用金钱来衡量的。

在众人面前，徐敬尧从不否认他与吉云的关系，但也从不为她正名。就像楼道里养着的一只猫，所有人都知道他天天给它喂食，但他无须向所有人强调：这是我的猫。

徐敬尧带她回家，带她旅游，带她去见他的发小。玩得高兴的时候，有人羡慕地调侃，说敬尧你女人缘这么好，身后跟着跑的小女孩能排满长城，不如就把这一个最乖的送给我。

徐敬尧就乐呵呵地拍一拍吉云的后背，说："我没什么意见啊，你问问她。"

吉云每每都只是静默以对，打心底里觉得无聊，对这种没营养的话题往往报以白眼。时间长了，大家觉得她开得起玩笑，当着她的面，一次比一次肆无忌惮。

直到有一次，终于玩得砸了锅。

那是一年春天，徐敬尧过生日，吉云做东，花心思准备了晚餐，又特地约了他的几个朋友一同参与。他们事先约法三章，要给他一个小小的惊喜。

徐敬尧本是说好了七点出现，可到了时间，却又打电话来，说公司有会，今晚没法出来和她吃饭。

吉云说给他的那些朋友听，大家哄堂大笑，纷纷说不意外。他们居然自行组合，爱玩麻将的搓麻将，爱打扑克的打扑克，将她孤零零地晾在一边。

吉云要给徐敬尧发短信，被人过来抢手机，说："你别追得太紧，男人可不喜欢女人这样。"

吉云一扭身，手指动得飞快。

"你不会真以为敬尧今天有会吧？"有人看热闹不嫌事大，手一挥，指点几个人道，"都是合作伙伴，怎么大家都没会，就他一个人从早忙到晚？吉云，你要小心啊。"

吉云说："他用不着撒谎。"

"怎么用不着？你能保证你不哭不闹，还像现在似的乖巧可人，随叫随到，逢年过节还自己掏钱给他庆贺？不如咱们打个赌，你去问问他在哪儿，我开车带你杀过去看看他是不是真在，怎样？"

吉云黑着脸，猛然站起身，牌桌上的都急了："真去啊？"

她当然不会真的做这样的事。杜十娘怒沉百宝箱几近惨烈，陷在爱情中的男女最忌讳的大概就是互相猜忌。如果真的爱一个人，何必多生猜疑；如果真的不再被爱，总有一天对方会露出马脚。

她前脚刚到大学城外，后脚就接到了导师的电话，对方说落了一件东西在药厂那边的实验室，偏偏明早授课就要用到。

吉云说："我已经要到宿舍了。"

导师说："那就算了，我让孟燕帮忙带回来。"又小声咕哝着，"走的时候还看见徐总过来，以为是来等你的。”

挂了电话，吉云有阵恍惚。

她鬼使神差地要出租车司机掉头，往实验室的方向开。手按上门把的时候，她心里一阵忐忑，如果他不在这里，自己该如何自圆其说？告诉自己，彼此间依然值得信任；如果他在这里，又要怎样直面现实？是逼他解释一切，还是和人撕破脸皮？

她觉得，自己大概真的是被他那群狐朋狗友惹得神经衰弱。其实就算他在这儿，也可能只是散会之后进行无聊的检查，和她脑子里那些乱七八糟的事八竿子都打不到一块儿去。

吉云深呼吸一口，将实验室的门打开。意料之外的是，里面空空如也，一台台电脑黑着屏幕，冷色的光线自上而下，静静地洒满室内。一室静谧，只有服务器风扇的动静——大概是谁又忘了关灯、锁门。

真是想多了！

吉云拍拍脑子，赶走那些阴暗的小念头，满身轻松地将灯关了，又把门锁好。脚步声在空荡荡的地方格外的响，她一路走，一路亮起声控敏的路灯。

然后在楼梯与过道相接的地方，猝不及防，恰好遇见一对晚归的人。两人一人拿着一杯咖啡，相谈正欢；他们对视的时候，目光是那样温柔，那样专注。

永夜寂寂，灯一盏一盏熄灭，直至完全沦陷在黑夜里。男人清咳了一声，最近的一盏灯忽地亮起。

徐敬尧走上前去，欲抓住吉云。她却像是滑手的泥鳅，自两人中央穿过。与孟燕擦肩而过的瞬间，吉云明白，自己就和那研制多年、却被放弃的药一样，在这个男人的心里彻底过气了。

选择做个乖孩子，需要几十年如一日的不懈坚持；而选择放纵，只不过是一瞬间的精神放松。

换了新的环境，吉云仍是焦点。她像是一片尚待开垦的处女地，愿意为她前赴后继的男人何止一个加强排。

而众人眼里高不可攀的高岭之花，其实异常好追——鲜花是可以收的，电影是可以看的，情话是可以说的。

吉云目空一切的坏脾气，就是在这个时候渐渐养成的。

很多时候，她觉得自己像是一张渐渐铺展开的地毯，许多东西并非是一蹴而就的。爱情、道德、坚持、梦想、底线什么的，都是随着时间一点点地垮塌。

而每每有反复时，她便将自己从迷乱的岔路口拎出，狠狠按进冰冷的水里。她也想重新做人，想过不一样的生活。只是拨乱反正的成本太高，她实在懒得再去经营。

何况什么是乱，什么是正，黑一定是黑，白又一定是白？

当——当——

列车越过卡口，有节奏地发出声响。

广播里开始发出到站的预报，有人忽然拍了拍她的后背。

孟燕说："吉主任，咱们快到站了。"

31.

这真是大梦一场，如同时光倒流，人生重走。让她惊讶的是，她居然连细碎的情节也记得如此之牢。吉云撑着脸颊，目光平视，手指按上太阳穴，低声答应："知道了。"

等她梳洗过后回来，孟燕正跪在中铺收拾东西，看到她，说："吉主任，你真的在凳子上坐了一整晚？"

吉云走出去，靠窗站着，懒懒地望着她，点了点头。

"吉主任，"孟燕不知是笑还是忧了，"你身体真好。"

吉云微微挑唇，不作声。

孟燕又喊："吉主任——"

吉云皱着眉头，说："有事你就说吧，别总主任主任的。"她想了想又补充道，"你这么生分干吗？大家又不是头一次来往，以前你不是挺喜欢跟在我后头的嘛。以后，直呼我的大名好了。"

吉云说得坦然，孟燕反倒尴尬得不行。她杵在一边玩了半天手指，忍不住开口："吉云，其实我一直都挺想找个时间和你谈谈的。"

吉云莞尔一笑，感慨道："有什么可说的？"

孟燕朝她走了走，低着声音："以前我年纪轻，太单纯，没想到会闹得大家都不痛快，还让你离开了团队。我后来觉得，可能有一部分错在我，可我那时候脸皮薄，怎么都不好意思去找你。但你一定要相信我，我一开始根本不知道你和他在一起，我才——才和他走得那么近的。”

孟燕话说得极其恳切，但吉云怎么听，怎么觉得别扭。直到孟燕说不知道她和徐敬尧的事，吉云才彻底没忍住地笑起来，问：“那你后来知道了吧？”

孟燕一脸的别扭：“知道是知道了。”

吉云说：“然后就和他在一起了？”

孟燕顾左右而言他：“你们不是都分手了？”

吉云再次问道：“是不是在一起了？”

孟燕磨蹭半天，点了点头，又急忙补充：“其实没在一块太久，徐敬尧那个人，你知道的，心不定。”

吉云冷笑。

当年的孟燕虽然爱耍小聪明，但到底是个淳朴的人。随着时间推移，开始用钱将自己打扮得很明丽，可那满眼闪着精光的凌厉劲，还是一点不改。

孟燕将人、将自己分析得透透的，若是此生不见，也就罢了，却偏偏天意弄人，要她们做同事，所以还是要给今后留条后路，说点好话，赔两声笑，又不至于掉块肉。

此刻，她扁着嘴，再三表示无辜：“吉云，你一定要原谅我！”

吉云没那么多时间去表现圣母，也觉得自己根本没必要迁就她，大大方方地说：“没什么原不原谅的，你之前既然不知道，后来我又和他分手了，你和他想干吗都不算出格。”

话说得有些尖锐，特别是从一脸皮笑肉不笑的吉云嘴里蹦出来。孟燕脸黑了一黑，片刻后又缓过来，呢喃着：“那时候也不知道怎么想的。”

吉云本想再说点什么，比如难听的、讽刺的话，转念一想，不管说什么，再往下，她还是会回到“我不知道”“我单纯”的论调上来。然后孟燕再厚着脸皮，附和一句“我也单纯”，就把一段混沌的青春往事给敷衍过去。而事实往往远甚于此，在和徐敬尧分手后的很长一段时间里，吉云其实一直在等，等他蓦然回首，等他幡然醒悟。

吉云实在想不通那段五年的感情，为什么在面临生死抉择的时候，除了不痛不痒的几条短信，他连面都可以不露。

她用所有的付出和真心做赌注，赌他有苦衷，赌他会醒悟。结果却在分手五年之后，发现自己从一开始就输了。

他根本不懂如何去爱一个人。她输了，她认了，连一个细节、一个片段都不想再回忆。没有意义，没有遗憾。唯一的后悔，是放弃自己的那五年。

她又有什么脸说自己单纯？自己幼稚？这只是蠢而已。

列车到站，人群鱼贯而出。

一出站，孟燕就拖着箱子往车站外疾走。吉云跟在后头喊她，说：“就在这儿打车吧，你这是要跑哪儿去？”

孟燕捂着肚子，满脸通红，说：“吉主任，车站旁边有个购物中心，我想去那边上个厕所。”

吉云一头雾水：“在车上你都干吗去了？刚刚出站，一路上又是好几个厕所，你至于憋到商场上吗？”

孟燕急得眉毛拧成一条线：“那些都太脏了，我宁愿憋死！”

吉云冷嗤：“你这都惯出来的什么毛病？”

孟燕拖着箱子直跺脚：“姑奶奶，咱们边跑边说，我真的快要憋不住了！”

车站和购物中心隔着一条宽马路，吉云昨晚休息得不好，早就是头重脚轻脖子疼，几乎是一路飘着跟过去的。她站在购物中心外，怎么也不肯往里头走一步。

孟燕立刻将箱子推到吉云跟前，又把皮包挂在吉云的肩上。吉云瞪着眼睛将包捋下来，抱怨：“瞧你急的。”

孟燕双手合十，哆嗦着说：“吉主任，帮我看一下，我去去就来！”说完一阵风似的跑进去。

这里本就是温暖的地方，再加上刚刚走得急，吉云出了一身的汗。她把包随手搁在地上，又将一身呢大衣脱下来，塞进行李箱。

她站在路口，一时百无聊赖，只好去看陌生的街景。绿化带里是北方不太常见的榕树，高大茂盛，垂下一条条深褐色的气根，虽已近年底，树木却被这座城市温暖湿润的气候滋润，仍旧鲜绿欲滴。

来往的人们仍旧是短膀子，有着南方人典型的长相；又因为常年享受充沛的阳光，肤色几乎都是健康的蜜色。于是鲜绿之下，全是灰蒙蒙的一片，每个人都戴上厚重的面具，看不真切，也让人视觉疲劳。

鲜少有人像陈琛那样透光地白，哪怕被晒得红成水煮的虾，脱了皮还是恢复如初。他遥遥站着时，自成风景，穿着蓝衬衫不知道有多好看。

吉云一路回收视线，自榕树至矮小的灌木，再到光秃秃的路牙，拖着板车叫卖的水果摊，卖烟的小店——

店外，一个人影忽地一晃。她目之所及，是他黑黝黝的后脑——是个高个子男人，穿着T恤，背影像极了一个人。

陈琛！

吉云急不可耐地想追过去，于是手忙脚乱地拖起箱子，万向轮被扔在地上的皮包一磕，灵活地转向，正好别上吉云的脚踝。她连箱子带人翻倒在地，膝盖猛地磕上坚硬的水泥地，一阵钻心的痛。

解过手的孟燕正巧看到这一幕，尖叫着跑来扶她："吉云，你没事吧？你膝盖都流血了，手也破了！"

吉云的一身白色长裙变得灰扑扑的不说，膝盖的地方也磨得起了毛。但她来不及注意这些，就向刚刚的方向看过去，可那人已经拐过街口，不见踪影。

尚且挂着太阳的天上，忽然划过一道闪电。没多久，响雷夹着大雨，发出沉闷的巨响，冷不丁地劈头砸下。不过一眨眼的工夫，地面已湿得彻底。

吉云抹了把脸上的水，破了的手掌腌渍得生疼。

孟燕又不愿意淋湿自己，又想去抓她，焦急地说："吉云，你往哪儿走？过来躲会儿雨！"

吉云没理她，冲在雨里。身后的孟燕忽然大喊："吉云，咱们的箱子呢！"

吉云这才像是走出了魔怔，边看着街角的地方，边回身走过来，刚刚放着箱子的地方果然空空如也。

孟燕将包举在头上，说："吉云，箱子呢？"

两个人四下一望，孟燕先自雨帘里望见一个穿黑衣服的男人，正拎着两个箱子往辆摩托车上跨。

"在那儿呢！"

吉云立刻跟着追过去，却只能眼睁睁地看着稳坐在车上的男人，不停地催促："走走！"

吉云刚一摸上车尾，戴着头盔的男人扭死车把，车子轰隆隆地往前飞驰，她身子立刻一歪。这时，不知从哪儿伸出来一只手，在这千钧一发之际捞住她的腰。

吉云屏息凝神，稳住打战的两只脚，手扶着横亘在她腰间的胳膊，顺着这人的胳膊站好。

耳边，他呼吸平顺，冰凉的鼻尖堪堪擦过她的脸。顷刻间，她心跳如擂，剧烈得快从胸腔中跳出来。她的心脏，比她先一步认出他。

雨忽然停了。

# 第六章　他终于吻下来

32.

吉云和孟燕一人一条大浴巾，裹得严严实实地坐在椅子上。

公安局里人手不足，来了半天，只见到一个满脸生涩的小片警，其他人不是出警，就是在出警的路上。

吉云目光游离，心不在焉，余光全落在一边时而打电话，时而接电话的陈琛身上。吉云简直想不到，不过几天不见，他怎么就如此忙碌，一刻也闲不下来？

刚刚送她和孟燕来公安局时也是一样，他一路上电话不停。吉云坐在后排，正好自座椅的间隙瞧见他的侧脸，一股莫名的愤怒，就像无源之水般噗噗地冒出来。

他好像没有变胖，也没有变瘦，肤色仍旧白得叫人觉得晃眼。只是换了一辆小面包车，八成新，银色的漆，车门上印着火红的“火车头”三个字，后头跟着一串号码。

他一直是生活在底层的，日子不会更差，只会更好。想到此，吉云大概为心里的不痛快找到了一个合理的解释，只是她不愿意承认。余光里那道瘦削的影子忽然晃过。吉云两眼一动，又直了直腰，坐端正，听到他的脚步声由远及近，然后在她的身后停住。

陈琛说话的时候用了方言，小警察抬眼看他，细细地聆听着。

南方的方言大多难懂，难过语言关的吉云，从头至尾一句话也没听懂。她只能留意到方言里软软中带着的温暖湿意，抑扬顿挫里偏又带着几分慵懒的嗲，配上陈琛低沉的嗓音，虽有种反差，却很好听。

陈琛和小警察聊了几句。小警察连连点头，拍着桌沿一连说了几个字。吉云好不容易领悟了，他说的是一串："好好好……"

陈琛这时候望向吉云，说："我有事先走，有什么事，你打电话给我。我们这边人淳朴好说话，我也叮嘱过我老乡，给你们好好查了。"

吉云没来得及说话，一边的孟燕发出一声怪声："淳朴好说话？小伙子，我们可是头一天来就被偷了包，你别告诉我贼是有苦衷的。"

吉云有了看陈琛的理由，便绝不眼软，两只眼睛晶晶亮亮地看着他，一动也不动地盯死他。

陈琛目光淡淡地落在吉云脸上，听到声音后，视线飘到一边的孟燕处，说："那两个不是我们这儿的。"

孟燕发出的好大的一声"嘁"，撞到墙上，几乎没等折回来落到耳膜上，就开始冷嘲热讽："坏人全不是你们这儿的，好事全你们这儿做的。"

两个本地人被呛得灰头土脸，气氛甚是尴尬。

陈琛告辞，吉云裹了裹身上的毛巾，从位子上急匆匆地站起来。孟燕睨她一眼，说："去哪儿？我这还没反映完情况呢！"

吉云没理她，跨出门槛，出声喊住陈琛。陈琛听到她的声音，转过身看她。她已经走得很近，说："有什么事打电话给你，我都没你电话，怎么打给你？"

陈琛没吱声。吉云一脸皮笑肉不笑，一手拉着毛巾，一手做出个V："怎么每次碰见你都没好事？我的包丢了两回了。"

陈琛讪讪地说："对不起。"

吉云冷哼："又不是你的错，你和我说什么对不起？包里也没什么值钱的东西，就是银行卡、证件什么的难补。对了，还真有样特别重要的，差点给忘了，你说是什么？"

陈琛看她，隐隐猜到了。

吉云自问自答："你的身份证。放我这儿都被磨光了，那晚光顾着给我钱，不记得把身份证要回去了吧？"

陈琛面不改色、心不跳："没事，身份证我挂失重办过了。"

吉云一口气没顺过来，又听他问："我把新号码留给你，有东西记吗？"

吉云抿唇看他。她本想矫揉造作地转身往回走，转而一想，以陈琛的木讷，大概会真的放她离开，这种冒险的事情，还是能少做就少做，别吓坏了他。

陈琛摸口袋，将自己的手机取出来给她，说："你不介意就用我的。"

吉云当然不介意，很泰然地接过来，问："我想给你打电话怎么办？"

陈琛走过来，微微弓下腰，凑近她，手拨着屏幕说："白天就打这个号码，晚上打这个。"

吉云指着白天专用的固话号码，问："白天这个号是哪儿的？我看你车上印的就是这个。火车头是什么？"

陈琛说："快餐店。"

吉云问道："你在里头打工？"

陈琛摇了摇头："算是，又不是。"

吉云挑眉："你竹筒倒豆子，非要我颠一下，才吐一个出来是吧？"

陈琛只能解释："本来是在里头打工，不过老板最近想盘出去，我打算接手。"

吉云半晌没说话。等这话在脑子里细细过了两回，她才理出头绪，问："你这是打算落叶归根，要在家乡一直待下去了，是吧？"

陈琛看了看她，没吭声。

吉云将这当成是默认，心尖几乎跳了几跳，咬牙想了又想，说："陈琛，那天晚上我是把话说重了，你别往心里去。我脾气一直挺差，你又不是不知道，一到气头上就随口乱说。你认识我多久了，不也说过不会怕我吗？"

陈琛漆黑的瞳仁一闪，视线落在她的脸上，还是没搭话。

"不过你身为一个男人，心眼也太小了，被人稍微一刺激，立马转身就把房子卖了，还一声不吭，玩人间蒸发。你多大了，怎么还能这么幼稚？！"

话转了一圈，又怪罪到别人头上。

陈琛知道她是误会了，又从她说得既圆又满的话里拎出个头来，切中问题要害："你觉得我是故意消失，然后永远都不回去了？"

吉云被他问得一头雾水："不是？"

陈琛断然否认："我没那么想过。"

他三言两语，倒教吉云怀疑自己在他心里的重量，难道是她自作多情？吉云为了挽回面子，又问道："你既然不是故意的，为什么连说都不说一声？"

陈琛说："情况紧急，我没想太多。"

吉云翻了个白眼："那你回来了，总该给我个电话吧？"

陈琛平静地道："漫游费太贵。"

"那你重办了号码也该告诉我。"

"我忙忘了。"

吉云搜肠刮肚，终于又咄咄逼人地问："那你既然不是负气离开，也想回去，干吗又要在这边盘店？"

这次轮到陈琛沉默。

吉云终于扳回一城，终于证明了自己的存在感，腰板顿时挺得笔直。只是转而一想，他不回去，于她而言根本半分好处都没有，气势立刻又降了下来。

气氛凝滞，时间一分一秒走得缓慢，雨后的空气潮湿得像是能挤出水来。在这湿嗒嗒的间隙里，陈琛声音低沉地问："你为什么来这儿？"

吉云看着他："医院派我过来学习。"

陈琛点头："哦。那我先走了，还有事。"

"你忙。"

陈琛不在，电话则一直响得勤快，无一例外都是点餐。吉云不堪其扰，又怕耽误他生意，教人去打他店里的固话。

到了晚上，电话这才少了下来。她躺在床上翻他的手机通讯录，统共只有三两个人的名单里，她硬是被首字母拖累排到了最后一个。

吉云点开编辑，在名字前头加了阿拉伯数字"1"，按过保存后，她果然成了名单上的第一位，这才觉得心里舒服了些。

孟燕洗过澡，边擦湿发，边从卫生间里出来，见到在床上玩手机的吉云，说："你这手机哪儿来的？下午那小伙子给你的？"

吉云应了一声。

孟燕问："你俩认识是吧？怪不得他那么好心，送咱们去公安局。你丢了那么多东西，他又是本地人，说不定能给你找回来，至少得先帮你把临时身份证给办了吧。”

吉云从床上起来，说：“是啊，我打个电话问问他。”

她趿着拖鞋往浴室里走，孟燕在后头打趣：“就在外面问呗，有什么悄悄话啊？还要偷偷躲起来说。”

吉云挺反感她的自然熟，压根没理会她，进了卫生间，将门关好，靠着水池，边照镜子边打电话。

电话接得挺快，没两声就通了。吉云挑着嘴角，说：“陈琛，明天你要是有空，能不能来九龙宾馆？我想去办个临时身份证。”

电话那头沉默了几秒。

吉云疑惑，又喊了声：“陈琛？”

先是一个很浅的呼吸声，紧接着有甜甜的女声传来：“你找琛哥吗？他正在洗澡哎。”

吉云耳边一嗡。

女人又说：“等他出来，我让他回电话给你。”

吉云说好，挂了电话，镜子里方才还笑靥如花的女人，此刻一脸肃穆。尽管不想承认，但还是不得不感叹，没有了她，陈琛还真是越过越好了。

33.

陈琛刚洗过澡，脸上泛着微红。头发没擦干净，水在发梢间凝成圆润的珠子，落在他深灰色的 T 恤上。

林玉靠在床边看电视，听到声音，从房间里走出来，见他衣服上斑斑点点的，连忙取了条毛巾出来。

她将毛巾递过去，说：“琛哥，你擦一擦头发。”

陈琛往头上胡乱擦了擦，又听林玉问：“和老板谈得怎么样了？”

陈琛叉开腿往沙发上一坐，胳膊撑在膝盖上，说：“还那样。”

林玉有些意外：“都这么久了，怎么还没谈好？琛哥，你到底有没有用心啊？火车头生意挺好的，在咱们这块儿也算出名了。这次是撞上老板急等出手，不然价格哪能这么低？外头好多人虎视眈眈地盯着呢，你可千万不要错过这次机会。”

陈琛抬头冲她扯了扯嘴角，过了会儿，方才很轻地点了点头。

陈琛回来是因为母亲的一通电话。他没有父亲，从记事起就是他们孤儿寡母相依为命，离家之后，按月汇款回去，不多的交谈中，除了问母亲有没有收到钱，就是平常的一两句嘘寒问暖。

母子之间，若是母亲无言，儿子也大多沉默。这么多年，他习惯报喜不报忧，母亲亦然。于是接到她婉转地请他“有空回家看一看”的电话时，陈琛立刻在第一时间买好了回家的车票。

若不是迫不得已，她不会打电话给自己。

母亲的身体一向不好，这次的病情更是来得凶险。陈琛赶到县医院的时候，她奄奄一息地躺在棉絮都没有的病床上，全身浮肿，整个人比记忆里大了整整一号。

陈琛连夜将她转到了市里的医院，衣不解带地在床边守了几天几夜。等她病情好转，他立刻闲不住地在市里找工作，几经介绍，最后到火车头里负责订单，忙的时候也兼顾送餐。

火车头的老板是他远房的一个伯伯，小的时候带他抓过泥鳅，竖过大拇指夸他机灵。不过他的这一优良品质，随着年纪增长，慢慢就变了。幸好他老实肯干，就被留了下来。

陈琛找到工作的第一件事就是换号码。他之前用过的外地号，因为当初省钱选的是最低套餐，异地接打，话费高得离谱，回来的头两天就已经被告知停机。

他去营业厅注销了号码，又重拿了一个本地号，业务可以畅通无阻地开展起来。但在是否告诉“以前认识的人”的问题上，他的心里则一直有矛盾。

视线落在通讯录里排在最后一位的名字上许久。他记得自己对她说，等你想明白我为什么这么生气，再来和我说话。

可是……她已经够混乱了，如果他的感觉也出了错，如果她只是真的生气，纯粹地生气，为了别的什么人，将气撒到他身上，他现在贸贸然地联系她，她肯定会再次轻看自己，然后用那种戏谑的口吻说：“玩得来就玩，玩不来就散？”

所以，陈琛退缩了。

原本只是为了在母亲住院期间打工存钱，母亲病一好就再乘车离开的想法，也因现实受到了冲击——火车头老板决定解甲归田不再经商，将陈琛拉到身边，问他有没有兴趣盘下这个店的时候，说真的，陈琛心动了。

可就在他盘算得失，用理智分析利弊，计算盈亏的时候，吉云突然毫无征兆地出现在他面前。

林玉蹲在他的身边，小声问：“琛哥，你是不是没钱啊？我这儿还攒了一点，我这就去把存折给你拿——”

陈琛打断她的话：“钱的方面你不用替我操心。我这几年虽然攒得不多，但也足够应付了。”

林玉疑惑道：“那你在顾虑什么？”

陈琛看着她半晌没说话，然后眼神一晃：“是有些顾虑。”

林玉刨根问底：“怎么了？”

陈琛说：“我还打算回去的。”

“回哪儿？咱们村？”陈琛摇头。林玉想了想，恍然大悟，“你还想去那个城市啊？”

陈琛点头。

林玉想不通：“琛哥，你别走了，咱们从小在这儿长大，出门办事都有熟人可以照应，比那人生地不熟的鬼地方好多了。虽说你在城里没房子，但你完全可以先和阿姨在我这儿挤一挤。等你挣了大钱，买洋房，开小车，我还能跟着你沾光呢。”

陈琛说：“太麻烦你了。”

林玉连连摇头：“不麻烦，怎么会麻烦？琛哥，我盼你回来，盼得头发都白啦。你别一过来就想着要走啊！那个地方有什么好的？我不许你再去。你也答应我不走，你答应我好不好——”

林玉猛地晃着陈琛的胳膊，坚持要他留下来。陈琛见她有些语无伦次，连忙摸摸她的脑袋，安抚她说：“那件事我再找时间和他谈谈吧。”

林玉这才安静下来：“琛哥，你别骗我。”

电话又响起来。陈琛两只眼睛飘到房里。林玉说：“琛哥，大概还是找你的。”

陈琛已经站起来，疑惑道：“还是？”

林玉说：“刚刚有个人打电话给你，女的，用你的手机号码。我本来想告诉你的，和你一说话，就给忘了。”

陈琛径直走过去，果然是她，赶紧接起来，只听电话那头一个很平缓的女声响起：“我找陈琛。”

林玉跟着走进来，站到陈琛面前，笑着静静地瞧他。陈琛手臂僵直，不太自然地将话筒往嘴边收了收，说：“我就是。”

吉云忽然咯咯地笑出来，语气里是浓到化不开的调侃“陈琛，你挺有能耐的，金屋藏娇啊？”

陈琛望了眼林玉。

陈琛被她笑得一阵耳朵痒，说：“不是，我住在朋友家里。”

吉云撮圆了嘴巴，尾音拖得长长的：“……哦。”

声音一直透过话筒，弥散在狭窄的空间里。

陈琛又看了看站在面前笑眯眯的林玉，说：“林玉，你先去洗澡吧，不然一会儿水冷了。”

这明显是要支走她。林玉还是言笑晏晏地待着，说：“没事的，琛哥，水放一会儿就热了。”

陈琛只好放弃。吉云那边又是促狭的笑声：“哦，是金屋藏玉。”

笑了会儿了，吉云终于恢复了一脸正色，问：“明天我想去办临时身份证，你有没有空过来带我去？”

陈琛想了想，说：“中午吧。”

吉云说：“行啊，我在九龙宾馆，你认得的吧？”

陈琛：“认得。”

“那我等你。”

“嗯。”

彼此都沉默了片刻，谁也没有先挂电话。直到孟燕两只贼亮的眼睛飘过来，存在感十足地死死落在吉云脸上，她这才说：“没事就挂了吧。”

“嗯。”

“别让小姑娘等太久了。”

陈琛的语气中明显带着隐忍：“是朋友。”

吉云笑道：“没说不是你朋友。”

吉云刚放下手机，孟燕就在旁边故意咳嗽了两声。不过一个人要是想刻意忽略某人，总有办法装得若无其事。吉云钻进被子，无聊地一条条翻陈琛的短信看，直到旁边的女人耐不住寂寞，主动喊了她的名字。

吉云方才用余光看过去：“怎么？”

孟燕将一份会议安排递过来，说：“你看看这个。”

会议一共五天，以半天为单位，安排了内容繁多的培训内容。为了让大家放松，在会议结束之后，主办方将给大家选择周边的风景名胜“学习考察”。

不过会务组对参会人员没什么硬性要求，只要所在单位交过会议费用，哪怕开会第一天就选择出外“考察”，也没有人会跳出来说三道四。

孟燕的想法就是如此。但因为不想做第一个吃螃蟹的人，她就撺掇着吉云跟她一起去：“你不是钱包都丢了吗？不如和我搭伙做伴，一路上也有个照应。不然我先走了，你一个人留着，再想出去，说不定连路边买个纪念品的钱都没有。”

见吉云不吭声，孟燕又循循善诱道：“我刚刚上网搜过了，这周边有山有水，风景如画，选一条经典路线游玩下来，绝对是不虚此行。”

吉云还在看课表，孟燕冲她拍手，说：“吉主任？”

吉云抬眼看她：“我不想去。我就待在这儿好了，等你玩一圈下来，咱们再一起回去。”

孟燕见她不松口，只好妥协：“那我再问问，看还有没有其他人一起去。”

吉云说：“那先祝你玩得愉快。”她将会议安排放在床头柜上，又看起了手机。

孟燕问：“那要不要我给你留点钱？”

吉云说：“不用。”

孟燕没再客气，像是要跟她撇清关系地重申道：“你说的啊，没钱买纪念品的时候千万别怪我啊！”

吉云嗤地一笑。

第二天临近中午的时候，吉云才觉得有所不妥。她只是说了中午见面，但宾馆这么大，要在何处等他，是吃饭之前还是吃饭之后，也没说个具体的地点和时间。

于是一早的欢迎仪式，反倒让吉云坐立不安。她好几次跑出去给火车头打电话，但无一例外，都是昨晚那个女人接听的。

林玉信誓旦旦说要传达，可一直等到仪式结束，吉云也没等来陈琛的回信。出了会堂，会务组领着大伙往对面的大厅走，吆喝着大家都在这边吃午饭。

吉云本想出去找陈琛，却被饭厅里一桶桶写着“火车头”的不锈钢饭桶吸引了目光。她随着人群走进去，就看到一个熟悉的身影站在长条桌边，正端着小锅往敞着的大餐盘里添菜。

她径直走过去，随手拿了一个小盘子，拍了拍这人的肩，说：“先生，能不能让一让，我想夹个菜。”

男人一愣，转身瞧她。

吉云夸张地张大嘴：“好巧啊，陈琛，在这儿都能遇见你！”

陈琛淡淡地笑着，微眯起双眼：“无聊。”

说好的，中午见。

34.

会议所选的酒店刚刚开业没多久，各个部门没能统筹协调，就先将餐点这块的服务外包了，正好便宜了一心想要扩展业务的火车头。

陈琛将单子谈下来的时候，只是想着，往后不仅要做盒装快餐，还要往更精品、更深层次的方向打算。然而无心插柳，这第一次飞跃，迎来的食客里头居然会有吉云。

吉云没换衣服，也没衣服可换，还穿着来的那天穿的白色连衣裙，一个人端着盘子往大厅的某个角落一坐，就像是一只雨后冒头的蘑菇。

陈琛看了一会儿她，直到酒店的工作人员过来喊他添菜，他才像只团团转的陀螺，一刻不停地忙碌起来。

等人稀稀落落地差不多走完了，大堂经理过来给他签完单子，陈琛将空了的桶一只只聚起来，这才有空去找吉云。她却已经不在这里了。

陈琛一手两个拎着四个不锈钢桶走出来，遥遥地看到吉云站在酒店门口。她的个子不算高，所以无论何时见到她，总是踩着一双跟又细又陡的高跟鞋。一双小腿笔直匀称，肌肉收紧的时候，线条别提有多漂亮。

此刻，她正和一个西装笔挺的男人站在酒店的侧门说话。两个人大概是旧识，很是熟络的样子，谈到兴起时几乎手舞足蹈。

陈琛路过的时候将头一埋，小声提醒道：“麻烦让一让。”

西装男很自然地挽过吉云的肩膀，带着她往门边走了走，说：“小心。”

陈琛自余光里看到他落在她肩胛的那只手，倒是犹豫着到底要不要停下来了。幸好吉云突然喊了他的名字，他眼光一扫，瞧见她正冲自己粲然而笑。

吉云冲他眨眨眼，说：“你等我会儿。”

西装男很是吃惊，指着陈琛说：“认识？”

陈琛还穿着酒店临时借给他的白色厨师制服，头上戴着个打褶的小高白帽，活脱脱是本地工作人员的样子。

吉云说："认识呢。"又向他介绍，"这是陈琛，今天这边的午餐就是他负责的；陈琛，这是张总，连上这家，他在你们这边开了好几家酒店呢，以后要他多给你介绍生意。"

张总笑起来，说："你这是多此一举了，我和陈琛也一早就认识。"

吉云一脸不相信："真的？"见他点了点头，不禁感慨道，"你这种大老板都下基层了，怪不得生意越做越大啊！"

张总被夸得顺心，也乐意捧人，朝陈琛投去赞许的目光："是陈琛年轻有为，不相信你出门问问，这市里有几个人不知道他名字。"

"是美名还是恶名啊？"吉云开玩笑，"那以后请张总一定多照拂照拂我们。"

陈琛和这人不过一面之缘，来谈外包的时候，被这边负责餐饮的引见过一回。要说熟悉肯定是假，听过自己的名字也只是客套话，可他此刻对自己颇有一种刮目相看的态度。而这绝对要归功于吉云的这番话，说不定还有那两个暧昧的"我们"二字。

但陈琛不能驳人家的面子，只能跟着寒暄，又腾不出手来和他握手，只好很慎重地点了点下颌。

吉云站得有些乏，想快点走了，问陈琛："有没有要我帮忙的？"

陈琛说："没什么可帮的，就剩下几个桶，我待会儿过来搬。"

吉云搓着两只手，说："我来，就当活络筋骨了。桶呢，还放在饭厅里？"

陈琛说："真不用，你去车上等我。"

"不要，我又没你车钥匙。"

"我拿给你。"

旁边的张总渐渐沦为背景，清咳一声，提议道："吉云，那你们忙吧，我先走了，趁着午休回去歇会儿。"

吉云连连点头："好啊，中午睡会儿养足精神，下午好接着挣钱。"

男人笑道："怎么总是想着挣钱？"

吉云说："我们穷人眼皮子浅呗，你反正记得照顾生意啊！"说完了就往饭厅走，刚抱起个桶，一转身，看到陈琛拧着眉头，在后头凉凉地打量他。

吉云埋怨道："吓我一跳。你放在车上啊，还过来干吗？"

陈琛说："我一个人弄就行。"

吉云没理他，托着桶底往外头走。她红底的高跟鞋把地面踩得一阵响，细高跟似乎都在颤着，教人看得心惊。陈琛提醒她："地上太滑，你走慢点。"

两个人运了两趟，才把桶清干净。把面包车里的座椅摆平了，一个紧挨着一个，方才勉强塞下桶。

陈琛脱了白色厨师服，露出里头深灰色的T恤。明明是宽松的款式，被他肌肉分明的身材一衬，愣是穿得贴身有型。

吉云满是欣赏地来回观察了好一会儿，手心痒痒得不行。而他一个淡淡的眼神看过来，简直是洞察人心，将她心头跳跃的小火星全浇灭了。

陈琛一路专心致志地开车，虽开得平稳，但车后的不锈钢桶依旧在颠来碰去。声音嘈杂混乱，像他此刻的脑子。

到了目的地，他提醒吉云小心开门，这才和她说话，问："你那个同事不用办身份证吗？"

吉云从车上出来，说："不用。她手提包还在，钱和证件都没丢。而且她今天到周边旅游了，已经不在这儿了。"

陈琛看了她一眼，说："你不去旅游吗？"

吉云走到他身边，笑着问："你是希望我去呢，还是不希望我去呢？"

陈琛脚步一顿，再看她的时候拧起眉头，叹气道："吉云，你还是老样子。"

她似乎把他当成了身边软绵的小猫小狗，高兴起来了就逗一小下子，每句话都仿佛若有所指。可他却不能看到她心里去。

吉云笑容淡了些，一耸肩膀，举起双手："好好，我闭嘴。"

陪吉云办事之前，陈琛要先将饭桶送回店里。车子自人流熙攘的市中心穿梭而过，轻车熟路地驶进一个巷子。

吉云降了车窗望向四周，发现这巷子正对着昨天来过的购物中心，而旁边一闪而过的烟铺也是熟悉的。进了巷子没多远，一个火红的招牌上写着"火车头"三个字。

世界原来这样小。

陈琛将车开进院子，吉云帮忙去提桶，跟在后面进到店里。明明已经过了午饭时间，店里吃饭的人群竟还是乌压压一片。有个女的过来招呼："琛哥，你怎么这么晚才回来？”

吉云认出了这个声音，就是晚上接电话的那个林玉。她生得小模小样，秀气清丽，典型的南方姑娘长相。

见到吉云，林玉好奇地眨了眨眼，然后犹犹豫豫地问：“你就是昨天用琛哥手机找琛哥的人吧？”

吉云点头：“我叫吉云。”

林玉水汪汪的眼睛将她好一阵打量，说：“你声音好听，人也好看。”

小姑娘一脸的真诚，话又说得这么恳切，吉云思考着要不要做个娇羞的表情作为回应。

陈琛已经将桶给后厨送了一趟，然后过来拍拍林玉的后背，说：“赶紧去做事。”

林玉推着陈琛的胳膊，说：“琛哥，别闹，等我看个够。”

陈琛搭着她的肩膀，硬是将吉云掰过去说：“去收银吧，你没看多少人要结账？”

林玉走了两步，将头又扭回来，冲站在门口的吉云挥了挥手。吉云不知道自己的感觉是对是错，这个林玉，好像和寻常人不太一样。

陈琛很快折返，将她捧在怀里的桶接过来，说：“你别管了，随便找个地方坐着歇会。”

吉云说：“我帮忙呢。”说着又要往外走。陈琛一把拽过她，拖着她往空着的凳子边走。

吉云心里突然冒出句话，想问问他是不是“一个两个都不省心”，但琢磨起来总觉得怪怪的。

陈琛将她按在凳子上，说：“这桶不干净，你这么抱着，胸口都脏了。”

吉云穿着白裙子，当然最不耐脏。但是……她皱着眉心，顺着他往下的视线，一直挪到自己鼓囊囊的前胸，逆流回望过去，他视线居然还没移走。

吉云质疑道：“你究竟是看哪儿呢？”

陈琛原本坦坦荡荡的一个人，泰山崩于前而不变色，但是此刻一张脸仍旧是白的，通红的耳朵却出卖了他。

后厨跑出两个穿白褂子的，站在门口说：“琛哥，桶在车上是吧？”

陈琛这才得以脱身，又看了吉云一眼，跟在两人后面，说：“车上，大家一起帮帮忙，没几个了。”

几分钟后，告一段落的男人终于过来。吉云起身和他走出去。还没走到车前，陈琛忽然喊住了她。

车站边的钟楼忽然响起钟声，一下，两下，三下。

“吉云，”陈琛说，“你现在去那边也晚了吧？下午的课还准备去吗？”

吉云向他走一步，说：“怎么？”

陈琛说：“临时身份证就别办了，我带你去把你丢的那些东西找回来吧。”

“……”吉云微微怔忪，说，“陈琛，你这一天带给我的惊喜也太多了吧？”

先是见到了他在朋友圈里如此左右逢源，再就是事业蒸蒸日上。他一回故土，就如同鱼入大江，大刀阔斧地施展起拳脚。

而现在——

“陈琛，你要带我去捉贼？”

陈琛说：“差不多吧。”

35.

如果不是陈琛，如果不是这个男人一本正经地告诉她，她绝对是要煞风景地哈哈大笑，然后很不客气地问他：“真当自己是警察了？”

陈琛开了车子，拿出一块毛巾擦擦脸，又将毛巾扔了进去，关上门。

吉云踱到车边，问：“我们开车子过去吗？”

陈琛说：“不用，他们的活动范围就固定在这附近，出去转转，说不定就能碰见。我大概知道他们住哪儿，实在不行就上门堵着。”

吉云诧异道：“你连这些都知道？”

怪不得在公安局时，他斩钉截铁地说那两个不是本地人。

吉云又问：“之前在公安局，给你递烟那人你熟悉？”

陈琛点头：“那是我战友。”转念一想，问，“你怎么这么问？”

吉云很是不理解：“既然你知道贼在哪儿，又有做警察的战友，干吗要自己费力气去找？我们直接报警找他，不就好了？”

说着已经用陈琛给的手机按了110。陈琛将她按键的一只手抓过来，将手机从她的另一只手里拿出来。

陈琛黑漆漆的瞳仁注视着她：“吉云，我们有自己的一套行事准则。”

吉云微怔，心里凉凉地回味他口中的“我们”二字，继而苦笑：“这么小的一件事，怎么还上升到行事准则上来了？”

陈琛说：“待会儿由我出面，你就别管了。”

吉云低声问：“陈琛，你这算不算知情不报、为虎作伥啊？”

陈琛说：“你不懂。”

吉云直直看了他几秒，终于妥协道：“好，我不懂。”

陈琛从小就是在这样的环境里长大，虽说身边的多数人一辈子勤勤恳恳地劳作，但也有些人为了挣快钱钻空子。周遭看不下去的事情太多，但只要人不犯我，我亦不犯人，彼此之间都心照不宣地保持着距离和克制。

生活于他们，从来不是一条笔直的康庄大道，反而时刻如履薄冰，如行钢丝。他们在这样逼仄的空间里独善其身，往往只是为了要让自己过得更好。

吉云不懂，陈琛不怪她，她出入都有车子接送，住得起豪华别墅。工作于她而言，更多的只是因为兴趣，尽管教养要求她尽量内敛，从不炫耀自己拥有什么，但从本质上说，是的的确确和他不一样的。

一个尚在打经济基础，一个不断追求上层建筑，他们的分歧，其实从一开始就存在。见到她的第一面，陈琛就知道他们不是一类人，也很难走到一起去。他话不多，但不代表他蠢。

吃饱的食客渐次出来，见到陈琛，都客气地打招呼。林玉闲了一点，又跑出来透气，缠着陈琛，问：“你又有事要出去啦？”

气氛正僵。吉云将手从陈琛手里挣脱出来，说：“我到门口等你。”

陈琛说好，又把钥匙递给林玉，交代道：“一会儿有人点餐，叫人用车送餐好了。”

林玉问：“琛哥，你不用车啦？”

陈琛说：“不用了。”

“那你待会儿回来在路上给我买个杧果？”

“不行，你过敏。”

“我想吃！”

“不行。”

……

陈琛去找吉云的时候，她正站在围墙下头，拿手遮着脸。虽然已近年底，这座城市的阳光依旧热烈。

只是一会儿工夫，吉云就晒红了脸，额角和鼻尖冒起一点细汗，看到他，说："聊好了？"

"嗯。"

"那走吧。"

只这几句，陈琛便知道她生气了。他根本无意将气氛搞得这么僵，一字一句也不过就事论事。只是她太过聪明，他的弦外之音，她未必不清楚。

抢吉云包的那俩人，是一对来当地打工的兄弟，没什么文化，又四体不勤，不肯做苦工，这才铤而走险，做起了抢包的勾当。

陈琛和他们只能算是脸熟，时常见到他们在街头烧烤店里喝酒、吃烤串，偶尔"生意"不太好了，才去火车头里合点一份快餐。付钱的时候会摸遍身上每一个口袋，而陈琛总是心安理得地接过，然后展开那些皱巴巴的钞票。

每个人的故事各有不同，但走到这一步却都差不多。

这座城市的小巷依旧狭窄，路面铺着青砖，偶尔一个不巧，踩上块松动的，就将隔了夜的雨水，混着泥踩出来。

吉云几次被泥水溅湿，不得已贴着墙角的长砖走。她欲要扶着墙面，可一看背阴的墙上生出的暗绿苔藓就退缩了。

陈琛见她如此纠结，将手一伸，说："你扶着我好了。"

吉云翻着眼睛看了看他，手往前一够，手心正好贴到他的手上。他的手仍旧干燥温热，大概没想到她会牵住他的手，此刻他猛地一僵。吉云只好自己用力扣紧。

他们不是没有亲密接触过，除去那次混乱的吻，他还抱过她，也不止一次皮肉相碰，比这更暧昧更玩味的时刻都有。但他们却没有哪次像此刻这样，教吉云心跳，以至于身体战栗。

连陈琛在回神之后的手指一动，都教她窒息。幸好他没有甩开，只是很自然地反握住她的手。然后两个人的手心渐渐湿润，不知道是谁出了一手汗。

这一段路格外长，又格外短。到了两兄弟租的房子门前，陈琛松开吉云的时候，她觉得不过短短一瞬，可脚脖子分明又酸又痛。

陈琛敲了敲门。没多一会儿，有人嚷嚷着来开门，见到陈琛，刚刚还怒气冲冲的脸上换了副油腻腻的笑脸："陈老板，什么风把你吹来了？"

陈琛说："今天没出去啊？昨天捞了笔大的吧？"

那人挠了挠剪着板寸的头发，指甲缝漆黑，笑道："都是陈老板照顾。"

他的视线渐渐移到一边的吉云身上，上下一打量，色眯眯地说："这是嫂子吧？长得真漂亮，和大明星一样。"

吉云冷哼一声，翻了个白眼。

陈琛不置可否，说："今天找你有点小事。怎么，不请我们进去坐坐？"

"请啊，怎么不请？陈老板一来，我们这破屋子都亮堂起来了。"

陈琛朝吉云点了点头，让她先进去。陈琛跟在后头关上门，又将插销推上。

那人说："没事的，陈老板，你随便一关就好，不用锁，不用锁。"

进了屋子，一片狼藉，地上地下全是杂物。两个大箱子全开着，女人的衣服、内衣散得处处都是。

吉云当然认得出其中一个是自己的，只是不动声色，让陈琛解决。原本在箱子边翻东西的那人见到他们，眯着眼睛望过来，说："谁啊？哦，陈老板啊。"

陈琛说："今天来没什么大事，就是过来认认人。"

两兄弟还纳闷："认什么人？"

陈琛看着吉云，说："是这两人抢了你行李的吧？"

顿时，房间里鸦雀无声。

吉云还真是像模像样，指认凶手似的仔细看了二人，给她开门的那个大约是昨天骑车的人，风大雨急她没注意，但箱子边的那个化成灰她也认识。

吉云一脸轻蔑，说："是。"

翻箱子的那个倒是没认出吉云，只是紧张之下草木皆兵，做贼心虚地喊了声："哥，快打出去！"

他说着就要动手。二对一，看似攻防失衡，只是陈琛身手了得，收拾两个小毛贼压根不在话下，还没过得了两招，一个个都败退下来。

难兄难弟被撂在地上，又是揉腰，又是抻腿。两个人不服输，又谁都不敢再冒头，忿忿地埋怨："你别欺人太甚，把东西还给你好了。"

陈琛两眼一瞪，把人吓得直抖："东西都在这儿了？"

一阵弱弱的回答："都在，都在。"

陈琛望着吉云："哪个箱子是你的？"

吉云指了指其中银色的那个。

陈琛蹲过去，将散落的衣物抖干净，折得整整齐齐地塞回箱子。好几件文胸、内裤被翻出来，他迟疑了一秒，也捡起来，拍了拍灰，一一放好。

吉云走过去拍他的肩，陈琛抬头看她，说："待会儿就好。"

吉云想了想才说："这些衣服我不想要了。"被别的男人摸过，也不知道有没有被用做别的用途，她心里实在硌硬。

陈琛看着满箱子衣服，尽管知道一定价值不菲，还是顺从地说："好，那不拿了。"

"你同事的呢？"

"也不要了。"

"还有别的东西吗？"

"还有一个包。"

陈琛看着地上的两个人。

当弟弟的给哥哥使眼色，当哥哥的又冲弟弟皱眉头。陈琛一人给了一脚，说："你们快点。"

哥哥只好乖乖去拿，从里屋拎出个深绿色的女式包。吉云一把拽过来。

陈琛说："你赶紧看看少没少东西。"

兄弟俩互递眼色，都提心吊胆。

吉云刚一打开包就黑了脸，粗着喉咙说："我放在里面的纸包呢？"

又是哥哥扭扭捏捏地站起来，再进了一次里屋，然后取出报纸包裹的一小沓东西，撕开的口子里露出粉色的一角。

陈琛一怔。

吉云走过去，一把夺下，稍一掂量就知道不对，恶声恶气地说："我里面的三万块呢？"

男人咽了口唾沫："我们兄弟俩花了点儿。"

"花了一点儿？"吉云恨得牙痒痒，只差没一头撞过去，"你们又不是断手断脚，做什么不好，居然去偷？对得起把你们养这么大的父母吗？"

话实在难听，兄弟俩都有些气，把胸一挺，说："东西还也还了，人你们打也打了，怎么着？还不依不饶啊？把哥两个惹急了，和你们斗个鱼死网破，谁怕谁啊！"

吉云性子烈，被呛得直接要和人动手。陈琛将她一把抱过来，安抚地说："行了。"

兄弟俩还要起哄，陈琛一个眼刀扔过去，都没了响。陈琛一直将吉云拖到门口，关上大门，才松开她。

吉云没了和人争个一时长短的机会，自己和自己生气，抢在陈琛前头走得飞快。

陈琛也不劝她，步步紧跟着。直到天上一个响雷劈下来，她被吓得背影明显一抖，紧接着将一股子邪气全撒出来，把包往地上狠狠一扔。

她生气时就气到最极致，发脾气的时候不分青红皂白。天也和她作对，地也和她作对，只怕陈琛在她眼底，都成了眼中钉。

陈琛将包拿起来，吉云果然恨恨地说："不许捡！"

陈琛莫名地想笑，一手拎着包，一手抓着她的肩膀，带她往屋檐下躲。

吉云问："你干吗？"

话音刚落，大雨已经倾盆。

南方的雨，说下就下，来势凶猛。吉云已经紧贴着砖墙，还是被三面乱飘的雨弄得浑身湿漉漉的，不舒服地扭动了几下。陈琛索性推着她的肩，将她隔在一片狭窄的空间里，用自己的身体覆过来。

雨果然打不到她，他的背上却是一片湿。距离一旦拉近，濡染的呼吸渐渐就乱了起来。

陈琛低头，看着安静地待在他胸口的女人，问："不生气了？"

有点促狭，有点取笑，低沉嗓音里带着一分沙哑，热热的空气扫到她的耳边，引起一阵蚀心的酥麻。吉云想了想，说："还是生气。"

陈琛淡淡地说："别生气了。"

吉云将头一抬，明亮的眼睛锁死他："他们不会追过来吧？也不会找你麻烦吧？"

陈琛说："他们不敢。"

吉云说："小心驶得万年船。你以为我是怪你滥用私刑？我从头到尾只是怕你遇到什么危险，以后会有什么麻烦。"

陈琛这才听懂，她斤斤计较的是之前的那番争论。

吉云说："陈琛，我是真的很生气。我以为你这次见到我，我们之间的某些问题就能迎刃而解。可我没想到，你还会摆出新的问题，把我们分隔开来。无论如何，你都觉得我们不是一路人，对不对？”

她说得很慢，也很吃力，说每一个字时都绞尽脑汁，等一番话说完，几乎脱力地倚在墙上喘气。陈琛也是一个字一个字地听，然后静默不语。

直到她问：“你是不是还那么排斥我？为什么我每次想和你亲近一点，你就很冷漠地推开我？”

他忽然低低地笑起来，嘴唇悬在她脖颈附近，温度炽热，像是每秒都会落下来，却又没有。许久，他一脸正色地望着她，问：“吉云，你为什么来这儿？”

和昨天一模一样的问题。

吉云看着他：“医院派我来学习的。”

陈琛眼神一暗，眸色就更深了。年轻的脸上，是他并不多见的失落——没有阻挡，也没有修饰，就这么直白地呈现在脸上。

疲乏来得太汹涌，让人来不及戴上面具。

吉云忽然又说：“也是来找你的。”

他密长的睫毛一眨，几乎扫过她敏感的眉骨，眼中隐隐亮起某种星火：“你知道我在这儿？”

“不知道，我只知道你是南方人。”

“那你还说是来找我？”

“我过来，只是想着最起码能离你近一点。”

陈琛拧起眉：“如果找不到呢？”

“我找到了。”

“如果找不到呢？”

“那我就接着找，那么多城市，一个城市一个城市地找。”

吉云的脸上火辣辣一片，心底的那份骄傲变成难言的羞赧，叫她此刻低下头。而他挡在她的面前，身体是这样宽厚，这样有力。她无法控制，颤着手去触摸他的胸口，再沿着硬邦邦的肌肉一直抚到他的身后。

陈琛放开她的肩膀，手滑到她的下巴，轻轻地一提，叫她紧紧看向自己。她眼中雾气弥漫，迷蒙之外，眼波如水。

陈琛问：“你还有什么要说的？”

吉云说：“陈琛，你还记得我之前和你说过的话吧？”

“什么？玩？”

“嗯。”

“记得。”

他头又低下来一些。吉云则仰着脖子，某种冲动的热流自心脏散布开来，游弋在身体各处。她整个人如被细密的针刺着，胸腔闷闷的，有种窒息的眩晕感。

视线里，陈琛嘴角微动，露出一个极淡的笑容。“好啊，”他说，“你来玩我吧，吉云。”

他终于吻下来。

36.

雨渐渐小了。气温却没有变得更清凉，一场雨反把地面的暑气下得更旺，风卷地而起的时候，裹挟着炙热的温度慢悠悠地蒸腾起来。

空气里都是湿热的味道。

吉云推了推陈琛的前胸，头略略一歪，自他的控制下挤出一丝罅隙，低声喘息着说：“陈……琛，有人。”

陈琛的虎口恰好合上她尖俏的下巴，挺直的鼻子刺到她的脸颊上，含上她嘴唇的同时，含混不清地说：“不认识。”

所以理直气壮地不理会。

可他两眼紧闭，心无旁骛，吉云的舌尖被他扯出牙关，吮得微微刺痛。她不由得心内哀叹……到底是，二十出头的男人啊。

一吻结束，吉云的嘴唇早就麻了。

陈琛温热的手指抚过她微肿的嘴唇，帮她很仔细地擦干净痕迹，然后轻轻拍了拍她的脸，说：“走吧。”

雨已经停了。

亲密之后，往往容易陡生变数。刚刚那个一脸坏笑，说“你来玩我吧”的男人仿佛随风而逝，取而代之的，还是那个有点木，有点轴，凡事都烂在肚子里的陈琛。此刻，他背着一只手走在前头，只在巷口拐弯的时候，她才能看到他轮廓精致的侧脸。

吉云被高跟鞋挤得脚趾抽筋，跟在后头叫苦：“慢一点行不行？”

陈琛这才想起还要照顾一个女人，猛地站住了，往后一转，想去搀她，却没注意脚下的活砖。

吱——有人腿上一阵凉。

吉云低头看着自己两腿上的泥点，不客气地冲陈琛叫唤：“你梦游呢，是不是？”

陈琛又是尴尬，又是不忍，蹲下身子用手帮她擦泥。吉云膝盖一弯，正好撞在他伸过来的胳膊上。

陈琛满脸狐疑地看向她的时候，吉云实在没能忍住，扑哧一声，又尖又厉地笑起来。

陈琛怔怔地看了她几秒，也笑出来。

吉云等他站直了，说：“你们这儿也太爱下雨了。”

陈琛说：“来得快，去得也快。”

“哦。”她语气淡淡地说，“但愿你不是这样。”

陈琛不知道吉云说的和他想的，是不是一个意思。她太爱说话，而且三句不离调侃。明明知道接了之后她又要眉梢一挑，巧舌如簧地反过来逗他，他也不想又听她说：为什么我每次想和你亲近一点，你就很冷漠地推开我？

陈琛说：“我不是这样的。”

吉云看了他一会儿，居然一反常态地只是微笑着：“那很好。”话音刚落，她趁人不备，在陈琛的胳膊上掐了一下，亲昵却小心。

陈琛将手肘一折，抓到她的手，牵到裤缝边，贴着他的腿。吉云灵活地展开手指，和他交握。

吉云将身体的重量分摊到他的身上，叮嘱道：“走慢点。”

陈琛拧眉看她的脚，尖头高跟鞋，隐隐的青色脉络匿于雪肤：“你以后穿平底鞋吧。”

吉云说：“不行，不想低你一个头。”

陈琛有些无语。

吉云忽然又问：“你把手机收起来了吧？”

陈琛说：“对。”刚刚怕她报警拿过来的，就一直没给她。现在她的包找到了，肯定也就用不着了。

吉云说：“那你把你号码给我存进来。”

她将手机从包里掏出来。陈琛正准备接过来输入，她手忽然一缩，将手机拿了回去。“你说我写。”吉云将身子微微侧过，轻声说。

陈琛已经开始报数字，吉云说：“等等，还没弄好呢。”他两只眼睛一瞥她的手机，手机刚刚解锁，正停留在主页面上。

桌面上一张黑白色的侧脸照，让陈琛即刻怔住。他将手机一把拿过来，举在面前仔细端详——不是他还是谁？

因为按下快门的时候逆着光，他的侧脸上有一片阴影，只在光暗交汇处留下轮廓，背景是一片刺目的白。认不出地点，不知道她在哪儿偷偷拍下来的。

吉云跳着将手机抢过来，目光灼灼。陈琛盯着她：“你这是——”

她抢他的台词，举着双手投降：“我无聊。”

陈琛讷讷地说：“没想说你这句。”等把号码保存了，陈琛问，“一会儿你去哪儿？送你回宾馆？”

吉云抓着领口往他跟前凑，说：“你闻闻这味道，整个都快发霉了，我要先去买点衣服。你呢，和我一起吧？”

陈琛没急着答应。

吉云又循循善诱：“陈琛，为了感谢你帮忙把包找回来，我给你买个新手机吧。”

陈琛看了她一眼，问：“你这是要包养我？”

吉云笑起来：“一个手机就把你包养了？包养你的成本也太低了。”她斜着眼睛将他上下一打量，煞有介事地说，“不过你别说，我周围的圈子里，像我们这种三十来岁的女人，还真喜欢包养你这种类型的小白脸。”

陈琛说：“你三十岁了？”

“……”

陈琛的关注点永远都和旁人不一样。

吉云故意皱着眉头，埋怨道：“女人的年龄是禁区，你不仅不当作听不见，还来问我？”

陈琛问：“三十几了？”

吉云觉得自己是真的应该生气了，她语调冷冷地说“三十。我看起来很老？”

陈琛淡淡地“哦”了一声：“没有，之前总以为你三岁呢。”

吉云还没来得及据理力争，陈琛的老爷手机先响起来。手机搁在他右边的口袋，他又偏偏是拿右手牵住她。

吉云犹豫着要把手松开。陈琛没让，将她胳膊折起来，夹在自己的胳膊下头，左手绕过来掏手机。

打电话来的是快餐店老板，大概有什么急事，说话的时候特别着急，催着陈琛到店里来。

火车头其实已经近在眼前，铁门大开，红色的招牌露出半角，还有些肚子饿了的食客往里头走。

吉云一脸不明情况地望着他。陈琛想了想，没答应对方什么时候到，等挂了电话，先征求吉云的意见。

吉云看了看不远处的店门，说："其实这店挺不好找的，生意怎么会这么好？"

陈琛说："其实我们这座城不大，往外走两步就全是山。不过你们城里人喜欢往乡下跑，周围没修飞机场，唯一能中转的就是旁边的火车站。游客很多，相应为游客服务的人也多，生意就渐渐起来了。"

陈琛说了一堆，进到吉云耳朵里就只剩下了两个字。她吸气，撮着腮帮子："什么叫'你们'城里人？你又开始把人分成三六九等了。"

陈琛笑着摸了摸她的头。

吉云又问："把那店盘下来要多少钱？二十万？"

陈琛说："多了点。"

"十万？"

"再多一点。"

"你拿得出来钱吗？"

"凑一凑，应该可以。"

吉云感慨："你先前那破房子卖了不少钱啊！"

陈琛没否认。吉云之前和他说的没错，那一片确实已经进入了规划，要拆迁。老城区一推卖了地皮，摇身一变，就可能成为新的城市中心。

大家收到消息，纷纷开始对老房子装修，就是为了在拆迁评估的时候拿个更好的价钱。于是当冤大头陈琛在这节骨眼卖房的时候，价格已经随着人心飞涨了上去。

吉云拉了拉他的手往前走，问："你是不是真的想把店给盘下来？"

陈琛说："还没想好。"他顿了顿，问，"你想呢？"

这个问题被当成皮球，又踢了回来。

吉云不是没想过。事实上，从他第一次提到这个问题的时候，她就一直在思考。若是同意他盘店，大致就等同于要接受他留在这个城市，而不让他接手，等于教他放弃了一次人生中难得的机遇。

十字街头，向左还是向右，向前还是向后，选择了便不能回头。许多故事才刚刚开始，吉云自认还没有资格可以插手他的未来，也缺乏勇气承担错误选择后的责任。

吉云想了又想："陈琛，我觉得这件事不能让别人出主意，最终还是应该要你来决定。"

她眼神闪烁。陈琛望向她的时候，她很明显地躲了一躲。她心里想什么，他一清二楚，捏了捏她柔软的一只手，说："这件事以后再说吧。"

吉云连连点头："以后再说？既然老板找你有事，你现在先回去一趟，我自己去对面买点东西。"

陈琛说："不用我陪着你了？"

吉云扬扬手里的包，皱起鼻子："我有钱。再说了，你又不让我给你买手机。"

陈琛笑："那你逛过了给我打电话，我送你回去。"

"不请我吃晚饭？"

"请，还在九龙宾馆。"陈琛说，"晚上那边的餐点也是我们准备。"

吉云直跺脚："小气！"

两人告别后，吉云走了几步又跑回来。陈琛不解，她把脖子仰得高高的，脸正对着他，一副孩子求糖果的模样。

陈琛了然，只是店门外的柱子后探出几个奸细，硕大的脑袋一个叠一个，好几双眼睛放着光地盯着他。

陈琛疑虑着："有人。"

吉云说："不认识！"

陈琛没辙，一只手托着她的后脑，在她额上轻轻一印。她狡黠地将头往后仰过去，唇自他突出的喉结滑至下巴，最后落在唇上。陈琛低头想含住她作恶的唇，她已经笑着后退，从他怀里挣脱出来。

陈琛刚一到火车头门口，就被人围住了，大家脸上全是看完好戏后的一脸餍足，又求着再加一场的雀跃感。他心则被一个接一个的八卦搅得不得安宁。

陈琛回归一贯的冷脸，话也是言简意赅：“进去。”

林玉从门后走出来，后知后觉地说：“怪不得拿你手机打给你。琛哥，那女的到底是谁啊？”

一个笑脸挤着一个笑脸，充满好奇地望着他，都等着他盖棺定论。

陈琛知道这拨人是不达目的不罢休，今天不给一个交代，大概是无论如何都进不了这店了，于是只好实事求是地坦白：“我老婆。”

37.

火车头的老板姓马。老马这辈子不贪女色，唯一的爱好就是赌两把，平日里忙着跑各个牌局，神龙见首不见尾，只有赌输了、缺钱用了，才到店里来取现。

陈琛刚一进店，就看到老马站在柜台前，开了收银柜取钱。红钞票被他一沓沓取出来摆整齐了，往拇指上涂点唾沫混匀了，一张张熟练地点。

见到陈琛走过来，老马连忙冲他招了招手，示意他在一边凳子上坐下：“一会儿就好，一会儿就好。”

他将钱点过两遍，立马折起来塞进裤子口袋，两只大圆眼睛往店里一扫，看见几个游手好闲窃窃私语的，不咸不淡地问：“都不想混了是吧？成天看到你们几个臭小子偷懒！”

几个人嘿嘿直笑，说：“怎么能叫偷懒呢？今天是为琛哥高兴，我们几个凑一起商量，该给多少份子钱呢。”

老马对这话题感兴趣，一扬眉毛：“什么份子钱？”

“琛哥有老婆了！”大家兴奋异常，“刚刚我们都看见了，漂亮着呢，身材又好，关键是对琛哥特别死心塌地。”

老马看向陈琛，问：“陈琛啊，你这什么时候结的婚？怎么我都不晓得啊？”

旁边一溜人竖起耳朵，满脸的雀跃。陈琛有些尴尬，将人打发走了，这才坦白地说：“还没结呢。”

老马坐到他的身前，表示理解：“现在小年轻都是这样，刚认识几天，都能喊老公老婆。不过陈琛你一向稳重啊，这就认定了那女的了？”

陈琛想也没想，点了点头。

“那她呢？”老马追问，“她对你怎么样啊？”

陈琛神色倏忽一暗，不太自信：“我不知道。”

“你不知道？你不知道还有谁知道？”老马嘿嘿直笑，“女人嘛，都是这样，成天扭扭捏捏的，你要让她说句实话，简直比登天还难。”

陈琛想了想，说：“她不一样。”

但至于是哪不一样，陈琛却不想多说。

打不开话题，闷罐子又从不爱和人掏心窝子，老马便将这话题即刻刹住了，回到找陈琛来的问题上来，“这店你还想不想盘了？”

陈琛双手交错着搁在台面上，没有立刻回答。

老马说：“这店我急着出手，你要是想要，我就再给你便宜个零头。但是一定要快，不然我就去找其他人了。”

陈琛说：“这么急？”

“急。一早就不想干了，都是死撑着才熬到现在。咱们好歹也算是亲戚，我这才第一个想着要把店给你，不然早就转给别人了。”老马皱着眉头，一本正经地问，“陈琛，不如你今天就给我交个底，你到底想不想盘我这个店？”

陈琛咬着牙，思索再三，说：“想。但是……”

老马补充：“钱不够？”

陈琛摇头：“钱我有，这压根不是钱的事。”

老马听得眼发直，半边身子趴到桌上，虚握着拳头敲了两下桌面：“不是钱你还犹豫什么？现在火车头生意这么旺，你又能干，肯吃苦，以后只会越来越好。”

陈琛没吱声。

老马看了看陈琛，再想到刚刚提到的那女人，大概有些懂了，说：“你是因为她吧。”

陈琛连忙否认：“不是，和她没关系。”

下意识的慌乱却被老狐狸看得一清二楚，老马笑着问：“陈琛，你说这世上到底是女人重要，还是男人的事业重要？”

若是一道单项选择，这样的一个问题未免有点强人所难。

陈琛不想回答这样的问题。老马就替他解答，说：“女人啊，谈恋爱的时候怎么都好，真要到结婚的时候，立马就变得现实了。男人先有了事业，有了资本，你去找她的时候也有底气，不然从头到尾就只是个穷小子。人家姑娘倒是想跟着你呢，可你舍得娶人家回来吃苦？”

老马的话，陈琛都懂，其实心里隐隐约约早就有了答案。但是他装作无动于衷，装作不知所措，其实是等着有人主动给出标准答案。然后，毫无意外地，等着那最后一击。

陈琛说："我再想想吧。"

老马叹气："行啊，我也不多催你。你大了，又有主见，许多事不用我教你都知道怎么做。但是一定要快，我等不了太久了。"

陈琛说："好。"

老马又问："你妈妈身体怎么样？"

陈琛说："好多了。医生说快的话，明天都能出院。"

"那你妈妈出院之后，要和你一起住林玉家里去？"

"不，我准备送她回去。"

"回去好啊。"老马想了想，说，"这样吧，不如这几天我给你放个假，你就不用想着店里的事情了，一门心思把你老娘送回家，伺候好，等再过来了，就给我答复。"

陈琛低头看了会儿自己指尖，再抬头的时候已经隐隐下了决心："好，到时候一定给你答复。"

"那要去几天呢？"

"至少给我三四天时间吧。"

"行，就再等你几天。"

接到陈琛电话的时候，吉云正在店里给他挑衬衫。

这城市虽说是个旅游的好去处，但到底没那么发达，购物中心里的牌子少得可怜，吉云转了好几圈才找到个中意的。

店里导购问她要买多大尺码，吉云仰着脑袋望了半会儿天花板，也没想出什么头绪。他确实挺高的，只是简单地按身高买衣服，会不会穿成个唱戏的啊？

恰好陈琛在电话里问她在哪儿，她讷讷地问了句："陈琛，你多大尺寸？"

陈琛："……"

半晌没人答话。吉云不耐烦地催促："问你话呢，你多大尺寸——"话一顿，她猛然间咯咯直笑，欲盖弥彰地补充，"问你的衣服尺寸，别想歪了啊。"

一刻钟后，陈琛进店里亲自来试。

导购实在想做成这笔生意，按着陈琛的尺码，给吉云抱了一堆衬衫过来，有格子的，有斜纹的，有印花的。吉云挑出几件中意的，一把拍到陈琛怀里。

“去里头试了给我看看。”她朝试衣间使劲努嘴。

陈琛抱着衣服没动，找了个吊牌，瞅了眼价格，立马就将吉云的话否决了：“我衣服多的是。”

吉云皱着眉头，说：“我买了给你当生日礼物的。”

陈琛一本正经地说：“我生日早就过了。”

吉云将他手里的衬衫全扒拉进自己的怀里，抱怨道：“你一大男人，怎么老扭扭捏捏的？”

吉云埋头走出好几步，一回头，陈琛还傻傻地杵在原地。她又是好笑，又是好气，折返过去拉住他的手。

“跟我进去！”她扭头朝满脸含笑的导购点了点头。

导购紧跟上两步，客客气气地回应：“尺码不对您就喊我，我就站在外头等着。”

吉云开了试衣间的小门，将陈琛一把推进去，自己抱着衣服，紧跟着侧身进去，再将门一关，落了锁。

试衣间不大，勉勉强强能挤进去两个人，不能并肩站着，只能面对着面，中间隔开十厘米不到的距离，动作稍微大些，就能打到对方身上。

吉云背抵着墙壁，正一粒粒地解衬衫上的扣子，余光看到陈琛立着一动不动，提醒道：“你倒是脱衣服啊！”

陈琛的视线本落在她低垂柔和的眉眼上，直等到她一脸狐疑地抬起头注视他，方才回神。然后，他听到她淡淡地感叹：“多大的人了，还等着我给你脱？”

陈琛刚欲动作，吉云修长的两只手已经掀开他的T恤下摆，帮着他将衣服脱了。T恤领圈刮到他半长不短的刘海，将他粗黑的头发弄得东倒西歪。吉云笑着踮脚去帮忙收拾，说：“成了车祸现场了。”

另一只手很自然地搁在他的前胸。

灯光暗淡。故意做旧的木质墙壁上，依稀可见不规则的年轮，缝隙之间，自纤维中散发出淡雅的原木香气。

而她的手上质感坚硬，纹理清晰，也像生长多年的木头，却比那冷冰冰的物体多了一份温度。吉云贪婪地摸过他硬邦邦的身体，最后落在他小腹轮廓分明的巧克力块上，久久触摸着，不忍滑移。

他宽阔的背脊和紧窄的腰身，则被身后那面高清镜子捕捉进去。吉云微微歪头，自他肩头露出两只眼睛，大大方方地将这风景尽收眼底。

腰上却突然被铁钳似的双手紧箍，一个用力，耳边有簌簌的风声，下一秒，她就被人狠狠抵在墙面。

“砰——”

试衣间外，导购被这一声闷响吓了一跳。她走近几步，敲了敲门，小声问：“小姐，你们在里面没事吧？”

试衣间里，吉云后背紧贴着门板，胸前又被陈琛严丝合缝地贴紧，整个人被禁锢在狭小的一方区域，简直动弹不得。

陈琛喘息声重，胸腔连带着上半身，将面前的女人有节奏地挤压着。他两眼瞪得微红，一瞬不瞬地看到女人脸上，漆黑的瞳仁里隐隐闪起火光。

吉云毫无负罪感地回望过去，似笑非笑：“你怎么这么不禁逗啊！”

陈琛头一低，柔软的嘴唇落到她修长的颈弯，温热沿着颈线慢慢啃上她突起的锁骨，就像是欣赏一件艺术品般，久久流连。

门口又传来敲门声。

细心的导购再次关心地问：“小姐，衣服试得怎么样了？”

陈琛将唇移开，如雾的目光渐渐清明。他用了些时候让自己苏醒，两手撑在她的耳边，身子微微发颤。他的压迫感一消失，吉云的理智即刻回笼，忆起刚刚的脱轨，立刻从脖子红上了老脸。

如此一折腾，谁也没好意思再多待。吉云将衬衫还给导购，拉着陈琛就往店外走，避着这家店逛了一圈，却再也没找着看着顺眼的衣服。

# 第七章 只要她不来，那个傻瓜就不会走

38.

陈琛先去火车头接了装满食材的饭桶，这才拉着吉云赶去九龙宾馆。

吉云手里提着大包小包，全是给自己买的衣服和裤子，原本打算将东西送进房间就出来帮忙。真等出来的时候，陈琛已经搬好了不锈钢桶，开始分门别类地往饭盆里装菜。

饭厅里渐渐多了人气。

旁人休息的时候，恰恰是陈琛最忙的时候。吉云不去打扰他，自己端个餐碟取餐，然后坐到最不容易被人发现的一隅。等人走得差不多了，陈琛忙完后，往厅里四顾一望——这次她没乱跑，乖乖留在原地等他。

陈琛过去拍她的肩膀，吉云很兴奋地扭头看他一眼，再转过来的时候，手上就捧着一盘装满的餐碟。

她说："你下午忙着给我抓贼，没来得及吃饭，忙到现在，一定饿死了吧？"

不说还凑合，一说简直听得到肚子里头唱大戏。不过四周还有酒店的工作

人员，他实在不方便吃东西，说：“我还不饿。”

吉云哪能相信，抓起筷子，先夹了一块牛腩，不由分说地塞进他的嘴里，说：“是我执意要喂你。”

已经有人看过来，陈琛边嚼牛肉边道：“我先收拾东西去。”

吉云翻了个白眼，说：“你越长越小了是吧？吃顿饭还要我跟在后头追着，再往后是不是要我拿嘴喂？”

吉云不达目的不罢休的脾气，陈琛是比谁都清楚的。此刻他进退维谷，完全逃不出她的五指山，只好硬着头皮把其他人的眼光抛之脑后。他将餐碟端过来，说：“我自己来吧。”

吉云两手抱在胸前，就这么看着他吃东西。他也真是饿了，菜混着白饭扒下去，三口两口就见了底。

吉云接过空盘子，问：“还要不要再来点？”

陈琛抹了抹嘴，说：“够了。”

吉云放了空餐盘，又去给陈琛搬不锈钢桶。陈琛也不费力气多加干涉了，索性放手让她自己去折腾。

等整理好东西，时间已经悄然走过九点。吉云这一天当过小工，抓过盗贼，躲过风雨，又逛过商场，好不容易有时间歇下来，就像是松了发条的手表，齿轮转了两圈，就彻底跑不动了。

她将头倚着空了的饭桶，在打开的面包车后门坐了会儿，等陈琛换过衣服出来，才站起来。

就着乳色的路灯，陈琛看到她没精打采地垂着头，问：“累了？”

吉云打了个哈欠，反问：“你说呢？”从刚一下火车起，就闹得没消停过。

陈琛难得用笑脸来回答她，又捏了捏她的脸，说：“那你早点回去休息。”

吉云点头，踮起脚，在他的脸颊上吻了吻，只是刚迈出去一步，却又被身后的人用力拉回来。

吉云一脸好整以暇地望着他，说：“怎么了？这一天还嫌亲得不够多？”

陈琛低头看她，眉心不知道怎么就皱上了。吉云拿手给他熨平了，小声问：“到底怎么啦？”

陈琛说：“你这次过来培训要花几天？”

吉云说：“可长可短吧。培训说好的是一周，不过之后还有考察项目，其实说白了就是旅游，看各人自己怎么安排。”

陈琛说：“那你想不想去旅游？”

吉云有点讶异：“你想陪我去旅游？这附近你应该都转遍了吧？”

陈琛摇头：“我没那么多时间。我得先把我妈妈送回去。”

吉云疑惑道：“你妈妈？她怎么了？”

陈琛说：“她前一阵子生了病，一直住在市里的医院。”

吉云开玩笑道：“还真不是因为我才回来的啊。你之前怎么不和我说你妈妈在这边？我也好捧束花去看看她吧。那你打算什么时候送她回去？”

陈琛说：“明天。”

“明天？”

“嗯。”

吉云一怔，想不到他这么急，说：“那你什么时候回来？”

陈琛说：“路上就要花一天多的时候，再把她安顿好，家里家外地收拾一下，怎么也要三四天。”

“……三四天。”吉云算着时间，忽然无奈地笑了笑，“也就是说，等你回来，我刚好培训结束，说不定咱俩要踩着时间点，一个前脚走，一个后脚到。如果赶得及，还能在火车开动前，隔着玻璃见一面。”

她的话里明显带着怒意，两只手不自觉松了，往后退了一步。陈琛想去抓她的手，却被她一把挥开，咄咄逼人地问：“陈琛，你决定盘店了是不是？”

陈琛咬着牙，没吭声。

吉云又问了一遍：“你决定盘店了，留下来了，是不是？”

若说刚刚是不经意的一个多愁善感，才使自己反常，那现在就实实在在地体会到什么叫失落了。自始至终，陈琛没有直面她的问题，但他的弦外之音，她听得很清楚。

他回到了这里，有了更好的发展，他不可能轻易放弃，她也不会不让他朝更好的方向走，那么走的那个只能是她。而一个真正成熟的成年人，不应该对这个结果，表现出一点不满的情绪。

吉云很努力地压抑住心底的那份焦躁，然而收效甚微。现在所有的理智都纠结在一点——她像没头苍蝇似的飞过来找他，不是要在一起待两天，就和他分开的。

道理她都懂。但此时此刻，若是有办法说服自己，而不是如一串炮仗噼里啪啦地炸开的话，她就不再是吉云了。

陈琛像是能预见她的下一步，在她要跑掉的时候，一把挽住她的腰，又将她捞了回来。她背对着被搂紧在他的怀里，他将头搁在她的肩上，嘴唇触上她冰冷的耳垂。

“吉云，”他说，“你等我。”不是询问，不是请求，只是简短意赅的陈述，他要求她等他。

吉云狠狠掐了把他的手臂，说：“等你回来送我？”

陈琛仍旧是那句话：“你等我。”

时间一分一秒走过，吉云在心里从一数到十，再数到一百，再从一百数到一，那颗鼓动难安的心终于安静下来。

她拍了拍陈琛的手，说：“你松开吧。”

陈琛摇头。

吉云抱怨道：“你刚刚还说让我早点休息，现在又这么抱着我不肯松。是摆明了不想让我好过呢，还是要跟我一起去房间住下来？”

吉云又知道开玩笑了。陈琛心底的警报解除，这才木愣愣地将她松开来。可他还是怕她跑掉，又扶着她的肩。

吉云半是说笑半是真：“我命怎么这么苦啊。”

以前年少无知，情窦初开，爱上一个人就不顾一切地疯狂，最终被他身后数不清的桃花逼得只能自己逃走。

好不容易遇见一个轴的，死心眼的，又是个一无所有的穷光蛋，为了攒够老婆本，甚至不惜放弃看住不安分的她。

而更可怕的还远远不止这些。

第二天一早，陈琛轻装简从，只带着换洗衣服，就匆匆从公寓里出来。

他走到一楼，看见有个穿白色衣服的女人坐在最底一层的台阶上，长发柔顺地披在肩上，背影瘦弱，但不单薄。

他心立刻一窒。

女人听到声音，转过头来回望，见到是他，撑着扶手站起来。

陈琛三步并作两步跨下来，吃惊地问：“你怎么来了？”

吉云将手里的大包小包往他脚前一掷，仰面看他，坦坦荡荡地说：“我改计划了，我要去你家乡考察学习。”

39.

吉云站在公寓下，一脸视死如归的模样。

清晨，山里起了浓雾，飘到这座城市的上空，此时已经稀释成柔纱似的薄雾。雾气绕在吉云的身上，其实稍一动作就会四溢开来。她的头发上凝了细密的水珠，连睫毛上也有，一说话，一眨眼，就甩下来几滴。

陈琛看了她好一会儿，直到林玉咚咚咚地自楼上跑下来，说“怎么是你啊？”

尖锐的声音划破寂静。陈琛这才缓过神来，用手给吉云掸了掸头发上的露珠，然后弯腰将一地的购物袋都捡起来。

吉云向林玉招了招手，说：“是我。”余光里，看到蹲在地上的他仰头看她的脸色。她笑起来，说，“我要跟着陈琛去他家里呢。”

林玉雀跃，侧身从陈琛的身边绕下来，说：“真好，我也一起去呢，路上可算有个伴了。”说着将那些购物袋接过来，高兴地说，“琛哥，我把它们扔车上去！”

陈琛答应着，看到吉云拧着眉头，不怎么高兴地将眼珠子转到林玉身上，又转回到他的脸上，然后故意怪声怪气地说：“幸亏有我跟着啊！”

陈琛笑了笑，没理会她，摸摸她的下巴，又摸摸她的手，全是冰凉的。

“你什么时候来的？”陈琛问。

吉云说：“才来没多久。”

到底来了多久，往往不如她说得这样轻描淡写。

吉云几乎一夜没睡，好不容易等到天亮，立马起来梳洗。一连几天都没休息好，镜子里的女人又黄又干，黑眼圈足以和国宝一较高下。女人年纪一大就禁不住折腾，吉云可不想站在陈琛旁边，被人说成是姐弟。于是时间再紧，也特地化了个淡妆。

刚出门喊了辆车，司机问地点的时候，她又发了蒙。来了两天，和陈琛见面的地址除了火车头就是九龙，她压根不知道他家在哪儿。没有办法，她硬着头皮去火车头问了地址。

接待她的是个年轻人，对这社会的人情世故还不太了解。吉云明明写着一脸的生人勿近，他还是有十万个为什么，问东问西：“你和我们琛哥怎么认识的？在一起几年了？你们以后在哪儿发展？琛哥还跟不跟你走了？你们什么时候结婚的？”

吉云一张脸皮笑肉不笑，咿咿呀呀敷衍半天，忽然一个怔忪。她闭上嘴，心里浮上来一个很深刻的问题，什么叫“你们什么时候结婚的”？

吉云绷着脸：“陈琛和你说我们结婚了？”

男人直点头：“琛哥给我们介绍的时候，直喊你老婆呢！”

坐到车上的时候，吉云还对他的那句话耿耿于怀：“陈琛，你干吗和别人说我是你老婆？占我便宜啊？”

陈琛嗓子眼犯干，拿余光瞄了她一眼，又紧盯路况：“我开车呢。”言外之意就是你安静坐会儿，别总闹。

吉云正气不过，林玉忽然从正副驾驶位的中间冒出头，大吃一惊道：“什么意思？你不是琛哥老婆啊？”

陈琛脑仁子疼，吉云则是手膀子疼。

林玉揪住吉云的胳膊，恨不得将她扯到后座来，一本正经地问：“你是不是和琛哥吵架啦？琛哥人很好的，你别一着急就和他划清界限，琛哥会很伤心的。你究竟是不是他老婆啊，你说啊？”

哪有什么多项选择，林玉俨然就是威逼利诱。吉云生怕自己说出半句不合她心意的话，就会立刻血溅当场，只得梗着脖子深呼吸，自齿缝间挤出两个字：“……我是。”

林玉这才满足地舒了口气：“就说嘛，琛哥从来不会骗人的。你以后别这么任性了，不然我就不给你当和事佬了。”

陈琛实在没忍得住，低低笑出声来。吉云不动声色地将手放在他的大腿上，曲起修长的手指轻轻一挠，男人身体的肌肉猛然一僵。

车里终于安静了。

陈琛的母亲年纪不大，但身为农村人，一直下地劳动，又从不讲究保养，猛地一看，比实际年龄几乎大上一轮。

陈琛向他母亲介绍来人的时候特别简单：“林玉、吉云。”

短短四个字就足以囊括一切，却反而因为不够坦荡叫人疑惑。陈母看了看陌生女人，又看了看儿子，重复刚刚那个名字：“吉云？”

林玉很亲热地给她穿外套，在她耳边轻轻说：“阿姨，这个就是琛哥的老婆。”

另两人：“……”

房间里静得能听清仪器通电的声音。吉云脸皮再厚，这会儿也不免败下阵来，杵在原地尴尬无比，连呼吸声似乎都成了不应该的。

陈母一双眼睛将她看得恨不得剥下一层皮，又急忙拉过儿子，小心翼翼地问：“陈琛，你这是……”

恰好主治医生走进来。陈琛冲她妈妈摇了摇头，欲要站起来。吉云走过来拍了拍他肩膀，说：“你在这儿收拾东西吧，我和他聊聊。”

陈琛还是站起身。

吉云说：“我和他说一句，抵得过你说一车。你还不相信我？”

陈琛也怕她在这儿不自在，将包往她怀里推了推，说：“钱在里头。”

吉云愣了愣，还是将包收下了，说：“那一会儿我帮你把费用缴了，再联系你。”又朝他妈妈努了努嘴，笑着问，“能解决吗？”

陈琛捏了捏她的下巴。

果然，再见面的时候，陈母没再在吉云的身份上多加纠结，又或者已经听过了陈琛的解释。但她保留着一份好奇，因为不好意思正眼打量吉云，于是总拿余光瞧吉云。

吉云将包递给陈琛，大大方方地喊了声：“阿姨。”

陈母冲她点了点头，用浓重的乡音答应了一声，这才终于找到机会，将目光落在吉云身上。那注目几乎如审视，将她从头到尾一帧帧地扫描着。

看到后来，连陈琛都觉得不妥，小声提醒：“妈。”

吉云凑近陈琛，冲他眨了眨眼，说：“没事，我早上化过妆的，不怕看。”

陈琛说：“你没化妆也不怕看。”

一句话说得吉云笑起来：“陈琛，你最近脑子开窍了，也知道说好听话哄我了。”

陈琛说：“我说的是真话。”

吉云笑得更厉害了。

两个人上了车子，陈琛开了他的包点钱，之前已经付过一次，他按照那个标准满打满算又添了几万，原本以为会用光的，一看包里居然还剩了半沓。

陈琛问：“你帮忙贴钱了？”

吉云凑过去，将包里的一张发票拿出来，说：“我要想贴钱，还用花你的现金吗？”

“那怎么……”陈琛细细看着单子，觉得费用比之前少了太多。

吉云说：“你是嫌贵还是嫌便宜？”理所当然不可能是后一个。吉云自己也觉得这话多问了，说，“刚刚打了几个电话，把那些虚的免了一些，要是你们家有新农合，还能再报销一点。”

陈琛不太懂：“新农合是什么？”

吉云说：“就是农村医疗，等到了你家，我帮你去问问。”

陈琛点点头，将包搁在脚边，说：“那谢谢你。”

吉云含笑：“要谢我啊，你可怎么谢我？”

陈琛没搭腔，也没表示不耐烦，只是静静地发动车子，脸上像是有些不自在，嘴角微微下压着——吉云宁愿是自己多心了。

出发之前，四个人随便找了个小馆子吃早午饭。菜单从陈琛手里传到林玉跟前，最后到了吉云这边。

吉云不肯自己做主，递到他妈妈那头，说：“阿姨，你想吃什么就点，别想着为陈琛省钱，他现在可发达了。”

林玉觉得这话幽默，抿着嘴偷笑。陈琛将菜单放回吉云面前，说：“你点吧，我妈她不识字。”

吉云没想到这一层，自觉冒昧，赶忙接过来，又问：“你妈妈有没有什么不爱吃的？”

“都还行。”

吉云没多挑剔，只是点了几个清淡的家常炒菜，再来了一盘素汤。她将菜单递给服务员的时候，陈琛问：“就这么多？”

吉云说：“够的，够的。”忽然又想起什么似的，手一伸，把服务员再喊过来，说，“给我们添一份红烧鲫鱼吧。”

她话音刚落，就觉得脸颊一片辣辣地疼，眼珠子一转，看到陈琛正盯着她看。她似笑非笑地回望过去。

吃饱喝足再上路，没过多久，车里两人就前仰后合，睡得不亦乐乎。陈琛看吉云也垂了眼皮，小声说：“你靠着椅子睡会儿吧，我开稳点。”

吉云强打起精神，直了直僵硬的腰，懒洋洋道：“不困啊。”话音刚落，就拿手捂脸，打了个哈欠。

她将方才买的水果拎到脚边，拿了个橘子，放在手心轻缓地搓揉，馥郁的柑橘气味立即自千万个孔隙中腾出，顷刻间散发在整个车厢。

吉云剥了橘皮，捏出柔软多汁的一瓣，对陈琛说：“张嘴。”

他没那么听话，想说：“你自己吃吧。”最后几个字说得含混不清，随着送到嘴边清凉的橘瓣一起咽回嘴中。牙齿稍一挤压，甘甜的汁水自一粒粒细长的果粒中溢开。

吉云一脸期待地问：“甜吗？”

陈琛说：“甜。”

吉云拿手指给他擦拭嘴角残余的一点果汁，指腹柔软温热，指甲却带着一丝冰凉，刮过他敏感的皮肤，倒像是刮在了他的心坎上。

她笑着说：“我不相信你了，你现在会哄我了。”

陈琛勾了勾嘴角。

车子悄然驶过一处弯道，原本开阔的视野，因为逼近的山峦陡然变得狭窄，一线翠绿的湖水沿着山脉，正自桥下缓缓流淌。

熟悉的风景，熟悉的沿途。走过太多年的老路，却因为此刻洞开的视野，而蒙上前所未见的一分新意。

他头稍稍一侧，看向身边，逞强的女人竟不知何时起已经安恬地睡去。

午后的阳光温暖干燥，自重峦叠嶂间缓缓穿过，落在她素净柔和的一张脸上。

她歪着头，半边脸枕上横亘过身体的安全带，头发松松地被绾成一髻，软软地垂在颈边，呼吸平静又舒缓。垂在膝盖的一只手上，还牢牢握着吃了一瓣的金黄色橘子。

陈琛将车靠边停下，翻了件衬衫给吉云盖在身上，又在她的头顶与车窗相靠的地方垫了一块干净的毛巾。然后在人烟稀少的山间公路，他一个人，沐浴着阳光和暖风，很慢而又很认真地吃一只表皮开始发干的橘子。

也就是在这天的这一个车厢里，陈琛忽然有一种说不清道不明的错觉——

他回家了。

他有家了。

40.

吉云睡了很甜的一觉，被陈琛喊醒的时候，车外居然已经黑得伸手不见五指。

陈琛家在山里，没有路灯，放眼望去，一片黝黑之中亮着几点白色的恒定的光。

吉云知道那不过是俗世的烟火。然而黑暗里分不清天与地，眯起眼睛虚望过去，就如同是硕大的几颗星星。

陈琛撑着车门，等吉云缓过神来，说："车只能开到这里，上头路太窄，下面要靠咱们自己走了。"

吉云的脑子尚且混沌，喏喏地答应着，抓着陈琛伸过来的手臂往车下走。只是她刚一直起身来，就觉得浑身都像散了架，特别是长时间歪着的脖子，那股尖锐的疼痛猛地爆发，冲得她两眼一涨。

吉云步子一停，陈琛就紧张地问："怎么了？"

吉云扶着脖子，龇牙咧嘴地说："太疼了。"

不舒服成这副样子了，不知道在车上是怎么睡着的。

陈琛有点无措，手摸到她的肩窝。她起初下意识地一退，后来适应了，又往他手里靠了靠。

吉云一示弱，语气里就带着撒娇的意味："你帮我揉揉。"

陈琛轻声答应，温热的手心自她的肩上捂到脖颈，不敢用力地摸了摸，更像是挠。吉云忍不住笑起来，拿腮帮子去贴他的手心："好痒。"

陈琛正色道："别闹。"

不远处，陈母和林玉都停了下来。两个人交头接耳说了些什么，紧接着，林玉抓着手电筒一溜小跑过来，喊："琛哥，阿姨喊你们走快点！"

于是就像被捉到早恋的一对年轻情侣，陈琛和吉云都不自觉地分开了一些。只是陈琛搁在她脖子上的一只手，让他们此刻尤为尴尬，不知道是要收回还是放着。

陈母已经转过身，继续往上坡走。林玉跑回去，仍旧扶好她，开心地说："阿姨，我喊过他们了。"

陈琛锁了车子，最后的一点光亮都熄了。

吉云开了手机里的闪光灯，给陈琛照亮脚下的路。他一只手拎满了她装得大大小小的购物袋，还空下一只手牵住她。

"穿高跟鞋能走吗？"

"你牵着就能走。"

一地的碎石子，细高跟总是卡进缝里，一走一个坑，再费力地拔起来，所以重心全砸在了脚后跟。到陈琛家门前，吉云几乎将半个身子倚到他的怀里。

开了铁门，再跨过一道门槛，吉云终于进到他的家里。

不得不说，陈琛家比她想象中的实在要好许多。水泥墙的二层小楼，摆得下四五个大圆桌的敞亮院子，还有一株有她腰那么粗的大香樟树。

走到屋里，地面铺着光洁的大理石地砖，墙面被刷得雪白，连同家具都是新的。她住的房间装修得简朴大方，还可以洗热水澡，有抽水马桶。

吉云将东西搁在梳妆台上，一屁股坐上铺着白被单的大床，笑着说："陈琛，我终于知道你那小破屋为什么连门都没有了。"

陈琛知道她的潜台词，是他把钱都贴到了家里。他也没有否认，解释道："我们这里经常有游客过来，不弄好一点，怕人住得不习惯。"

他不是怕人不来住，是怕人住得不习惯。吉云觉得自己跟不上他的觉悟，索性就俗到底了，问："那你们这儿怎么收费？一晚上要多少钱？"

陈琛说："一个床位是八十。"

吉云拿眼睛丈量："这房间顶多放两张床吧。"

陈琛点头："家里还有两个客房。"

"那住满的话，一晚上是四百八十块。"吉云开始掏手机算账，"你这儿有什么淡旺季吗？"

陈琛说："除了山里多雨炎热的那三个月，平时差不多人都挺满的。"

吉云在虚拟键盘上扒拉："一晚上是四百八，一年减去淡季，减去家里有事没人的时候，减去偶尔住不满的日子，给你保守算上两百天，那么你家一年的床费收入就是——"

吉云真心有点不相信屏幕上出现的那串数字了。

她目瞪口呆地望着陈琛，说："你这都抵得过我一年的工资了。不如我马上辞职过来，在你这边买栋小楼，也跟着做这空手套白狼的好生意吧。"

陈琛坐到她的身边，说："不能这么算的。"

吉云扭头看他，说："你在这边还有地的吧？"

陈琛说："是有几亩，不过都是山上的梯田，家里没人，种不好。我妈留了一块种菜吃，其他都租给人家去种了，一年给几千，意思意思。"

吉云听了，不停地叹气："陈琛，你这日子过的，多少人求都求不来。山里空气又好又舒服，不必外出打工，还有人送钱上门。要我是你，这辈子就这么安逸到死，搞不清你怎么会想着出去的。”

陈琛两只手撑着膝盖，低下头，没打算回答。

吉云以为他没领会精神，又不厌其烦问了一遍：“你怎么会去我们那边的？”

陈琛朝她望了一眼，原本含笑的脸忽然变得有些僵硬，嘴唇开阖，却又不发声，许久才说：“我去那儿是想找人的。”

如此一来，吉云才知道他是排斥这个问题的。原本只是消磨时间的聊天，一下子就变得目的很明确了。

吉云自认不是一个八卦的人，但她坚持的许多原则，在陈琛面前，往往就被甩在脑后。

“找人？”吉云问，“找什么人？女人吗？”

陈琛不置可否：“是个很重要的人。”

“很重要……”吉云思考了一下。

陈琛说：“你别问了吧，我不想提。”

“那你找到了吗？”

陈琛疲惫地摇头：“没有。不过……”他的眼神忽然变得锐利，灯光之下那隐匿的锋刃几乎熠熠发光，“不过，我一定会找到的。”

这副表情，在陈琛屈指可数的表情包里，大致可归类为恨了。

吉云觉得自己大概懂了：“是你前女友吧？要么就是你初恋。相遇的那一年，她一定长得清纯可爱，而你也是一表人才，英俊潇洒。”

陈琛勉强插话：“我没有。”

“你们当年爱得既真又深，已经决定了相依相偎，携手走过白头。她却因为抵挡不住城市的繁华离你远去。你因为太过失望，所以一气之下连学都不上了，追随着她的脚步到了那个陌生的城市打拼，就是为了能有一天赢回她的心。”

“没有。”

空气里开始有一点酸酸的气息。

吉云停下来，盯着他，说：“你没有什么？”

陈琛直起腰，搓着两手，眉心隆成小山，欲言又止。

吉云先不耐烦了：“你没有什么啊？”

陈琛横下心来：“我没有过女人。”

吉云眨眨眼：“你没有过什么？”

陈琛敢打包票，她一定是听到了。他搞不懂为什么明明是一件他不愿意提起的事，却被她逼问到最后，反而还要照顾她的心情。

陈琛叹口气："我没有前女友，没有初恋，什么都没有。"

……我只有你。

吉云觉得自己最近大概是和年轻小伙待多了，所以连同自己都变得幼稚、奇怪起来。明明之前并不排斥一个有着丰富的情史的男人，却在听到陈琛的过去是一张白纸的时候，心里头隐隐的……有那么一点点高兴？

吉云低声"哦"了一声，抬手整理自己鬓角的头发。

片刻后。

"那你是去找谁的？"

"……"

门外突然传来一阵乡音，是陈琛母亲的声音。吉云只能隐约辨出她在喊陈琛。身边的男人果然站了起来，也用方言回应她。

吉云说："你妈妈在说什么？"

陈琛说："要我下去劈柴。"

吉云问："劈柴干吗？"

"明早要生炉子。"

"没有煤吗？"

"煤要用柴来引。"

陈琛往外走，吉云跟在后头，咕哝着："引火用不了多少，那明早劈也来得及，她就是不想让我和你离得太近。"

陈琛停下来望她。

吉云仰头冲他笑，带着几分苦涩："陈琛，你妈妈好像不喜欢我啊。是不是我哪里做得不好啊？"

欲走不走之间的一个停顿，陈琛被压抑了一整天的冲动彻底冲昏头脑，回过神的时候，他已经拉过吉云，将她死死地钉在卧室的墙壁上。

吉云惊魂未定，背脊被磕得一阵硬痛，双手环着他的脖颈，小声提醒："你妈妈要进来了。"

一步两步，似放大的鼓点，紧凑急躁，时刻准备冲破寂静。

陈琛的虎口卡住她下巴，急促地说："很快就好。"

陈母朝房间里看了一眼。

吉云在梳妆镜前整理衣物，陈琛帮忙把一个袋子一个袋子叠放整齐。

听到声音，吉云转过头来，冲陈母笑了一笑，喊："阿姨。"

陈琛放下手里的东西，用方言说："我这就下来。"离开的那一秒，再看了看吉云。彼此会心一笑。

吉云刚把衣服理出来，拿包里的指甲刀剪吊牌，就听到门外一下一下劈柴的声音。她连忙走出房间，站在二楼的阳台上俯瞰院子。

一盏橘色小灯，陈琛正站在那棵香樟树前挥动斧子。男人身形挺拔，每次用力，宽阔的背脊开阖，深灰色的背心很明显地印出了肌肉的轮廓。

她往四面看了看，确定没有另一双眼睛，方才喊了一声陈琛。男人向她看去，笑了一笑，没拿斧头的那只手指了指天。

吉云随之抬头，竟见绛色的天幕上，已满是星辰。

明早，必定会是个好天气。

41.

山里湿气重，吉云一觉醒来，觉得像是被扔进了水缸里，被子吸满了清晨的雾气，用手一摸，几乎是湿嗒嗒的。

吉云冲过澡，刚拿了瓶乳液往身上涂，就听外面有人趿着拖鞋踱步，试探着问："陈琛？"

陈琛站在阳台上给风干的咸鱼翻面，听到声音，就放下手里的活计，往她门口走了两步，说："你起来了？"

身后吱的一声，门缝之中透出窄窄的一条画面，只能判断她穿着一条浅粉色的裙子，看不清楚全貌，影影绰绰，留有想象的余地。

陈琛将眼睛挪开。

吉云敲了敲门框，吸引陈琛的注意力，说："你家这儿没男人吧？"

见陈琛摇头，方才将门打开了，要陈琛进来说话。

"就怕你们家有客人，女的还好，顶多说我生活散漫。要遇见男人，一个两个瞅过来，还以为我品行有问题。"

她话里的打击面太广，陈琛迈进来的时候还在想，难道他不是男人吗？

陈琛走到房里，才看见吉云穿的是睡衣，不是什么性感的款式，从上至下，各处都包得严严实实。

要不是陈琛知道她平时穿衣服讲究，肯定以为这就是能出去见人的普通连衣裙。只是普通虽普通，但她身材窈窕匀称，随便一块破布，也能穿得别有风情。

陈琛又不知道该将眼睛往哪儿放了。

吉云正在收拾梳妆台上的衣服，说：“待会儿给我个盆，我把这些衣服泡一泡，出厂的时候都脏着呢，不洗压根没法穿。”

她眼睛一斜，瞧见陈琛正看她，顺着他的视线往自己身上一打量，说：“好看吗？”

陈琛没回答，走去将她的衣服抱起来，说：“我给你洗了吧。”

吉云嘴一撇，听得耳膜都疼：“你拉倒吧，怎么敢让你洗。”

吉云没点破。陈琛又说：“那让林玉帮你。”

吉云还是不同意：“哪有那么娇气，还是我自己来吧，过一过水就行。”说着就去陈琛怀里拿衣服。

陈琛没松，说：“我来吧。”

吉云笑道：“怎么还有人抢着干活了？”

她已经决定由着他去了，没料到抽手的时候，手在衣服上别了一下，齿缝间发出吃痛的一声：“嘶——”

陈琛忙着去解衣服，手无意一挥，正打在了她的胸脯上。

手下触感柔软。尽管他已经迅速抽回来，留在皮肤上的记忆却始终挥之不去。他感到皮肤上燃起一把大火，炙热得叫他喉头发干。

她没穿内衣——他匆匆的一个论断如魔障，在脑子中越来越大，最后将整个思路全部填满。

陈琛脸色越白，耳朵就越红。

外头有陈母的声音。林玉帮着做大喇叭：“琛哥，琛哥……”

吉云那点想逗他的心思都被喊散了，何况，她已经发现陈琛这个人是根本不禁逗的：“还不下去？”

陈琛将衣服抱好，说：“那我在下面等你，早饭能吃了。”

吉云冲他点了点头，说：“知道了。”

吉云擦过头发，换好衣服，又将脚上的一双高跟鞋擦得雪亮。她往外走的时候，正看到陈琛站在井边打水，她的衣服被搁在大木盆里，已经浇得湿透。

陈母坐在藤椅上晒太阳，头却始终扭过去看陈琛，有一搭没一搭地说着什么。陈琛抹了抹额头上的汗，带着几分急躁地回复她。

吉云走到一楼的时候，他给自己的母亲使了个眼色。陈母转个方向，面对吉云，浑浊的眼睛将她从上至下打量了一遍。

吉云说："阿姨早。"

陈母冲她点点头。

陈琛连忙将铝皮桶搁在地上，用湿漉漉的两只手往裤子上蹭了蹭，走到吉云跟前说："先去吃早饭吧，给你搁桌上了。"

吉云还看着那盆衣服，想提醒他，把不同颜色的衣服分开洗，话都已经到嘴边了，又迟疑着没有说。

"衣服你放着，我待会儿来洗。"她笑着说。

陈琛说："知道了。"

早饭很简单，一碟咸菜，一碗泡饭。为了欢迎她这个客人，小碗里还放着一个洒了酱油的荷包蛋。

大概是昨晚过来之后，只吃了几个水果果腹，吉云觉得今天的这顿早饭尤为美味。自家腌的咸菜口味正好，配上爽口清粥下肚，整个人都满足起来。

陈琛已经将衣服过水，吉云连忙过去挤开他，将衣服一一拧干了，挂到竹竿撑起的衣架上。

再找到陈琛时，他手里拿了把镰刀，拎了个竹篓，一副要下地劳作的样子。没等吉云问，他自己说："我去地里弄点菜中午吃。"

吉云搓着两只手，问："田在哪儿？离这儿远不远？"

陈琛说："不远。"然而视线自她笔直的双腿落到那双高跟鞋的时候，又挥手说，"对你而言，就有点远了。"

吉云仰着下巴，说："你可别小看我。"

林玉在一边笑起来，跑来扶着吉云的胳膊，一边将她一通打量："姐，你这副模样可去不了田里。"

吉云挑眉："我这怎么了？"

林玉说："山里路难走着呢。我给你找双鞋吧，再换套衣服，不然有你吃苦的。"

吉云无助地望向陈琛。陈琛一笑，对林玉说："你去给她找一身换了吧。"

林玉连声答应着，说："姐，你跟我走呗。"

吉云跟了两步，又转过身来。陈琛已经走到门口，她喊了他一声，叮嘱道："你等会儿我，别一个人走了。"

陈琛说："我就在这儿等你。"

林玉把吉云带到她和陈母一同住的房间，也在二楼，不过朝着北边，日照常年不足，房间里始终有一股潮湿的霉味。

环境不好，留不住客人，所以索性就没有装修，还是粉墙，水泥地，天花板上有洇水后留下的痕迹。

林玉拉了窗帘，房间里更暗。她招呼吉云坐下来，说："姐，你别急啊，我给你找一找。"

吉云说："我不急的，你慢慢找好了。"环顾四周，屋子里拉着一道帘子，一边搁着一张床，床单虽然洗得泛白变形了，但收拾得非常干净。

林玉绕到帘子后头去翻箱子，拿出两件带碎花的上衣和裤子，又从箱子下头拎出双雨鞋。

吉云有些踟蹰："穿雨鞋？"

林玉说："地里的泥多着呢，穿雨鞋最方便。"

林玉扯着自己的衣服，擦了擦鞋上头的灰，扔到吉云脚边，说："你换吧。姐，我先下去忙了，好几天没住人，这家里脏着呢。"

吉云说："行，你忙去呗。"

林玉将门刚一带上，她就开始脱衣服，手够到身后，解了暗扣，又费力地抓着拉链头，一直解到腰际。她刚剥了半边肩膀，只听外头传来沉闷低缓的一阵闷响。

打雷了？

她停了半晌，却没了动静。然而将裙子好不容易褪下来，穿上小了一号的碎花衣裤，窗外又是一阵连绵不断的响声。

吉云走到窗前，开了帘子。刚刚还是晴空万里，忽然飘过一片翻滚的黑云，一道刺目的白光划过，轰轰隆隆的声音随即又至。

山里的天气果真捉摸不定，风和日丽转为电闪雷鸣，不过几分钟的事情。天幕低垂，大抵很快就要落下雨来。

田里是一定去不了了，衣服紧紧地绷在身上，又不舒服。吉云想了又想，还是决定换成自己的衣服。

她刚把衣服脱下来，忽然响起一阵敲门声。陈琛在门外说：“外面要下雨了，咱们现在不能出去。你衣服换好了吗？”

吉云连忙将碎花衣服往床上一扔，去捡自己的裙子，想说马上就好，却在张嘴的同时，屋外陡然炸开一声惊雷。

噼里啪啦，如同堵在耳朵边的一串炮仗。

吉云吓得捂起耳朵，尖叫了一声。

陈琛紧张地拍门，喊：“吉云！”

他手抓上门锁，毫无迟疑地一旋，几乎是撞着大门，将门打开。

一阵过堂风穿过，扬起厚重的窗帘，闪电如狰狞的触手撕破长空，也照亮室内一隅。

——吉云踩着高跟鞋，肤色莹白如玉，除了贴身的内衣，竟是不着丝缕。

陈琛愣在原地。

42.

时光寂静，只有风刮过窗玻璃的呼啸声。眨眼之间，雨突然跟着落了下来。

吉云站在原地，被看得精光。起初的惊慌之后，她很快镇定下来，竟也没有拿手去挡进行无畏的挣扎——那不过是徒增尴尬罢了。

吉云极力控制了身体的平衡，将一只脚先套进连衣裙，抬起头，男人还在门口怔怔地看着她。吉云不知道该用什么表情面对他，控制着僵硬的面部肌肉，但好歹是笑了一笑，凉凉道：“还看？”

陈琛方才回神，讷讷地将脚挪出去，却忘了凸起的门槛，整个人都踉跄了一下，失了重心，几乎是跌了出去。

吉云这次是真的笑了。

陈琛将门带上，抓着门环的手颤抖得不行，连带着传到身上，整个人都战栗着。她的身体一直晃在眼前，一片苍白之中，唯独眸光深沉，唇色嫣红。蓝色的内衣也仿佛长了脚，在他的脑子里走来走去。

陈琛的手不由自主地往下滑到钥匙上，向右一旋，重开了门锁。再次推门而入的时候，他已经暗自下了决心：他还真就想做个乘人之危的男人了。

吉云已经将两只脚都套进了连衣裙，听到声音，猛地抬头，看到面色黑沉的男人进到房里，再用脚跟将门一带。

紧跟着是落锁的声音。

吉云提着裙子，多此一举地问："你干吗？"空气早已蓄满厚重的水雾，收缩着，挤压着，随时能滴出水。她的呼吸开始乱了节奏，心里隐隐地知道会发生些什么，却是纵容着，雀跃着，等待着。

陈琛将钥匙灌进口袋里，阔步走过来，温热的手心压在她的肩胛骨上，将她整个儿搂进怀里，吻落在了她光裸的脖颈上。

她整个人开始由上而下地融化了。

不知道从何时起，他们走到了这一步，又从何时起，注定会有这一天。

雨大风急，正将窗户撞得啪啪作响，反衬得屋子里格外地安静。安静中，只有喘息的声音，只有心跳的声音，只有血液满注、全身沸腾的声音。

她像是第一次见到这男人一样，在心里描摹他深刻的轮廓，精致的眉眼，不加修饰的白皙的肤色。他干净得像一张纸，又像一首无言却动听的歌。

万籁俱寂的世界，却突然被一阵细碎的声音打断。两个人都停下来，屏住呼吸，方才听出是用指关节敲门的声音："陈琛。"

两个人都是一怔，是他妈妈。

"陈琛，你在不在里面？"

绵密黏湿的空气一下子消散了，那股若有似无的霉味却在放大。陈琛回神，拉了拉裤子，将吉云掉落在地的裙子捡过来。吉云忙不迭地穿衣服，无奈两只手又僵又抖，折腾半晌，才扣对洞眼。

陈琛去开门的路上，匆匆套上T恤，开锁之前又扭头望了望吉云。女人站在床边，用手顺了顺头发，发现他看过来的时候，冲他笑着点了点头。

门开了。

陈母扶着走廊的栏杆向外站着，像是眺望远方。等陈琛喊她，她方才转过身来，慢慢悠悠不紧不慢地走到门口，往里头探了探头。

那双浑浊的眼睛精明地审视着一切，最终落在一处定了定。吉云不自在地将裙子又往下扯了扯，顺着她的视线，却在望见起皱的床单后，猛吸了一口冷气。

陈母将视线又落回了陈琛身上。母子说了会儿话，陈琛送陈母下楼，又折返过来的时候，就说要出去一趟。

吉云正忙着铺床，听到他的话连忙拦着，追问：“外面风雨这么大，你上哪儿去？”

陈琛说：“村里又来了一拨自驾游的，现在下雨视野不好，被困在路上找不到上来的口子了。我开车去领一领他们。”

吉云还有些不相信：“和他们联系的人怎么不去领？好端端地喊你过去干吗？

陈琛说：“他们家没车，现在雨大，又不方便骑车。”

“那你开车也危险啊，万一有个山体滑坡、泥石流什么的。”说完了自己都觉得不妥，连连打嘴，“呸呸呸，我这都是什么话？”

陈琛捏了捏她的下巴，说：“我去去就回。你在家等着我，最快一刻钟就能回来。”

吉云跟在他后头出了房间，一边下楼梯一边叮嘱：“别图快，最主要的就是安全，哪怕你三更半夜才回来呢。”

陈琛脚下飞快，迈过最后一节楼梯后回过头。她还在过道上，大概怕他突然消失，急不可待地俯着身子，从栏杆间找他。

“陈琛！”

他连忙挥挥手，说：“吉云，你穿着高跟鞋呢，走慢点！”

等吉云走出一楼客厅，陈琛已经冒雨冲了出去。她三步并成两步迈到连廊，跟在后头喊：“你倒是带把伞啊！”

男人早出了铁门，也不知道听没听见。

林玉笑着从小厨房走出来，说：“没事的。姐，琛哥身体好着呢，淋点雨根本不妨事！”

吉云冷笑：“身体好，也不能这么烧吧。”

她说话的同时，总觉得身上有个挥之不去的热源，温度灼灼地炙烤着她的皮肤。吉云心中隐隐有所察觉，往旁边一看，果然是他妈妈在望自己。

她满是沧桑的脸上不悲不喜，就那么沉默凛然地将你一眼望到底。她是知道的，从见的第一次面开始，她就是知道的。而她的喜恶表现得这样明显，让吉云难以招架。

43.

没有陈琛，吉云在这个家便有些无所适从。

幸好林玉是个自然熟，一口一个姐，喊得比谁都亲，又拉她坐进小厨房里东拉西扯，时间打发得倒是很快。

小厨房不靠楼房，是后来搭起的一个小屋子，里头生着炉子，灶膛里还燃着柴火，虽然热了一点，但干燥得让人很舒服。

吉云只坐了一会儿，就出了一身汗，渗入骨髓的湿气仿佛被尽数逼出，从里而外透着干爽，整个人都变得轻盈起来。

林玉将灶台上的一只柚子递给吉云，笑着说："吃吧，早上刚从树上采回来的，还留着露水呢。"

吉云抱过柚子，说："谢谢。"却没有剥开的意思，只拿手指头抠了一个小洞。没打过蜡的柚子卖相不好，那股扑鼻的清香却不会打折扣。

她捧着闻了闻，说："真香。"

林玉将铁锅里煮沸的水装进热水瓶里，又接了自来水重烧一锅。灶底下的柴火旺得很，不多会儿就能煮开。

吉云问："你烧这么多水，能用得完吗？"

林玉盖上锅盖，说："用得完。今天山里天气不好，晚上一准用不了太阳能，全靠烧水才能洗澡。待会儿琛哥回来也要冲一把，我还怕水不够呢。"

林玉绕到灶台后头，用蒲扇扇了两下，火立马旺了起来，映得她一脸通红。她在脚边扒了扒，找出几根木柴，往火塘里扔进去。

一仰头，吉云正目不转睛地看着她。姑娘笑得露出两排雪白的牙齿，说："姐，你老瞧我干吗？"

吉云笑着说："你多大了？"

林玉回道："我和琛哥一年的，二十五了。"

"还年轻着呢。"

林玉嘿嘿地笑。

吉云又问："你和陈琛是亲戚吧？"

林玉说："不是啊，我们就从小一块长大，一起念书来着。"

"那你怎么一直在他家？你自己家呢？不在这一片吗？"

林玉张了张嘴，忽然有些局促，半晌方讷讷地说："在啊，在的。"

吉云没再深问，猜她大概和家里闹了什么矛盾，或者家里发生过变故，所以才一直待在陈家，因此她换了一个话题。

“你有男朋友了吗？”

林玉的脸色却突然变得更差，嘴皮子哆嗦着，一双眼睛转来转去，几乎不知道往哪儿看。慌乱之中，她随手抄起一把草往火塘里送，却忽略了迅猛的火势。火沿着草尾一路燃，猩红的火舌立刻沿着灶壁向外舔舐。

吉云一步抢过去，将她的手从火塘里抽出来。她这才如梦初醒似的回过神来，将草把一丢，往吉云怀里扑过来。

吉云不解：“你这是怎么了，魂不守舍的？”将林玉的一只手翻来覆去查看了两遍，幸好只是燎光了汗毛，而没有烧伤。

铁门吱呀响了一声，没多久，陈琛一身是水地钻进厨房来。

林玉正死死抱着吉云，见到陈琛，抖着声音喊：“……琛哥。”她推开吉云，不顾忌落汤鸡似的陈琛，一把环上他的腰，在他怀里瑟瑟发抖。

吉云更加一头雾水，对陈琛说：“我不知道怎么了，刚刚林玉她——”

陈琛用食指贴着嘴唇，做出个安静的动作，小声说：“我知道了。你先出去吧，我和她单独待一会儿。”

吉云愣了愣，终于点点头。

家里来了几个背着背包的陌生人，站在前厅的屋檐下避雨，原本宽敞的地方突然变得无比狭窄和拥挤。

初入山区，他们都带着强烈的好奇心，几个人点上一根烟高谈阔论，整个小院都弥漫着他们说话大笑的声音。

陈母提了一壶茶，拿着几个杯子从房子里颤颤巍巍地走出来。吉云看见了，赶忙过去接，说：“阿姨，我来吧。”

陈母抬起厚重的眼皮看了她一眼，不甚放心地将杯子递过去。吉云又说：“水壶我也拿着，您坐里面歇着吧。”说着去拎把手。

陈母手一缩，像是要说点什么，却又选择沉默地随她去了。

吉云招呼大家：“喝点热茶吧。”

男人们客套地道谢，纷纷接过杯子，喝一口茶，看一眼景，深呼吸之后便感慨道：“山里真是天堂啊！”

其中有人对吉云感到好奇，问：“小姐，你不是这儿的人吧？”

她穿着考究，保养得当，没有山里人的那份粗糙、质朴，从倒茶的生硬姿势也能看出她并不熟练。

吉云不想聊天，简短地回答：“不算是。”

男人们高兴起来：“那和我们一样，是来玩的吧？”

吉云睨他们一眼：“算是吧。”

“一个人？”

话实在是太多了。

“那小姐你正好和我们一起做伴呗。玩过了这里，咱们再开个几十公里，那边有一片村落，比这儿更古老，比这儿还美。”

吉云正克制自己不朝他们翻白眼，就听陈琛喊她的名字。他还是穿着一身湿漉漉的衣服，走到她的身边，很自然地接过水壶，空下的一只手牵住她，将她拉到家里去。

男人们立马多了新的谈资，有人说：“这不就是那个向导吗？”

“鲜花插牛粪啊。”

陈琛看了看这群人，对吉云说：“别理他们。”

吉云将他的手松开：“他们今晚上要住过来？”

陈琛凉凉地看着她，往后头退了一步，与她空出足够的空间，抹了把脸上的水，心不在焉地说：“对，村里各家都住得挺满，只能匀到我们这儿来。”

吉云说：“那我待会儿把东西收拾出来。”

陈琛说：“没事的。你还住那一间，让他们几个人拼两间好了。”

吉云想了想，说：“看吧，先让他们挑，我无所谓睡在哪儿。你先去洗个澡吧，这儿虽然暖和，一冷一热的，也容易感冒。”

陈琛点头。

真等分配房间的时候却出了分歧，有三个人同意拼在一起，唯独有个金贵的人态度非常坚决，宁愿多付一个人的床费，也坚持要一个人睡。

于是原本两间房可以解决，现在成了三间，吉云需要搬出来，和林玉挤一张床。

陈琛洗过澡出来的时候，吉云已经将自己的东西收拾出来，正忙着打扫房间。那男人则大剌剌地来回参观，最后索性一屁股坐在床上，不动声色地开始上下打量吉云。

陈琛自外头看见了，当即拧起眉头，气势汹汹地要冲进去。然而他一只脚刚刚迈进去，却被从后伸出的手拉住胳膊。

一扭头，他看到是自己母亲。陈母长吁口气，一脸的匪夷所思，用尽全力将他拉出来，低声呵斥："陈琛，你进去干什么？"

陈母拎陈琛进了自己房间，仍旧是刚刚那个问题："陈琛，你要进去干吗？"

陈琛说："吉云是客人，我们不能让她受委屈。"

陈母苦口婆心地说："来者都是客，你朋友是客人，那些也是客人。我已经给你朋友打过招呼，她同意把房间让出来。你这时候进去捣什么乱？"

陈琛说："一个房间住两个人已经够挤了，吉云再过来，连落脚的地方都没有。我去跟他说，不想拼房就走，我们不做他生意。"

陈母气得直拍胸口，说："陈琛，你敢！"

陈琛走过几步后停下来，终究因为心里的担心，转身看了看她。她脸色早已由白转青，踉跄着坐到床边，止不住地喘气。

陈琛咬牙走回去，蹲到她的身边，帮忙拍着后背顺气，低声问："你这么生气干吗？"

陈母压着嘴角念叨："你常年不在家，一回来就捣乱，村里好不容易靠旅游挣了点钱，你这么一闹，是逼着人家不往这山头来啊。"

陈琛低头，任由她骂。

陈母却没再往下说，歇了片刻，将他的手自背上拉下，拉着贴到怀里，问："陈琛，你这次回来，就别走了吧。那个人找得到，找不到，又能怎么样？咱们寻常小老百姓，能过好自己的日子就不错了，腰还没人胳膊粗，你拿什么去拼？"

陈琛仰面看她，说："你别管了。"

"我别管了，我别管了。我就是一直不管你，你才一把年纪，连个老婆都娶不到。咱们村里，像你这年纪的男孩子，哪个没娶老婆，孩子都能出来帮忙了。"陈母摸了摸他的脑门，说，"你听妈妈的话，回来，咱们把房子修一修，早点把你和林玉的事给办了。"

陈琛沉了脸："妈，我和林玉——"

"我知道你心里有芥蒂。男人嘛，好面子，就连我，我这心里也存着个结。可事情都已经过去那么多年了，放得下放不下的，就都让它过去吧。林玉这丫头，我是从小看到大的，心地善良，人又勤快，而且这两年越发变得好了。你要不相信，就和她多待两天，和以前真是大不一样了。"

陈琛直截了当地说："你别瞎操心，我只当林玉是妹妹而已。"

陈母冷冷一哼："你当年为了她，连书都能不念，接她到家里住着养着，待了这么多年，就只当她是妹妹？说出去谁信！还是……"她眼睛一翻，死死盯住陈琛，"还是你现在心野了，连好歹都分不清了？"

陈母压低了声音，一字一顿道："别以为我不知道你和那女的偷偷摸摸地做过什么事。我身体不好，但眼睛没瞎！"

"我和她没做过什么。"陈琛的眼神冷了几分，"还有，你说我可以，别说她。"

陈母气得恨不得捶他："陈琛，你是不是被灌了迷药，连自己姓甚名谁都忘了！我看那女的是有钱人家的千金，从小到大没受过没钱的罪，所以平日里花起钱来大手大脚，穿的用的也讲究得很，出来玩一趟，都能买那么多衣服……你要真和她在一起，能供得起她吗？"

陈琛一本正经地纠正她："她能吃苦。"

陈母被他呛得愣住了，半晌摇头笑出来："好，到现在你还为她说话。那我问你一句，你能为她去她的城市，还是她能为你留下来？"

简单的一句，真将陈琛问住了。她会吗？那里有她的工作，有她的生活，有她熟悉的一切，而这里贫穷、落后，甚至连手机信号都不会满格。

这个问题太过现实，太过严苛，但这个问题却恰恰是他一直想问，又问不出口的心声。陈琛只能颓败地说："我不知道。"

陈母再叹了口气："儿子，咱们做人最讲究有自知之明，老话都说门当户对。妈知道她长得漂亮，会来事，你喜欢她并不稀奇。可你好好想一想，她条件这么好，又有本事，随便打个电话，都能把医药费给减了，怎么会喜欢你这么个没学历、没正经工作的穷小子？"

陈母说着就红了眼圈，捋开陈琛额前的湿发，循循善诱："她不过是看你年轻，长得好，平时闲着无事了，就喊你出来闹一闹。你真以为她对你是真心的，想和你过一辈子？儿子，你趁早别痴心妄想了，现在陷得越深，以后只会越痛苦。她拍拍屁股走人了，留下你一个人牵肠挂肚。"

彼此默然，再无言语。陈琛搀着他妈妈出了房间。

门虚掩，有个人影一晃而过。陈琛心头一跳，将门猛地推开，林玉正侧身跑开。他喊了一声，要她停下，却在楼梯拐角处，遇见另一个人——

吉云抬头看了看他，脸上没有半点血色，嘴角稍稍一勾，也不像笑，倒像是有气无力地在讥诮他。

陈琛松了他妈妈，往前走了几步，说："你们怎么在这儿？"

林玉磨磨蹭蹭地挤过来，说："姐要放东西，我就领她过来了。"

他心往上一提："然后你就一直待在外面？"

"不然能去哪儿？"

"我们说话你都听见了？"

林玉很是坦荡："你门又没关好。"

陈琛的视线往吉云身上一掠，瞳仁里的光微颤。

她收到他的讯息，扁了扁嘴，说："我也听见了。"

"……"

"我好多地方都不懂，林玉还给我一一翻译了。"

陈琛咬着牙关，欲要上前捞她。吉云却像一条滑手的鱼，绕到他身后，与他擦肩而过，再去寻的时候只有她的背影。

吉云往前走，与陈琛的母亲对峙，面对着面，进入了彼此防备的距离，却并没有什么好怕的。

她舔了舔干燥的嘴唇，一字一顿地说："阿姨，我对你儿子是认真的。"

山中风雨正绸。劲风裹挟着暴雨，穿过树林枝梢，越过沟渠清溪，最后闯入这一片天地。命运总以类似的方式拨动记忆的神经。

那一场落在另一座城市的大雨，斗转星移间，又在这样一个地方，这样的时节，肆意倾洒。她也再次走至绝境，站在岌岌可危的岸边，横亘在面前的是滚滚的洪水。

深浅未知。她不会游泳，脑子里所有的感慨，都只成了那相同的一句话——

她跳还是不跳？

跳还是不跳！

她想这次她一定会跳。

因为那水中永远会有一个人在默默等待。只要她不来，那个傻瓜就不会走。

# 第八章 他吃过女人的苦，别再让他吃第二回

44.

深山幽谷，风雨婆娑。炊烟散落在密林之间，像是下了一场连着一场的大雾。时近正午，宁静的山村终于热闹了起来。

吉云站在迎风的豁口，被这场大雨浇得湿透。雨点如豆一般大，砸到她发胀的身上。她微微眯起眼睛，虽视线受阻，头脑却前所未有地清醒。

“阿姨，我对你儿子是认真的。”

所有人都怔了一怔。

陈琛与她只隔着几步的距离，静静地看着，静静地听着。她站在他的面前，腰板挺得笔直，背影瘦弱但不单薄。她毫无畏惧，亦无所顾忌，活得自我，活得肆意。

他甚至看得到她身体里蕴藏的能量，似有无限可能。又像是一直蛰伏在土壤下方，经受过风雨多年的洗礼，和百虫无尽的啮噬，却在某一日忽然苏醒。

于是抽节而出，节节攀高，顶破沉闷的束缚，舒展紧闭的筋骨。最终在蝉

鸣鸟语中，第一次见到初升的旭日。

她是这样丰满又活生生的人——女人。

陈琛想，他大概永远不会用单薄这个词，来形容面前的女人。

就在凝滞的时间里，忽然响起陌生的凌乱的脚步声。来大山休假的男人们将话题暂告一段落，结伴上楼，去房间休整，见到楼梯口的陈琛，立马像是抢到了救命的稻草。

“老板，快去给我们做点吃的。为了赶路，一大早就起来了，现在肚子饿得受不了，就差啃你家院子里的香樟了。”

话说完了，才觉得气氛微妙。这家里的四个人面面相觑，尽管相顾无言，却有种无形的气场将旁人隔绝。同行的几个你看看我，我看看你，搞不清状况。

陈琛先回过神来，望着这几人道：“你们先歇会儿等吧，我现在下去准备。山里没什么好招待的，都是自己收的土产。”

几个人一听又兴奋起来：“就是山里的土产才好，那种外面买得到的东西谁稀罕，到你们这儿来，就是为了吃山里的鲜货。你们家要是养了鸡鸭鹅的，也给杀一只，到时候我们按只给钱就好了。”

陈琛都答应下来，说：“我马上去弄。”

他把缩到墙角的林玉拉过来，说：“你先扶我妈到房里休息吧，等会儿下来帮忙。”

林玉早就习惯了遇事听陈琛的，很乖地去搀他妈妈。陈母的视线仍旧没离开吉云，推着林玉的手说：“哎呀，我不用休息。”

林玉抱怨道：“让你休息你就休息嘛，你看你眼睛都熬红了。”

“我这眼睛不是熬红的！”

“不是熬的怎么就红啦？你哭啦？”

陈母气得打她的手背：“你这个傻丫头啊！”

林玉嘿嘿笑着，半推半拉地将她送进房间。

吉云等她走了方才转身，不远处，陈琛正一瞬不瞬地看着他。她刚刚鼻子里的那股酸楚，在见到他一副傻样的时候，立刻烟消云散了。她冲他招了招手，说：“你过来啊。”

他这才像被允诺可以吃糖的孩子，三两步跑到她的面前，牵上她的手，很自然地与她五指紧扣。

吉云半开玩笑半认真地说："现在应该不用那么偷偷摸摸了吧？"

陈琛却不置可否，只是用黑漆漆的眼睛注视她。

掌心相贴。她用力握了握他的手背，说："问你话呢，怎么哑巴了？难道你现在就没有什么想对我说的？"

陈琛也努力地扣紧她的手，说："你身上湿了。"

吉云撇嘴："还有呢？"

陈琛不禁思考道："你想不想洗澡？"

她有点忍无可忍："木鱼脑袋！"

陈琛带吉云进了小厨房，找了块干净的毛巾，帮她擦头发："你真的不用洗澡？"

吉云说："算了，人家都住进去了，也不好赶他们出来。"

"那我给你拿个木盆，上我房里去洗？"

吉云挥手："真的不麻烦了。大中午的，大家都挺忙的，不必为了我弄得鸡飞狗跳的。这屋里热着呢，衣服过会儿就能干了。"

吉云态度坚决，陈琛就没有多劝。家里人多事杂，她又是一个女的，确实有困难。他心里估摸着，有空了再给自己房间弄个淋浴器，以后她再过来，就是家里再忙，也打搅不到她那里。

以后……他思维一顿，手里正切着菜的刀也放了下来，还能有以后吗？陈琛忽然去看吉云："你刚刚就不能靠里站一站，非要站在雨里？"说完又立刻转身，开始切面前的备菜。

吉云被莫名地数落，却不忙着生气，反而饶有兴致地走到他身边。砧板上搁着泡过的香菇，她在刀刃起落中捏起一块——

"小心手！"陈琛立刻停下来，看到她将那片香菇搁在鼻尖，细细闻了闻。

"香。"但她表情却很嫌弃，"你怎么切得大一块小一块的？不是说自己会做菜吗？"

陈琛将那片香菇拿过来，扔回到砧板上，耳郭却突然一阵痒兮兮的。他视线稍稍一侧，看到她贴得极近，声音完全响在他的耳边："我刚刚说的话你听见了吧？"又向后一仰，倚着周边发热的灶台，闲闲地看他。

陈琛拿回厨刀，将香菇又重新切了一遍，点头道："听见了。"

"没什么想法？"

陈琛说："没有。"

吉云这才真的有点恼了，两手抱在前胸，刚要认真地喊他，就听他沉沉地说："我早知道了。"

"啊？"

"你真当我蠢吗？"

吉云眨巴眨巴眼睛。

陈琛说："你要是无聊，不必千里迢迢到我们这穷乡僻壤来，也不必跟在我后面，一头扎进这穷山村里头。"

吉云纠正道："万一我就是这么无聊呢？我可不是什么好人，你真不怕我骗你？"

"不怕。"他说，"反正我也一穷二白，没什么能被你骗的。"

"你这是破罐子破摔啊。"吉云笑起来，"那你的心呢？我拍拍屁股走人了，留下你一个人牵肠挂肚。"

陈琛说："过段时间就好了。"

过段时间……还就好了？吉云一挑眉："你挺潇洒啊。"

陈琛说："人不就这么一回事嘛！吃一堑长一智，天底下女人这么多，总能找到个安心过日子的。"

"你……"几句话，真把吉云心里窝着的火勾了上来。

是不是真应了那句话，在爱情这场游戏里，谁先认真谁就输了。她前一秒能信誓旦旦，他后一秒就敢拽给她看。

"而且，"陈琛又说，"我知道你不是那样的人。"

他还真敢火上浇油。

吉云冷笑道："陈琛，你这是吃定我了啊。"

怪不得他态度骤变，大大方方地带她回了家。那日在向晚的他乡小巷，他甚至还前嫌尽弃地说，你来玩我吧。不知在何时，她就着了他的道。逼着她一步步退让，丢盔卸甲，最后还让她先表明了态度。

他则稳坐钓鱼台，老太爷一样摇扇喝茶，静观局势发展。他甚至没有真正对她说过一句，我喜欢你，或是……我爱你。

吉云歪头看了看陈琛，使劲想象他用低沉醇厚的声音说出这两句话——然后发现，还是算了吧，太古朴、老旧的男人不适合深情款款。

陈琛这时候手一指："你坐过去吧，菜好了喊你先尝。"

是了，这才是他最朴实的告白。

于是中午吃饭的时候，之前已经开过小灶的吉云压根没动筷子，扒拉着碗里的米饭，一粒粒数着吃下肚。

几个男人不停地称赞陈琛的手艺，开玩笑地说，以后哪个女人能嫁给陈琛，必定是一生幸福。

林玉瞅着吉云直笑，说："姐，你以后一生幸福。"

陈母咳嗽了两声。

"不过今天的菜好是好，"有个男人提出建议，"就是一点儿绿色都没有，不是腌的就是干的，要么是鱼啊肉的。老板你晚上给我们加点餐啊。"

陈琛说："上午下雨，路上不好走，等天一晴，我就去弄菜。"

可真天晴了，几个人一合计，非要陈琛带他们去山上打点野货。陈琛说："今天肯定不行，山里泥多路滑，你们走都走不稳。林子里的小动物碰上雨，也都躲着不肯出来。"

"那你领我们去村里转转，看看老乡家里有没有，有的话我们就收了，鲜的干的都好，打打牙祭嘛。"

陈琛再推脱不过，嘱咐林玉去田里挖菜，又回头看吉云，说："你就别跟着我了，和林玉去田里看看吧。"

吉云心里还有抵触情绪，确实不想和那几个人走得太近，就点了点头，说："那你早点回来。"

陈琛刚要走，吉云又过去拉住他，四下看了看，说："陈琛，我怎么觉得林玉好像有点儿不对劲？"之前她就隐隐约约地感觉到了，如果说这只是出于感觉，而缺乏强有力的证据，那今天早上的一幕，足以让她这个当医生的觉得不妥。

陈琛却要她打消顾虑："林玉她挺好的，就总是一根筋，你别胡思乱想。"

他回答得太过顺溜，像是预先就做好了功课，反而更让吉云生疑："你说真的？我怎么觉得她的情绪不稳定，好像在哪儿有个触发的开关，一旦碰到，就会让她失控。"

陈琛方将她的话真正听进去，皱着眉头想了想，大概在想对策。男人们却已经等不及了，纷纷过来喊他，揽着他的肩膀道："成天在一起也不嫌腻歪，有什么悄悄话，回来再说也不迟。"

匆忙之间，他拉着吉云的胳膊：“你跟她在一起，少说话就好。”

45.

男人们一走，林玉就拎着衣裤和鞋子找到吉云，再领她去了临时被陈琛用作卧室的屋子换衣服。

屋子本是杂货间，起初设计的空间虽大，但因为堆着各种舍不得丢的桌椅柜橱，一下子就变得狭窄拥挤起来。陈琛的小床只有一米来宽，卡在一个被拆了的墙柜下头，匿于黑黢黢的阴影里。

床上的被单是老式的牡丹花纹，年代感极强，被收拾得干净整洁。铺床的这位精于细节，将四角塞得严实，抻得床单连个褶子都不起。

床铺一头，被子被叠成豆腐块，四四方方的，棱角分明。吉云张着一只手丈量平面，不由得赞叹，比她当年大学军训时，花一下午折出来的“悲剧”好太多了。

吉云眼珠子一转，将连衣裙折好了放在他的枕边，又将高跟鞋踢到他的床脚。

上山的路为了方便游人，几经修葺，全换成了平滑的水泥地。除了上山的时候要与坡度作斗争，其实一路走来都很顺畅。

道路两边即是梯田，生长着各式作物，一圈一圈绕着山坡而生，层层推进，一眼望不到尽头。吉云看着满地不知名的作物无所适从，搓着手，问：“有没有什么要我帮你的？”

林玉已经在田里埋着头，一把镰刀用得游刃有余，不多会儿就割了一把，往竹篮一扔，抬头睨了她一眼：“没事儿，你就好好站着，带你来之前，就没指望你帮上忙。”

林玉说话实在太直，弄得吉云压根下不来台，讪讪地说：“那我就站这块等你，待会儿回去，我还帮你拎篮子。”

林玉头也不抬：“篮子又不重。”

“……”某人牙都咬酸了。

林玉说：“姐，你就好好看着我呗，要是我离这田沿太近，就提醒我一声，免得我一脚踩空了掉下去。”

梯田不宽，边缘又是一圈弧线，要是一个不留神，顺着菜畦往下走，陡然回身，真就失足掉下去也不一定。

吉云问：“你们这儿发生过这事儿吗？”

林玉说："有啊，特别是之前没干过几次农活的。上次我回来，还听说有人摔下去了。"

吉云踮脚看了看落差，说："这么没防备地摔下去，断胳膊断腿是一定的了。"

林玉说："真那样倒也好了。那天也真是不巧，掉下去的时候正赶上变天，等人被发现的时候，早就没了气。最近天气一直不大好，村里人就说是她死得不服气，变成孤魂野鬼跑回来折磨人了，还有人说，在地里听见她哭呢。"

吉云静默着半天没吭声。

林玉抬头看她，见她一脸肃然地站着，说："姐，你想什么呢？"

吉云手一挥："嘘！"她顺着田埂往前走几步，问，"你没听见什么声音吗？好像有人在哭。"

林玉当即起了一身鸡皮疙瘩，将镰刀扔进竹篮里，撑着两个膝盖站起身，慌乱道："姐，你别吓我啊！"

吉云没理她，竖起耳朵，小心挪步子。声音是从前头传过来的，孱弱无力，断断续续，走得越深入，这股如鸣如咽的低泣声就越近。

林玉正从田里挤出来，跟到吉云后头，一把拉住她的胳膊，央求："姐，咱们回去吧！一定是她来了！"

"谁来了？"

"那个掉下来的女的啊！"

吉云拿了多年的手术刀，见惯了悲欢离合，见惯了生离死别，还真就没见过女鬼。此刻，她冷冷一嗤："村里人唬小鬼的话你也信！你要是怕，就待在这儿，我自己过去。"

一听到鬼，林玉的两条腿都酥了，哪还敢一个人待着。她哭丧着一张脸，死死扯着吉云的衣襟往前走。只是绕过一个弯道，梯田上长得齐腰高的碧绿的作物，唯独某处倒伏了一片。

吉云往那紧赶两步，却听到林玉在旁边说："姐，你看那里头是个什么？还会动！"

能是什么？吉云眯着眼睛仔细瞅了瞅，不过就是个还没长个头的小孩子，大概是一个没留神，摔了一跤，身上滚满了泥。吉云站边上一连喊了几声。

孩子终于觉察有人靠近，猛地将脸一转——倒把吉云看得愣了一下。他一张小脸上不光有泥，头上还开了道口子，正往外渗血，染得半边脸都是红色的。

吉云几步跨进去抱他，他却像是个死沉的铁锭子。吉云一下子没抱起来，反被他拖着一起摔到地上。

“哇！”孩子又有了力气，哭得简直惊天动地。

吉云一手撑着泥地，回身说：“林玉，别傻站着，过来帮忙！”回头却见林玉一脸土灰，眼睛失焦，两手夹得紧紧的，整个身子正不停颤动着……在抖？

吉云又喊了一声林玉，发现了她的异样：“你怎么啦？”

竹篮一晃，落到地上，镰刀在菜上蹦了两蹦，摔进土里。

林玉头也不回地跑了。

山里又下了一场大雨。

陈琛拨着铁门，方便客人先走，自己最后才钻进来。他一路小跑到了屋檐外头，将伞收了，掸了掸肩头的雨水，头一低，走进小厨房。

土灶的火塘里，成天不断柴，空气烘得又热又燥，刚刚还噬骨的湿意，被迅速蒸发，从张开的毛孔里一点点逼出。

陈琛出了一身大汗，接了一瓢生水喝下去，喉管和胃部骤冷下来。他不禁缩头打了个激灵。

林玉正坐在火塘后头发呆。陈琛一连喊了她几回，她才迷迷糊糊地把头抬起来，眼神发愣地瞅了半天，然后有气无力地说：“琛哥，你回来啦。”

陈琛见她脸色不好，嘴唇也一片青紫，连忙蹲在她身边，拿手摸了摸她的额头，问：“怎么了，又不舒服了？”

林玉始终一副没睡醒的样子，说：“没有啊。”

“你最近按时吃药了吗？”

“吃啦，一天三次，我记得好好的，琛哥。”

陈琛在厨房里转了转，灶台上下皆是空空如也，水池里、碗橱里也是干干净净的。他于是问：“林玉，你刚刚去弄的菜呢？”

林玉傻愣着没回答。

陈琛对她没辙，打算去找吉云问问。没想到开了屋门，跑进小楼，里里外外都找了一遍，也没见到她的人影，唯独他房里放着她的裙子和鞋子。

陈琛又绕回去问林玉。一听吉云的名字，林玉像是被箍紧了弦，连涣散的眼神都聚拢了。她却明显不想提及这个话题，往墙角躲了一躲，说：“我不知道！”

陈琛立马慌了，走进去一把抓住她：“你不知道是什么意思？”

林玉没坐稳，一屁股摔在地上。陈琛要使力拉她，她却别扭地歪着头，蹬着两只脚尖叫：“我不知道，我真的不知道！”

陈琛说：“你怎么又糊涂了！我问你吉云！吉云去哪儿了？我不是让你带着她去田里的吗？怎么现在你回来了，她却没了！？”

林玉忽然又冷静一些，反反复复念着那个名字：“吉云，吉云……”

陈琛说：“对啊，吉云！吉云去哪儿了？”

林玉两眼一眨，望向他：“我带她去弄菜了，后来听到哭声，她就去找了。我让她不要去的，她不听我的。”

陈琛咽了口唾沫，捧着她的脸，说：“然后呢？”

“然后……然后她摔了一跤……怀里还有一个孩子。”林玉忽然又发了狂地大声尖叫，“琛哥，我不知道，我什么都不知道，你不要问我！”

陈母听到声音赶过来，将陈琛拉出来说：“你吓到她了！”

陈琛脸色一阵白一阵青，丢了魂似的走出来，叮嘱道：“你把她看好了。”随即开了门跑出去。他刚刚变得暖和的身体顷刻间就被淋得湿透，但与这落在身上缠绵不休的淫雨相比，身体有一处更加冰冷。

他几乎一路狂奔着出了院子，跨过门槛，奔跑在通往山上的水泥路。他满脑子都是她现在怎么样了，她到底在哪里，她是不是出事了——

雨帘之中突然出现了一大一小两个身影。

吉云歪着身子，捧着孩子的脑袋，将他整个儿护在怀里，竹篮挽在另一只手上。她掉了一只鞋子，只趿着一只，走起路来略显踉跄。

陈琛心紧紧一揪，飞也似的跑过去，心脏如擂起的鼓点，快速又剧烈。

吉云见他姗姗来迟，刚要抱怨，他一个使力，将她整个人搂进怀里，省去了循序渐进的必要步骤，两只铁臂如收紧的钳子，将她肺里的空气尽数压出。

吉云好不容易才将头从他的怀里探出来，搁在他的肩上，断断续续地说：“你这个傻子，出来找我也不带把伞！”

身边的孩子忽然就从她的手里挣脱，一把抱住陈琛的腿，糯糯地喊：“爸爸。”

46.

“爸爸！”

孩子喊了第二声，吉云才把简简单单的两个字听明白。她还没来得及有所反应，抱着她的男人身子一僵。那种微不可察的局促转瞬即逝，但和他紧密相靠的吉云足以敏锐地感觉到。

不知怎么的，她的心吊到嗓子眼，有种难耐的窒息。

陈琛先是微微松开了她，扭头看了看抱住他腿的小男孩，继而彻底将她放开了，身子一弯，两只手抄到孩子腋下，将他抱起来。

“乐乐？”陈琛感慨，“你怎么一个人跑出来了？”

叫乐乐的孩子揉了揉眼睛，趴到他的肩头，又委屈地抽抽着哭起来。

吉云静静地站在一边，有种身为局外人的错觉。

陈琛始终拿眼尾的余光紧盯她的脸，揣测她的态度，只是一时之间不知道该如何解释，就这么怔怔地看着她，任凭大雨在身上肆虐。

最后还是吉云替他解围，她帮忙抹了把他眯进眼里的雨水，说：“先回家吧，孩子额头磕破了，收拾一下，带他去趟医院，或者你们村里有卫生所也行。”

“受伤了？”他方才情急，没顾得上看仔细，现在才看出，这孩子头上确实挂了彩。

然而离家中小楼不过几百步的距离，陈琛却不同意将孩子带回去，而是婉转道：“直接去卫生所吧。”

他脸色阴沉，抿着唇，牢牢咬着牙关，腮帮子鼓出来，连着额上一根青筋都暴起来了。没人惹他，不知道他在和谁置气。吉云是个聪明人，尽管平时任性妄为，关键时候还是很懂得分寸。

她伸出两只手，将孩子从他的怀里扒出来，说：“那你现在跑回去拿把伞，我抱着孩子往下慢慢走。”

乐乐挺不情愿和陈琛分开，拼命扭着身子，要从吉云的怀里挣脱。陈琛托着他的屁股，用软糯的方言和他叮嘱了好几句，他这才安静下来。再看吉云时，陈琛耳朵微红：“我很快回来。”

吉云点头。

陈琛回来得确实挺快，吉云抱着孩子还没走出几步，就看雨里一个身影如炮弹似的往他们面前冲来。墨绿色的伞一开，那股放了很久、捂得变质的馊味立刻四散开来。陈琛还拎着一双拖鞋，搁在吉云脚边，说：“你换上。”

他这才把乐乐接过去，护着他后颈上细嫩的皮肤，将他搽在肩头，说：“咱们走吧。”

卫生所紧挨着村支部，只占了一排平房里的一小间。斑驳的墙上挂着张褪了色的《卫生小常识》，一张桌子，一排长凳，就能开门营业。

午后无人，卫生所里亮着泛蓝的冷光，空落落的房子里，只有一个穿黄褂子的男人翻着报纸。他看到来人，笑起来：“陈琛？你什么时候回来的？总有一年多没见到你了啊，上哪儿去发财了？”

陈琛没跟他寒暄，忙着将乐乐放到椅子上，蹲到他面前，轻轻拍了拍他的脸，轻声告诉他别怕。陈琛这才去看那男人，说：“乐乐受伤了，请你帮忙看看。”

男人这才认出来，惊叹道：“乐乐都这么大啦，上次瞧到他时才这么点。”他用手比画了一下，方才落到乐乐头上，拨着脑门瞧了瞧，说，“哎哟，这伤口有点深啊，不缝针不行。这么漂亮的孩子，一张小脸光溜溜的，往后可能要留疤了，将来找媳妇的时候，肯定要埋怨你们做父母的。”

陈琛小心地看了看身边的吉云，吉云敏锐地捕捉到了，然后坦坦荡荡地回望过去。

空气里满是尴尬。他们之间多少有些旁若无人的举止，也就很方便地被这个赤脚医生抓得一清二楚。

他看似不经意地，乐呵呵地问道：“陈琛，你旁边这美女是谁啊？之前没见过啊，不是咱们村里的吧？”

陈琛将视线一收，说：“不是的。”

“哦，你亲戚啊？”

“不是的。”

“那是过来玩的客人，在你家住吧？”

陈琛半晌没说话，最后在人一脸疑惑的神色里，轻轻答应了一声。吉云杵在旁边，低眉顺目，静静地听着。

赤脚医生去准备缝针的东西。陈琛转了转，找了块看着还不太脏的毛巾，递给吉云。

吉云捏在手里，没着急用，抬头朝他笑了笑：“你这是给我擦的，还是给你儿子擦的？”

话酸得几里外都闻到味了，看她那副生硬的样子，也绝不像是在笑。陈琛知道她心里不痛快，只是强压着，想捏一捏她的下巴，宽慰她几句，那医生已经端着盘子走过来。

陈琛说："吉云，麻烦你在这儿陪会儿乐乐，我去隔壁打个电话。"

吉云深呼吸了几口，将突突乱跳的神经压下，客客气气地回应："不麻烦。"

赤脚医生已经准备就绪，将东西搁在一边的凳子上，直起腰来，做了几下扩胸运动，顺带叮嘱吉云："你千万把乐乐抱好，按住他的手，别让他乱动！"

吉云答应着，将乐乐拖到自己的腿上，一手横拦住他，一手摸着他的下巴，说："乖一点。"

她好不容易控制住局面，将孩子死死按在怀里，赤脚医生那儿又出了状况。他拿针的一只手抖着，往孩子脑门戳的时候，吉云一把拦住了，说："你多久没缝过了？"

赤脚医生有些窘色："村里人顶多是来拿点药，我这几年不练，怎么还有些生疏了。"

吉云当然知道，这究竟是生疏了几年，还是生疏十几年。她也不废话了，和他摆明身份，提议两个人调换位子——她去准备，他搞定孩子。

赤脚医生乐得清闲，几乎想也没想，当即就同意了吉云的话。缝针的时候，孩子果然剧烈地挣扎，哭声高亢，撕心裂肺地大叫着爸爸。

他声音凄厉，震得整座房子要裂了似的。赤脚医生自己听了，都觉得心凉，没想到吉云将乐乐的下巴一扼，面色肃然地凑过来。

没过一会儿，赤脚医生听到这女人冷冷地说："好了。"

"好了？"赤脚医生大吃一惊。

"好了。"吉云去水池边洗手，手里拿着块肥皂，使劲搓了几下，里里外外，每个手指和指甲缝都照顾到了。

赤脚医生在她后头感叹："姑娘，你可以啊，这针都缝得这么漂亮！"

陈琛正好自门外进来，听赤脚医生笑着赞美她："陈琛，你这客人可不一般啊！你看这针缝得，一看就是有两把刷子的，绝对是个名医啊！"

陈琛看看孩子头上的伤口，又瞅了眼吉云，说："她比名医还厉害。"

临走之前，赤脚医生给乐乐开了点药，包在白色的纸里，上头写了吃法。吉云怕被淋湿，问他要了个袋子，将药装到里头，包得严严实实。

三个人这才撑伞走到雨里。

陈琛抱着乐乐，沿着盘山路，将人领到了这座山的另一边。到访的这家，也是外墙崭新漂亮的小楼房。陈琛敲了敲门，只听里头一个苍老的声音在说："是陈琛吧？快点进来，门没关。"

陈琛答应了一声，推门而入。他一只脚刚迈进去，却见吉云没动。

吉云怕不方便，说："不然我在外面等你。"

陈琛回来，搂着她的肩膀，带她进去。走至前厅，他又将她松了下来。

屋檐下头，一个老人正坐在椅子上拔鸡毛。咽了气的公鸡被泡在滚烫的水里，尾巴上绮丽的羽毛最先被拔下来，露出光秃秃的屁股。腌臜的气味混合着湿热的空气钻进鼻腔，吉云难耐地捏了捏鼻子。

老人起初没抬头，絮絮地念叨着："快元旦啦，打电话要住家里的越来越多，就一会儿工夫没看着他，转身就给我跑出去了。要不是你打电话过来，我还以为他跑小阁楼里睡去啦。"

外人面前，孩子黏陈琛；到了这地方，孩子闹起别扭，伸手黏住这老人。

陈琛刚一弯腰，孩子脚还没落地，跳着蹦着就跑下去，扑到老人身上。孩子抽泣着喊："阿公！"

老人这才把头抬起来，斥责道："你这孩子老是瞎跑，遇见人贩子把你卖了，这辈子都见不到阿公了。"他用胳膊端着孩子的小脸，看到他额角的伤口，又心疼得直皱眉，叹气道，"破相了，破相了，你这以后还怎么讨媳妇？"

他脸一转看到陈琛，刚问完"什么时候回来的"，视线已经转到陈琛身边，紧紧盯上了吉云。

那视线如审视般。吉云淡淡地望着他，不知道是不是要她离陈琛更远一些。

老人眼睛浑浊，蒙着一层黄色的翳，此刻微微眯起来，端详了半晌，然后低声道："陈琛，这是你朋友吧？"

陈琛说："嗯。"

"来村里玩的啰？"

"嗯。"

老人又去清洗盆里的鸡，淡淡地说："哦，还以为是我丫头回来了。"

老人话不多，陈琛也是闷葫芦，说不上几句，就只剩下了沉默。

陈琛带乐乐洗了个澡，哄他上床睡觉，再去厨房劈了点柴，给火塘里添了把火，最后拿把镊子，拔光了光溜溜的鸡头上的细毛。

一系列事情做下来，夜幕已然低垂，乌漆漆的世界里，除了院子里亮起的灯，就只有淅沥的小雨，杂乱地落到积水的地面上。

吉云站在屋檐下，目不转睛地看着风雨飘摇的那盏小灯，它罩着一面颜色发褐的塑料罩子，光线被过滤得暗淡又冰凉。

陈琛和老人打过招呼，搂着吉云走出了这家院子。出门的时候，吉云又回头看了看，一楼的客厅高朋满座，觥筹交错。唯独一大一小两人，聚在一张小桌子旁边，老人夹了块肉，塞进外孙嘴里。

陈琛顺着她的视线回望，脚下也停了会儿，然后轻叹着搂了搂她，说："咱们回去吧。"

吉云点了点头，两个人相互依偎着，一路无言。直到对着天际的烟火走到他家门前，陈琛却将步子停下来，将她很轻地搂进怀里。

南方的夜，依旧冷得深沉，她身上的衣服干了大半，凉凉地贴在皮肤上，叫她忍不住微微颤抖着。

陈琛拿手摩擦着她的胳膊，帮她取暖，说："你有没有什么想要问我？"

吉云拿额头抵在他锁骨的位置上，微热的呼吸缱绻，猫爪似的挠着他的心。她低声说："那要看你有什么想告诉我的。"

47.

夜色迷离，然而陈琛瞳仁更深。密长的睫毛一扇，垂下眼帘，吉云连那闪烁的星火都看不到。

吉云说："这么难以启齿啊！"

陈琛似是动了一下，轻轻吐出口气，然后整个人都止不住地颤抖起来。他试图将她推开。吉云觉察不对，揽住他的肩要他回来，然后捧着他的头强迫他抬起来。

陈琛咬紧双腮，嘴唇因为抿得过紧而绷成直线。尽管他垂着眼睛，尽量不让她看进他的心里，可那股无助、愤怒、疑惑，又无奈的情绪，还是被吉云觉察出来了。

吉云怔了怔，她还从未看到过这样失控的陈琛。

她心里那股旺盛的求知欲蓦地偃旗息鼓，原则俱无地搂他的头，压着这个永远不轻易服软的男人，直到他卸下防备，将她反搂进怀里，用尽力量地去拥抱她。

他的唇落下的时候，吉云正因被磕得生痛的脊背而内心尖叫，那股穿刺心肺的声音，被他炽热的吻搅得乱成一江春水。伞从手上无力地垂落，摔在汪着一片湿意的水泥地上，伞骨发出沉闷的响声。

屋檐上细雨凝结，汇在花纹似锦的瓦当下方，不知何时，被最后一根银丝拖垮，豆大的雨凝着夜气滴落，细碎无声地砸在陈琛高耸的眉骨，却被热度炙烤，“嗞”的一声快速蒸发掉了。

陈琛将伞重新撑到吉云头顶的时候，她方将散去的一魂一魄收回来，然后听到他说：“吉云，孩子不是我的。”

他一字一字说得很轻，然而却像是在咬牙切齿，把心肺都撕碎了吐出来。

吉云不大不小地松了口气，却又不知道自己为什么要松这口气。就好像爱情终究是矛盾的，既要狭窄到只容得下对方一个人，又要接受心底良心的追罚，问你为何要幸灾乐祸。

吉云揉着他的手，说：“知道了。”

他却怎么也不松开她，就这么紧紧地搂着。

吉云甚至听得到他鼻子里如风箱般呼啸的声音，一闪而过的想法……她又摇了摇头，陈琛没有那么脆弱，十几岁就出门打拼的男人，不会轻易地流泪。

陈琛说：“你问我。”

吉云低低笑起来：“你要我问什么啊？”

“随便。”他咽了口唾沫，喉结滑动，推着她细致的皮肤，他的声音沙哑起来，“随便问我点什么。随便。”

吉云想了想：“乐乐是林玉的孩子吧？”

陈琛点头。

“村里人都以为你们结婚了？”

陈琛又点头。

“那么事实呢？”

陈琛将手又一次收紧，重复着：“没有，没有……吉云，你相信我。”

他的委屈显而易见。吉云努力转了个身，像安抚一个没有安全感的孩子，说：“我相信你啊，陈琛，我相信你的。”

屋内却忽然传来一阵骚动，女人的尖叫声响起。陈琛连忙带着吉云进去，看到在乱成一团的客厅里，林玉躺在地上，浑身抽搐。

陈母捂着嘴巴在一旁哭号，一伙人跑过来，七手八脚地按住浑身抽搐、痉挛的林玉。陈琛蹲在地上，慌乱之中试图去抱林玉。

吉云一阵小跑，说：“你们别碰她，让她躺在地上！”

吉云跪到地上，扶着林玉的背，说：“陈琛，你快点帮我把她侧翻过来。”

两个人一推一拉，让她侧躺在地。吉云捧住林玉的头，扯开她胸口的衣服，让她透透气。然后吉云神色一敛，手死死地掐住她的两颊，想逼迫她张嘴。

吉云大喊道：“快拿毛巾、筷子！她咬自己舌头了！”

陈琛扑通一下跪到吉云身边，趴到地上。林玉的五官因抽搐变得扭曲，眼泪鼻涕糊满一脸。此刻她口吐白沫，微腥的鲜血自嘴角慢慢渗出来。他挡住吉云，扼住林玉的嘴，另一只手掰开她死咬不松的下颚。

吉云觉察出他意图的时候，他已经将手指卡进她的两排牙齿。十指连心，疼痛有如烈火焚烧。陈琛只是皱了皱眉。

终于有人取回东西，大喊道：“毛巾！筷子！”却因地上趴着的一个人，而久久地怔住了。男人的手指被咬进发病女人的口中，鲜红的液体混着唾液，从弯曲的手指间曲折流下。

不知道是谁的血。

林玉的痉挛持续了短短几分钟。吉云将毛巾塞进她的脖子下方，满身大汗地瘫坐在地时，却觉得似乎经历了很长很长的时间。

陈琛仍旧伏在地上。

她两眼凉凉地盯了他一会儿，说：“还不把手拿出来？”

陈琛看了看她，再次求证。

吉云叹气：“现在没事了。”

他这才捏住林玉的下巴，将手指抽出来。牙印很深，直刺入骨，手指已是血肉模糊。

吉云摇了摇头，将眼睛偏过去：“瞎搞。”

安顿好林玉，终于有空坐下来给陈琛处理伤口。吉云又是一腔埋怨，再次责备他：“这要搁医院里，病人家属这么做，我非骂得他狗血淋头不可。”

陈琛低着头：“你脾气好点儿。”

吉云冷哼：“你倒没用手掌去挡，一口肉都给你咬下来，你信不信？”

陈琛犟嘴：“我哪有那么笨？”

家里没有酒精，吉云用凉白开兑了些盐，按着他的手，将伤指泡进去的时候，倔强的男人终于因为再次钻心的疼痛拧起了眉心。

吉云斜着眼睛打量他：“知道疼了？”

他硬是挤出个勉强的笑：“不疼。”

48.

乡下地方不备药箱，除了几包板蓝根，剩下的差不多是上个世纪留下来的阿司匹林。吉云只翻出来一点金贵的云南白药，于是给他敷上一些，简易地包扎好。

吉云收拾手边东西的时候，慢悠悠地说：“你这药有点儿受潮，也不知道还管不管用，不然待会儿你去村口的卫生所再瞧一瞧。”

“不想去。没伤着筋骨，顶多晾几天就好了。”陈琛动了动手指，痛感没那么尖锐了，又低声说，“也用不着去，有你就足够了。”

吉云听他夸人就是不习惯，啧啧地说：“又哄我呢。”

陈琛一本正经地说：“真的。”生怕她不相信，又补充道，“他以前是给村里的牲口看病的。”

吉云将桌子上铺开的一团纱布绕起来，低声呢哝着：“……你们这儿也真是绝了。”

她的手忽然就被一只温热粗糙的大手盖住了。吉云疑惑着瞥他，望见他漆黑的眸子正一瞬不瞬地盯着自己：“瞅什么呢？”

陈琛没头没尾地问：“你生气了？”

吉云当然知道他指的是哪件事，只是在感情上，偏偏就是要装作读不懂才好玩。吉云是聪明，可她也是女人，也会惺惺作态，也会欲擒故纵。于是，她一脸无辜地说：“我不是经常生气吗？”

陈琛字字停顿地说：“如果你刚刚那样了，我也会毫不犹豫地救你。”

吉云已是正襟危坐，说：“陈琛，你说在你的心里，是我重要，还是林玉重要？”

陈琛想也没想：“你知道的。”

吉云不想和他玩猜谜游戏，直截了当地问：“是我吗？”

陈琛点头。

“那你知不知道在我这里什么是重要的？”吉云扣住陈琛伤了手的手腕，摆到他面前，“安全，陈琛，是你的安全。”

陈琛像是无法理解一样，就这么呆愣愣地看着她。

吉云说：“我希望在未知的危险面前，你首先想到的永远是保护自己。你对林玉好也罢，照顾她也罢，那是你的自由，我绝对不会干涉。但你这么冲动，拿自己的安危开玩笑，我告诉你，我会吃醋，我会生气。你始终把自己当作一个独立的个体……可你现在不是一个人了。陈琛，你还有我，你把我放在哪里？”

她说着说着真的动了气，按着不停起伏的胸腔，用了力气，方才压住心内突然涌起的某种酸涩。陈琛眼中也有什么挡不住的东西，他胳膊一反，捉住她的手。

陈母逆着光线走进来，吉云眼神一晃，将手从陈琛的手里抽离。陈母打量了片刻，方才清了清嗓子道：“陈琛，林玉要一个人静养，家里没地方，今晚你去亲家那边挤一晚。”

陈琛没有立刻答话，先看了看吉云。她眨了眨眼睛，说：“你路上小心点。”

他这才答应了，出门的时候又不厌其烦地叮嘱：“吉云，等我回来。”

陈琛一走，这个家就显得分外大。陈母坐到吉云身边，说：“姑娘，咱们来聊聊吧。”

吉云自问坦荡，不轻不重地说了一声好。她安慰自己，再难听的话都已经听过了。陈母在陈琛那头走不通，就来做她的工作，无非就是要说服她走呗。她会走，但绝不会是因为这三言两语。

谁知道陈母竟是向她道谢的：“今天多亏有你。”

吉云摆手：“应该的。”

“陈琛说，你是个医生？”

“对，做了几年了。”

陈母不禁叹气：“医生好啊，一辈子衣食无忧，不像林玉那孩子，生来就命不好。她妈生她的时候，难产死了，全靠爸爸拉扯长大。幸好她聪明，念书也好，说媒的一直排到山脚下。谁知道居然会弄成现在这样——”

陈母忽然一停，问：“她的事，陈琛告诉你了吧？”

吉云实事求是地说：“陈琛不想谈，我也没问。我只知道乐乐是林玉的孩子，为了她的声誉，陈琛将这件事扛了下来，村里也都以为他们是一对。”

陈母止不住地摇头："作孽啊！真是作孽！陈琛为了这件事，不知道吃了多少苦。一开始连我也瞒着，好端端的学不念，拉着林玉就跑了回来，非说要和林玉结婚。村里到处有人指指点点，说他们做了什么龌龊的丑事，所以被学校开除了，连书都没得念。后来林玉的肚子果然大了，闲言碎语也就更多了，老棺材过来砸了几回门，除了断绝父女关系，不知道骂了多少话。我那时候气得病了，陈琛又是伺候林玉，又是伺候我，还要被人戳着脊梁骨骂畜生，简直不知道他是怎么熬过来的。

"后来孩子生下来，大家也说累了。我以为终于能过两天安生日子了，谁知道林玉又犯了病，死活不肯养这孩子，见一次，就抽过去一次。我们没办法，让老棺材把孩子接过去，只要林玉在村里一天，就不能让她见着这孩子。我想这总好了吧。谁知道等孩子一天天长大，小模样长开了，除了眉眼有几分林玉的样子，根本半点都不像陈琛。村里又热闹起来，说林玉在外头偷了汉子，陈琛这傻子背了黑锅，前途毁了不说，这些年还都是替别人养孩子。我气不过，拉陈琛来问话。可你也知道他脾气硬，嘴又紧，直等我气得要抹脖子，他才肯说了实话。"

吉云眼前几乎能浮现出他黑着的一张脸，下定主意要死扛到底的样子，原来他的一身硬骨头是天生就有的。湿润缠绵、变幻多端的天气，并没有将他养育成一个优柔寡断、懦弱怕事的男孩，而是让他像这里的大山一样，挺直了腰板，做个顶天立地的男人。

他是这样的渺小、平凡，如一粒微尘，一丝细雨，却又是这样坚硬、刚强，足以包容下这世间的一切。他古旧如朽木的铠甲下面，其实装了一汪深情，不去一层层地剖开，你永远不知道自己将要面对怎样的美景。

所有的故事都有一个固定的模式，当你得知高潮和结尾，也就不难猜出序曲和开头。林玉的故事虽然曲折，然而来来去去，也不过就是那些俗套的情节。

陈母说："林玉勤工俭学出外打工，没想到遇到几个玩疯了的富家子弟，就被……就被……"她吐出口气，将话略过了。

吉云说："没报警吗？"

"报警有什么用？咱们腰都没人胳膊粗，谁能来帮你！后来赔了一笔钱，又说那几个是未成年人，连牢都没坐就放了。林玉的病就是那时候落下的，人也傻了。陈琛实在气不过去，候在那伙人家外头，挨个把人揍了一顿，反把自己给搭了进去。”

于是后面的故事，大家都已经知道了。

吉云低头想了想，说：“他去我们那儿打工，就是想找到当年害林玉的那些人吧？”

陈母揉了揉泛红的眼睛，说：“算是吧。姑娘，之前那么说你，你别往心里去。我身为一个母亲，总是希望儿子能过得好一点。我们家的条件你也看到了，你这样好的条件，我们实在不敢高攀啊。可你昨天把话说得那么实诚，陈琛又一颗心全在你的身上，我知道我是再怎么劝都没有用了。”

两手一拍膝盖，她长长地吁出口气：“以后你们想怎么样就怎么样，我都一概不会干涉。我这儿只有一句话想告诉你，我们家陈琛是个好男人，你要和他在一起就好好过，不然就和他断干净。他吃过女人的苦，别再让他吃第二回。”

这字字句句都是肺腑之言，因而掷地有声，重有千斤。吉云听在耳中，只觉得耳膜砰砰砰地响，被敲得发痛，脑子却前所未有地清醒过来。

她笑了一笑，盯着陈母的眼睛，一字一顿地说：“阿姨，我答应你，我会对他好的。”

49.

陈琛的家里进了一拨新客人，床位一张不剩地租赁出去，能挣上钱了。陈母成日里进进出出，尽管时常累得要陈琛帮忙捶背，不过也忙得高兴，脸上渐渐添了笑，连精神都好起来。

吉云好几次听见她劝陈琛留下来帮忙，陈琛都是低着头，默然不语，不说要走这类会刺激她的话，但也绝对不赞同留下来。

陈母终于忍不住问：“是怕村里的闲言碎语吧？你由着他们说呗，我都是在家闲得长毛的老婆子了。这黑锅你都背了这么些年了，以前不说受不了，现在怎么敏感起来了？”

陈琛忙着刷灶台，手上的丝瓜络停了一下，又动起来，说：“不是因为这个。”

“那是因为什么？”陈母气鼓鼓地坐到小板凳上，“城里除了有几条街，买个东西方便点，你细想想，有哪点能比得上咱们这儿？最近几年，这旅游发展得是越来越好了，咱们再把几间屋子收拾出来，你算算一年能挣多少？比你在外头风里来雨里去的强。”

陈琛又没吱声，拿沉默做挡箭牌，专心将灶台外头擦得雪亮，然后把丝瓜络往水里一淘，就准备出去。

陈母在后头叹气：“还是为了那个吉云吧？村里容不下她，所以你就尽想着出去。我一早就帮你想过了，她要是同意留下来，你们俩完全可以去邻村买栋房子住下来。我看她现在一门心思都在你身上，你这时候问她，说不定能成；实在不行，妈再帮你去说说。”

陈琛这才猛然停了步子，转身揽住作势要出去的陈母，说：“我们的事你别再管了，我是肯定不留在村里的。不是为她，也不是因为村里的闲话。至于她走不走，也是她的自由。”

陈母叹气：“那你们今后分隔两地，也成不了啊。”

陈琛眸光发冷，还是说：“你别管了。”

他出了门，吉云正在院子里晾刚洗好的衣服。紧贴树的这一头，晾衣服的绳子绑得有些靠上，她抓着晾衣架的一角，手努力一伸，裙裾滑上臀，几乎能看到内裤边沿。

陈琛过去将衣架接过来，很轻松地挂上绳子。吉云整理好裙子，特别客气地说了一句：“谢谢。”

陈琛即刻低头打量她，看得她都不自在，说：“你看什么呢？”

陈琛这才收了视线，将盆里的另一件衣服拧干了，晾到绳子上。

“待会儿我去山上弄点儿菜，你在家等我。”陈琛忽然说。

吉云说：“厨房里不是有吗，弄这么多，能吃得完吗？”

陈琛：“家里人多，待会儿还要包团子，吃得完。”

吉云不解：“包什么团子？”

陈琛轻描淡写地说：“我们这儿，家里有人出门，就要吃团子。”

吉云怔了怔，抓到了重点：“我们要走了？”

陈琛点了点头。

吉云意外：“这么快？”

陈琛道：“已经三天了。”

“三天。”吉云心里数了数，“是啊，都三天了！”

山里起了风。无影无形的空气，被莫名的一股力量驱使着，穿过碧绿的树海山脉，也仿佛染上了青葱的颜色。

三天了！原来已经三天了！

走出这座山，她和陈琛在一起的时间，也不多了。

# 第九章 从不考虑后果，亦不去想未来

50.

车子开到市里已是傍晚。

陈琛要将林玉先送回家里，见吉云孤零零的一个人坐在副驾驶上，又觉得不妥，喊她一道下车去楼上坐坐。吉云坐车坐得腰酸背痛，不过因为那是陈琛住过的地方，想也没想，就开门下去了。

房子不大，虽说是两室一厅，然而每个房间都很小，又只有一个朝阳。陈琛住着的房间朝西，直面大街，24 小时都能听到车来车往的声音，每天热辣的太阳还要将房间晒得像蒸笼。

房间里没有空调，只有一扇落地的电扇，用的年数久了，蓝色褪得泛灰，连同叶片上的罩子也不翼而飞。吉云刚站了一会儿，就觉得身上的每个毛孔都舒展起来，热气腾腾地往外泌出汗来。

吉云凑近去看，电扇的叶片却干净得很，不是住这儿的人许久不用，就是这人手脚勤快，一刻也闲不下来。

陈琛的声音恰好响起来："热就开吧。"

吉云循着声音去看他，说："不热的。"

陈琛已经走进来，将窗户打开了，说："开窗通通风吧，就是有点吵。"

吉云说："还好啊，听着声音有人气。"

陈琛过来捏了捏她，说："我把家里收拾一下，顺便给林玉做点晚饭，等弄好了再带你走。"

吉云朝他笑："我们不在这儿吃吗？"

陈琛说："带你去吃点好的。"

吉云一扬眉："这么快就着手落实了。不过你这算不算是开小灶，给我特殊待遇呀？"

陈琛还挺振振有词："林玉刚缓过来，吃不了太油腻的，在家喝喝清粥对身体最好。"

吉云又不服气："那你带我去吃大鱼大肉，是故意要我营养过剩，然后提前迈入三高人群？"

陈琛拿淡然的眸子望过去，吉云立马就安静了。他将电扇调了一档，又按了转头，指了指床上，说："你要是累了，就先躺会儿，我一会儿过来喊你。"

吉云点点头，在房里又转了转，实在没什么能看的，杵在电扇前吹干了汗，真的收起一双腿，躺到床上去。等陈琛将一切都收拾妥当，再进来的时候，吉云已经平躺在小床上，气息平缓，竟然睡了过去。

他坐到床头，正好面对着这个女人，轻声喊了两声，却没有答复。她一张脸安然平和，尽管粉黛未施，仍旧莹润如脂；挺直紧窄的鼻子，鼻尖处微微上翘，立刻衬得整个五官都俏丽明艳起来。

她很少这样安静又安恬地待在他的身边。时间仿佛也走得缓慢起来，在清澈的世界里留下定格的重影。陈琛躁郁不安的心立刻就冷静下来，慢慢下坠，落在坚实的地面上，剧烈又小心地跳动着。

陈琛走回门口，将房门关起来，又走回来。

他很慢地躺上床，与她相对躺着，一只手很轻柔地替她将鬓角的头发理顺，掖到她小巧的耳朵后，继而小心翼翼地盖在她的腰间——她并没有醒来。

陈琛于是大胆地搂着她，看了她好一会儿，方才闭上眼睛。入睡前的那一秒，心里有种很奇异的感觉。

如果就只是这样便结束了——世界毁灭，时间终止，曾经拥有过的已成过眼云烟，不断期许着的变成沧海桑田——也都无所谓。他曾经拥有过她，无论是一分还是一秒，或只是眼下短短的那一瞬，就已足够。

陈琛醒来的时候已是九点，装在口袋里的手机在振动，连着床板也一块在动。

吉云扭了扭身子，纤长的睫毛抖了两抖，方才睁开。她双眼迷糊，此刻懒洋洋地望着他，哑着声音问："是闹钟吗？"

陈琛怕她受凉，睡觉的时候，特地为她将风挡去大半。她热得出了一身汗，深黑荧亮的长发濡湿，贴在额角和颈项。

陈琛帮她将垂在胸前的头发掖到肩后，怕扰她清梦似的低声说："是电话。"

吉云又合上眼睛，抱怨道："接，好吵。"

陈琛自床上坐起来，两只手搓了搓脸，这才掏出手机。除了风扇呼呼的响声，屋子里很静，通话的声音透出来，足以被听得一清二楚。

那头是个男人，声音老大地嚷嚷着："我在'火车头'这儿呢，怎么回事啊？店里的人都说你回家去了？"

陈琛说："回来了，忘和你说了。"

"你这小子，怎么成天窜来窜去的？实在让人不省心啊！"

"不多说了，待会儿约个地方见吧。"

"行，一会儿我把地址发给你。"

他挂了电话，一扭头，发现吉云已经坐起来，睡眼惺忪地望着他，裙子松垮地垂过肩头，露出骨骼分明的锁骨。

"要去哪儿吗？"她打个哈欠，"还有，我今晚住哪儿？"

陈琛想了想："住宾馆吧。"

"宾馆？"

"嗯。这个季节，宾馆的房间应该挺多的。不过先带你出去吃点儿东西，你的临时身份证也办好了，我战友给我送过来了。"

陈琛下床，将她的鞋摆好，听见她坐在床上喃喃："……宾馆。"

陈琛身子一顿，方才迈开腿，走过去关了风扇。再转身，吉云已经坐在床边，一双尖头高跟鞋红得刺眼，半挂在脚上，欲掉不掉。

等陈琛走近了，她勾着脚，蹭了蹭他硬实的小腿，说："我原本以为你要留我过夜的。”

没有了烈日，深沉的帘幕替人做了最好的掩护，叫心底的那份不为人知的悸动轻狂滋生起来。

彼此都是衣冠整齐，吉云却觉得他们之间有种东西，就这么暴露在空气里，赤裸裸地相互直面，不需要遮挡，也不必要羞耻。

她对他的感情坦坦荡荡，她的人也是坦坦荡荡，她对他的欲念亦是坦坦荡荡。她永远是这样的直白，不需要拐弯。她把自己装进釉色光洁的瓷盘里，端到你面前，笑着问你是要还是不要。

陈琛有瞬间的犹豫，然后便一把抓住她光滑细腻的脚踝。鞋子坠地，“咚”的一声闷响。他眸色晦暗，眉心隆起，此刻一寸寸抚摸、观察，惊叹她足面青色的脉络，隐在白皙的皮肤下头，如一幅淡雅的水墨画。

一张巨大的网，不知在何时就将他一网网住。于是他全身上下的每根头发、每寸皮肤、每个细胞，都在渴望。

无尽的、无限的、无望的、无助的渴望。

陈琛头一低，吻上她的足面。吉云倒吸一口凉气，不由得往后一倒。陈琛跟着覆下来，手松开她的腿，转而去抚她脆弱的后脑，把她压到床上。

到达约定地点的时候，陈琛和吉云已经足足迟了一个小时。

桌子上散着几个空酒瓶，又铺了一连片的空铁丝。男人等得心焦，几乎趴在桌上睡了一觉，此刻正跷着二郎腿剔牙，听到声音，几乎是不抱希望地抬了抬头。

“陈琛！你小子够可以的，这鸽子被你放的，都十点多了。路上被哪个妞缠住了？魂都勾掉了吧？”

男人起身去捶陈琛，却在见到他身后走出来的吉云时，猛然一愣。他冲陈琛一个劲使眼色：“陈琛，你简直可以啊！这就是弟媳吧？上次见着就想认识了，不介绍一下？”

陈琛从桌子下勾出张凳子，拿纸巾擦得干干净净，扶着吉云的肩让她坐下，这才说：“吉云，这是李想。”

吉云冲穿一身制服的男人点了点头，说：“不好意思，来晚了。”

李想一双眼睛恨不得贴在吉云身上，将人仔仔细细地打量了几回，这才吸了吸鼻子，道："没事儿，没事儿，都懂的，弟媳坐。"

吉云听得尴尬。陈琛小心望了她一下，将桌上喝得只剩半瓶的啤酒推到李想怀里，要他闭嘴："喝吧你。"

他又挥手，招呼来老板，要了菜单，推到吉云面前，说："喜欢吃什么就点，这儿虽然环境差点儿，东西还挺干净的。"

老板将铅笔从耳朵上拿下来，搁纸板上等着记录，连忙附和着："做买卖要讲良心的，不敢掺假，都是鲜东西。和咱家里的一个味，美女你放心点。"

吉云随意点了几个，再要了一大碗白米饭。老板收了单子，在不远的露天厨房颠起炒锅，顿时火光四起，油与肉的香气四溢。

等待的间隙，陈琛拎了壶开水，将碗筷一一烫过了，再递到吉云面前。

李想在旁边张嘴笑，说："弟媳，听口音你不是本地人吧？是陈琛在那边打工时候认识的吧？两人在一起多久了？你做什么工作的啊？"

好几个问题糅到一起，吉云不知道到底先答哪个，挑了最近的一个回答道："我是医生。"

说话间，热腾腾的菜一连上了好几盘。陈琛夹了个鸡腿，搁在吉云碗里，特地把鸡皮剥下来，一点不浪费地塞在李想碗里，说："把脸上能通气的地方全给堵上吧。"

李想翻个白眼，咕哝道："重色轻友。"低头一弯腰，真将整块鸡皮吞了下去，砸吧几下嘴巴："老板，今天盐有点多啊！"嚼完了咽下去，又喝两口酒，对陈琛说，"'火车头'的事情怎么说？问你几次都没个准信，准备盘了没？"

桌上的气氛立马变了味儿。吉云拿筷子的手一顿，夹起的一块山药掉了下去。她不动声色，重又夹起来。

陈琛不知道看没看见，这时将手里的筷子放下来，对着李想道："吃饭的时候不想谈这事。"

李想还没回过味，执着地说："我也是关心你，吃饭的时候不想谈，不吃饭的时候又遇不上你。你总要抽个空让我关心一下吧？"

陈琛实在拿他没办法，吁出一口气："在考虑。"

"还在考虑？"李想直摇头，"关键时刻，男人最需要的是什么？魄力啊。我听说那店可抢手着呢，好几个人都想要，你还不抓紧？想什么呢？"

陈琛又往他的碗里添了几块鸡脖子："这么多菜都堵不上你的嘴！"

不说话，一顿饭吃得就有些平淡。吃饱喝足，陈琛喊来老板结了账，和李想打了个招呼，带着吉云先走。

面包车上，两个人亦是一路无语。

直到车子在市里转了两圈。陈琛默不作声，算是带吉云看遍了这城市的夜景。他踩了一脚刹车，放缓了速度，问："你晚上住哪儿？"

吉云看了看周边，说："我也不知道，你随便给我挑个宾馆吧，离你住的地方近点就好。"

夜色迷离，灯火阑珊，映着点点灯火。陈琛看了一眼身边的吉云。他一张脸上无波无澜，除了流动的光影，就像是定格的画面。陈琛觉得她在思考，真有想说的话，一早就和炮仗似的炸开来了。

吉云脸上灼热，扭过头。他的目光仍盯着她，淡淡地抱怨："好好开车。"

陈琛把头扭回去，紧盯路况："市里挺小的，哪儿都离我那儿近。"

吉云点头："那就更可以随便住了。"

陈琛没能让她随便，他找了市里一家星级高、位置好的宾馆。车子一路开到宾馆门口，上了迎宾区。

吉云觉察的时候，已经有穿着长风衣的侍应生帮忙开门。她讷讷地笑了笑，说："陈先生，你服务态度这么好，是不是要给你小费？"

她先进了大堂，挑了个大床房，准备刷卡预授权的时候，陈琛恰好走了过来。他问了押金，立马掏出钱包，递过去几张现金。

前台有些疑惑，不知道该收女士的卡，还是先生的钱。吉云含笑地倚着柜台，将卡在台面划了划，和前台开玩笑道："最喜欢有男人为我花钱了。"

前台附和着笑两声，接了现金，吉云将卡收起来。交房卡的时候，前台很认真负责地对陈琛说："先生，您要是留住，麻烦把身份证给我登记一下。"

方才还大大方方的男人此刻立马局促起来，张着嘴犹豫半晌，方才说："不、不、不用，我晚上不住在这儿。"

前台的笑意更深了："那好，祝女士入住愉快。"

两个人一前一后进了电梯。

大约是吃得很饱，饭后血糖升高，吉云觉得既累又困，积蓄了一整天的疲乏，此刻如潮水般一股脑涌上来，头也开始晕起来。她抓着梯内的扶手，倚在光亮的梯门上，自那镜子似的一面墙上看到，陈琛拧着眉心，正目不转睛地盯着她。

她下意识地冲他笑了笑，他还是盯着她。

吉云进到房间，一脚蹬了高跟鞋，赤脚踩在软绵绵的地毯上找浴袍。陈琛正在归置整理她的行李，听到她说：“我先洗澡了。”这才直起身子去寻她。

吉云正关浴室的门，只探出个头来，说：“你要是想走了，就帮我把门带上。我洗澡挺久的。”

门轻轻关好，热水被开到最大。当雾气氤氲，热度充溢，吉云站在莲蓬头下，任凭水在身上跳跃的时候，方才觉得这一晚的失魂落魄，终于有了恢复的兆头。

混沌之中，方才能叫人放下面具，重归自我。

吉云咳了两声，终于有空想到陈琛，想到自己，想到火车头，想到相隔千里的两座城市……也想到他们的未来。

如果说他的家乡是个可以避开繁华城市的世外桃源，那一旦选择回归，便无论如何都要直面惨淡的人生。她已经不能再赖在这个地方，可她也不能带走陈琛。

封闭的空间，明明热得蒸人，她却环抱着自己瑟瑟发抖。

门锁忽然响动。一个模糊的人影自缓缓开启的门后进来。距离很短，他走得很慢。从悬悬的云端走到她的心坎，每一步都让她震颤。

然后一只手拉开玻璃隔间，那人终于和她面对面了。吉云没有动，陈琛也没有动。繁华世界，只剩热水洒落在皮肤上的声音。

51.

熄灯之后，他掀开被子，睡到她的身边。他的大手干燥温热，轻轻地摸过她的脸，映着昏昏的月色，仔细描摹她薄软的嘴唇。

她不耐烦地动一动，翻过身背对着他。他又很快跟进，一手揽住她软绵绵的肚子，将她纳入怀里。曲折重叠，由首至尾，如一对靠得紧紧的勺子。

陈琛的手阖在她的小腹上，轻轻地揉动：“……吉云。”

她慢悠悠地嗯出一声，睡意很浓。陈琛将头埋进她细软的头发，鼻尖抵到她的后颈：“我在这儿，也能经常去看你。”

怀里的身体动了动，吉云说：“困了，睡吧。”

他答应了一声，但不走心，过了会儿又说：“咱们隔得不远，坐个火车，一晚上就能到。”

吉云无可奈何地沉了声音：“陈琛，我想睡——”

“吉云，”他一只手划过她的前胸，捂到她的嘴巴上，“吉云，我对你也是认真的，我不是那种玩玩就丢的人。”

隔了好久，她低低地嗤笑出声。

陈琛说：“你等我。”

又是这相同的三个字——不是询问，不是请求，只是简短意赅的陈述。

吉云拉开他的手：“如果我不等呢？”

陈琛说：“你会等的。”

又过许久，陈琛轻声问：“睡了吗？”

无人回应。他吻了吻她的后脑，在她背后找到一个舒服的姿势，倚着她而睡。

黑夜里，却有一双眼睛始终睁着。

第二天，陈琛起个大早，买来早餐，拿塑料袋垫着，伺候吉云在床上用餐。她舒服地靠着床背，边吃边瞧电视。

屏幕上正放当地的新闻。忽然一个画面切入，四个醒目的大字跳出来：最新消息。主播字正腔圆地播报，由于山体滑坡，一辆旅游大巴侧翻，掉落到了悬崖下面。

吉云心不在焉地听着，放在手边的电话却忽然振动起来。她将手里的东西递给陈琛，说：“等一等啊。”因为这通电话，她绷直了身体。

电视里长相甜美的女主播正准备与前方的记者连线。因为阴雨天气造成山体滑坡，此段山路被彻底封了。

几小时前，一辆载有 45 名游客的大巴不幸翻入一侧的山崖，几经翻滚后，卡在距离地面十多米的石壁上。

画质模糊，画面晃动，摄像机镜头随着记者的手往一侧的大山仰拍，土黄色的斜坡上仍有碎石夹杂着泥沙往下落。

“这是近年来最为严重的一起交通事故，十五人当场死亡，三十人获救。其中的十多名重伤员，已被送往附近医院救治。”

陈琛捏了捏吉云的下巴，问：“怎么了？”

吉云的食指靠在柔软的唇上：“嘘！”她一边关注新闻里的每个画面，一边全神贯注地听着话筒那边的声音。

男人的普通话不大标准，平卷舌不分，吉云勉强听得清。他说：“我们了解到她近日与您一同出差的，请问您现在还在本省吗？”

陈琛很安静地屈身坐到床上，吉云拿空闲的一只手去抓他。陈琛伸开五指和她交握，她的手心早已出了一片湿汗：“我还在。”

“那我待会儿用短信将医院的地址发给您，请您保证手机畅通。”

“好。”吉云又急切地问，“她现在情况怎么样？”

“还在抢救当中，具体情况要等医生出来才知道。麻烦您尽快赶过来吧，对他们来说，现在亲人朋友的支持非常重要。”

“好，我一定尽快过去。”

电话刚挂断，吉云不由得吐出一口气。

陈琛还没来得及问什么事，吉云就头一垂，像是难以负重似的磕在他的肩头。她脸一摆，寻到个舒适的角度，沉入他的颈窝，靠在他热乎乎的脖子上。

吉云微眯着眼睛，说：“孟燕出事了。”

“孟燕？”陈琛想了想，“和你一同过来的那个同事吧？”

吉云点头。

“她怎么了？”

吉云却懒得说，搁在一边的手机又是“叮”的一响。吉云从身后摸到手机，头在他的颈窝里转了一转，露出半边眼睛瞧屏幕，上头是一连串不熟悉的地名。

她一把把手机伸到陈琛面前，问：“认识这个地方吗？”

陈琛覆着她的手，转头去看手机。

陈琛：“认识，不过那地方挺远的。”

吉云点头：“去那里要多久？”

陈琛道：“以前是半天，现在有一段路塌了，绕道过去至少要多一倍的时间。”

电视里仍在对灾害进行循环报道，道路狭小，大型的抢修车开不进来，只有一队工人先到了现场，通车的时间无限期延长了。

陈琛将吉云的话前后串起来想了想，后知后觉地问：“你同事不是在那大巴车里吧？”

吉云将手机扔了：“嗯。”

陈琛拧眉：“你现在要赶过去？”

吉云点头：“我得带她回去。”

一时之间没人多话。吉云歇了片刻，挺起腰，从他的怀里钻出来，说：“我自己喊车过去吧。你最近要忙着盘店，事情应该挺多的。”

陈琛说：“不多，我送你去。”

吉云闹了别扭：“不要。”

陈琛已经下床，将她的行李拖到床边，问：“穿哪件衣服？现在就走，说不定能在天黑前赶到。”

吉云还是很坚决地说：“不要。”

陈琛索性自己帮她翻衣服，他把深色的内衣、及膝的裙子堆到她的面前。他自己拿着车钥匙要出门：“我先去给车加个油，一会儿直接过来接你走。”

吉云有些急了：“你是不是精力旺盛啊？折腾了一整晚，还不觉得累？”

男人压根不听她说话，往门口走。出门之前，他回身又看了看她：“没听到我的声音，别过来开门。”

背影消失在合起的大门外。

这个男人知道还是不知道，她最不想见的就是他的背影——离开的背影。

吉云刚换过衣服，将一头乱糟糟的头发梳顺了，用发圈绑起来。陈琛已经开门进来，问：“吉云，能走了吗？”

吉云掖着鬓角的头发，走去整理行李，说：“能走。你先把东西拎着，我再去卫生间看一看。”

陈琛说：“好。”

他们坐进车里时，正好是早上 10 点。车子后座上摆了几袋子吃的，陈琛加完油后在小超市里买的，从八宝粥、火腿肠到方便面一应俱全，还有几袋子给她消遣的小零食。

他们一路上都没有说太多的话。山区的路面不算平整，因为路段受阻，让许多车子都拥挤到同一条道上。然而陈琛依旧将车子开得很稳，不紧不慢，不疾不徐，遇到些事故，也很耐心地绕行。

若不是陈琛本身就是这样心细的男人，吉云差一点儿就觉得他是故意如此——拉长旅途，好让彼此在一起待得更久一点。

细想之下，连头带尾，她和他在一起的时光，也不过四五天而已。不过是一次普通的出差，却仿佛比她虚度的五年都要漫长宝贵得多许多许多。

尽管一路颠簸，吉云仍旧死死地撑着，一直没舍得将眼睛闭上。实在累了，就找出手机看看新闻，眼压当即升高，眼睛下头的血管如高速上的飞车一样，嗡嗡乱吼。她赶紧低下头，捏了捏太阳穴。

陈琛看到了，问：“睡会儿吧？”

吉云微睁着眼睛，斜眼瞧他：“不睡。”

“你脸色很差。”

吉云说：“没事的。”

到达的时候果然天色已晚。病床上的孟燕早已面目全非，一张脸上青一块紫一块，肿得老高，皮被绷得又薄又紧，像是一颗涨得浑圆的珠子，拿手一戳，几乎要流下水来。

要不是病历卡上写着人名，吉云压根不敢认。这已经算是好的，与当场死亡和伤势过重的罹难者相比，她又是何其幸运。

吉云将夹在盐水瓶上的查房笔记取下来看了看，脸色越发沉重，思忖半晌，这才说：“能不能安排她转院？”

主治医生正在旁边，说：“病人的病情暂时稳定。但我的建议和你一样，应该趁着她稳定的时候，尽快让她转到更好的医院。”

吉云问：“你们能帮忙吗？”

医生说：“你也看到了，这儿这么多患者……”

吉云咬牙道：“那我自己想办法。”

尽管办公室里人来人往，乱哄哄的，陈琛还是没抵得住瞌睡虫的打搅，正倒在沙发扶手一侧睡得安恬。他密长的睫毛在眼底落下一片阴影，抿着嘴唇，哪怕睡着了，表情依旧拘谨。

吉云在他的身边坐下去，小心翼翼地从他的腰际解下车钥匙。他睡得太熟，居然一点都没察觉。

等吉云从车上拿来装着食物的袋子，他居然已经醒了，弓着背，两只手撑在膝盖上捂住一张脸。手机被放在沙发前的茶几上，屏幕刚灭，应该是刚刚用过。

吉云将东西搁到陈琛面前，拍了拍他的背，道：“饿了一天了，你先吃点东西，垫垫肚子。”

陈琛歪过脸，露出一只泛着红血丝的眼睛直视她，说：“吃不下。”

吉云拿了个火腿肠，帮忙撕着外皮，睨他一眼，毫不客气地拆台：“在车上就听见你的肚子叫了，还吃不下！”

她将火腿肠塞进他的手里，抓着一盒方便面，起身去打热水，再热乎乎地端到他的面前。陈琛迟疑了一下：“你一起吃吧。”

吉云说：“我在车上吃过八宝粥，我是真的不饿，你别管我了。吃饱了，我给你找个地方睡一觉，明天一早就赶紧回去。”

她两眼一瞥他的手机：“那店挺紧俏的，不是着急回去谈吗？别耽误了正事。”

陈琛刚刚大口吸溜了几下面条，听到这话，又把叉子放下来，转头望着她道：“我不着急，我在这儿陪你。”

吉云嗤地笑出来：“陈琛，你不像是这么感情用事的人。”

陈琛把头低下去，拿手擦了擦嘴角的汤汁。其实他吃得小心，没弄到嘴边，他只是觉得这个时候，应该做点什么事，分散一下她的注意力。过了会儿，他又说：“我留在这儿陪你。”

吉云说：“我可能一会儿就要陪孟燕转院，你要陪我，又能陪到哪个地方为止呢？”

吉云将叉子塞回陈琛手里，催促着：“你吃啊。”

陈琛就是不动。

手机一振，屏幕亮了，他打开信息，上面特别清晰地写着：明早在火车头等你过来详谈。

陈琛看也没看，赌气似的将手机关了，长腿一伸留出空间，将手机塞回裤袋里。再回首，正好撞上吉云注视他的眼睛。

吉云说：“你昨天晚上怎么和我说来着？咱们两个隔得不远，坐个火车，一晚上就能到。安慰我的时候挺振振有词的，怎么现在你倒忘记了？”

陈琛咬着牙，将目光收回来，又专心致志地对付那碗面。他吃相依旧不大好看，大口吞着，间或咬一口手上的火腿肠，最后端着碗底，咕嘟咕嘟地将汤都喝得一滴不剩。

他把塑料纸盖一合，拿叉子戳通了，塞进去，抹了抹嘴，低声道：“我待会儿就走，明天早上就能到。”

吉云将身子坐正了，说：“好。”

两个人在沙发上又坐了会儿，谁也没动，恨不得要赖住这时光一样。墙上的挂钟分秒而过，不过只是生命长河里最普通的一段，屋子里的人嬉笑谈话，谁也没有注意到它。

落到吉云和陈琛这里，这却成了天大的事情，虚耗的每一秒都是生命里额外的恩赐。吉云一下一下地数着，不是要挽留，反倒要催促着他离开一样。

情到浓时情转薄，相见的时分，总要想着离别。

陈琛终于站起身，说：“我先走了。”

吉云卡在喉咙口半晌咽不下的一口气，此刻才缓缓疏通。她仍旧坐着，说：“我不送你了。”

陈琛说：“我自己出去就行。”然而他并没挪动步子，穿着运动鞋的一双脚走到她的身前。他声音很沉，“你不抬头看看我？”

吉云想摇头，最后还是顺着他的意思仰起下颚，缓缓笑道：“又不是以后都看不见了。”

陈琛躬身捏了捏她的下巴：“有什么事都告诉我。”

“好。”

“去哪儿也都告诉我。”

“好。”

“走了。”

他转身，迈步，开门，离开。每个动作都像是一幅幅慢镜头，等那扇门合上，他的人彻底消失不见时，吉云忽然如泄了气的皮球，整个人颓败地坐在沙发上。

那股多年不见，冲鼻的酸涩，直刺最脆弱的神经。吉云头一低，饱胀的双眼里像是要溢出些什么。

52.

转院不是一件简单的事，吉云思忖再三，还是将手机拿了出来。

其实那个号码不知道被她删过多少回，但每次找起来都很方便。以前是她假意拨给他，后来是他假意拨给她。

算计来，算计去，都是一笔糊涂账。

电话接通的时候，男人声音慵懒，像并不奇怪是她一样，语气很稀松平常——好像前一刻才刚刚通过话，后一刻她又拨过来。他于是玩似的问：“怎么了？”

吉云语气一如往常，平铺直叙地把孟燕的事一一告诉了徐敬尧。

徐敬尧丝毫不觉得意外，淡淡地说：“吉云，这件事我看你就别挂在心上了，转院是有风险的，何必给自己找不痛快？有些事你也清楚的，不管永远比管好。”

吉云冷哼：“你也和我打起官腔来了。”她将背倚到冰凉坚硬的墙壁上，将指甲里嵌进的灰剔了，慢悠悠地说，“别这么绝情啊，你们俩也算有过一段的！”

她声音很轻，然而口齿清晰。话说得四平八稳，说得无波无澜，就像普通朋友间的一句友情提醒，别想有再多些深意。

徐敬尧微怔片刻，然后低低笑起来：“谁啊？孟燕？哦，好像是有点印象。”

吉云说：“别装了。”

徐敬尧说：“吉云，你以前真不像是爱管闲事的人啊！现在年龄上来了，也学着要做做善事了吗？”

吉云挑眉：“年龄上来了……我怎么记得，你上次还说我是孩子来着？”

徐敬尧连连点头：“嗯，还记着我的话呢。”

他的声音一变得懒洋洋的，就免不了要越扯越远。吉云实在怕和他玩迂回，将话题又拉回来：“你尽快安排吧，我怕孟燕坚持不了多久。这地方实在太简陋，万一遇上什么突发问题，待在这地方就只有等死了。这也不叫什么多管闲事，就是为了心安，不让我看见也就罢了，难道要眼睁睁看着她遇险？”

她不开玩笑，徐敬尧也只好跟着认真起来：“你待会儿把具体情况编个短信发给我。但是吉云，咱们先把丑话说在前头，我能做的只能是这个极限。你要是还想去帮其他人，或是想要我保证孟燕百分百的安全，那对不起，我是真的爱莫能助。”

吉云说：“我知道。”

临挂电话，徐敬尧又喊住她，问：“你什么时候回来？”

吉云说：“等孟燕病情稳定下来吧。她父母马上过来接班，也就没我什么事了。”

“我派人去接你……”他想了想，“们？”

吉云笑着婉拒：“都多大年纪的人了，不劳你费心。我自己坐火车回去很方便的。”

“……那好。”

徐敬尧效率极高，电话聊完没多久，急救的车子就闪着灯开到院门口。

“让一让，请让一让！”

大厅里，一溜护士正推着病床往外疾走。

救护车沿着坡台开到正门，车里的人将门猛地打开。

“一二三，用力！”床垫裹着孟燕，一起被移上救护车。

除了救护车，徐敬尧也不知道用了什么法子，让谁临时奉献了一辆商务车，就跟在救护车屁股后头等着吉云。

吉云没去，硬是跟着孟燕和急救队，坐到救护车后头。车门关上后，封闭的空间一下将外界隔绝了。车子晃了两晃，引擎如猛兽的低吼，不多会儿，滑行出去。

吉云紧绷的神经一松，整个人都疲乏下来。她有些脱力，拿背抵着车壁，歪着头，硬是不教自己倾斜下去。她的视线自孟燕肿胀的面皮一直向上，然后从车上嵌着的玻璃朝外看去。

月色如练，漫天星辰，干净得像是被刚刚清洗过。同顶一片苍穹，却难见彼此。又是一个黑夜，吉云在这颠簸的救护车里，而陈琛，他又到了哪里？

53.

陈琛刚踏上回程不久，林玉的电话就催了过来。

陈琛开了免提，一手抓着方向盘，说：“怎么这么晚也不睡？”

林玉声音亢奋：“琛哥，明天老板约你在店里谈，你到底要不要回来？我听说老板不止喊了你一个呢，万一被别人抢先了，你可怎么办呀？”

陈琛说：“已经在路上了，明天一早肯定能到。”

陈琛将手机锁了，刚要搁到储物格，手机忽然振了一下。他踩了一脚刹车，将手机又拿上来，屏幕上是一条打开的短信，写着：走了。

来信人还是那个孤零零的“吉”字。

陈琛看了一眼路况，刚要低头回复，居然又进来一条短信：开慢点，勿回。陈琛笑了一笑，单手输了个“嗯”字。

吉云几乎秒回：看路！再敢回一个试试看。

陈琛这才笑着把手机收了起来。

山路逶迤，半边是高耸的山峦，半边是幽深的陡坡，匿于低垂的夜幕中。绛色一隅，月色迷蒙。目之所及，仅仅是两盏大灯照亮的一方区域，在天地一线的世界里开辟道路，蔓延向前。

夜路难走，而更要命的是，人心倦怠。

窗户洞开，夜晚的股股凉风肆意灌入，猎猎的风声如猛禽在怒吼，充满了这个狭小的空间。人像是被一只只手攥着，扯进风眼里。

不将风雨踩在脚底，总有一天要被风雨压入泥泞。

他好像蓦地清醒了，于是不管不顾，只是一路前行，漫无边际地穿梭而下，将脆弱的现实撕碎成薄缕残渣。

到达的时候，东方不过晨曦微露。

林玉顶着一头露水，缩头缩脑地站在火车头外等着。巷子里忽然响起砖块晃动的声音。她兴奋地出来确认，见到冲她闪了两下灯的车子，连忙回身将铁门开到最大。

陈琛的车刚一停好，林玉就笑着趴到他的窗边，说："琛哥，你来得可早！"

陈琛在她的额上弹了一下，取下钥匙，开门出来，问："老板过来了？"

"早来了。人一晚上没睡，刚下了牌局，就跑了过来。"

陈琛三步两步爬上台阶。

做餐饮的，没有一个不起早贪黑。天刚蒙蒙亮，火车头里已经忙碌开来，从批发市场进来的新鲜蔬菜被很快处理着，勤杂工们要趁第一波客人到来前，将偌大的店门打扫干净。

老马平时习惯霸占收银柜，今天却有点意外。陈琛刚一进去，就听门边有人说："陈琛，在这儿呢，来来来。"

男人昨晚喝过酒，隔了一夜，也没消得了那股冲鼻的气味，鼓胀的两边脸都成了猪肝色。见到陈琛后，他笑得眯起眼睛。

"你最近忙得很啊！陈琛，想见你一面都难比登天。"老马摸出根烟点上，"这下子总该都忙完了吧？"

陈琛冲老马笑了笑，这才注意到他对面还坐着一个人。这人陈琛不认识，但脸熟，老马要盘店的消息放出去之后，他来过好几次。

老马还真给自己留了一手。

陈琛开门见山道："都忙完了，一收到你的信息立马就过来了。店我盘了，就按照咱们之前谈的价，我一会儿就拿钱给你。"

老马还是乐呵呵的，手掸了掸烟头，吐出口浓白的烟："哎呀，你这小子，也不早点和我说一声，我还以为这店你不要了。"

旁边那人连忙接腔："是啊，我刚刚都和马老板谈好了。你算是哪根葱啊？

刚一进来就说要盘店，得到谁允许了？马老板，你可别偏心啊！什么事儿都有个先来后到，他愿意出多少钱，我就跟着出多少呗。”

老马撮了几口烟，连连道：“是是是，是要有个先来后到。”

男人气焰更旺，头一昂，斜眼盯着陈琛，轻蔑地说：“那咱们这就签合同呗，我连定金都给你带过来了。”

老马继续和稀泥：“好好好。”

陈琛只觉得太阳穴涨得凸出来，双手一撑桌面，有些着急，说：“老板，要论先来后到，我们几个星期前早就谈过，不过因为盘店的钱不是一笔小数目，我肯定不能贸贸然就和你定下来。这一周我家里出了事，和你打过招呼，说要歇几天，你也同意随后再说。昨晚突然看到你的短信，我立马不管不顾地赶过来，就是表示把店盘下来的诚意。你现在一声不吭，就要把店让给别人，也太不厚道了。”

林玉见陈琛脸色煞白，一副要和人干架的样子，连忙按着他的肩，说：“琛哥，你别着急，你慢慢说嘛！”

老马也连忙招手，说：“陈琛，有话好好说，坐下来，别站着！”

陈琛一连深呼吸了好几口，终于坐下来，两手紧紧攥成拳头，搁在僵硬的膝盖上。

老马背靠着椅子，将烟一直吸完。猩红的一点闪光，几乎要灼到手指时，他才将烟屁股甩到地上，拿脚踏了踏。

男人有点沉不住气，喊：“马老板？”

一片烟雾之中，老马拧着眉头，慢悠悠地说：“这店啊，要说先来后到，我还真是一开始就和陈琛谈好的。”

陈琛刚一放松，男人就开始绷紧了弦，连忙道：“这样吧，马老板，这小伙子既然说自己是诚心要盘这店，那我也多少该拿出点诚意来。”

他将手一伸，露出五个手指：“我加五千吧。”

陈琛将腰一挺，怒目而视。男人两只手都举起来，说：“市场经济嘛，价高者得，你这么看着我干吗？”

陈琛咬着牙：“那我也加五千。”

男人冲他眨眨眼：“那我就五千零一。”

“六千。”

“六千零一。”

“……”陈琛忽然一拳砸到桌面上，说，“你是故意来捣乱的吧！”

男人笑着，摇头晃脑道：“反正我今天就和你耗上了。你要肯出，我永远都比你多一块。”

林玉听不下去，噘着嘴说：“老板，你说句话啊！”

老马又摸出一根烟，不动声色地坐山观虎斗，嘴上不说，心里头别提有多高兴了，乐滋滋地等着两人抬价。他不阻止，便是默认。

陈琛一个气不过，站起来就往外头走。

林玉跟在后头大叫：“琛哥，琛哥，你别走啊！”

陈琛上了车子，转动着车钥匙。林玉开了副驾驶的门跑上来，说：“琛哥，你别一生气就跑啊！”

陈琛说：“做人做事不能这样！你还看不出来吗？他俩是串通好的！”

林玉抓着他的手：“像他们这样的多了去了。琛哥，你要生气的话，能生气得过来吗？你今天要是真走了，才是吃了亏。他们不就想多要一点钱吗？咱们给他，你那不够，我还有！”

陈琛将她的手甩开：“这不是钱的事，是道义，做人不可以这么没有道义。我今天要是向他们屈服了，就是助长不正之风。这店谁想买谁买，我不稀罕。”

林玉急得快哭了：“这都什么时候了，你还讲究这个！你们说我傻，我看你比我更傻！你都舍得抛下吉姐过来了，如今却为了这么一点小事，把这弄砸了？”

听到吉云的名字，陈琛方才冷静下来。

如果现在一走，那之前的种种挣扎，就都没有意义了。他固然可以跟着吉云回到那座城市，固然可以继续开着二手货车招摇过市，固然可以让自己吃饱穿暖，有一席之地安身。

可你究竟想做什么？陈琛，究竟想做什么？继续做你没有前途的司机吗？继续凭着年轻，出卖廉价的劳动力吗？

不，他不想再过那样的生活了。他现在不是一个人了，他有了家，有了女人，再往后……说不定还会有孩子。如果有一个机会摆在他的面前，他绝不可以再简简单单地说拒绝。

陈琛又拔了钥匙，从车里下来。林玉跟在旁边，害怕地捏了捏他的胳膊。

陈琛拍拍她手背，说：“你放心吧！”

他进到店里，刚刚还在交谈的两个人停了下来。老马清了清嗓子，贼贼的眼睛盯着陈琛：“这是又想要盘了？”

陈琛径直走过去，竖起两个手指。

男人问：“什么意思？只加两千？刚刚咱们都提到六千零一了吧。”

两个人相对而笑，然后听到陈琛沉着嗓音说：“两万。”

“……”目光都投到陈琛脸上。

“我最多再加两万。如果你愿意，咱们就按照这个价来；如果不愿意，那就算了。”

时间悄然走向七点，医院食堂里吃早饭的人渐渐多了起来。吉云要了一碗粥，一碟小菜，随便找了个位置坐下来。

食堂天花板上垂着几台电视，当地的早间新闻里，正滚动播出前一天的大巴翻车事故：死亡人数较前一天又上升了几名，有关部门已经着手将危重病人转移。

吉云吃过早饭，又在自动贩卖机上要了一杯咖啡。她走回孟燕的病房时，门敞开着，里头已然多了几个人。

孟燕父母都已经上了年纪，因为陡然听到女儿出事的消息，焦急不已，整个人看起来就更加憔悴。

跟着他们过来的医院的同事，为吉云和老两口介绍过后，又添油加醋地歌颂了吉云挽救同事生命的事迹。孟燕的母亲一时激动，上来搂着吉云的腰，就给跪了下来。

吉云这辈子最怕的就是这种场面，折腾了一晚，已经精疲力竭，还要省下力气应付情绪失控的妇人。她后来逃也似的跑出病房，在过道顶头的椅子上坐了许久，脑子里依旧是浑浑噩噩的。

同事出来的时候，贴心地给她带了包牛奶。吉云接过来一口咬开，连着猛喝了好几口，冰冷的液体在胃里很久，她这才觉得眼前的世界清晰起来。

同事说：“从现在开始，这儿就由我接手吧。下午有一班飞机能回去，你现在赶去机场还来得及。”

吉云一早就想走，也没理由和人客气，连忙把东西收拾了一下，和孟燕父母打了个招呼，就踏上了归程。昨晚的那辆商务车终于派上了用场，吉云将包当枕头，垫在脑袋下，在后座上大大咧咧地躺下来。

她本来只是觉得腰痛，想着稍微躺会儿歇一歇，谁知道脑袋刚一沾着包，就睡死过去，直到手机在包里振起来。她连忙坐起来接听，这才看到时间已过去了一小时。

吉云捏着眉心，打着哈欠，“你到了？”

陈琛答应了一声，说：“早就到了。”

“盘店的事情也弄好了？”

陈琛像是不想多提，含糊地“嗯”了一声。

吉云以为他怕自己听了不高兴，连忙笑着捧场：“陈琛，你现在也是有产阶级了，以后弄好了，千万别忘了我。我还等着给你提包呢。”

他语气里带着埋怨：“胡说什么。你现在在哪儿？给她转过院了吗？”

吉云懒洋洋地唔了一声。陈琛说：“我现在没事了，去那儿找你。”

他是说到做到，后一秒吉云就听到了车子发动的声音。

吉云连忙说：“陈琛，你别来了，我已经不在那儿了。”

“……”

“我走了，下午有班回去的飞机，我正赶去你们这儿的机场。”

“……”

许久都没人说话。静谧中，车子熄火时的声音就越发清晰。

还是吉云先开了口：“陈琛，有空我就过来看你。”

“……”

“说话啊。”

他发出如兽般的呜咽声：“嗯。”

吉云无意将话题弄得如此沉重，转而去提另一件事：“陈琛，之前你妈妈把林玉的事都告诉我了。我知道你一直想找当年伤害过她的人。我在那儿待了几十年，毕竟比你认识的人多，这次回去可以帮你打听一下。”

陈琛的注意力果然被分散了，有些惊讶地说：“她告诉你了？”

“嗯。就你出去接人那天。你当初肯留在我的那边，也是为了找出那些纨绔子弟，让他们付出应有的代价吧？”

陈琛却说：“我要找的并不是你说的那些人。出事之后，我已经给过他们教训。他们会干出那种猪狗不如的事，是因为之前吃过一种容易致幻的药。我要找的是更上面的人，更高层的。”

“那是要找谁？”

陈琛静默许久，忽地吁出一口气：“不找了。”

吉云实在意外：“在我的印象里，你不像是一个会轻言放弃的人啊！”

陈琛说：“不是放弃。是我人微言轻，就是找到了，又能怎么办？这种药本来不应该在市面上随意流通，是药厂为了挣钱，才大面积铺货。我们小老百姓，能和他们斗吗？”

吉云问：“到底是什么药啊？如果真像你说的有这么大的危害，我们完全可以向有关部门投诉，限制这种药在市面上流通。”

“但愿吧。”陈琛说，“这种药你一定知道的。”

“嗯？”

“清安液。”

“……”

54.

空姐递来一条毛毯。

吉云伸手接过来，道了声谢。她斜斜地倚在座位上，将毯子摊开，盖住下半身，半边太阳穴突突跳着，有些胀痛。她拿手压了一压，却始终没有好转。

包里一直放着几支清安液——治疗偏头痛的特效药。她的包敞着，她直直地往里看了看，却怎么也不想把它拿出来。

“我要找的是更上面的一些人，更高层的。”

“这种药你一定知道的。”

“嗯？”

“清安液。”

两个小时后，飞机落地。

收拾毯子的空姐蹲在一个脸色煞白的女人身边，忧心忡忡地问：“女士，您没事吧？”

吉云这才松开紧掐眉心的手，朝她敷衍地笑了笑。

飞机上，吉云只将将睡了一会儿，就被头痛弄醒了，中途强撑着吃些餐点，又吐过两次。她最后一次从卫生间出来的时候，方才觉得碎了的魂魄渐渐收拢。

可她的身体却依旧虚弱。她拎上包走下飞机的时候，两条腿就像踩在软绵绵的云端上，完全不知道是她拖着行李，还是行李拖着她。

出了通道，忽然就有人喊她，她也没力气四面环顾，等着喊她的那人小跑步过来，从她怀里接过东西，说：“吉小姐，是徐总喊我来接您的。”

吉云抬起眼皮，淡淡睨了一眼身前的男人，认出是惯常给徐敬尧开车的那一位，问：“徐敬尧人呢？”

男人喏喏道：“正坐在车上等您呢。刚一收到飞机落地的消息，他就赶忙喊我过来接你了。”

吉云很是不悦，执意将包从他的手里拿过来，说：“不用这么麻烦，我已经叫了专车了。”

男人一脸为难：“吉小姐，你别叫我难做了！徐总吩咐我过来接你的，我要是一个人回去，他非得把我骂死。”

一个是被骂死，一个是郁闷死。吉云不蠢，当然要选择对自己有利的，铁了心地不跟着他，说：“怕什么，你就说没碰着我好了。”

后头响起脚步声，吉云还没转过身去，徐敬尧就一脸笑着走到她的面前，慢条斯理地说：“又闹什么脾气呢？”

他那副样子就像对待一只离家出走的猫，既不过分亲昵，也不生分，就有一搭没一搭地撩拨你。在情场上摸爬滚打的男人，举手投足间都是陷阱。

吉云要还是怀春的少女，此刻大概十有八九要中招，可现在已是一把年纪，难免觉得有点腻。于是，她懒兮兮地说：“徐敬尧，你闲得发疯了是不是？”

徐敬尧一手插兜里，微微歪着头看向她：“嗯，闲得慌，开着车子在市里转了几十圈了。想到你一晚上没睡，又赶飞机回来，就顺路转了过来。”

吉云笑笑：“那你就再转回去。”

徐敬尧这次拧了眉：“吉云，你现在也太小心了，做朋友的送你一程，应该没什么吧？”

吉云抓住他话里的重点：“朋友？”

徐敬尧表情有点别扭，点头：“走不走啊？”

吉云再磨磨叽叽，自己都觉得作了，若真是坦坦荡荡，就坐他的车也无妨。真等上车了，吉云又觉得后悔，坦荡是一回事，喜恶又是一回事，她又没被人缚住手脚，说是说否都该由她来做主。

她心情一差，连带胃一直都在翻滚，唾液分泌得快从嘴角溢出来。她捂着嘴一阵作呕。本在捣鼓手机的徐敬尧连忙倾身向前，对司机说："拿个呕吐袋过来。"

接过纸袋，他也不嫌脏，挪开吉云的手，捧在她的嘴边。吉云只是难受得干呕了几声，没吐出什么东西来。

徐敬尧问："又是偏头痛？吃药了吗？我给你拿。"

他伸手要翻她的包，被吉云挡住了，虚弱地说："不吃。"她扔过包，倒在座椅上，一只手捂着前胸，用力地深呼吸。

徐敬尧拿她没办法，冲着前头说："找个路口停下来，弄杯热水。"

吉云斜着眼睛睨他："不用麻烦，大概是药的副作用引起的，过会儿就好。"

徐敬尧怒道："你成天瞎吃什么药啊？"

吉云说："避孕药。"

前头的司机真恨不得自己耳聋了，弱弱地确认道："徐总，还用不用停车了？"

徐敬尧却一直没说话。司机实在没主意，车子开得奇慢，想着还是带脚刹车停下来吧。徐敬尧又冷冷地开了腔："走吧。"他将手里的纸袋子随意一扔，挺括的硬纸擦着椅背，窸窸窣窣地响。

徐敬尧被噎了一下，脸色奇臭，想着怎么回过去，就听见吉云在一边问："最近厂里太平吗？"

徐敬尧看着她："干吗这么问？"

吉云说："你之前说的，最近风声很紧，检查的来了一拨又一拨。"

徐敬尧笑了笑，有点不屑："都是例行检查。我是守法商人，和政府打交道也不是一天两天了。就算他们天天蹲点查，我也无所谓。"

吉云提醒道："你还是小心点吧，别弄出什么官司来。"

徐敬尧有点不解："你最近是不是听到什么了？"

吉云说："就是觉得奇怪，清安液明明已经是处方药了，怎么还能随随便便在药店买到？现在很多人存在过量服用的情况，这事万一玩大了，你就等着吃不了兜着走。"

徐敬尧真是哭笑不得："你这甩手掌柜做得真漂亮，什么叫你吃不了兜着走？我当年把股份分给你，你早就是公司的股东了，每年要参与分红的。我要是有事，你真能撇得一干二净？”

吉云冷哼一声。

“不过你放心好了，你说的那些我早就清楚，不是什么大事。药店不按处方给药是药店的事，我做产品的，没理要货我却不给。市场上乱卖的处方药多了，有人拿安眠药当糖丸吃，一个不留神吃死了，难道要叫那些厂商都不做药，改喝西北风？”

吉云脸色更差。徐敬尧直勾勾地瞧着她，语气又软下来些：“我倒不是怪你刚刚说的话，就是气你一定要和我撇清关系。”

吉云凉凉地说：“总之你做事做人，对得起自己的良心就好。”

徐敬尧直摇头：“怎么我在你心里，形象已经差到这种地步了？”

他话锋一转，最终还是绕到那些情情爱爱的话题上来。吉云索性两只眼睛一闭，直接断了对方深入探讨的念头。

等到了名墅花园，徐敬尧让司机直接将车开进院子，自己拎着东西，跟着吉云进了房子。

吉云懒得和他啰唆，趿上拖鞋，将包往沙发上一扔，闷头往楼上走：“我洗洗睡了，你走的时候把门带上。”

徐敬尧跟在她的后面问：“你吃过饭没有？我让人买回来，你吃完了再睡。”

吉云头也不回地摆手：“飞机上吃过了。”

徐敬尧跟在后头，听到她的脚步声一步重过一步，最后几乎是拖着进房，然后将门重重一关，又落上锁。

他笑着摇头，将那包衣服拆了，一件件收拾出来。他正准备找晾衣架，吉云包里忽然响起一阵铃声。他步子一顿，看了看楼上，确定毫无动静，这才走过去，躬身将手机从包里取出来。

他预感挺准的，虽然不是直接写了那个人的名字，但一看“小白脸”三个字，眼前便立马浮现出那男人过白的一张脸。

徐敬尧按了接听，搁到耳边，听到男人在那头问：“吉云，你下飞机了吗？”

徐敬尧嘴角一挑，没有吱声。

陈琛又重复了一遍：“吉云，能听见我说话吗？”

徐敬尧这才开口，语气暧昧：“她正在洗澡，等她有空了，我再让她回电话给你吧。”

陈琛明显愣了一下，过了许久，他才问：“你是徐先生？”

徐敬尧一仰脖子，挺舒服地解开衬衫的第一粒扣子，趾高气扬地说：“是我。”

陈琛说：“谢谢你送吉云回家。”

“……”剧情有点急转直下，这次轮到徐敬尧吃瘪。

陈琛又说：“不用让她回我了，我知道她到家就行。她这几天一直没睡好，让她休息会儿吧，你等会儿走的时候，帮她把门带上。”

徐敬尧听得牙根直痒痒，心中隐隐在想，这是不是叫，不是一家人，不进一家门，连说话都差不多了。

徐敬尧低低地笑着解嘲，说：“陈琛，还记不记得之前我和你说的，你是个聪明人，聪明人做事应该有分寸。”

陈琛语气平静：“我有。”

徐敬尧说：“我还是那句话，吉云这个人很贪玩，你别以为和她有过什么，就能一下子把她拴住，坐拥金山、银山了。实话告诉你，她没有什么钱，你要真想飞黄腾达，不如和我做个交易。”

他话说得难听。陈琛却丝毫没有畏惧，声线依旧平稳，淡淡地说：“徐先生，我不要钱的。”

徐敬尧冷冷一嗤：“你不要钱？她比你年纪大，比你经验丰富，你图什么？别和我扯什么真爱，这年头真爱值几个钱？”

陈琛静静地等他发泄，仍旧是那溺死青蛙的平缓语调，再次重复：“徐先生，我不要钱的。还有——”

徐敬尧眯起眼睛，紧咬牙关。

“你一点也不懂她。”

“……”

## 55.

吉云醒来的时候，已是第二天中午，在床上赖了好一会儿，才按着肿胀的太阳穴爬起来。

徐敬尧当然不会留宿，大房子里空得只剩下她和自己的影子。一步一步踏在台阶上，清晰得几乎能听见回音。

她径直去包里找手机，暗自后悔，回来忘了通知陈琛。然而她按了几遍开机键都没反应，这才发现手机已经因为没电自动关机了。

她给手机充上电，收拾清理自己，化淡妆，穿衣服，整个事情忙下来，已然过去很久。手机有了半格电，去厨房烧水的路上，她给陈琛打电话。不过不巧，小伙子业务繁忙，居然将她的电话掐了。

吉云的嘴边涌起的一抹笑，立马有些尴尬，心想再这么下去，以后是不是该给他配个秘书，通话前预约一下。

水壶边的电饭煲亮着保温灯，上头贴着黄色的便签纸，字迹隽秀潇洒。徐敬尧虽然做不到好情人，多年的精英教育还是给了他一个外表华丽的包装纸："粥在锅里。"

吉云将锅盖掀起来，哪还有粥，完全熬成了一锅厚实的糨糊！她赶忙将插头拔下来，手机恰好响起来。

吉云连忙接了，拿肩膀夹在耳朵边，两只手去取锅盖。没想到锅沿简直烫得不行，刚刚碰上，她就松了开来。

听到声音，陈琛问："在干什么呢？"

吉云随口说："熬了点粥，准备洗锅呢。"

"自己做的？"

"嗯。"

"你拿块抹布再抓锅，可能还有余温。"

"不早点说，已经被烫到了。"

吉云小心地提着锅扔进水池里，装了半锅水，方腾出手来接电话，又后知后觉地发现他话里的不对劲。

"什么叫'自己做的'？"吉云笑道，"还能有别人代劳吗？"

陈琛没顺着接她的话："随口问问。"

吉云咕哝道："这怎么能随口啊？"

她忽然问："你刚刚干什么去了？"

"和人说话。"

"和什么人说什么话？不是和女人说情话吧？"

陈琛隐忍道："能不能正经点？"

吉云哈哈直笑："好好，说正经的。你那店到底怎么样了？昨天问你时支支吾吾的，要是不行，就过来投奔我，我当追赶潮流，包个小白脸好了。"

陈琛不住地摇头："弄好了，钱都给了。"

"钱都给了？你过户手续弄好了？"

"没，这两天就去办。"

"这手续都没弄好，你就付钱了？给的全款？"

"嗯。"陈琛说，"没事，都认识，大家是亲戚。"

"亲兄弟也不能先给钱后办事啊！"吉云强调道，"你挂了电话就去找他，别说合同了，肯定连个收据也没写吧？到时候万一人家不承认，你简直一点法子也没有。"

陈琛说："没事的，大家都知道，不会不认。"

吉云恨得直咬牙："就是有你这种不防人的傻子，社会上才有那么多被骗的。要是个个都和我一样精明，早国泰民安风调雨顺了。"

陈琛："你精明？"

吉云冷哼道："那当然。"

"我是傻子，你被我骗了，你是什么？"陈琛总结陈词，"反正不是精明。"

吉云黑下脸："反正你尽快去找他。"

"嗯，明早吧，他下午打牌。"

"赌棍就更不能相信了！"

皇帝不急太监急！从他口中说出的云淡风轻的事，却将吉云激得出了一身汗，恨不得现在飞过去，帮他将人揪出来。人一急，脑子就更痛，吉云躺在沙发上，叹口气。

陈琛听到后问："怎么了？"

吉云说："被你气得偏头痛都犯了。"

陈琛实在无奈："那我给你道歉。"顿了顿，说，"不然你喝一支清安液吧。"

话一出口，直接断了吉云的话茬。这药名就像是他们之间刻意避开的雷区，彼此都有难言之隐，欲说还休。

片刻，吉云才说："不想喝。"

陈琛也并不劝她，将话题岔开了，问："你昨天什么时候到的？"

吉云说："下午，整个人都蒙了，一回来就洗澡睡觉，电话都忘给你回一个。"

陈琛说："嗯。"

吉云想了想："对了，昨天是徐敬尧送我过来的。"

陈琛说："嗯。"

吉云又说道："你说他是不是闲得发慌。不过我猜，应该是想和我旧情复燃了。年纪越大，反而越受人欢迎了。"

陈琛说："嗯。"

吉云得意道："麻烦你以后盯紧我，不然我现在这么风姿绰约，大概会容易被人撬墙脚。"

陈琛说："嗯。"

吉云恼了："嗯嗯嗯，你会说句字多点的话吗？"

陈琛说："想你了。"

一二三，多了俩字，却像两只小钢炮，直直撞上吉云的心坎，让她一阵瑟瑟发抖。女人就是这么简单，一个不经意的眼神，一句简单的话语，一个微笑，一个眨眼，都能叫她心动。

爱你的时候，便是全身投入，心无旁骛，从不考虑后果，亦不去想未来，就只是坦坦荡荡的，迎面向前，整颗心都剖下来，要你看。

吉云埋着头："我也想你了。"

他不说话了。

吉云咬了咬牙，忽然就想触发那雷区，向前再走一步，于是犹犹豫豫地开口："陈琛，还有一件事——"

"琛哥！"

林玉的声音打破了这种尴尬。陈琛掩了电话说："我就来。"

他再回过头来问吉云："你说什么事？"

吉云满腔的热情忽然缩了缩，也许真的应该缓一缓，她也需要一点时间来阐明她和那个药的关系，也许……她是真的害怕了。

吉云说："没事，我下午就去医院报到。"

他没听出异样："好，路上小心。"

吉云说："你去忙吧。"

"嗯，那我挂了。"

吉云的脚刚踏进门里，就被一地狼藉弄得彻底怔住。办公室就像是被洗劫过一样，文件、报刊乱飞不说，桌椅、沙发都是东倒西歪的。

帮忙打扫的勤杂工忙得气喘吁吁，几个同事在整理桌面，一个个也是灰头土脸。

吉云避开地上的东西，扫雷似的往里走，问：“这又怎么了？又有病人家属来闹了吧？”

几个人你看我、我看你，谁也不肯做那只出头鸟，只是开着玩笑说：“真那样倒好了，至少也有地方喊冤去啊！”

忽然有人提醒道：“别说了，人来了。”

吉云倚着桌边，冷眼等着主角出场，没想到门后头进来的，居然是面红耳赤的素娴。这女人气势汹汹，一只手紧紧攥着个手机，进来谁也不看，径直冲到自己的办公桌前，拿了包就走。

她都已经一步迈出大门了，又折返过来，朝屋子里的人来了个九十度的鞠躬：“今天给大家造成麻烦，对不住！”

她的脸皮涨得紫红，紧紧咬着嘴巴，死撑着不让眼泪落出来。吉云一阵惊讶，连忙跟在她的后面出去，追到停车场，才赶上素娴。

女人已经有点失控，开了车门，又猛地甩上，狠狠踢了一脚车门。吉云也不拉她，眼睁睁看着她那尖头靴子成了平头，自己绕过车前脸，坐到副驾驶上，冲她招了招手，说：“等你上来。”

素娴又狠踢了几脚，这才坐上来，瞪着吉云：“你上来干吗？”

吉云说：“这句话我还想问问你呢。”

素娴没绷住，眼泪像是串成线的雨，瞬间大珠小珠落玉盘。两只手紧紧地抓着方向盘，手肘一折，她将头无力地垂过去：“我真想一踩油门撞死她，大不了一命赔一命。”

吉云脑子都没带转，当即就把故事从头到尾串了起来。她老公的小情人大概嫌生活不够丰富，带着战斗力十足的队友，浩浩荡荡地扫荡了大老婆的单位。

再过一会儿，素娴自己也回过味来，哭也哭够了，发泄也发泄完了，理智回笼，不用人劝，也就停了下来，说：“你来晚了，没看到一场好戏。”

吉云说：“想也想得出来了。”

素娴愤愤道：“要不是早早就被同事拉出去，哪能让她狂妄到这地步？大家撕破脸后，谁怕谁啊！大不了以后医院我不来了，反正她也得给我吃不了兜着走。”

素娴越说越气愤，发动车子后，说：“我现在就得找这小妖精去。”又看了一眼旁边的吉云，说，“你现在不下车，别怪待会儿我没提醒你。”

吉云从不愿蹚浑水，偏偏每每天降大雨时，浑水都会淌过她。她心底一思量，知道素娴不出这口气不罢休，劝不住；又怕她到时候真的失控，会吃亏，只好点了点头。

“开车吧。”

# 第十章　爱人之前需要学会的，永远都是先爱自己

56.

素娴从不打无准备之仗，开车前就把那女人的情况摸得一清二楚，几个老巢，爱去哪里，一早就被她存在了车载地图里。

此刻，她只是随手一点，就调出路线，一秒钟都不带耽搁。吉云看她一副游刃有余的样子，疑惑道："你这像是憋足了劲，就等着她上门来闹啊？"

素娴将车子开得飞快，含泪睨她一眼，说："是啊。这一天简直等得我头发都白了，本来和那死人一直冷战着，都要弄崩了。她这么一闹腾，直接送我个反守为攻的机会，刚刚给他打电话，他二话不说，就把小妖精的位置供出来了。"

吉云本是调侃，素娴的这番话却让她不得不感到意外。一句话卡在喉咙里，痒痒得让她直想咳嗽。她扭头看了看素娴，还是咽了下去。

素娴仍在气头上，开着车，手舞足蹈地指导吉云一会儿见机行事。

说句良心话，吉云这辈子虽然横行无忌，每每流露出一副不知天高地厚的狂妄样子，似乎就等着挨揍。但承蒙苍天庇佑，还从没有和人真正红过脸，打过架。

她跟着素娴往楼上走的时候，真是抱着一颗虔诚学习的态度，没想到等素娴掏出钥匙将门打开，门里乱窜的小妖精里居然还有连诗——战况变得有些复杂了。

她去砸办公室的时候，连诗因为赶通告，没能出席。现在闺蜜们窝在一起开大会，连诗是无论如何都不能再缺席了。

素娴一见这丫头片子，就是冷笑：“哟，在屋里开小三茶话会哪！什么叫人以群分，物以类聚，看到你们这群垃圾，我就算彻底明白了。以为花钱整出个人样子，就能出来钓男人了，也不掂量掂量自己有几斤几两！”

连诗也不恼，不咸不淡地说着：“先管好自己老公吧，老太婆。”随即用两只亮晶晶的眼睛直勾勾地盯着吉云。

这时从连诗后头出来个长相清纯的女人，她静静看着你的时候，那叫一个楚楚动人。然而她一开口，就直接来了个大反转，对着素娴就开始问候祖宗八代。

吉云在一旁听得犯了尴尬症，直接蒙了。素娴却不是好惹的包子，两手抱在胸前，不落下风地回敬过去，整个屋子就叽叽喳喳地吵了起来。

阵线拉开，连诗就有空和吉云在一边开辟新战场。

和徐敬尧分手，已经让连诗够恨的了，现在吉云还自动送上门来。连诗觉得这简直是天赐的恩典？她一只手拦着，堵住空间，死活不让吉云跟着素娴。

吉云扫了她一眼说：“你好歹也算个公众人物，现在金主没了，没人拿钱帮你兜着，识相点就乖乖回去，别折腾出个什么事来，连十八线也保不住。”

不提还好，一提就更火大。连诗被踩住脖子，忙不迭地呛声：“你这种女人怎么会有男人喜欢？”

吉云耸肩：“你这种女人，都有瞎了眼的接盘，我有男人喜欢也不足为奇了。”

连诗直瞪眼：“怎么？嫉妒啊？徐敬尧宁愿要我，也不要你！”

吉云笑起来：“还是为了他啊！至于吗？大家同是天涯沦落人，谁也别五十步笑百步了。”

吉云笑着说话的时候，就像真能摒弃以往，一副重头再来的样子。徐敬尧打不倒她，那些过往也打不倒她，她淡淡然的一句话，就将故事翻篇了。

而连诗还在故事里，她手里的刀枪伤不了吉云，吉云的只言片语，却教她遍体鳞伤。她奉为至宝的，在别人眼中却成了破铜烂铁，于是那唯独的共同点都不复存在。连诗这一刻的心境就只剩下两个字：讽刺。

吉云没有一句话一个字，不是在讽刺她。

连诗只好退一步，重新找个对方在意的，然后切中要害："我和徐敬尧分手，还能找个更好的。你呢，就只能找个司机——挣的钱够买套吗？"

连诗抓住她瞳仁中一闪即逝的异样，哈哈直笑："不过他虽然挣得不多，一定在某个方面特别突出吧？和你之前的那些相比更胜一筹吧？不然你这种女人也不会心甘情愿跟着他。"

连诗大胆往前走了一步："他知不知道你之前的那些事啊？要不然下次我遇见他，好好和他聊一聊？我最近可是听说了吉医生的不少奇闻轶事呢。"

"啪——"

连诗的脸偏向一边。

屋子里忽然炸了，大家喊着："打人了，贱人动手打人了！"

所有人都气势汹汹地冲出来。

57.

第二天一早，陈琛上门去堵老马。棋牌室早上五点关，老马永远能熬到最后那一个。陈琛特地提早了半小时，到的时候，四野无人，他那栋房子的单元门还没打开。

一波冷风来袭，国内的许多地方都飘起了大雪，温暖的南方才不过姗姗入秋。陈琛在T恤外头套了件薄夹克，被清早的凉风吹得冷飕飕的，连忙将衣领竖起来，搓了搓手，蹲在大门外头。

因为心里有事，等待的过程并不觉得无聊。但他这么熬了一会儿，还是将手机掏了出来。时间太早，没法给吉云打电话，发短信也会带响。他只有克制自己，一遍遍看她之前发来的短信。

收信栏上是"1吉"，还是他把手机给她的那次，她自己改的，起初他一点也不理解这里头的含义，后来翻电话簿找其他人号码的时候才看出来。

她在大事上头，从来都很马虎，但对小事却计较得很。

身后的门忽然"咔哒"响了一下，有个头发花白的跛脚老太太走出来，两眼一低，被地上蜷起的一团吓了一跳。

陈琛扭头望过去，那老太太正碎碎地念叨："作死了，作死了，人吓人，吓死人啊！"

陈琛连忙将手机灌进口袋里，站起来，冲她点了点头，讷讷说了几声抱歉。

人渐渐多起来，先是下楼买烧饼、油条的，然后是紧赶慢赶着上学的，一个个都急得面红耳赤。陈琛再不能蹲地上了，又怕堵着原本就不大的门，往旁边躲着，紧挨住花圃。

直等到清早过去大半，老头老太太们搬炉子准备生火做饭，陈琛才掏出手机，连着给老马打了两个电话，却没一个打通。他这才真正焦急起来。

那跛脚老太太顶着月亮出门，溜完一大圈，回来的时候，太阳已经照在头皮上了，早上吓过她的那个小伙子居然还没走。

既是热心，也是无聊，老太太问陈琛："在这儿等谁呢？怎么不上他家里去啊？"

陈琛冲她笑了笑，说："只知道住哪一栋，但不知道具体是哪一间。"

"谁啊？说个名字我帮你想想。这楼上楼下我全认识，大家以前都是一个村的，这不拆迁后才搬过来的嘛。"

陈琛说："他姓马，具体名字我也不清楚，应该排行老大，我以前一直喊他大伯来着。"

"姓马啊？是不是开饭店那个？"陈琛直点头。

老太太冲他一个劲挥手："等不到了，等不到了，你还是早点回去吧。"

陈琛眉间一耸："怎么了？为什么等不到？"

老太太说："他啊，早把这儿的房子给卖了！"

陈琛："卖了？"

"嗯，好好的日子不过，没日没夜地就知道赌。玩得大，手气又不好，债主成天堵着门。后来听说实在没办法，就把房子给折价卖了，可还是没能堵上窟窿。这不昨天还有人来堵门呢。"

老太太直叹气："有点家底都给败光了，不知道的人看他有个饭店，还以为多风光呢。其实就剩了个皮，里子早就烂了。"

陈琛还不气馁，说："他家在几楼，能不能麻烦您带我上去看看？"

老太太捶了捶跛脚，说："行啊，那混球就住在我对门，你跟我上来呗。"

两个人一前一后进了电梯，年数长了，又疏于保养，电梯里脏得几乎没处落脚。黑黝黝的脏东西沿着电梯壁长了一圈，鸡血、鸭血、鱼鳞、菜叶，全都糊在上面，空气里还弥漫着一股腐烂的腥臭味。

他一颗心明明急得快要蹦出来，居然还能面无表情地站着，盯着电梯门上一只蚂蚁看。它大概失去了方向，又找不到来时的路，于是绕着一圈黑斑来回转悠，徒劳地挥动着头上的触角。

直到电梯门开，那只蚂蚁随着开启的铁门陷于黑暗，他方才移开酸痛的眼睛，跟着老太太出了电梯。

老马的门前堆着一团杂物，门把上落了一层灰，不像是最近有人来住过。陈琛还是上去狠狠砸了砸门，徒劳无功地喊着“老马”！

老太太在后头说：“没骗你吧，家里真没人。就是没卖房子，他也不敢回来啦！那些债主动不动就过来，又是泼油漆，又是倒大粪，有一次还带着刀呢。最苦的是我们，喊警察过来也没用，又搬不走。”

陈琛又砸了几下，这才不甘心、又不得已地走开，对那老妪说：“他把房子卖了，那您知道他住哪儿吗？”

老太太直摇头：“不知道不知道。要知道，早告诉那些人捉他去了！小伙子，他欠你钱啊？”

陈琛说：“可以这么说吧。”

老太太一阵苦笑：“要不回来咯！小伙子，看你是个老实人，老实人的钱最好骗啊！怎么可以把钱借给赌棍呢？赌棍可是最不讲信义的啊。”

陈琛压根不知道自己是怎么回的火车头。

他一路走着、想着，为什么火车头生意这么好，老马要急着出手？

为什么他谁也不给，一开始就说要把店转给他这个新来的？

为什么自己说歇两天，考虑考虑，他就一个电话接着一个电话地催自己过来？

为什么之前说好的价格，到了最后要确定的时候，他又坐地涨价？

还不就是知道他这次回来，手里有两个钱；还不就是知道他想放手一搏，无论如何，都想把店盘下来；还不就是抓住了他的弱点，还不就是……

人对一件事的渴求越甚，越容易忽略背后的不合理。他冷静下来，跳出那个封闭的圈子再想一想，就会发现，其实整件事从头到尾都是漏洞百出。

陈琛狠狠地挠了几下头，粗黑的头发乱成一团，也无心去管；打给老马，无人接听；打给吉云，已经关机。

他忽然觉得一股疲惫如暗生的藤蔓攀爬在身上，心里反反复复问自己：如果老马跑了，他怎么守住那个店？会不会有旁生的枝节，在他最得意的时候横生出来？

还有吉云，他们之间的感情是不是也如那股渴求一般，激情消减，回归现实，褪下虚妄的锦衣之后，其实内里布满了虱子？

陈琛无人可以述说，也不想多说。林玉问起来的时候，他也只随口敷衍几句。

店里忙的时候还好，一旦闲下来，他就有些脚不沾地的虚浮感。老马一天没找到，火车头一天没过户，他就一天不会心安。

吉云说得对，他是傻，这么大一笔钱支出去，连个条子都不打，完全就是把命放在人家的手里，叫旁人给你定生死。万一老马前脚收了他的钱，后脚就把店抵给了其他人，他怎么才能证明，这店是他买下来的？

他出来摸爬滚打这么久，犯这么低级的错误，不应该。

可再怎么懊恼也没用。陈琛没事就出去找人，老马爱去的棋牌室他走过，老马爱逛的店他等过，连老马去过的澡堂子都没放过。

可这人就像人间蒸发了一样，竟然半点痕迹都没留下。陈琛被逼无奈，去找了当警察的战友，看他那儿能不能搜集点儿信息。

李想和他在局外头的大榕树下站了会儿，等手上的一根烟慢慢抽完，这才说："你这次也真是倒了霉了，谁能想到他就这么一声不吭地溜了，还以为能吃个香饽饽呢。也怪我，没给你做好情报工作。"

陈琛拿鞋踢了踢地上的石子，眼睛掠着他："怪你干吗？你事够多了，怎么顾得过来。怪我自己，太着急了。"

听陈琛这么说，李想心里就更烦躁，一双手忙着上下摸烟："兄弟，找老马这事我给你记在心上，一定有多大劲，就出多大力。这狗东西估计欠了谁的款子，担心被揍，就躲起来了。你再等几天，他一准冒头。你就把心放肚子里，回去好好开你的店，他再缺德，也做不出这一女二嫁的事吧。"

李想摸出烟盒，晃了晃，盒里的烟卷冒了头，先往陈琛面前一搁："你也来一根？"

陈琛想了想，真的抽了根出来。

李想拿打火机点烟，试探着问："弟妹呢？怎么不把她一起带过来？"

陈琛吸了口烟，缓缓吐出来，说："她回去了。"

李想隔着烟雾，小心看了一眼他：“那你们是要异地恋啊，还挺赶时髦的。”

陈琛说：“没办法。”

是啊，没办法！不然成天腻在一起都不够，谁还想异地恋？

一根烟抽完，陈琛向李想道别。回去的路上不知道怎么了，他特别想吉云，还开着车，就把手机拿出来，满是期望地拨过去。但一次一次，都是关机的声音。

……这都几天了？

陈琛很是懊恼地将手机扔在副驾驶上，手机刚打着滚停下来，忽然一阵振动。陈琛眼里一亮，以为是吉云拨过来的，连忙倾身抓过来。

屏幕上却写着“林玉”两个字。

他接通后，懒散地问：“什么事？”

林玉声音高亢地说：“琛哥，你电话怎么啦？一直打不通！店里来了一伙人，说要把店收了。一个个凶神恶煞的，你快点过来！”

58.

吉云不是第一次进公安局，却是头一次因为打架进公安局。回来的路上大约是吹了冷风，第二天就病倒了。

一连几天，她都高烧不退，整个人躺在床上，像是一尾陷入沙丘的鱼，完全是稀里糊涂的。熬了几天，才缓过劲来，刚煮了一锅粥，就听见门铃响了，来的是素娴。

和几日前相比，素娴的气色好了许多。她将带来的一捧玫瑰拆了，将花瓶里原有的百合换了。坐到吉云床边的时候，照例是上下打量了一遍这女人，然后笑着说：“看起来恢复得不错，面色还挺红润的。”

吉云冲她笑笑，说：“你喝茶。”

素娴不渴，就端着杯子焐手，说：“刚刚在店里喝了，肚子里饱饱的都是水。”

吉云问：“和谁去喝的？总不能一个人吧？”

素娴冲她挤眉弄眼：“还能是谁啊！”

不用问也知道是她老公了。吉云说：“又和好了？”

素娴叹出口冷气：“哼，他是这个意思，我可没打算原谅他。那事出了之后，他一直乖乖的，晚上也知道按时回来陪孩子吃饭了，还成天老婆大人老婆大人地追着我喊。”

吉云说："他这时候倒不惦记儿子了。"

素娴扑哧地笑起来："他倒惦记着。可人肚皮不争气啊，那小妖精压根没怀上，验孕棒都是偷拿她朋友的。"

吉云不知道她笑什么，也不知道自己该说什么。

素娴说："以后再不敢带着你当后援团了，谁能想到你性子这么火暴。我还和人进行亲切友好的会谈呢，你这边就开始全武行了，差点没把我吓死。"

她不提这个也还好，一提这个，吉云就觉得胸口闷闷的。她将手里的粥碗搁到一边，说："她倒没告我。"

素娴说："她倒是想啊，不过捞到一票，下半生不愁了。回去之后，我还和我老公猜呢，到底要花多少钱才能摆平这件事。徐敬尧那个人，虽然在感情上不太靠谱，但做事还真是干净利索。听说她不追究你责任的条件之一，就是让徐敬尧捧她当红星。徐敬尧立马给她在美国大片里买了个角色，这不，人马上就要高高兴兴地去好莱坞发展了。"

这回答似曾相识。吉云看着素娴，不知怎么的，觉得她也变得陌生起来。

吉云凉凉地打量着她："你们家的那一个，也是拿钱打发了？"

素娴说："不砸钱，还能求着她走吗？我说过的，我是不可能离婚的，要等着我挪窝拿财产，简直想也不要想。她要不是那么一闹，兴许我也就睁一只眼闭一只眼。她这么一闹，大家脸上都下不来，不用我说，我老公自己掏钱让她乖乖滚了。"

好像人就是这样奇怪，恋爱的时候吵着要求简单、平等，专一大过天，可真的结婚了，就像变了一个人。计较起成本，计较起影响，无聊了，在外头偷个人，安抚好后院不至于起火，嫌腻了，立马反目，和糟糠结成联盟，一致抗敌。

吉云不知道是她待的世界太疯狂，还是她自己太愚昧，越来越玩不转这复杂的世界了。于是那个问题就像一个雪球，在她的心里越滚越大，尽管她知道了答案，却还是带着一丝希望问："素娴，你这样过着真不累吗？"

大家这样过着真不累吗？

素娴的高兴劲很快落了下来，说："累啊！怎么不累？实在是拿自己老公没办法，才拿那些女人来撒气。可你能怎么办？和他离了，再找下一个？我带着个孩子，又时常忙得不着家，这种条件，就算能找到，说不定还不如他。男人嘛，不都这个样子。"

吉云喃喃着，像是说给自己听：“不，不都是这个样子的。”

有例外的，一定有例外的。

她将自己关了的手机接上电源，想快点联系上陈琛。可又不知道电话接通的那一秒，到底要告诉他些什么。

她把人打了，进了派出所，差一点就要被拘留，追究责任了。而究其原因，她也不知道下脚的那刻，到底是因为对方侮辱了陈琛，还是因为对方戳中了自己内心深处最不愿意回望的一段过去。

她的生活一团糟，他的世界却干净得像一张白纸。

私护进来，撤掉了冷下的粥，又怕吉云太闷，帮忙开了电视。

电视里正在播一部很经典的老片。中国香港湛蓝的天空下，两个男人在几十层的楼顶上，相对而立，微风吹动着他们鬓角的头发。

刘建明说：“给我一个机会。”

陈永仁说：“怎么给你机会？”

刘建明说：“我以前没得选择，现在我想做个好人。”

陈永仁回道：“好啊，去跟法官说，看他让不让你做好人。”

有没有一个机会，能在一开始的时候就遇见你？

我想做个好人，可蓦然回首，却早已经走错了太多。

陈琛赶到店里的时候正值中午，本应该是一天里生意最好的时段，火车头的大门却被关了半扇。

林玉蜷在店外的台阶上，看到车上下来的陈琛，兴奋地一溜小跑过来，说：“琛哥，你来了就好了。一群人不由分说，过来就把店占了，还说马上就要关店，让大家伙卷铺盖走人！谁不听他的，上来就是一拳，把人吓得全跑光了！”

陈琛拧起眉头，二步两步跨上台阶。林玉扯着他的衣角，要他小心。陈琛望了她一眼，说：“别怕，店是咱们买的，真以为这世上没王法了吗？”

他推门而入，店里早就没了客人，原本无时无刻忙得团团转的服务员也不见踪影。大厅里，一个套着夹克的男人正坐在桌边喝茶，旁边几个穿白T恤的，像是小弟模样的，正在规整桌椅，见到有人闯进来，都警觉地走过来，问：“你谁啊？”

那喝茶的大哥将保温杯的盖子合上，斜着眼睛看过去：“小伙子，不提供快餐了啊！以后想吃饭上别家去，这儿往后可都不提供了。”

陈琛视线掠过那群小弟，最后定定地锁到派头十足的大哥身上。他自知占理，所以毫无畏惧，义正词严地说：“这儿是我的店，提不提供吃饭，也应该由我说了算。你们无缘无故来我店里捣乱，也实在太——”

“你店里？”那大哥忽然打断他，将陈琛的话重复了半句，立马哈哈大笑起来，“小伙子，你搞错了吧？这店是老马抵给我还债的，我前阵子有点别的事要忙，一直没顾得上收，怎么几天工夫就变成你的了？”

他连连摇头。旁边的小弟也在跟腔：“是啊，怎么就变成你的了？你谁啊？以为自己老几啊！”像是要比着谁笑得更大声一样，他扯着喉咙发出怪叫。

越是怕什么，越是来什么。陈琛攥了攥拳头，说：“我几天前刚把盘店的钱给老马，在这儿工作的，都可以替我做证。”

那大哥已经收敛了笑容，此刻挥了挥手，说：“这老马也刚刚把店抵给我，我这帮子小弟也可以替我做证啊！”

一帮人都附和着：“是啊，我们可以为老大做证的！”

后头的林玉拉着陈琛的胳膊，小声喊：“琛哥。”

陈琛拍着她的手，说：“没事。”他心里知道和这帮人交涉不了什么，你一句我一句地争辩是非，也不过是打嘴仗，于是将手机掏出来，说，“这样吧，我也不多说了，报警好了，让警察来处理。”

有个比较冲动的走过来，一听警察就奓毛了，揪住他的领口，说：“报什么警啊？这店就是我们老大的，你报什么警啊？想挨揍是不是？”

要放以前，遇到这种挑衅，陈琛大概早就一拳挥过去了。可他深知此时此刻不能乱动，任何一个先发制人，都可能成为后来的把柄。于是他就这么直挺挺地任由人抓着，一双眼睛漆黑如墨，一字一顿地说：“松手。”

旁边那老大冷眼看着，又开了杯盖，呷下一口茶：“小伙子，做人可要厚道，你想吓是吓不住我们的。我今天正好得空，大家不如坐下来，再好好聊一聊，看看咱们到底谁说了真话，谁说了假话。”

抓着陈琛的男人说：“老大，你听他瞎说呢！”

陈琛刚要回答，手机却是一阵振动，屏幕上显示的是熟悉到不能再熟悉的“1吉”，两个字坚硬如铁，直直刺进他的眼睛里。

陈琛的一只手如铁箍似的，按上对面男人的手。他只想脱身去接电话。男人立马哎哟着喊痛，嚷嚷着：“你还敢打人！老大，他可找救兵过来了啊！”

他用力一挥，正打上陈琛的手腕。陈琛的肌肉下意识地一缩，手机没拿好，被抛开来，翻着滚，落在地，前后板分离，算上蹦落的电池，直接摔成了三块。

振动立消。

陈琛下意识地挥拳而去。

所有人一拥而上。

59.

李想递了块毛巾过来：“擦一擦吧，瞧你这一脸的伤，就不能服点软？”

陈琛接过来，擦了擦湿漉漉的眉角，雪白的毛巾上洇出一片血红。他倚着身后的一个电线杆，说：“他们把我手机砸了。”

“就因为手机啊？”李想直挠头，“幸亏人家这次没深究啊，不然真要算起来，你一言我一语的，这话题可就更长了。”

陈琛问：“他们真有老马亲手写的条子？”

李想叹气：“真有啊！白纸黑字，还签着名，那狗日的还给按了指纹。内容包括时间、地点、事件，还特地写了自己意识清醒，并非受胁迫，简直滴水不漏了。那群是什么人啊？你也不想想，在外头要了这么多年的债了，随便一句口头承诺，能糊弄住他们？”

但随便的一句却能糊弄得住陈琛。陈琛恨恨地用脚后跟踹了一脚柱子，心里早已经是翻江倒海，脸上倒还是隐忍着：“那就没别的办法要回店了？店里好多人，都可以为我做证啊！”

李想烦躁地摸出烟：“难。他手里的证据，可比你喊一群人来证明要管用得多了。而且这些人势力很大，我们遇见了都头疼死了。你那些员工真敢冒着被报复的危险来帮你？反正这边是帮你们把案子立下来了，但之后案子的走向会怎样，还真的就要靠你了。”

李想递了根烟给陈琛，他没拒绝。两个人点上烟抽了会儿，李想叹气：“你最近也别去店里了，他们人多势众，又占着理——我是就纸面上的证据来说，他们占着理——解铃还须系铃人，你最近还是想着从老马身上着手吧。”

陈琛：“嗯。”

李想被烟熏得微眯起眼睛：“不过你还得有个思想准备，这店现在已经被人占着，你要回来的可能性太小。找到老马，尽量想着怎么把钱拿回来吧。有了钱，也算是有资本，你再去做点别的什么也好。”

陈琛点头：“我知道。最近有老马的消息吗？”

李想说：“应该是早不在市里了。他反侦察意识挺强，我本想照着他身份证来追踪的，但一直都没结果。估计他要么是一直坐大巴，不用实名认证，要么就是拿了别人的证件。我去了他常去的几家棋牌室，问了他的几个牌搭子，虽然也不知道他跑哪儿去了，但都提到他平时爱挂在嘴上炫耀的一个有钱的亲戚，估计他可能去投靠这个人了。”

陈琛：“知道那亲戚在哪儿吗？”

李想说：“说起来真挺巧的，和弟妹是一个城市的。你不也在那儿待过吗？他要真是去了那儿，你找起来还能有点门路。”

陈琛想了片刻，说：“我马上买票。”

李想拍了拍他的肩：“死马当活马医吧。我这边反正还继续帮你查着，一有什么新进展就告诉你。你这次过去，还能顺便再和弟妹见上一面。这儿的情况都告诉她了？”

一提起吉云，陈琛的心里总有点怪怪的，那股烦躁感就更加热烈起来。

陈琛含糊着说：“没。”

李想说：“告诉她呗。她在那儿，朋友比你多，有她帮忙肯定事半功倍了。”

陈琛也不说好，也不说不好，明显在逃避这个话题。他没拿烟的手往李想面前一摊：“手机借我。”

李想摸口袋：“打给弟妹啊？”

陈琛将手机拿过来，其实一直没刻意记她的号码，输入的时候才知道早就烂熟于心。他叼着烟，点了点头。

吉云接到电话的时候，刚刚躺下眯了一会儿。见到屏幕上一连串的陌生号码，正准备挂了，猛地瞥到上头的归属地，又坐起来，迅速拿了只靠枕塞在身后。

接通电话之前，她掐着喉咙咳了好几下，这才慢悠悠地问：“陈琛？”

陈琛说：“是我。”

吉云问：“你怎么又换号码了？之前给你打了电话没人接，再拨过去就已经关机了，店里的固话也打不通。你这是故意要躲着我呢？”

陈琛说："不是，准备接的时候，电话掉地上坏了，借了我战友的手机给你打的。"

吉云这才把悬着的心放下，可转念一想，又觉得不对劲："干吗借你战友的？你们俩离得又不近……你不是进局子了吧？他把你保出来的？"

陈琛立马说："没有，我们一起吃饭。"

他的声音始终有点哑，吉云听出点端倪，问："怎么了，在吸烟呢？"

陈琛一愣："没有。"

话音刚落，他忽然自齿缝间逼出一个"嘶"声。吉云很敏锐地捕捉到了，问："是不是烟吸完了，烫到手指了？"

"……"

"陈琛，你骗不过我的。"她想了想，"你只有特别心烦的时候才会吸烟，今天是不是遇到什么事了？"

陈琛说："没事，就是想抽。"

"你骗谁呢。"吉云问，"是不是店里最近太忙了？过户办得顺利吗？那赌鬼没和你耍什么花枪吧？"

陈琛不知道该怎么回答。他习惯了报喜不报忧，以前是对母亲，现在是对吉云。

吉云等不到回答，心里把屈指可数的原因全想了一遍，最后自省吾身，小心问："是不是怪我太久没联络你？我看到你给我打的电话了。不过那几天……"她语塞了一下，"那几天我太忙了。"

两个人都沉默下来。

片刻后，陈琛"嗯"了一声。

吉云说："以后我再也不这样了……陈琛，咱们俩什么时候能再见面？马上元旦了，我趁着假期过去看你吧？"

陈琛连忙说："别！"

吉云疑惑："为什么？"

陈琛有些支吾："最近挺忙的。"

"你忙你的，我又不打搅你。"

陈琛还是没同意："等我来找你吧。"

吉云追问道："你什么时候来找我？你不是忙吗？"

电话那边响起李想的声音，一个劲地催促陈琛去吃饭。吉云猜他俩大概是约好了，要把她这边糊弄过去，连忙强调道："陈琛你不许挂。"

那头已经传来李想的声音："弟妹啊，我这话费不够啦。理解万岁，等陈琛买了新电话，再给你拨过去哈。"

60.

家里开着地暖，即便是深冬，也仍旧温暖如春。吉云直到套着衣服出门的时候，才知道这个城市的冬天，已经冷到这样的地步。

她裹着大衣，戴着手套，站在路边等专车来接的时候，还是被凛冽的寒风吹得瑟瑟发抖。

大街上张灯结彩，圣诞刚过，没来得及撤下的圣诞装扮，与元旦的装扮重叠在一起，有一种奇异的和谐。

吉云一早和徐敬尧约在厂里见面。她到达的时候，秘书说他正在会议室里召开小型会议，让她在办公室里稍微等一会儿。

许久没来，他办公室的样子却没怎么变，还是灰白的主色调，摆设极简。办公桌上东西虽多，但一样一样收拾得非常整齐。

吉云记得自己还是学生的时候，喜欢忙里偷闲，来他这儿坐一坐，摸摸这里摸摸那里，觉得一切都是新奇的。偶尔被外人撞见，她也不羞不臊，心底甚至是喜悦的。

那时候的人，真是单纯得可笑。

吉云坐了半小时，没等来徐敬尧，私护又给她打电话，问她什么时候到家，又到了该吃药的时间了。

吉云将包里的一个文件袋取出来，放到他桌面醒目的位置上，穿上大衣，戴上手套，走了出去。

秘书叫她再稍等一会儿。吉云摆了摆手，说："不用的，没什么事，我把东西放他桌上了。"

她一路坐着车子折返回来，刚刚下车要进小区时，忽然就被一辆黑色的车子挡在面前。

吉云掩着大衣往车里看，降下的车窗里，是徐敬尧煞白的一张脸。他扬了扬手里的文件袋，说："你这是什么意思？"

吉云刚要弯腰趴过去，徐敬尧已经开了车门，走下来。他一身灰色长风衣，显得尤为挺拔，无端端的就给她一股压迫感。他开口的时候，先半笑半恼地叹出一口气，然后问："这袋子里是什么？"

吉云照实说："股份的转让协议，还有一张支票，金额是我自己估的。如果低了你告诉我，我再回去凑一凑。"

然而袋子里真正装的是什么，徐敬尧问的又是什么，他自己清楚，吉云也未必糊涂。

徐敬尧将袋子扔在她的怀里，说："我不接受。吉云，你听着，我一个都不接受。"

他转身就要走，吉云拉住他的胳膊，说："你今天不拿走，我一会儿找快递给你寄过去。"

徐敬尧一扭头，锋锐的眼睛死死地锁到她脸上，问："你到底还要我怎么做？"

吉云看着他，反倒是一脸平和："其实我去你那边之前，想了一肚子的话，要说给你听。可真正见到你的时候，我又觉得来来回回就只有那一句话。"

徐敬尧像是在接受某种审判一样，就这么直愣愣地望着她，然后听她说："我一点都不在乎你了，徐敬尧。以后别在我身上花这么多心思，没用的。"

徐敬尧默然片刻，才和她面对面站着，自她手里接过那只文件袋："那你也不用这样。"

吉云笑了笑："如果以后还能做朋友，最起码要把关系拎得清楚一点，才会比较好。"

徐敬尧知道，她这不是想拎清楚一点那么简单："你是准备彻底和昨天说再见了？"

吉云说："都到新的一年了嘛。"

古话说，事不过三，许多东西执着一两次可以，到了第三次要是还不行，就应该到放手的时候了。

徐敬尧是个聪明人，也是个商人，计较的永远都是边际效益的最大化，与其要让弯了的棍子变直，还不如再取根木料重新来造。

爱人之前需要学会的，永远都是先爱自己。

徐敬尧说："那好，那我先祝你新年快乐。"

吉云说："你也是一样。"

“我不一样，我的心里还有你。”

吉云只是笑笑，目送他坐上车子，离开之前，挥了挥手。

这像是一个决绝而果敢的手势，轻轻一挥便是沧海与桑田，山岳拔地，万壑填平。总有人的世界倾倒，总有新的花朵顺着缝隙，逶迤生长。一个大地回春，便是万花齐放。

陡然之间，自天空飘下几点雪花。

吉云脱了手套去接，还没送到眼前，便已经倏地消融。

沁凉的冰爽感钻进她的五脏六腑，冻得她浑身一抖。某个瞬间，某种难以言说的感觉随之充斥全身——她抬头的一瞬，看到不远的台阶上，有个熟悉的身影。

零下的寒冬中，他只穿着一件薄薄的夹克，嘴唇冻得青紫，却依旧在这冰天雪地里静静地等待。

吉云向他笑了一笑，说：“你怎么来了？”

61.

只是说话的工夫，方才还只是飘洒的雪，顷刻间铺天盖地地落下来。

雪团聚着，像是一朵朵柔白的棉絮，坠到她纤长的睫毛上。她一眨眼，雪花便落在她的脸颊上，却没有融化。

隔着白茫茫的一片风雪，两个人静默着对视了片刻。

吉云朝他先招了招手，说：“过来啊！怎么，不认识了？”

陈琛这才走过来，迷蒙的一张脸越发明晰。他头发粗黑，被风吹得乱糟糟地横在脑袋上，一双眼睛亮得惊人，永远是无畏无惧、平淡如水地看着你。

看进你的心坎里，搅乱那一池子死缓的深水。

分明是陈琛在走，累得喘气的却是吉云。他站到她的面前，脖颈弯作完美的弧线，垂着眼睛俯视她。

她已是浑身颤抖，大口地呼吸着，冻得发红的手摩挲着他短发下雪白的耳朵，一说话，便呵出乳白的气息，扑打到他的脸颊上：“不冷吗？”

陈琛看着她：“不冷。”

她的手划过他脸上细小的伤口，问：“这是怎么了？和人打架了？”

陈琛拉着她的手，亲了亲她的手心，说：“被猫挠的。”

她拧眉："不好笑啊。"

他帮她掸去一脸白雪。尽管是这样的天气，穿得这样单薄，他的手仍旧温暖干燥，像一只燃着炭的小火炉，贴着她最敏感的皮肤。

吉云歪着头，将脸尽量贴上他的手。他拂过她瘦削的腮帮子，拇指捏了捏她的下巴，按上柔软的下唇。

他眼神迷醉。他的口腔里，也是干爽的气息，柔软的舌尖一圈圈舔过她的齿龈，最后勾着她的舌头吸吮着。

两人分开的时候，吉云倚在陈琛的怀里平复了好一会儿，这才被不断飞进脖子里的冰雪激得动了一下。

吉云抬头，眼中雾气未散，低着声音问："陈琛，跟我回家吧？"

回家——两个字，如重击的鼓点，短促有力地捶在他的心上。他停滞的意识尚未回归，吉云已经搂上他的胳膊，往小区里走。

他弓起手，紧紧握住她，想用手心的温度焐暖她。

吉云抿嘴笑，浅浅睨了他一眼。

谁也没有说话，却有心领神会的电波交织。一股渴求如滚动的铁桶，碾着他们的脚跟，让他们不得不走得飞快。

一路从冰天雪地，走进温暖如春的家里。吉云来不及换鞋，甩了脚上的高跟鞋，就一步踏进房子里。大衣和手套被她扔到沙发上，她赤着脚回来牵他。

两个人心照不宣地往二楼走，拐过一个楼道，忽然有人在下头喊吉云："吉小姐，您该吃药了。"

杂乱的脚步声停下来。

私护这才看到她身边有个唇红齿白的年轻人，两个人还手牵着手……她立刻觉得自己冒昧了，支吾着哼唧了几声。

吉云撑着栏杆往下看，说："我差不多都好了，药我会定时定量吃。你从今天起就不用过来了，说好的护理费我准时打到你账上。"

私护很有自知之明："那我待会儿先走了，钥匙给您搁台上。"

吉云："好，路上小心。"

吉云的房间在过道的尽头，是向阳、向南最好的一个房间。巨大的落地窗占满半间屋子，视野极佳。陈琛刚一进去，就被那窗外纷纷扬扬的大雪晃到了眼睛。

她走去拉上窗帘，仅仅穿着一条贴身的米色长裙，高领的，却是无袖，两条藕段似的膀子，就这么光光地露在空气里。

吉云挑了最薄的那层纱掩上，往后一退，却撞到男人怀里。空气里早已是噼里啪啦渐次炸开的电流声，她的呼吸与心跳都是一滞。

她转身过来，两手攀附在他的肩上，男人搂着她的后脑，很重地亲吻下来。

一直睡到日落西山，吉云这才醒过来。

窗外风雪正大，院子里已是一片雪白，石径和草坪都被厚厚的积雪覆盖，房间里却温暖得让人脸颊泛红。

吉云不着丝缕，将头枕在胳膊上，就着雪色看了会儿陈琛的脸。不过几日未见，他好像瘦了点，也黑了点，眼眶凹下去一些，睁眼看她的时候，眼神就显得更加深邃了。

等收拾干净自己，她裹着宽大的睡袍，去厨房里准备吃的。她刚刚将米淘净了，放进电饭煲里，忽然就被一双手捞进怀里。

吉云拍了拍他硬邦邦的胳膊，问："睡醒啦？"

男人将头靠着她，鼻尖紧贴着她细软的头发，轻轻一嗅，有甜甜的果香。

吉云在他的怀里转个圈，两个人面对面地站着，这才看到他已经把衣服穿得整齐，有些惊讶道："你不在这儿住吗？"

陈琛说："毛孩那儿有个空屋子。"

吉云白他一眼："我又不是没去过他那里，一共就两间。"

陈琛振振有词："毛孩晚上不回来。"

"哦，那你正好和喜报共处一室。"吉云往后仰着脖子，再猛地往他前胸一顶，"你想得真美啊。"

吉云扯着他的领子，像是个要糖吃的孩子，不停地说："留下来吧！好吗？留下来吧……"

陈琛就只是这么垂目看着她，既不说是，也不说否。

吉云急了，问："那你先说说，你为什么这么急着过来？"

陈琛这才给出不一样的表情，拧了拧眉，说："来看你的。"

他将环着她腰的一双手松了，想往后逃。吉云一把抓着他，说："你别告诉我，你千里迢迢坐了一夜火车过来，就是为了和我那样的。"

陈琛一张白搭搭的小脸皱起来，顷刻间就红了，又是窘迫，又是焦急，还在嘴硬："来看你的。"

他这表情真是好看。吉云抱着两只手，慢悠悠地注视他半天，这才说："你别瞒我了，林玉把什么都告诉我了。"

# 第十一章 她终在他手下静静地绽放着

62.

吉云说："你保密工作做得百密一疏。林玉怕你连夜坐火车，过来不安全，早就给我打过电话了。你们都说她傻，我看还挺精明的，知道先给我打个招呼，不用窝在家里瞎担心。"

陈琛听着，就皱起了眉，来得太过匆忙，没能照应到林玉。按照她的性子，吉云稍微一钓，她保准会和盘托出。

见瞒不下去，陈琛这才坦白了："我不胡来。只要能向老马把钱要过来，我就认了。"

吉云心尖跳了跳："那赌棍真把你的钱给卷了？店呢？"

陈琛的一张脸更白了，有些诧异地望着她，愣了一秒钟，终于反应过来——吉云没钓林玉，她在这儿等着他，她是在诈他。

陈琛撒谎都撒不圆，怎么玩得过她，也就只好把话敞开了说："店被他抵债了，白纸黑字写着，赖不掉。"就只有他蠢蠢的，连个条都没有。

稍一联想，就能把事情串起来。吉云当天不过随口的几句提醒，谁知道一语成谶。吉云心里着急，表面上还是淡淡的，过去接了碗水倒进锅里，将锅盖按上，选了模式开始煮粥。

陈琛还在原地站着。

吉云倚着流理台，说："你怎么到我这儿来了？老马在这儿？"

"应该在。"

"那你一走，店更没人守着，他们想怎么来就怎么来了。"

"守着也没用，他们是我们那有名的地头蛇，人又多，硬碰硬没用。"

"那以后还开餐馆吗？"

"不开了，听说要转让给别人做别的。"

吉云叹口气："那牌子是好不容易做出来的，要真不开还挺可惜的。不过你这事挺棘手，就是找到了老马，也难要回店了吧？"

陈琛点头："李想也是这么说的。"

吉云说："我待会儿找个律师帮你问问吧，看能不能帮着出点什么主意。"

她说着就要往外头走。陈琛连忙拦着，说："不用麻烦的，我现在只要能找到人要到钱就行。店被他们一闹，已经断了人气，做生意的不怕位置偏，就怕赶客人，名声都被他们弄臭了。还是我和那店没缘分，我都想好了，以后还是待在这儿，从头做起。"

他的话虽说得轻描淡写，却不知道这一夜在火车上叹了多少口气。一件事捡起来艰难，丢下来又谈何容易？这背后有客观现实，大概也有吉云。

吉云看了看他，要笑不笑地说："本来听了你前一句还挺生气的，听到后来又开始顺耳了。我到底是该庆幸呢，还是应该为你觉得惋惜？"

陈琛没有回答。庆幸或惋惜都不是最好的回答，他只是站着不动，又摆出那一张木愣愣的脸。他看着她的时候，像是在思考，然而眼神却是平缓而凝滞的。

吉云觉得他大概只是看着自己，就这么让年华逝去。他已经一无所有，时间是他最珍贵的财富。

他在她身上浪费时间。

吉云被他看得脸皮发烫，说："我去给认识的朋友打个电话。不请律师，总要找到那赌棍的地址吧？"

陈琛还是没让她走，拉过她的手腕，闷声说："你别去找徐敬尧。"

他的目光自她肩头擦过，已经有了锋芒，刺得她皮肉尖锐地痛。吉云侧身抓他的手肘，说："我又不止他一个朋友。"

陈琛又摇头："别和他做朋友。"

这还是头一次，陈琛表现出这样强烈的喜恶。更多的时候，他像是一棵根植岩缝的松树，不怕严峻的环境，不怕迎面的风雪，权势和金钱也无法教他低头。他也从来不去羡慕温室里轻易得到阳光雨露的花草。

可当真正看到徐敬尧站到她的身边，他又开始觉得惶恐。如果说无知才会无畏，当心里有了真正的牵挂，你就永远没办法忽略你最大的软肋。

陈琛还在暗忖刚刚那句话的分量，就听吉云明知故问道："你看到我今天和他在一起了，是吧？"

陈琛点了点头。空荡荡的小区门前，亭亭玉立的女人和一个男人拉扯着，没办法叫人选择性失明。

吉云担惊受怕了好一阵子，这时候真正站在他面前了，即将直面最惨淡的人生了，反而平静下来，没什么可心虚的。

她一字一顿地说："陈琛，你听好我下面要和你说的每个字。如果听完之后，你还觉得要和我在一起，想留在这儿发展，我吉云这辈子就跟定你了。如果听完之后你觉得——"

陈琛忽然捂住她的嘴，原则全无地说："够了，我都不在乎。"

他伸手揽住她的后脑，想拥她入怀。吉云却掰开他的手，及时后退了一步，开始讲了起来。说起她看似幸福实则畸形的家庭，说起她无人管教、任性妄为的幼稚脾气，说起她和徐敬尧的那几年，也说她失恋之后刻意地逃避，以及混沌的人生。

说到最后，粥已经咕嘟咕嘟地开始翻腾起来。吉云一双眼睛红得异常，陈琛来抱她，她却拼了命地躲，直抵住坚硬的流理台，再逃无可逃，避无可避。陈琛将她一把搂进来，手臂如铁箍，勒得她动弹不得。

陈琛将下巴压在她的肩头，说："从我决定跟着你进来的那天起，我就没在意过。"哪怕她嬉笑着说笑的时候，他也没看轻她，她的过去——好与坏，对与错——都已经过去了。

吉云说:“别急着肯定，还有一件。”她像是贪恋他身上的热度，靠在他胸前，额头又紧贴了会儿，这才从他的身上离开。

“还有一件。”吉云舔了舔干涩的嘴唇，“我今天给了徐敬尧两份东西，一份是还他人情的支票，还有一个是一家公司的股份转让书。”

陈琛低头看她，表情迷茫。

“我大学时跟导师参加了一项药物研发，是徐敬尧当时为了追我而砸下的课题。药品最终顺利上市，因为药效很好，起效迅速，一经推出就大获成功。可是后来我们发现，这种药在大剂量服用后会产生很多副作用，致幻是其中一种。”

陈琛的胳膊一松，几乎从她的身上滑下去。尽管他已经很克制，告诫自己不要做出这样剧烈的回应，还是忍不住挺起僵硬的背脊，继而整个人都颤抖着。

他忽然又抬起手，紧紧握住她的肩膀，忽略掉她眼中一闪而逝的伤痛，问：“那个药叫什么名字？”

吉云心如死了一样，看着他：“陈琛，你不是一直想找更上面的一些人，更高层的吗？我就是。清安液从研发到上市，到一次次的危机公关，可以说，我见证了全过程。”

这一年的城市，风雪更大，所以多灾多难。陈琛离开的时候，还是穿着来时的衣服，他的时钟还停在雨水丰沛的南方小镇，时间却早已进入了冰封雪飘的北国寒冬。

与来时的一团火热不同，雪夜下的他冷得格外明显。他颤抖着，瑟缩着，一步一步，在白茫茫的地面上留下杂乱的铃印。

屋内亮着一盏灯。女人的面色苍白如纸，温热的呼吸打在她面前的玻璃上，洇出一片白雾。她抬手擦了一擦，目光循着那个默默离去的光点，渐渐冷了。

陈琛没有回过头来。

没有。

63.

元旦一过，吉云踩着上班的时间点到了医院。

办公室里又是人满为患。绕到住院部来复诊的，托关系来瞧主任医师的，新住进医院的，就快要出院的，乱糟糟的，像在开一场茶话会。

一切都像是恢复了原样。只有大家心里才知道，也只是“像是”而已。

说没脸来见江东父老的素娴其实早就上了班，见到她，还特地自百忙中停下来端详了一阵：“瘦了！”

吉云捏捏自己瘪下去的腮帮子：“瘦点好，瘦了漂亮。”

“不行，不行，你这都瘦得脱形了。”素娴也不着急，“没事儿，你过来上两天班就好，别人上班掉肉，你是上班养生。”

吉云斜着眼睛：“去你的。”

吉云把座位上一个裹着大氅子的老大妈给赶走了，自己一屁股坐下来，就忙着收拾阔别已久的办公桌。

上次来这里时，还是因为素娴家里失了火。她不在的日子，幸好有人帮着打扫，被掀翻的电脑也给重新摆好了。

吉云正要开机，江月从外头匆匆跑进来，将办公室里闲着的几个医生挑出来。

大家都问什么事。他说：“急诊忙不过来。一连进来了七八个孩子，症状都很重，需要马上进行手术。”

“什么病啊？一来来这么多，食物中毒？”

“应该是滥用药物。有个还算清醒的说，之前吃了好几种药片，又兑了大剂量的清安液。”

一边的吉云听得手脚冰凉，冥冥之中觉得有个人牢牢地注视着她。她一抬眸子，正撞上江月的眼睛。

江月向她一点下巴：“吉云，你跟不跟着过来？”

一直忙到下午才吃上饭。吉云急着出门诊，在急诊室里拿了盒饭，随便找了张无纺布，铺在地上就坐着吃起来。

素娴一直忙着安抚家属的情绪，刚被同事接班，就马不停蹄地溜了出来，见到吉云一阵打趣：“怎么都可怜到这份上了？坐在地上不嫌凉啊。”说着自己也一屁股坐下来，开了盒饭，扒了一大口饭，感叹道，“真把我饿死了。”

吉云嘴里也塞着饭菜，来不及咽完了就说：“哪儿还有座啊！”

素娴忿忿：“有座也不敢坐啊！院里全是领导和媒体，这要是被拍到，又要说医生上班时间偷懒了，一顶帽子扣下来，动都不能动。我以后是不来蹚这浑水了，本来也不是咱们的事，还累得和条狗一样。你瞧没瞧我刚刚都吐舌头散热了。”

素娴自己把自己说笑了，抱着快餐盒一阵前仰后合。吉云也跟着呵呵两下，一脸嫌弃地说：“你别老和个女神经一样，注意点影响。”

她说着就把餐盒放下来，拿塑料盖子盖好了。小田正好走过来，吉云连忙喊他把餐盒收了，从口袋里掏出块纸巾把嘴抹了，两手一撑，站起来。

素娴正啃着鸡腿，舍不得那块肉，死死含在嘴里，含混不清地说：“吃完啦？”

吉云把手插进白大褂，头也不回地说：“你慢慢吃。”

她还没走多远，又忽然想到什么似的绕回来。素娴还在啃着鸡腿，油汪汪的一张嘴，吧唧了两下：“怎么又过来啦？”

吉云表情为难：“你消息挺灵通的，有个事想请你帮忙。”

素娴叼着鸡腿：“嗯。”

吉云想了想，又不知道该从哪儿开讲。她掏出手机看了看，已经是下午一点半了，等走到办公室，再稍微准备一下，马上就到两点的上班时间了。

吉云递了张纸巾过去，说：“赶紧把嘴擦擦。你晚上有空没空，我请你吃饭，咱俩边吃边说好了。”

素娴把纸接过来，说：“行啊，到哪儿吃，你待会儿发短信给我，我让我老公去接乐乐，他最近闲得很。”

一提“老公”这事儿，吉云就更想把话题打住，拍了拍她的脑袋，说：“那行，晚上说。”

素娴拿筷子抽她的手：“快滚！”

吉主任一挂号出诊，排队的人当即挤满了整个喊号室。吉云忙了一个下午，好不容易看完病，这才去护士站要杯水喝。

她回住院部换衣服时，又被几个特地追过来的人堵上了，推又不好推，硬着头皮给看了，再把一切忙完后，喊素娴去吃饭时，《新闻联播》都已经开始了。

吃饭的时候，素娴照例先说了一通八卦。吉云借个耳朵，全程敷衍地嗯嗯两声，最后连素娴这种大条的人都觉察出来了，将筷子一丢：“好，先说你的事。”

吉云本来在喝汤，连忙把勺子放了下来，说：“想要你帮忙找个人。”

素娴说：“找谁啊？”

“记得我上次出差去的那地儿吗？就是想找在那边开快餐店的老板，姓马，骗了挺大一笔钱，最近跑到咱们这边来了。”

素娴一脸无奈地看着她：“歇了几天，话都不会说了，能给个有用点儿的信息不？”

其实吉云说完的那刻就发现了，一个人心里再怎么清楚，真正描述出来的时候，也就这么三言两语，何况还是个连面都没见过的人。

吉云想了想，将手机从包里掏出来，说：“你等着啊，我去问问。”

能问谁？只有陈琛了。从那次两个人不欢而散起，一连多少天了，陈琛也没联络过她，她也没联络过他。

直到现在，吉云还记得他转身而去时，带起的那阵细小的旋涡，还有他暗淡的眼波、落寞的侧脸，连灯火都晦暗下去的光景。

他走在前头，什么话都没有说，却比什么都锋利，一下下地剐着她的心。

像吉云这样风风火火的人，有一天也会从心底里惧怕一个人。她始终在等一个契机，一个可以重新去撩这个男人，又不觉得生涩刻意的契机。

此刻将手按上他的号码的时候，她觉得自己终于等来了这么一个契机——他电话居然还是关机。

再回到餐桌边，吉云好不容易蓄起的活力又散了开来。素娴觉得她像是个漏了气的气球，本来就不够充盈了，还在往外吐气，问：“这么快就回来了，打不通啊？”

吉云点点头。

“打给谁的啊？那小白脸？”

吉云又点点头。

“小白脸被人骗钱了？那个姓马的？”素娴嘿嘿地笑，“像他能做出来的事，精明全使在别的方面了。他也跟着过来了吧，吵架了？”

吉云吁口气：“别提了。”

素娴就知道一和男人联系上，吉云就容易犯糊涂。她说不提那就不提，要真把人弄火了，说不定拍拍屁股就走了。

素娴又开始扯些别的：“我走之前，听说有个孩子不行了，已经下了病危通知。其他的也都脏器受损严重，家长都站过道里哭呢。”

吉云怔了怔，眼皮子直跳。

“现在孩子真是不得了，听说好多十几岁的，就喝上瘾了，今天这群是开Party庆寒假的。听说后来警察一过去，满地的可待因、清安液、曲马多的空盒子，都是成打的。”

吉云脑袋木了木：“警察已经介入了？”

“这么大的事，再不来个警察，大家还不吵死了？说是要和相关部门联合整治，把相关责任人全揪出来问责。其实说白了，就是要找个背锅的。”

吉云对这个话题极感兴趣，但是想谈又不敢谈，完完全全就是矛盾的。一餐饭她吃得漫不经心，结束之后，又被素娴拉着在商场逛了一圈。

一过元旦，离农历新年陡然近起来，素娴开始给家里添置东西。在一家男士成衣店挑衣服的时候，她怕吉云无聊，撺掇着道：“不然你也给陈琛挑一件吧。”

还真就提醒了吉云。陈琛尽管年轻，身子好，但再怎么抗冻，一身皮肉也敌不过零下5度的寒流。何况他还是南方人，耐热还行，耐寒这种事，算了吧。

陈琛人高，宽肩窄腰，拿时兴的话来说，还有传说中的大长腿。吉云看来看去，觉得他穿哪一件都好看，可穿哪一件又都不像陈琛。

服务员见吉云不说话，以为她看不上这些外套，连忙带着去毛衣那边挑了挑，很热情地介绍道：“我们的毛衫都是选的最顶级的羊绒，虽然轻薄，但穿起来很暖和。”

吉云挑了件藏青色菱格纹的，拿手背摸了摸，还觉得不够，又弯腰用脸感受了一下，料子好不好她一试就知道。

服务员说：“小姐你真有眼光，这是我们店里新到的款，肘部加衬了麂皮，非常时尚有型。因为面料很好，干洗是一定的，穿一天之后，我们建议让衣服有两到三天的空置时间。”

吉云原本已经要拿下了，一经提醒，突然回过神。是了，陈琛那样不讲究的人，买这样的衣服送给他，不是为了他好，倒是给他添负担了。

吉云将衣服放下了，说：“我不想买这种。”

服务员很体贴地问：“那您需要哪种？我帮您推荐推荐。”

吉云说：“我想要便宜点的。”

“嗯。”

“要能随便穿随便洗的。”

买过衣服，吉云又去了趟移动公司。她在店里转了一圈，找了一对情侣机。付钱的时候，吉云在心里直骂自己幼稚。

导购递过来的时候笑道：“先生一定会很喜欢的。”

吉云又立刻欣然接过：“但愿吧。”

第二天一早，吉云将毛衣和手机一起送到喜报家。挺不巧的，敲了半天门也没得到回应。吉云看了看新手机，才不过七点半而已。

她将东西送到隔壁，嘱咐邻居交给喜报，又在门口再等了会儿，这才死心地走了。穿过小巷的时候，一辆闪着灯的警车迎面驶来，她往屋檐下躲了躲，等车过去了，这才继续走。

毛孩蹲在台阶上抽烟，瞧见陈琛走出来，连忙把烟扔了，搓搓手站起身来，缩头缩脑地跑过去。

毛孩将脑袋往店里头一伸：“又没找着啊？”

陈琛点头：“这一片的棋牌室都找遍了。这么找也不是个办法，还是要想想有没有点别的法子。”

毛孩直叹气：“琛哥，我能力有限，实在是爱莫能助啊。反正消息我都帮你放出去了，就等着看我那些兄弟能不能遇到了。这段日子先这么一家家找吧，昨天不是还有人说见到过个类似的嘛。”

陈琛说：“就是这样才怕打草惊蛇，万一再把他给吓跑了，真不知道下一步还能去哪儿堵他。”

毛孩说：“琛哥你别着急，就是再跑再找，总有一天能把这小子给揪出来。”

陈琛表情平静地说：“先吃早饭吧。”

两个人一直绕到城中村前头的那家小吃店，各要了一碗干拌面、俩肉包。

毛孩往条凳上刚一坐下，就跷着腿，手环过膝盖，捧着面碗。陈琛看他一眼，他恬不知耻地嘿嘿笑了笑。

许久不来这块吃饭，店里已经改了模样。因为被雨泡过后重修了一回，墙面刷得粉白，桌上也用剩下的黄漆刷了刷。

店前来了个买东西的女的，不算漂亮，但又白又高挑。店里闲得发慌的食客朝她吹口哨，女人脸一红，转身就跑了。

陈琛看了一眼，忽然想起某日下雨，也是类似的场景，但那女人可是凶得不行。他埋头猛吸了两口面，把肚子和心都填满了，耳边又仿佛传来一声：你就不能文雅点？

陈琛一口面卡在喉咙里，怎么也咽不下去。

走到毛孩屋门前时，有个穿制服的人正从隔壁家里出来，见到他俩，连忙边招手边跑过来。

毛孩天生对这类人没好感，躲着似的往屋里跨了一步，就留陈琛站在外头。

小警察先把证件出示一下，说："不好意思，打扰两位一会儿。"

毛孩露出半只眼睛，将人细细打量了一遍："警官，我们可是奉公守法的好公民。"

小警察有点不好意思地抓了抓头："不是抓你们来着，你们别害怕呀！就是有件事想和你们交流一下。"

毛孩直哼哼："交流啥啊？我们可忙着哩！"

陈琛推了把毛孩，对那警察说："有事儿你就说吧，别理他。"

警察连连点头："谢谢理解，谢谢理解！最近市里有多名孩子，因为滥用清安液等可上瘾的药物住院，生命垂危，相信你们也通过新闻报道了解了。咱们这片儿小黑网吧和不正规的药店挺多，这几种药也一直卖得挺火。针对这个情况，我们一方面要加强执法，另一方面还想在你们这边开个普法保健的教育活动，到时候请你们多多参与。有什么线索，你们也可以随时拨打我们的报警电话。"

毛孩抱怨："报什么警？上次被偷的摩托车还没给我找回来呢。"他不由分说要关门，将陈琛往门里扯，说，"我们这儿好着呢，不烦你们来操心，什么清安液啊，听都没听说过。"

小警察讪讪地笑了笑。

陈琛顺着毛孩的力道走进来。

等门一关，毛孩立马掏出手机，小心翼翼地说："得赶紧给龙叔去个电话，叫他最近低调点。咱们现在被人盯上了，货能藏就藏一会儿。"

陈琛过去把他的手机抢过来，将刚刚拨出去的电话给掐了，说："你别管这事。”

毛孩跑过来：“琛哥，你干吗呢？”

陈琛坐在桌边上，将手机往台面上一拍，尽管已经收了力气，还是发出沉闷的一响。毛孩吓得恨不得跳起来，说：“琛哥，你干吗？发这么大火？”

陈琛拧着眉说：“最近这事正在风口浪尖，枪打出头鸟，谁把脑袋伸出去就是死。他龙平是老江湖，能连这个都不知道？倒是你，最近收敛一点，别老跟在龙平后头跑，哪天被人做了挡箭牌都不知道。”

毛孩乐了：“我哪有那么大脸做挡箭牌啊！”一看陈琛满脸阴沉，又把头低下来，“知道了琛哥，你说什么就是什么。”

毛孩说完又摸了摸下巴：“你这说话的语气，还真是似曾相识啊！”

陈琛冷冷地看了他一眼，把毛孩吓得直钻桌底，幸好桌上手机响起来，救了他一命。

毛孩将手机拿过来一看，又递给了陈琛：“是你那朋友。”

陈琛连忙接通了，听李想在那边说：“陈琛，老马我给你找着了。”

64.

李想说：“老马我给你找着了，也真是他该死。你那地方现在挺冷的吧？大概是水土不服，他过去没两天就病着了。现在医院都要用实名制，查得挺紧的，一刷身份证就立马联上网。我一个相熟的朋友看到后，立马就联系我了。”

陈琛紧张起来：“他都去哪个医院？什么时候？”

李想说：“已经挂了两天水了，都是早上八九点钟去缴费拿药。你要是没事，就赶紧去那边候着，说不定马上就能遇上！医院名字是……”

陈琛道了声谢，将电话挂了。

毛孩弯着腰问他：“琛哥，你朋友说什么啊？找到那老浑蛋了？”

陈琛说：“找到了。他最近生病，会定时去医院看病挂水。”

“那好啊，咱们这就去堵他，是哪个医院呢？”

陈琛看了他一眼：“就附近这个。”

毛孩稍一思索：“是姓吉的那女人待着的那家？”

陈琛将手机揣进兜里，拍了拍他的脑袋：“走吧。”

陈琛给这医院送过好一阵子药，不敢说将这地方摸得透彻，但和药相关的他是摸得门清。

医院不仅分中药房和西药房，为了便民，门诊部大楼的每层都开辟了窗口，但能取到药水的，还真只有一个。

陈琛带着毛孩上到二楼，两人一边一个，等在窗口旁边。刚一开始，都还是满满地戒备着。陈琛两手紧紧攥着，眼睛一刻不停地望着电梯口上来的人群。

等了差不多三四十分钟，毛孩实在忍不住了，先去上了个厕所，回来的时候忍不住抱怨："琛哥，你都等了这么久了，人到底来不来啊？"

陈琛心里也没底，可一早打定了主意，不管他来还是不来，都得一直等着，哪怕有一点希望，也绝对不能放弃。

陈琛说："等着！"说完了立马往另一头走。他也是心急，脚步走得快了，正好撞上个人。他连忙伸手扶了一把，说："不好意思，没看见！"

那人理直气壮地呛过来："你俩眼珠子长裤裆里了？"

一说话就是浓浓的乡音。陈琛心里一个闪光，立马绷紧了神经，等去看的时候，已经彻底冷静下来。

陈琛牢牢扼住这人的手腕，眼睛发亮，说："终于找到你了。"

男人侧头往上一掠，吓得面如土灰，浑身抖如筛糠。

陈琛和毛孩一人架住他的一只胳膊，将老马拖出了门，绕到住院部和门诊部中间的一个小巷子里。

陈琛不敢松手，将人往墙上一摔，手随即死死地钉住他的肩，问："钱呢！"

老马还在耍滑头，装迷糊地说："什么钱啊？陈琛，你不欠我钱吧？我也不欠你的。你要是识相呢，就立马把我给放了。不然待会儿我一报警，就不是见面打招呼的事儿了。"

毛孩生性冲动，平时无赖惯了，陡然遇见个比他还无赖的，登时就火起来了，抬腿往他肚子上狠狠踢了一脚，说："你大爷的，这才是和你打招呼呢！"

老马痛得脸上肌肉一阵抽抽，眼泪鼻涕混着口水糊了一脸，还没硬气几秒钟呢，立马就软了下来。

毛孩再一抬腿，老马就吓得嗷嗷直叫。毛孩冷嗤几声："怕什么怕？老子膝盖脏了想掸掸，瞧你那㞞样！"

老马吸溜着鼻子央求道："陈琛，咱俩好歹是亲戚。我老了，不中用了，都这副样子了。你就行行好，把我给放了吧。"

陈琛牙关一咬："谁和你是亲戚？你今天要不把话说明了，就别想从这走出一步。我是不会动手打你这烂泥的，但我这兄弟就不一定了。"

毛孩拿手一削老马脑袋，吓得他一阵闭眼。毛孩看得乐出声，说："是啊，我这手啊腿啊正痒痒着呢，一天不揍人就受不了，你可掂量着交代啊。"

老马吓得要哭，呼哧着道："陈琛，你到底要我说什么啊？"

"你还装蒜！"陈琛用力一紧，捏着老马肩头的手和铁钳似的，当即把人弄得抽口冷气。陈琛拧着眉，问："钱呢？你把我的钱弄哪儿去了？"

老马死犟："什么钱啊？"

陈琛一巴掌抽在他的嘴上。老马直嚷嚷："说好不打人的！"

陈琛说："我打的是畜生！"

有人往巷子里来看。

老马瞅住机会，大喊："救命啊，打人啦！"陈琛死死捂住他的嘴。

毛孩两手叉着腰，大大咧咧地往外吆喝："看什么看，谁敢来管试试！"

他本就长得凶神恶煞，再加上这年头的人，莫不是自扫门前雪的，没人敢来管，也没人肯来管。

老马逃不掉，也找不到人帮忙，一时间就有些万念俱灰，也不多做挣扎了，靠着墙呜咽着哭起来。

鼻涕流了陈琛一手。陈琛连忙甩开了，全蹭他衣服上。他说："琛哥，我喊你琛哥还不行吗？我不是有意要骗你钱的，我那也是没办法啊。"

陈琛说："你没办法是你的事，我的钱是辛辛苦苦挣的。店我不要了，你把钱还给我。"

老马还在哭，陈琛又拍了拍他的脸："你说话！"

老马眼珠子一转，望到他的脸上："哪还有钱啊！花了，都花了。你知道我为什么来医院吗？琛哥，我这是得了癌啊，已经到晚期了，这才天天过来看病吃药挂水，医生还想喊我住院呢。可我穷得连饭都吃不上了，哪有钱住院喽！"

陈琛冷笑道："得癌了？什么癌？"

老马眼转子又是一转："肝癌！肝癌晚期了！你说医院里多贵啊，喝杯水都得管你要钱，你给我的那点钱早就花没了。琛哥，我知道我对不起你，你是真想租我那店，我也是真想租给你。可谁让那伙人老追着我不放呢，我就一时鬼迷了心窍，把店先给了他们了。”

毛孩摆出个手刀，恨不得劈过去。老马吓得直缩头：“琛哥，琛哥，让你小弟别打我了！求求你，我这还有病在身呢！钱我一定还给你，不就是十八万吗？我就是砸锅卖铁，也一定凑齐了还给你。但你宽限我几天，求你了琛哥，宽限我几天。”

陈琛说：“宽限你几天？”

老马头点得像拨浪鼓：“宽限我几天，我这不是得癌了嘛，钱全搭医院里了。”

陈琛嘴角微弯，似笑非笑，目光深邃，仿佛一下子能看到人骨子里一样。老马被他盯得脸上发烫，连忙将头低下来，就听到他说：“老马，你还记得我有女人吧？”

老马小心地抬起眼皮子望他，点了点头。

“我一直都没告诉你，我女人她是外地人，医生。”陈琛指了指身前的医护楼，脸上有某种掩不住的东西。

他笑了笑：“她就在这儿上班，你有肝癌是吧？我请她帮你割了，你看怎么样？”

轿车滑过一道巷口。徐敬尧无聊地向外一看，一个男人将另一个压在墙上，还有个小混混模样的正靠在一边，边龇牙咧嘴地笑，边抽着烟。

还真是巧了。

徐敬尧坐直了腰，将西服整了整，问：“上次的事情办得怎么样了？”

助理就坐在副驾驶上，听到这么句没头没尾的话，真是一头雾水，转过身子，小心翼翼地问：“徐总，你能不能明示 下？最近事儿多，我这破脑子还真有点转不过来。”

徐敬尧向外努了努嘴：“自己看啊。”

助理顺着向外一瞧，正对着巷子，看到那张特熟悉的脸，吓得脑门子直冒汗，说：“徐总，真对不起！这事儿是我办得不妥，这人说好了要走的啊！”

徐敬尧眯起眼睛：“这人叫什么来着？”

助理抹了把汗："马国富，都喊他老马。"

徐敬尧一阵冷笑："名字倒是挺不错的，就是一点长进都没有呢。"

徐敬尧说话慢条斯理，脸上的表情也挺舒缓。助理坐在前头却如坐针毡，怎么听怎么都不是个滋味。

早几周在温暖的南方，他就会过这男人。那时候大家说得好好的，把店让给陈琛，缺多少钱，他来补。

拿钱的时候笑眯眯的，说一定把店过户给陈琛，先生你就把心放在肚子里。可人心不足蛇吞象，居然转个身，就把店给抵走了，自己拍拍屁股，拿着钱出来逍遥。

徐敬尧这个人，本就是三分钟热度，宠人的时候，恨不得把你捧上天，再好的姻缘也给你拆了。真遇挫了，就立刻冷下来，别说店了，什么都忘了。

助理被骂得狗血淋头，这姓马的却是交了好运。事没办成，又拿了钱，玩就玩吧，徐敬尧的那阵热度过去了，谁也不会特地要去逮他。偏偏他脑抽了一样跑到这儿来，又巴巴地给徐敬尧打电话，说店没过户，想要的话，还得花钱来买。

这么蠢的人，不搞你搞谁？助理立马喊了伙人，到了约定的地方，一哄而上，便是拳打脚踢。专揍身上不打脸，几脚踹下去，全是内伤。老东西直挺挺地躺着，喊也喊不出来，又被锁到猪圈里，硬是挨了一夜冻。

助理给他买好了票，要他这辈子都别出现在他们眼前。这才过了几天，他又急不可待地跑出来现眼。

助理窝着一肚子火，气势汹汹地要下车。徐敬尧又把他喊住了，说："去干吗？帮着那陈琛去揍人？"

助理又连忙把脚伸回来，坐好了，说："那……"

徐敬尧冷哼道："让他们狗咬狗好了。陈琛也不是省油的灯啊，够那老家伙喝一壶的。"

助理问："那就这么算了？"

徐敬尧把玩了两下袖扣，不轻不重地说："算什么啊！一伙人聚众斗殴，没有社会公德就算了，眼里还有没有法律、法规了？"

这世上总有一种东西叫——我得不到的，也绝不轻易让你得到。

助理缩在自己的位置上，已然会意：“好，好，徐总，我这就报警！”

65.

吉云在门口看到徐敬尧，一肚子不解地问：“这么急匆匆地来医院做什么？”

助理刚挂了电话，在他耳边轻声说：“记者过来了。”

徐敬尧一个点头，助理立马转身，又跑了出去。

吉云一字不漏地听了，说：“还有记者？真准备来道歉的？”一辆电视转播车已经开到门前。

徐敬尧扫了扫自己的着装，将西服上的扣子扣好了，冲上头下来的人招手，面不改色地说：“电话里不是都和你说清楚了吗？还真就是来道歉的。”

他回身拍了拍吉云的背，说：“你对这儿熟悉，待会儿领我去病房那儿。”

吉云斜着眼睛看他：“家属情绪都挺激烈的，你就不怕刚一过去，就被人揍了？”

徐敬尧挑着眉：“明知山有虎，偏向虎山行。”

吉云对此不屑。

他又说：“放心吧，早就安排好了。”

这才终于说了句实话。

头发吹得很蓬的女记者，举着话筒率先走进来，胖墩墩的摄影师扛着家伙随即赶来。大家都很熟络的样子，互相问好。

女记者天生活泼，一路上叽叽喳喳地说：“徐总，这次安排的是直播，待会儿我们会从病房外开机。您和吉医生走在前面，不用刻意去找镜头，我们的摄像师会帮忙捕捉。”

徐敬尧客客气气地说：“好的。”

“您见到几个患者之后，尽量和他们短暂地交流一下，能和他们拥抱或握手就最好了。我们再拍几段主治医生向您描述病情的画面——医生都联络好了吗？”

助理说：“已经安排了。”

“那就好。描述病情的时候，尽量不要用太多的专业术语，让大家觉得孩子们都在一天天好转就行，待会儿我再和医生们沟通一下。”

徐敬尧说："真是麻烦你们了。最重要的是，我想让更多人知道，我们在为这件事做补救措施。尽管这件事的根由应该说是多方面的，但我仍旧希望，我们可以承担起更多的责任。"

记者感叹道："要是每个人都像您这样，这世界早就充满爱和和谐了。您说得真好，很有感染力，待会儿采访的时候您就这么发挥。我敢保证，节目播出之后，清安液的品牌形象不仅不会受到影响，还会因此更上一个台阶。"

徐敬尧说："这正是我们最关心的。"

吉云突然停了下来，一行人还在等着她带路，面面相觑地交换着不解的眼神。

吉云不耐烦地说："就这一层，你们自己去吧。"

徐敬尧和记者、摄像师都打了个招呼，拉着她低声说："又闹什么情绪？"

吉云甩开他，义正词严道："你不是来道歉的，你是作秀。"

徐敬尧由不解到不悦，最终扑哧一声笑出来："有区别吗？"

"有区别！"吉云挥着两只手，"一个是真实的，一个是虚伪的！你在利用大家的包容心，在一众涉事的药商之中拔得头筹，率先站上道德的制高点，然后拨乱反正，控制舆论，你想让黑变成白。"

徐敬尧摇头道："吉云，你先搞搞清楚，不是我把刀架在他们脖子上，逼他们上瘾，逼他们滥用药物的。"

"杀人犯不总是要亲自拿着刀的。还有，"吉云冷笑道，"你的这种辩词我已经听过太多次了。"

徐敬尧皱着眉："好，就算我目的不纯，就算我别有所图。但对他们而言，至少结局是好的。如果今天不是我来买单，你真以为明天会有人站出来，管他们的生死？"

"那是不是还要感谢徐先生？"

"不用谢。"徐敬尧沉声道，"吉云，医院不是慈善机构，媒体也不是。热点只是一时的，当大家将他们一轮轮消遣，你以为他们还会剩下些什么？你其实心里也清楚，整件事从源头到中间，再到最后，都有问题。牵一发而动全身，没有人会真正站出来，为这件事负责。"

是啊，吉云清楚。她更清楚的是，整件事将如同从未发生过一样，时间会一天天过去。随着记忆的淡化，人们会被更猎奇更吸引眼球的新闻所吸引。

最终，这件事会彻底过去。

能够改变的人从不会付出，只剩下经历过痛苦的人在死死挣扎。

太多的是像陈琛这样的小人物，被社会所遗弃，被生活所拖累，被世人所欺骗。他们活得太累，却无法逃脱。

吉云最终还是没走，站在病房里，静静地看着在镜头前的徐敬尧，肆意发挥。

和记者说的一样，他的话里充满无穷的感染力，整个房间安静而又祥和，每个人的脸上都挂着不一样的满足。

——如果不是被突然冲进来的男人泼了一桶粪水，这大概算得上本年度最好的危机公关范本了。

“嘶！”所有人都倒吸一口冷气。

刚进门的小警察没赶上新闻的最佳观赏时间，只能看着屏幕里一屋子乱窜的人不停发问：“刚刚怎么了？”

有人回答：“清安液董事长在医院惺惺作态，被个牛人闯进来泼了大粪。这安保工作怎么做的？太不专业了，明天一大拨人要倒霉了啊！”

“哪能等到明天啊！今天晚上就要遭罪。本来剧本走得好好的，谁知道中途杀出来个程咬金。这董事长的脸是丢尽了，电视台要乐死了，他们反正不怕事大。”

“哪个是董事长啊？钱途无量啊！”

“穿西服这个啊，旁边还站着个女医生。也真是倒霉了，城门失火，殃及池鱼，相比那衣冠楚楚的人，她被浇的粪更多。”

“嘁，都不是什么好东西！”

陈琛瞳仁忽地一缩，看到屏幕里有个慌张失措的女人，满身污物地站在人群里。

毛孩指着挂在墙上的电视，“琛哥，这是不是姓吉的啊？”

陈琛还想靠近了仔细看，突然有人把电视关了，一迭声地说：“出去执勤了。”

刚刚还热闹的房间一下子安静下来，带陈琛过来的警察小声咕哝了几句，将一扇防盗门开了，露出里头的楼梯，对后头跟着的三个人道：“来吧，到楼上说。”

前头押着老马，陈琛走在最后，顺手将铁门又关了起来。

上到二楼，空间陡然开阔。这里分了好几间办公室，他们被带到其中最大的一间。警察找到自己的座位，又拖了几张凳子，要这三人坐下，说：“刚刚要给你们现场调解，你们不肯，到办公室里来，就是要走流程了。”

陈琛一脸坦然，说：“我就是想来走流程的。有些事光说不行，非要白纸黑字写下来。”

老马刚刚还服软，到了警察面前，看他们不敢再造次，胆子又壮起来，反正一口咬定了没欠钱，觍着脸说：“白纸黑字什么？警察同志，我根本不欠这些人什么。”

毛孩一下子炸起来：“这世界上怎么会有你这种不讲道义的东西。你瞧瞧你这㞞样，要是我之前就认识你，我非——”

毛孩拳头举起来，一双眼睛瞪得像铜铃。

老马吓得弓起腰，缩到凳子边上，扶着桌子喊：“警察同志，你看这群人又要揍我了啊！你可一定要给我做主啊！”

一方叫打，一方喊冤，办公室里立马乱糟糟地吵起来。

其他警察过来拉架，敲着桌面说：“这儿是公安局，不是菜市场，吵什么吵？”

毛孩往上一瞅，乐了：“嘿，你不是上次去我们那说要普法的警察吗？你今天正好先给这老头好好普普法，这都无法无天了！”

老马叉着腰：“你别血口喷人啊，我还说你们滥用私刑呢！”

两个人又打上嘴仗，一直坐在旁边静默不语的陈琛忽然动了动，手摸进口袋里翻出毛孩的手机，埋头弄了会儿什么，然后往桌上一拍。

“钱我一定还给你，不就是十八万吗？我就是砸锅卖铁，也一定凑齐了还给你。但你宽限我几天，求你了琛哥，宽限我几天！”

声音被开到最大，刚刚还像澡堂子似的办公室一下子安静下来，连墙上的秒针走动的声音都分外清晰。

陈琛按了暂停键，看了看老马：“还有什么好说的？”

“你……你……你录音了？”老马惊愕道。

陈琛说：“你教会我的。”

毛孩气势大涨，对俩警察一阵抛媚眼：“这就是证据。”

老马两手交握，插在腿缝里，瘪嘴闷了半晌，抬头弱弱地说：“警察同志，他们这是屈打成招，我是无辜的。”

无辜不无辜，陈琛这钱是要定了。出公安局之前，他让毛孩先领着老马下去，自己留下和警察道了声谢，这才跟着姗姗而来。

两个人跟着老马，找到他的住处，将他藏在包里还没挥霍完的钱全翻出来，清点一遍，还差了几万，让他打了欠条，又把他的身份证拿过来当抵押。

老马有些忿忿地咕哝道：“一张塑料片呗，你喜欢就拿着。”

陈琛拿塑料片拍了拍老马的脸腮，说：“这东西对你这种人可能确实没什么大用处。不过请你务必记住，我能找到你一次，就能找到你第二次。更别说你现在各项信息都被记录在警方的电脑里，只要你的脸出现在全国各地的任何摄像头里，警方都能第一时间锁定你的位置。”

老马面色蜡黄，抖着嘴唇道：“你吓三岁小孩呢。”

出了出租屋，毛孩一把拉住陈琛：“琛哥，你刚刚说的真的假的？”

“什么？”

“就是记录在案，只要露脸就能被抓的那句。”

陈琛望了他一眼，嘴角微弯：“吓他的。”

毛孩大吃一惊：“你说得和真的一样，把我都给唬住了。”

过了会儿，毛孩又问：“可他要是真的又跑了，那怎么办？”

钱揣在怀里，沉甸甸的。午间的阳光正好，照到他的身上，还是有些单薄。他将衣领拉到最上面，遮住下巴，说：“再找。”

这世上没有找不着的人，也没有做不成的事。

陈琛和毛孩在巷口买了些卤味回去加菜。刚一到家，毛孩特兴奋地钻进去冲妹妹大吼：“喜报，你最喜欢的盐水鹅啊！琛哥给你买的，高不高兴啊？”

陈琛将东西放到桌上，踟蹰了会儿，说：“毛孩，你把手机借我打个电话。”

毛孩忙着解袋了，说：“你用呗。”

可真将那串号码输进去了，陈琛又怎么都按不下拨打键。

天气稍一暖和，昆虫就爬了出来。一只短翅的小蝇趴在桌沿，顺着冰凉的木头无目的地爬着。

陈琛目光涣散地看了好一会儿。

喜报正挑了帘子，从厨房走出来，说：“买了这么多好吃的啊！哥，你别动，还没吃饭呢！”

见到陈琛拿着手机，她忽然想到什么，匆忙跑到房间里，过了会儿，拎着个鼓囊囊的袋子出来，说：“琛哥，这包东西是刚刚邻居给我的。我起初不知道给谁的，就拆开看了看，里头放了一个手机和一件衣服。衣服是男式的，我翻了翻标牌，是你的码哎。”

陈琛接过来翻了翻，说：“是谁送来的？”

喜报说：“那人没留名字，只知道是个女的，我猜，应该是吉医生吧。”

一听是吉医生，毛孩立马丢了手里的鸡爪，一下子窜过来，扒拉着袋子看，还不满意，拿油腻腻的手掏下去：“都什么好东西！”

陈琛把袋子一把扯过来，说：“你别碰。”然后就急匆匆地走了出去。

毛孩撮着手指，在后头眼巴巴地望着，心痛至极：“琛哥也太重色轻友了。”

陈琛坐在院子里的小板凳上，这才将东西取出来。毛衣很厚，也很软，只是拿在手上就已经暖烘烘的。见面的那天，下大雪，她怕他冷，使劲摩挲他的耳朵，她的手却是冰冷的。

他又把手机拆了，很明显的男款。想起她一早说过要给他买，他问她是不是想包养自己，她笑成一朵花，说她们圈子里流行养小白脸。

陈琛看了看毛孩手机上的那串号，终于按了下去。过了片刻，电话通了，她的声音中透着疲惫，问：“是哪位？”

陈琛不知道怎么的，有种情绪冲上来。他屏住气，将这种心绪死压下去，半晌没有出声。

吉云又问了两遍是谁，跟着沉默了一会儿，再开口的时候已经猜到了，于是轻声问：“是陈琛吧。”

陈琛这才“嗯”了一下。

吉云说：“东西你都收到了吧？”

陈琛：“嗯。”

“你别误会啊，我就是觉得你应该没空去买，所以才——”

陈琛忽然打断了她，说：“吉云，钱我要回来了。”

吉云一怔，继而说：“恭喜你啊，真是个好消息！”

陈琛问：“你呢，你过得好吗？”

吉云像是低笑起来，说："挺好的啊。"

"我在电视里看到你了。"

"……"

"吉云，你真的好吗？"

"好啊。"吉云的语气中仍是刻意的轻松，"已经洗过澡了呀。"

陈琛忽然伏下身子，将头磕在自己的膝盖上，剧烈地颤抖着。他的呼吸如风箱，呼哧呼哧的。

吉云听出异样，问："陈琛？"

陈琛说："在。"

"怎么了？"

他猛地闭上眼睛："吉云，我知道错不在你。"

"嗯。"

"可我就是没办法立刻去见你。"

"我知道。"

"……"

"我等你。"

66.

市里最近有两个人风头很盛。

一个是年轻有为的徐敬尧，又一次蝉联了十大经济人物，但是褒奖背后却是一波又一波的质疑与争议。

安保极严的颁奖礼上，再没有腐臭的大粪。徐敬尧站在领奖台上意气风发，当场宣布要向本地的慈善机构捐款百万，帮助因药物成瘾的患者顺利戒瘾。

他一手拿着屠刀，自然一手要捧着圣经。当将混着泪与血的泥土洗净，便再没有会比这一身更洁白的衣服。

慈善家徐敬尧常常奔走于各大机构，和患病的人群打交道，也开始回归正常的社交生活，有肤白貌美的女伴在侧。

就在公众的记忆开始退化时，一档法治节目却让低调已久的致瘾药物，又一次回到了大家的视野中。

一位匿名男子向警方揭露了当地一位黑心商人。他大量囤积致瘾药物清安液，并高价提供给附近的网吧、洗浴、休闲中心，超剂量贩卖给客人，甚至是未成年人。

在跟拍的执法摄像仪的画面里，高个子的男人穿一件单薄的夹克走在前头。仓库的门刚一打开，便是铺天盖地的清安液，一箱一箱摞在一起，自地面一直堆到天花板。

节目播出的时候，主要涉事嫌疑人龙某，及众多参与此事的手下已经悉数落网。不过因为法律对此类事件的界定上存在空白，尽管因此种药物滥用，造成了严重的后果，也给社会带来了许多不好的影响，却仍旧只能以非法经营给涉事人定罪。

记者和匿名举报者面对面谈话的时候，将这一问题与他进行了交流。在问到是否对这一结果感到愤怒的时候，脸部打满马赛克，连声音都经过处理的男人却说了不。

记者疑惑道："你应该是对这件事最深恶痛绝的，然而在知道这样的处理结果后，却一点都不觉得气愤？"

举报者说："如果我的努力，能够让更多的人关注到这件事情本身，我就已经觉得是一种成功了。"

"为什么你会这么说？"

"因为制度是死的，但人是活的，只要关注的人足够多，社会上反对的声音足够多，就总有一天会被聆听和采纳。"

"你应该见过许多社会的阴暗面。但我听得出来，你的人生态度始终是积极的。"

"就因为见过，也经历过许许多多见不得光的东西，所以哪怕看到一点希望，都会觉得非常珍贵。"

"那我要告诉你一个好消息，相关部门已经将清安液等药物，列入第二类精神药品管理目录。这意味着，今后将禁止超剂量或者无处方销售这类药品。非法买卖运输的，警方将以涉嫌贩毒立案调查；构成犯罪的，将被追究刑事责任。"

"如果是真的，那确实是个好消息。"

屏幕上立刻打出了"管理条例即将出炉"的字样。

画面里，背对着镜头的记者挺了挺腰：“不过按照法律，新法不溯及既往，又因从旧兼从轻的原则，你所举报定罪的这一批人，是无法被追加刑罚的。觉得遗憾吗？”

“还好。”

“在举报之初，真的没有害怕被这些人报复打击吗？”

男人不安地动了动。

许久之后，他方才开口：“以前不会，但现在，会。”

记者问：“为什么呢？”

“因为以前，我只管好自己，但现在，我不是一个人了。”

——我希望在未知的危险面前，你首先想到的永远是保护自己。

——你始终把自己当作一个独立的个体，可你现在不是一个人了。

——你还有我，你把我放在哪里？

“是不是因为你有了想守护的爱人？”

“对。”

素娴站在病床前，将手一合，摇了摇头：“本来以为这英雄应该是陈琛，不过他说，自己已经有了想守护的爱人了。”

吉云问过病人情况，跟着素娴走出病房，又将房门轻轻带上，这才说：“你这人逻辑有问题。他只是说自己有爱人，又没说是谁，你怎么知道说的不会是我？”

素娴智商再次上线，说：“对啊，也是有这种可能的。”

吉云笑着直摇头。

回到办公室，素娴又绕过来八卦道：“那电视里举报的那人，到底是不是陈琛啊？”

吉云忙着关电脑，头也不抬地说：“那你应该去问他爱人了。”

素娴直翻白眼：“谁知道他爱人是谁，不过现在人人争着当他的爱人。”她往桌上一趴，屁股撅得老高，悄悄说，“说个正事儿，你和陈琛还没和好？”

吉云这才瞅了素娴一眼，说：“这算什么正事？”

素娴直叹气：“差不多就行了。又没什么矛盾，就别娇气了。人家比你小比你年轻，有什么事儿不对盘的，主动认个错，又不少一块肉的。”

吉云心想，这次不是我和人闹别扭，是人对我不满意呢，错认了一堆了，好像他们之间的关系也没怎么恢复。她拿着包站起来，说：“看吧，不行就换一个。”

素娴眼睛一亮：“说真的假的呢？我这一堆适龄男青年还等着呢。要不要我给你安排几次相亲，今天中午就能约一起吃饭。”

吉云笑道：“你什么时候兼职做起红娘了？今天都年三十了，都不用准备过年了？还吃饭？街上还能有几家店开着？”

素娴特一本正经地说：“谁规定年三十就不能相亲了？现在正流行找个女朋友回家过年呢。”

吉云笑着往外走：“这时髦下次再赶吧，我得回家了。”

素娴赶忙追了几步说：“你反正一个人，不然你去我那过年吧？”

吉云摇头：“客气了。”

出租车上，司机扭头问去哪儿。

吉云看着工作人员正忙着往门前挂大红灯笼，说：“先这么开着吧。”

街上亦是张灯结彩，到处都被装点得喜气洋洋。吉云将车窗开出一道窄缝，让寒风冲淡车里污浊的热气。

冰冷拂面的时候，她觉得好了一些。

车子最终停在了菱花街坊。

一条窄巷从热闹的马路直通拥挤的民居。顺着石板路往里走，有开着蒸屉做最后一笼包子的小吃店，有躲着城管、摆摊卖春联和福字的小贩，有骑得飞快、嗖嗖而过的电动车……有纱窗后头，准备年夜饭时滋滋的热油声。

她目不暇接地看，深深地吸一口气。

都是人间的烟火。

毛孩的家并不难找，低矮的平房，破烂的墙面，走一走就开始掉渣的台阶。吉云踩着高跟鞋拾级而上，他那形同虚设的破木门上，却悬着一把只能防狗的烂锁。

吉云将衣领翻起来，站在风口里等。向晚的时候，才看到有人往这一角落走，然而踏上的却是相接的另一处台阶。

吉云隔着低矮的围墙，向那个把自己裹成球状的女人打听。她静静地看了她一秒，终于认出来，说："是你啊！"

吉云让她帮忙送过买给陈琛的毛衣和手机。她将戴着黑色手套的一只手扶在墙上，问："毛孩他们一家怎么还不回来？"

女人一脸惊讶："早就不回来啦。"

吉云一怔："怎么了？！"

"你不知道啊？我们这一排年后就要拆了，政府给了我们租房子的钱，我们一个月前就搬出去咧。"

"那毛孩他们搬去哪儿了？"

"这我就不知道了。大家都是自己租房子，哪个地儿，方便就去哪儿，没个定数的。我也是为了拿点东西才回来，要不还遇不上你呢。"

吉云一只手滑下来，等回神的时候，已经踉跄着靠到了矮墙上。

女人热心提醒她："小姐，你有毛孩电话不？不然你就打个电话，问问毛孩呗。"

吉云如醍醐灌顶，赶忙从包里取出手机。一阵难熬的忙音过去，她头一次那么期待听到毛孩的声音。只是问他陈琛的时候，他却又给出类似的回答——

"不知道，琛哥早搬出去了。"

"他现在住哪儿？"

"不知道，好久不和我联系了。"

"……"

"他说怕连累我，不让我去找他。其实有什么呀，我又不怕龙叔的。"

"……"

吉云不知道自己怎么回的家。

走路像是变成了一种本能，方向也只是下意识的。当麻木的双腿找到家的位置，她终于如同被抽去力气的软体动物，一下子瘫倒在地。

世界旋转，喧嚣四起，所有的繁华如过往云烟。一切都是虚幻的，一切都与她无关。

直到，一只手拍了拍她的肩。

那人说："赶紧走吧。"

低沉，平缓，甚至有一些沙哑。

她猛地抬头。

陈琛一张脸白得刺眼。

“赶紧走啊！”他去擦她的脸，讷讷地低语道，“怎么回来得这么晚？”

绿树，白墙，寒窗，冷砖。

被脚跟带上的铁门。

还有簌簌响起的风。

陈琛来不及开灯，一把按上吉云的双肩，将她压上冰冷的墙壁。他用膝盖打开她闭紧的双腿，在玄关处深吻。

黑暗之中，他们七手八脚地剥着彼此，像两只深海中没有眼睛的虾，只循着呼吸和热度，描摹着对方的轮廓。

空气里渐渐有了温度。

玻璃蒙上乳色的水汽。

他们倒在宽大的沙发上，相互依偎着。

电视里，喜庆的音乐不绝于耳，穿着五彩华服的男女主持人，正在说着串词。进行倒计时的时候，一个忘了说吉利话，冷场了；一个说得快了，影响了节奏……

但戏里戏外都没人关心这些。

远处，密匝的鞭炮声响起，一簇烟火炸开，照亮相视的两张脸。

吉云大年初一仍要上班。第一件事是陪着护士长，给在本层住院的每位病人发一盒煮熟的饺子，还有一支玫瑰。

不止一个病人笑得合不拢嘴地对她说：“吉主任，你今天气色真好，红扑扑的。”

吉云摸了摸脸，说：“真的吗？我昨天很晚才睡。”……或者准确点说，应该是今天很早才睡。

“啊，那一定是人逢喜事精神爽，新的一年，新的开端嘛。”

吉云点头：“也祝你们早日康复。”

走出住院部的大楼，阳光懒懒地洒在身上。她张手拥抱着薄雾笼罩的清晨，深深嗅了嗅这早春勃发的生机。

是啊，新的一年，新的开端了。

不远处，银色的小面包车前，一个年轻男人冲她招了招手。

单薄的夹克里，穿着她给他买的藏青色毛衣。

他不会冷，永远不会。

他的身体里如同燃着一团永远炽热的火球。

照亮着她，指引着她。

她稍一靠近，便在温暖的世界里，盛开成一地馥郁的花朵。

于是，暗香浮动。

她终在他手下静静地绽放着。